PABLO POVEDA

El Misterio de la Familia Fonseca

Un thriller mediterráneo

Pablo Poveda Books

First edition

ISBN: 9798643095071

Proofreading by Ana Vacarasu
Cover art by Pedro Tarancón

This book was professionally typeset on Reedsy.
Find out more at reedsy.com

*A Ana, a Pedro, a Editabundo, a mi familia y a ti que me lees,
por haberme llevado hasta aquí.*

1

Lunes, 4 de julio de 2016
 Alicante, España.

Todos pensaban que se había convertido en un idiota. Por supuesto, todos menos él, aunque pronto se daría cuenta de ello.

 Tras un soporífero trayecto de carretera de cuatro horas, por fin veía la playa al entrar en la ciudad. Los rayos del Lorenzo atravesaban los cristales verdes de sus Ray-ban Clubmaster Tortoise y el viento de levante le acariciaba el rostro despeinándole el flequillo. Hacía un día estupendo y aún se podía sentir la frescura de la brisa.

 «Por fin», pensó al ver que el desértico paisaje de asfalto, tierra árida y tonos pastel que cruzaba el interior del país, se había transformado en un lienzo hermoso propio de postal turística.

 El cielo azul, despejado, imponente, servía de fondo para los veleros que navegaban en la distancia. Las hojas de las palmeras se movían a modo de saludo. El destello del mar a su vera y las gaviotas aleteando en la lejanía le proporcionaban cierta sensación de calma. Casi había olvidado aquel olor a salitre y humedad procedente del

Mediterráneo.

Tenía treinta años y hacía veinte que no había vuelto por allí.

Cada julio, mientras la mayoría de los españoles moría por abandonar el centro del país para pasar las vacaciones en la costa, él buscaba la excusa para no regresar a ella. No tenía nada en su contra, sólo temía hurgar en los recuerdos del pasado. Sus amistades no le entendían, aunque él tampoco era como los demás. Había dejado de serlo desde el traumático verano del noventa y seis.

Para algunos, una vida no era suficiente para digerir ciertos episodios y Leopoldo Bonavista, por mucho que en ocasiones lo deseara, no podía huir del mar porque éste correría siempre por sus venas.

Una vez que abandonó la autopista, aminoró la velocidad del Alfa Romeo Spider Veloce de color rojo y acarició el volante de madera. Un modelo del ochenta y ocho comprado a un coleccionista barcelonés. Puro arte bien conservado con tapicería de cuero marrón y diseñado por Pininfarina. Una reliquia de la automoción, un capricho sin sentido para los más cercanos a Leopoldo, que veían cómo su noviazgo con Rosario Vega se iba a pique.

Pero Leopoldo pensaba de otra manera.

La obsesión por Dustin Hoffman en *El Graduado* le había llevado a invertir todos sus ahorros en el descapotable italiano, dejando la cuenta corriente tiesa como un bonito en salazón.

Vida sólo había una, decía, y aquellos habían sido los mejores diez mil euros gastados. Para ciertas cosas era mejor no mirar atrás.

Lástima que su *modus vivendi* terminara con su relación.

A sus recién cumplidos treinta, una ruptura sentimental de tal magnitud le iba a afectar más de lo pronosticado con el tiempo, que empezaba a dejar huella a partir de cierta edad.

Alejado de la capital, un chispazo le recorrió la columna vertebral en cuanto vio los pesqueros que regresaban de faenar. Aunque se escudara en una visita laboral, lo que estaba a punto de hacer era más una cuestión de supervivencia. A Leopoldo le quedaba una bala en el cargador y, muy a su pesar, había llegado la hora de tirar del gatillo.

Por los altavoces, Chet Baker tocaba la trompeta para él en *No Problem,* a medida que se acercaba a una glorieta de varios carriles con un barco de acero en el centro. Los conductores de los coches que se paraban a su lado le señalaban con el dedo. La belleza auténtica resistía con los años y se hacía imposible de ignorar.

Esperando a que el semáforo se pusiera en verde, comprobó la pantalla de su iPhone 7 negro.

«Qué extraño», pensó. Sin llamadas ni mensajes en cuatro horas. Algo iba mal. Las tripas le propinaron un fuerte latigazo.

Su carrera se iba al carajo por momentos.

Prefirió no pensarlo demasiado. Se perdía con frecuencia en sus propias cavilaciones y eso sólo lo producía ansiedad. Tenía mucho por delante y debía aprovechar la oportunidad que le habían brindado.

Rodeado de bloques de viviendas y áreas residenciales, respiró llenando los pulmones, puso la primera marcha y tomó el desvío que lo llevaba cuesta abajo para alcanzar la avenida de Elche junto al mar.

De repente, de una salida perpendicular, un Audi A4 metió el morro en el carril sin respetar la señal de detención.

Leopoldo, abstraído en la música, reaccionó a tiempo para tocar el claxon y dar un brusco viraje.

El desconocido retrocedió unos metros, consciente de que había sido su culpa.

Las pastillas de los frenos chirriaron.

El descapotable rojo giró hacia la izquierda cambiando de carril y volvió a torcer hacia la derecha para evitar chocar contra el vehículo que había delante. Un movimiento rápido, pero no lo suficiente como para evitar la farola que había clavada en la acera. Frenó con una fuerte pisada, cerró los ojos, apretó las manos en el volante y sintió el temblor del suelo en su cuerpo. Se escuchó un ruido de cristales. El corazón le latía a cien por hora. Sintió el olor a goma quemada. Levantó los párpados y una extraña sensación de euforia recorrió su cuerpo. Estaba vivo y, para su fortuna, el coche seguía de una pieza.

Paró el motor, se quitó el cinturón y miró por el espejo retrovisor.

El Audi negro seguía allí. Ahora, un hombre vestido de traje, corpulento, de tez morena y con la cabeza afeitada, se dirigía a él con paso acelerado. Buscó en la guantera algo con lo que defenderse, pero sólo encontró una botella de plástico y un paquete de tabaco abierto.

«Seguro que es un malentendido», pensó para sus adentros.

Cuando bajó del deportivo, se dio cuenta de que el faro trasero había sufrido el golpe.

—¿Estás bien, amigo? —preguntó el desconocido unos metros más cerca de él. Por su acento, identificó que era extranjero.

—¡Mierda! —exclamó en voz alta para darle más dramatismo a la situación y levantó las manos. En el fondo, lo último que quería era pasear por la ciudad en esas condiciones—. ¿Es que no miras, tío? ¡Podría haber sido mucho peor!

—Lo siento —dijo el hombre con ligera preocupación—. No te he visto venir.

—¿Quién te ha enseñado a conducir? Mira cómo ha quedado el faro trasero, la madre del cordero... Esto lo vas a tener que pagar tú.

—¿Cómo?

—O tu seguro, me da igual —insistió—. Será mejor que hagamos un parte de accidentes.

—Espera, espera... Ni siquiera te he tocado, amigo.

—Vamos a ver. Lo primero, no me llames amigo... Y segundo, no me calientes más. ¿Prefieres que se lo cuente a la Policía?

—No, no. A la Policía no.

Leopoldo estaba cabreado y era consciente de que ese tipo podía chafarlo como a una lata de refresco. Sin embargo, a pesar de su corpulencia, mezcla de genética y horas de gimnasio, su rostro seguía siendo joven como el de un adolescente. Leopoldo supuso que no tendría más de veinticinco años, como mucho veintinueve, y que el coche que conducía tampoco era suyo. Tal vez, le hubiera robado las llaves a su padre. Quién sabía. No era su asunto. Si no tenía suficiente por hacer en aquel maldito infierno, ahora debía encontrar un taller de reparación para coches clásicos. Una bonita broma para comenzar la aventura.

Dispuesto a sacar la documentación de la guantera, escuchó el ruido de unos tacones acercándose a ellos.

Cuando giró el rostro, la mirada se le iluminó.

Se echó el flequillo hacia atrás, se quitó las gafas de sol y dejó a la vista sus ojos de color chocolate.

—¿Qué demonios? —murmuró al ver a la mujer.

Le recordó tanto a ella que el corazón le dio un vuelco.

¿Estaba soñando?

Tal vez, y es que Amalia era parte del pasado.

2

Viernes, 10 de junio de 2016,
Madrid, España.

El paseo de la Castellana se rendía a sus pies en un atardecer
glorioso de tonalidades rojizas. El viento soplaba con
suavidad en el interior de su descapotable recién sacado del
salón de lavado, la capital gozaba de alegría por la llegada
finalmente del verano y Colón, desde lo alto, le guiñaba el
ojo deseándole suerte con su cita. Madrid ardía en deseos
de festejar una noche más, antes de que se transformara en
un escenario vacío y apocalíptico propio de una película
norteamericana.

A su lado, recostada en el asiento de piel marrón y con
unas gafas de sol que le cubrían parte de la cara, una mujer
morena, delgada, de piel tostada, cejas gruesas y dentadura
brillante, movía la rueda de la radio para subir el volumen
de la canción que sonaba en ese momento. La muchacha era
diez años menor que él, pero qué importaba eso. Leopoldo
Bonavista estaba recuperando el tiempo que había perdido
en una relación demasiado larga, la segunda juventud que
muchos nunca llegan a vivir. ¿Cómo? De la forma más
simple: con algo de dinero en la cuenta del banco y teniendo

un poco más de experiencia sobre las trampas de la vida.

Al cuerno el *statu quo*, repetía cada vez que alguien le avisaba de que estaba echando su vida por el retrete.

—¿Sabes ya qué harás estas vacaciones? —preguntó la joven.

—Trabajar, supongo.

Ella resopló.

—Siempre estás trabajando, Leo —dijo y le puso la mano sobre el muslo derecho—. Podríamos ir a Capri. ¿Qué me dices? Un par de semanas, relajados, leyendo en la playa, tomando un Campari en la Piazzetta en el atardecer... ¿No te parece maravilloso?

Leopoldo levantó las cejas y se colocó las gafas de sol.

—¿Capri? ¿Qué se te ha perdido a ti en Capri? No. Tengo mucho trabajo. Lo último que quiero es rodearme de turistas comiendo pizza y haciendo fotos.

—¿Tanto te cuesta? —preguntó impotente por su fracaso—. Todas mis amigas van a irse a la costa este verano.

—¿Todas? ¿Estás segura de que se van todas?

—Nosotros nunca hacemos nada, Leopoldo. Nunca salimos de Madrid.

«Nosotros...», repitió mentalmente. Interesante término para él.

Hacía tiempo que ninguna mujer hablaba de su relación con él con tanto compromiso. Lamentablemente para la chica, él no cambiaría de opinión.

Amalia trabajaba como modelo y acumulaba una larga lista de miles de seguidores en sus perfiles sociales. A diferencia de antaño, la presión mediática no se hacía notar sólo en los desfiles de moda. Pasar del anonimato a la fama era cuestión de esfuerzo y una buena estrategia. Muchas de ellas no necesitaban desfilar por las pasarelas para hacer carrera. Posaban para marcas de ropa a cambio de una apetitosa suma y su currículo era la comunidad que les seguía. Llegar no era lo más complicado, como diez años atrás, pero mantenerse en el ojo de las compañías era un trabajo exigente. A pesar de que los tipos de su generación trataban a los más jóvenes como borregos ignorantes, estos sabían cómo ganarle la partida al sistema en el que les había tocado vivir. Amalia quería estar en el mismo lugar que las demás, ser parte del momento, al igual que había hecho él unos años atrás. Capri era lo de menos, lo que importaba era la foto. Pero no estaba dispuesto a ceder. La idea de pasar dos semanas en una isla le producía ansiedad.

—Podemos ir a la Toscana o a Florencia. ¿No te vale? Florencia es un lugar bellísimo, una ciudad increíble. ¿Y la Toscana? ¿Has estado alguna vez? Con todos esos viñedos, la calma de los campos… Me recuerda tanto al interior de Murcia… Además, allí nadie nos molestaría. Creo que sería lo más acertado para descansar. El mar está sobrevalorado, Amalia. Siempre te lo digo.

Ella retiró la mano de su pierna.

—¿Tanto te cuesta hacer algo por los demás? —preguntó desilusionada.

El silencio partió la conversación en dos. Leopoldo prefirió guardarse las palabras y subió el volumen de la radio. Tiempo muerto, pausa para bajarse del cuadrilátero y refrescarse la cara. A veces le ponía de los nervios con sus rabietas.

Pero la culpa era suya.

No había tenido agallas a contarle la verdad sobre su problema con el mar.

Prefería no hablar de ello, le hacía sentirse inseguro, como si fueran a burlarse de él.

En tantos años, ni siquiera se había atrevido a contratar los servicios de un terapeuta. Aquel trauma le habría costado una fortuna. Nadie lo sabía, aunque su madre se lo figuraba desde que Leopoldo se negó a pasar un verano más en la playa. Jamás volvieron a tratar el asunto. Por suerte, en Madrid, en los colegios no hacían excursiones al sur. Por tanto, si se lo contaba a Amalia sabía que pondría fin a su relación.

Tarde o temprano, la modelo terminaría rompiendo con él. Cualquier mujer en su sano juicio lo haría, por mucho que le amara. Y es que no tenía sentido, ni para él, ni para nadie. La idea de no poder ir a la costa juntos, a cualquier costa del globo, mientras sus amigas virtuales posaban con botellas de champán junto a sus novios de gimnasio en las cubiertas de los yates… ¿Qué clase de vacaciones eran esas? Simplemente no sería capaz de digerirlo. Amalia quería demasiado de la vida. Era ambiciosa, y él todavía intentaba encajar las piezas de un rompecabezas que no parecía tener fin. Por unos momentos, se sintió como un despojo.

Dejaron el coche en un aparcamiento de la calle Zurbano y caminaron hasta el Fortuny juntos aunque distanciados por el silencio.

—Escucha, lo hablaremos después, ¿vale? —dijo en la entrada del club, un agradable local de moda con terraza y restaurante, cediendo ante el semblante estirado de la chica—. Estoy algo nervioso, ya sabes lo poco que me gustan los eventos sociales.

Ella, unos centímetros más alta a causa de los zapatos de tacón que llevaba, se ajustó el vestido negro y se acercó a él.

2

Las palabras de Leopoldo parecían haber sido suficientes.

No era una disculpa, pero le bastó.

—No seas tonto —dijo acariciándole el mentón y le entregó un beso suave en los labios—. Todo irá bien.

—Eso espero.

Más relajado, agarró de la mano a su acompañante y le guió por el camino hasta la entrada. Comprobaron sus nombres en la lista que el guardia de seguridad sujetaba en la mano y cruzaron el umbral. Un numeroso grupo de personas, la mayoría desconocidas para ambos y otras tantas pertenecientes a la farándula del arte y de la televisión, se movían de un lado a otro en un cóctel de bienvenida que se celebraba en la terraza. Entonces, notó una sombra detrás de ellos.

—¿Leopoldo? ¿Eres tú? —preguntó una voz femenina.

Se giró intrigado por conocer quién estaba tras esa melodía tan familiar. Para fastidio, el evento no pudo empezar de peor manera.

—Vaya, Rosario. Cuánto tiempo sin verte.

Rosario Vega, su compañera sentimental durante más de tres años. La abogada dispuesta a renunciar a todo por construir un futuro a su lado, a pesar de que su relación nunca contara con el beneplácito de los padres. La mujer de su vida, eso pensaban muchos. Rosario era bella, poseía buen gusto a la hora de vestir y una complexión delgada, como el resto de su familia. La melena lisa, de color azabache, le caía sobre un lado del cuello, cubriéndole parte de la clavícula, una de las zonas corporales favoritas para Leopoldo. Tenía una mirada de color esmeralda, difícil de obviar, y su tono de voz sonaba mejor que las notas de cualquier músico de jazz.

—No me volviste a llamar.

Habían pasado más de diez meses desde el último encuentro, un café inocente, de reconciliación, de punto final y cierre de capítulo. Un café para no decir más te quiero. Un café que empezó de forma jovial, desencadenó en una noche de sexo pasional y terminó en un desayuno de discusiones, entre ellas, por la compra del viejo Alfa Romeo. Ambos se habían quedado con las ganas de un último revolcón. Después de aquello, ya nada les unía. El amor, hacía tiempo que había emigrado a otro lugar.

Despechado, con el trágico final, borró su número del teléfono.

—¿No nos presentas, Leo? —dijo Amalia levantando la barbilla con aires hostiles. Un cuarto invitado no tardó en entrar en escena. Era mayor que los tres, lucía gafas de pasta negras y esa barba de varios días que tanto estaba de moda por entonces.

«Menuda pinta de imbécil», pensó Leopoldo al verlo y descubrir que llevaba la misma americana de Massimo Dutti que él mismo había comprado la temporada anterior. Era un cuarentón bronceado, a pesar de que todavía era junio, más alto que él, con músculos definidos y una pose capaz de hacer frente al propio George Clooney.

Antes de que dijera su nombre, ya sabía quién calentaba el lado de la cama que él había abandonado. Rosario no merecía menos, pero no estaba dispuesto a aceptarlo en voz alta. A veces, durante el desamor, las personas son tan crueles que no se bastan con ser felices, sino que necesitan la pena del otro para mantenerse en equilibrio.

—Veo que no has perdido el tiempo, Leo… Soy Rosario Vega, su expareja.

12

2

—¿La mujer con quien te ibas a casar? —preguntó Amalia sorprendida—. ¡Guau, tía! Eres realmente guapa y estás fenomenal. No debe de ser fácil a tu edad. Mi nombre es Amalia. Soy modelo de Internet.

El comentario, acompañado de una sonrisa frívola le sentó a Rosario como un puñetazo en el estómago. Quizá la modelo fuese más joven, pero su ego no cabía en el patio de aquel local.

—Qué divertido todo esto —contestó el desconocido—. José Luis, encantado.

Estrecharon con firmeza las manos.

—Tú tampoco te has despistado, Rosario. —agregó Leopoldo—. Y bien, ¿podemos irnos ya?

—Un momento... ¿De qué me suena tu cara? —preguntó la joven modelo al acompañante de Rosario Vega—. Yo te he visto en alguna parte antes. ¿Puede ser?

—Todo puede ser.

—Tú trabajas en el cine, ¿me equivoco?

El cuarentón rio ladeando la cabeza, y un hoyuelo se le formó en el moflete derecho.

—Así es. Puede que hayamos coincidido en alguna audición.

La mirada de Amalia se iluminó de repente.

Sin dudarlo, se acercó a él y lo agarró por el brazo. A pesar de la altura que le daban los tacones, el hombre le sacaba unos centímetros.

—José Luis, ¿por qué no vamos a tomar una copa y me sigues contando sobre tu trabajo? Estoy segura de que estos dos tienen todavía cosas de las que hablar...

El acompañante miró a Rosario y ésta le respondió asintiendo con la cabeza.

La joven se acercó a Leopoldo.

—Claro, adelante.

Agasajado por la compañía de la modelo, el desconocido se perdió con ella entre la multitud de invitados que había en la fiesta. Pronto sus cabezas se difuminaron entre la muchedumbre.

Un camarero se detuvo delante de la pareja para ofrecerles una bebida. Leopoldo agarró dos copas de cava y le entregó una a su ex.

—¿La crisis de los treinta? —preguntó ella.

—¿Por qué dices eso?

—No sé. Es bastante más joven que yo. Pensaba que te gustaban más mayores, intelectualmente hablando... ¿Cuántos años tiene?

—Veinte. No es nada serio. Nos estamos conociendo —respondió inseguro y dio un trago al espumoso—. ¿Y él?

—Cuarenta y cinco.

—No está mal. Se conserva bien.

—Es un amigo. Tampoco es serio lo que tenemos. Está divorciado y tiene dos hijos, lo cual no entra en el perfil que busco, pero cumple en la cama.

—No me interesan los detalles de ese tipo.

Rosario esbozó una sonrisa y le tocó el hombro.

—No te enfades, hombre. Tú también cumplías.

«Cumplías», repitió para sus adentros. Usar el pretérito imperfecto para referirse al sexo era un modo astuto de romper con cualquier tipo de posibilidad de repetirlo en el futuro. Porque, para Leopoldo, siempre había ocasión para una más.

—¿De qué trabaja? ¿Es presentador?

—No, por Dios. Me daría algo si lo tuviera todo el día en

la pantalla… Es productor.

Leopoldo agachó la mirada, levantó la mano y frotó los dedos.

—Vamos, que tiene dinero.

—No le va mal… —respondió y dio un sorbo a la copa—. ¿Y ella? ¿Lo sabe ya?

Las burbujas explotaron en su garganta.

—¿Saber el qué, Rosario?

—Que estás arruinado.

Un yunque emocional chocó contra su pecho.

—No. Todavía no.

Rosario lo agarró del hombro y ambos se dieron la vuelta. En la distancia, Amalia y José Luis tomaban una copa con los rostros muy pegados. La instantánea no fue del agrado de Leopoldo. Hubiese preferido no ver aquello. Después, la abogada tiró de él y dieron unos pasos en dirección contraria.

—De todos modos, no creo que le importe demasiado —comentó—. Hazte un favor, Leo, déjala antes de hacerte daño.

—Gracias por el consejo gratuito, pero sé cuidar de mí mismo.

Rosario levantó la copa y se bebió el cava de un trago.

—¿Sabes cuál es tu problema? —dijo y se detuvo frente a él. Tenía la expresión de una persona dispuesta a expresar algo importante—. Eres un buen chico.

—No me llames chico, a estas alturas, que pareces mi madre.

—Déjame terminar, ¿quieres? Siempre te he aceptado como eres, Leopoldo, a pesar de lo que escribes o de lo que mi familia piensa de ti.

—¿Qué piensa? Nunca me hablaste de ello. Tengo curiosidad…

—Eso no importa ya, es agua pasada, pero si no te digo esto, reviento… Quiero que sepas que no me separé de ti porque no tuvieras dinero o por ese estúpido coche que no querías vender. Maldita sea, ¡iba a casarme contigo! Pero no pude… y menos mal, veo que no has cambiado nada… Necesitas ayuda, Leopoldo. La vida no es justa y pronto dejará de serlo contigo como sigas creyendo que eres la estrella que brilla eternamente. Ordena tus prioridades y lleva una vida normal antes de convertirte en un chiste. Te has creado tu propio personaje y estás atrapado en él.

3

Sábado, 11 de junio de 2016,
Madrid, España.

Volvió a mirar el teléfono sobre la mesilla de noche. Hacía
horas que había dejado de vibrar. Eran las siete de la tarde,
el calor rezumaba por las paredes del pequeño apartamento
y sentía un ligero desasosiego por culpa del alcohol. Los
últimos rayos de sol de la tarde entraban por la ventana del
balcón que daba a la calle Fernando el Católico. Le gustaba
donde vivía, aunque fuera de alquiler y supiera que pronto
tendría que buscar un nuevo hogar. Después de romper con
Rosario, entre las prisas y la necesidad de encontrar un sitio
donde estar, abandonó el apartamento que compartían en el
barrio de Salamanca para mudarse a Chamberí. Todas sus
pertenencias cupieron en el maletero del viejo Alfa Romeo:
un par de maletas con ropa interior, camisas, pantalones,
zapatos, chaquetas de traje, un iPad con un teclado para
escribir, un cuaderno de notas tipo Moleskine que llevaba a
todas partes, un frasco de colonia 212 de Carolina Herrera,
un par de gafas de sol, un ejemplar de *El Viejo y el Mar* de
Hemingway y un DVD de la película *El Graduado*.
    Eso era todo. El resto lo abandonó junto a los pedazos de

su corazón.

Gracias a un contacto laboral, encontró la oportunidad de instalarse en la vivienda el mismo día que la vio. No fue un amor a primera vista, pero entendía que nada era perfecto en esta vida. Nada más llegar, se fijó en la fachada del edificio, pintada de segundas de color vainilla, un detalle que era difícil de eludir. De estilo clásico, ventanales de color marrón y balcones con alguna que otra antena parabólica, pensó que no era para tanto al ver las fachadas de ladrillo rojo que tenía en frente. Por el contrario, el interior le pareció más acogedor.

Un apartamento escueto de cuarenta metros cuadrados, minimalista, como a él le gustaban las viviendas; pintado de blanco y decorado con los muebles de Ikea únicamente necesarios: una mesilla de noche, una cama, un armario para la ropa, un escritorio y un sofá. Por supuesto, todos pertenecientes a la línea Malm, la favorita de Bonavista.

Vivir allí no le iba a salir barato, aunque confiaba en que después del verano aumentara el volumen de trabajo en la redacción. Conocido por su apellido a nivel nacional, Leopoldo Bonavista, a sus treinta años recién estrenados, había alcanzado la cúspide del periodismo, al menos, de lo que se podía escalar en ese momento en España, para después tirarse al vacío. La crisis de medios digitales, el modelo arcaico de difusión que éstos ejecutaban y las nuevas generaciones que creaban contenido a bajo coste, se habían cargado a la lectura, el consumo y a quienes vivían de los dos.

Pero la suerte sonreía a Bonavista.

Consagrado como redactor, columnista y reportero de sociedad en diferentes medios nacionales de gran difusión, finalmente se coronó cuando, dos años antes, comenzó a trabajar para la prestigiosa revista Hedonista, un portal digital de suscripción y una revista de tirada mensual dirigida a varones y mujeres de la clase media-alta de la Península. Un formato esnob creado por un grupo de empresarios madrileños y catalanes que les había quitado su porción del pastel patrio a las más internacionales como Vanity Fair o Esquire.

Publicar en ella, aunque no fuese donde mejor se pagaba, era un símbolo de prestigio, de muestra de buen gusto para las nuevas generaciones de ricos y, sobre todo, un pase de prensa libre para entrar donde se quisiera. Los nuevos dandis descubrían el concepto a través de los artículos que se publicaban entre sus páginas. Una publicación híbrida de firmas conocidas, el lugar idóneo para hablar de la vida, de cómo disfrutarla. El espacio en boga donde todos querían dejar su huella. Moda, viajes, cultura, tendencias, lujo… El público no pertenecía a un género determinado, sino que representaba un arquetipo de persona dispuesta a exprimir el néctar de la existencia. Su filosofía, sumada a los intrépidos reportajes que Leopoldo Bonavista, entre otros colaboradores, firmaba, había propulsado el nombre de la publicación en muy poco tiempo. Ellos formaban la nueva sociedad de emprendedores que se habían forrado de billetes gracias a Internet. La generación de treintañeros aficionados al trabajo de Kanye West, a los relojes de Apple, a las competiciones Iron Man y a los yates de alquiler en Ibiza. Y ansiaban por tener un referente que les diera algo por lo que interesarse.

Además de guapo y con un físico más que decente, Leopoldo tenía una lengua afilada, heredada de su progenitor: Francisco Bonavista. Para entonces, del padre, valenciano de pura cepa, hombre de mirada impasible con cierto aire a Paul Newman, barba blanca, piel quemada por el sol y el salitre y las manos desgastadas, sólo quedaba su recuerdo tatuado a fuego en la memoria. Capitán de un barco pesquero, apasionado lector de escritores americanos como Hemingway o Highsmith y españoles como Umbral, y culpable de que el pequeño Leopoldo tuviera interés por las historias, falleció cuando el periodista tenía sólo diez años, tragado por una tormenta mientras faenaba en el Mediterráneo. Una pena que tuvo que arrastrar también su viuda, María Dolores Sánchez, hermosa madrileña de cabello oscuro y largo, ojos hundidos y tez pálida, de la cual Leopoldo había heredado el don de las relaciones sociales y el desarrollo de la empatía cuando ésta era necesaria.

Para su treintena, Bonavista era un tipo preparado para el espectáculo: prensa, radio, televisión e incluso charlas en teatros, la joven estrella se abría hueco como crítico allá donde era invitado a participar. Reconocía que empezar en Hedonista le había cambiado la vida para bien, pero jamás aceptó que también le cambió a él.

En un espacio muy breve de tiempo, sin apenas darse cuenta de ello, el avatar versátil que danzaba por los estudios de televisión se apoderó de él. Elevaba el tono de voz al hablar, interrumpía a los demás con frecuencia, abusaba de la gesticulación para explicarse. De forma gradual, su pluma se volvió más áspera y ácida.

Se dio una ducha bien fría, la segunda del día, y se quedó pensativo bajo el chorro de agua que caía sobre su cabeza. Pensó que, tal vez, Rosario tuviera razón, pero también pensó que su comentario podía haber sido un arranque de celos. Sea como fuere, si en algo estaba de acuerdo con sus palabras era en que tenía que dejar a Amalia y el primer paso fue permitir que el teléfono sonara hasta agotar la batería.

Después de abandonarla con el acompañante de su expareja, no volvió a verla en lo que quedó de velada. El resto de conversación con Rosario se centró en banalidades tales como el trabajo, los viajes y el poco tiempo libre que se tiene en esta vida para hacer lo que realmente uno quiere. Dando ejemplo de la educación que había recibido en sus años primerizos, apuró la segunda copa con ella hasta que lograron incorporarse a un grupo de marchantes de arte. Cuando se aseguró de que Rosario no le echaría de menos, aprovechó para desaparecer con una exitosa despedida a la francesa.

Ir hasta allí, había sido un error.

Salió del baño perfumado y se vistió con una camisa blanca, unos vaqueros limpios y se calzó los zapatos marrones que tanto le gustaban. Leopoldo raramente llevaba polos o camisetas de manga corta. Tenía la percepción de que en mangas de camisa, se podía ir a donde se quisiera, evitando así la explícita falta de gusto por el buen vestir. Un concepto que predicaba a menudo en sus columnas, vertiendo todo tipo de calificativos sobre los famosos de la televisión que con frecuencia se disfrazaban ante las cámaras.

Su ácida visión de la moda también le había proporcionado algunos beneficios.

Un año antes, una editorial le había ofrecido un modesto adelanto de dos mil euros por reunir sus mejores escritos acerca de la moda y convertirlos en un manual en forma de libro. Raudo, visionario del tsunami emocional que estaba por llegar, aceptó sin decirle nada a la abogada, escribió el libro reciclando viejos artículos desechados y modificando los ya publicados, y se guardó las ganancias en la cuenta corriente. Estaba seguro de que su relación no tenía demasiado futuro y aquel libro tampoco iba a llegar lejos. Una suma tan pequeña le ayudaría a costearse los vicios que tenía cuando ella estaba en el despacho. Porque no era difícil encontrarle por las mañanas tomando cócteles en alguna terraza del barrio mientras buscaba la inspiración. Le gustaba hacerlo, dar envidia a quienes le miraban desde la acera, vestidos en sus trajes de corbata y zapatos limpios, sujetando maletines de piel negra.

La diferencia entre esas personas y él era que Leopoldo estaba dispuesto a exprimir la vida mientras ésta le dejase. Para él, todo era efímero como un pestañeo. Hasta los superventas del momento se olvidaban con la misma facilidad que una canción de verano.

Pero erró de nuevo.

Un ligero mensaje en su cuenta de Twitter a desgana, obligado por el contrato editorial que había firmado, arrastró a la gran legión de seguidores para que compraran el libro. Días más tarde, la bandeja de entrada de su correo estaba llena de mensajes de agradecimiento por haber parido algo así.

La polémica estaba servida. Se había ganado el beneplácito de la audiencia y la crítica más agresiva de los diseñadores de moda, pero también el enfado de Rosario al enterarse de la noticia.

—¿Por qué no me has contado nada? —preguntaba ella sujetando el suplemento dominical del periódico en el moderno salón del piso de la calle Jorge Juan—. ¿Te avergüenzas de mí, Leo?

Él se quedó mirándola en silencio, sentado en el sofá y con las gafas de leer puestas.

—No estoy muy orgulloso de ello. Eso es todo. Es puramente un contrato —dijo con voz seria maquillando la situación.

En realidad, lo que no quería contarle era que se había gastado los diez mil euros que le quedaban en un clásico de la automoción. Era una sorpresa, pero estaba convencido de que a Rosario no le haría mucha gracia.

Ambos compartían ya un vehículo, el de ella, un BMW M3 de color negro heredado de su padre. Aunque era un buen coche que podía aguantar casi otra década sin sufrir el lastre del tiempo, para ella suponía una carga psicológica, un lastre familiar que denotaba falta de éxito económico. Con veintiocho años, lo último que deseaba era deberle algo a su familia. Ansiaba por valerse sola y lograr que sus padres hablaran de ella con el mismo orgullo que empleaban para mencionar a sus hermanas mayores, pero Leopoldo no colaboraba.

Abandonó el portal y caminó calle abajo entre la muchedumbre festiva del sábado hasta que llegó a la glorieta de Quevedo, hermosa como siempre. Le gustaba aquella plaza. La mayoría de los viandantes no solía fijarse en esos detalles, pero tenía algo especial, con el césped cortado y regado a menudo; con el monumento al literato en lo alto ensalzando su figura, sacando pecho con bravura, desafiante ante los taxis que cruzaban por debajo.

Le hubiese gustado ser como Quevedo, pensó.

Eran otros tiempos. Una época en la que las agallas estaban a la altura de las palabras. Las calumnias y el despropósito se pagaban con la vida.

Allí buscó un banco. La conversación del día anterior seguía latente en su cabeza.

—¿Qué? No puede ser... Debe de haber un error —murmuró con el rostro iluminado por la pantalla del cajero automático.

Volvió a introducir los datos. El resultado fue el mismo.

La ansiedad se apoderó lentamente de sus órganos, subiendo desde el estómago hasta los pulmones. Una grieta imaginaria comenzó a abrir el suelo de la calzada en dos. Sus pies se separaban para no caer en un agujero negro que se hacía más y más grande.

Ahora sí que la había pifiado. Era la primera semana del mes y el escenario no podía ser más devastador para su bolsillo. Lo había perdido todo: su pareja, sus ahorros, y estaba a punto de perder también el apartamento en el que vivía si no conseguía un proyecto que salvara su situación económica.

Eso, o vender el viejo Alfa Romeo, todo lo que le quedaba de su exitosa carrera.

—Oh, mierda... —dijo y se frotó los ojos.

Gastar siempre se le había dado mejor que escribir, pero ninguna de sus dos destrezas iban a salvarle esta vez.

4

Lunes, 13 de junio de 2016,
Madrid, España.

Eran las diez de la mañana. Se había levantado a las seis y llevaba desde las ocho y media escribiendo correos electrónicos y llamando a su círculo de contactos más cercano. La última opción era mendigar por un trabajo, así que decidió abrir la agenda mientras preparaba un café largo en su máquina Nespresso y ponía en acción su plan.

Durante el domingo, además de escuchar los mensajes despechados que la joven modelo le había dejado en el contestador automático, elaboró una estrategia para poner fin al precario momento en el que se encontraba.

Leopoldo era optimista. En ocasiones, demasiado. Había nacido en el seno de una familia trabajadora. Sus padres, después de conocerse una noche de vacaciones en Benidorm, se casaron tras siete meses de noviazgo.

Ella, enamorada hasta la médula, dejó Madrid al terminar Enfermería y se mudó al pueblo costero de Santa Pola, donde él vivía y trabajaba como pescador. Con los pocos ahorros que tenían, compraron una casita de dos alturas en primera línea de playa, como habían hecho otros muchos pescadores años atrás. Una vivienda acogedora, austera y afectada por las humedades de la orilla de la playa.

Un periodo de estabilidad que no duraría por mucho tiempo.

Un año después del enlace, nació el pequeño Leopoldo, primero y último hijo del matrimonio. Diez años más tarde, tras la desgracia de la tripulación, episodio trágico que tiñó de tristeza el pueblo durante mucho tiempo, abandonaron Santa Pola para probar suerte en Madrid.

Debido a su corta edad, el joven Leopoldo no pudo conocer en profundidad al padre. Todo lo que sabía de él, se lo había contado ella. Con el paso de los años, a través de las historias, de las fotografías y de los recuerdos mentales, se dio cuenta de que se parecía a él más de lo que pudo imaginar. Mantenían la misma afición por los licores, las barras de los bares, las fiestas nocturnas a deshoras, la conversación ruidosa, las ganas de discutir y, sobre todo, tenían el deseo de vivir una vida placentera y llena de momentos mágicos. En resumen, pese a agradecer los esfuerzos de su madre por sacar a los dos adelante, siempre echó de menos la figura paterna a su alrededor. Aprendió a ser optimista y, por fortuna, a diferencia de su padre, el rechazo al mar, asociado a un trauma a corta edad que trataba de ocultar siempre, le evitó terminar viviendo en un camarote entre reses, kilos de lenguados, cabezas de quisquilla y olor a pescado podrido.

De haberse quedado allí, posiblemente hubiera continuado con la profesión.

—¿Estás de coña? No, ni hablar —respondió Rosario al otro lado del altavoz del teléfono—. Te lo dije, Leopoldo. Te lo advertí en su momento y te lo volví a decir el sábado. No puedo hacer lo que me pides, ya no eres mi problema.

—Vaya... Parece que antes sí lo fuera...

—No intentes hacerte el mártir. No funciona conmigo. Además, sabes que no puedo dejarte tres mil euros sin más. ¿Hola?

Leopoldo odiaba cuando su ex utilizaba esa expresión, tan vulgar y activa en las conversaciones, que se propagaba como un virus.

—Estamos a mitad de mes, Rosario. Prometo que te los devolveré el uno de julio.

Ella se quedó callada por un segundo. Leopoldo podía escucharla respirar.

—No, lo siento. Llama a otra persona. ¡Ve a un banco! ¿Qué quieres que te diga?

—Mil quinientos, sólo eso. Entiéndelo...

—¿Entender? ¿El qué, Leopoldo? ¿Que te bebes el dinero que ganas?

—Por Dios, escucha... Es junio, llega el verano, las redacciones están llenas de becarios y lo último que les apetece a los editores es gastarse el dinero en historietas que nadie va a leer. Todos los años es igual. Simplemente, he calculado mal esta vez.

—Los números nunca han sido lo tuyo.

—Mil, por favor, para pagar el alquiler del piso.

—Ya te he dicho que no. ¿Algo más?

Dado que estaba contra las cuerdas del cuadrilátero, se decidió por tirar del freno de emergencia.

—¿Cómo puedes ser tan egoísta? Nunca te he pedido nada en esta vida y eres incapaz de hacer algo por mí. Encima, si será por dinero...

—Eres un cretino, Leopoldo, lo sabes, ¿verdad? No te mereces menos. Y espera un momento, si tanto necesitas el dichoso dinero, ¿por qué no vendes la chatarra esa?

«Otra vez, no...», pensó. El reproche estaba a punto de llegar. Otra discusión y lanzaría el teléfono por el balcón. El coche era lo único que tenía a su nombre. Precisamente la razón por la que estaba haciendo esa llamada.

—Mira, Rosario, si vamos a empezar de nuevo...

—¿Cómo? ¡Estás mal de la cabeza, tío! Eres un manipulador en toda regla. Ya sé lo que intentas hacer...

—Mejor lo dejamos para otra día, ¿vale? Ya me las apañaré... Un beso.

Colgó.

En efecto, de lo último que tenía ganas de hablar era del mismo tema.

Si seguía discutiendo con ella, terminaría odiando el maldito automóvil hasta convencerse de venderlo. No estaba dispuesto a pasar por eso. Mucho menos darle la razón a la abogada.

Después de varios intentos fallidos gritando a los cuatro vientos que necesitaba un proyecto en el que trabajar y cobrar, levantó el trasero de la silla blanca Långfjäll, abrió la caja donde guardaba las cápsulas de café y se preparó el segundo de la mañana.

Sería un día largo, sin duda.

Con la mirada clavada en los rayos que golpeaban los balcones del otro lado de la calle, se quedó pensativo dando sorbos al café humeante. Leopoldo no era religioso, aunque le costaba aceptar que no había nada más ahí fuera. Si el ser humano era el último eslabón, menuda birria de existencia, decía. No obstante, como muchos otros escépticos, a la hora de pedir siempre recurrían al mismo, a ese dios que a veces daba y otras tomaba. Pedir se le daba bien, lo había hecho toda su vida, y dar no le importaba, siempre y cuando tuviera algo que ofrecer.

Juntó las manos, respiró profundamente e intentó recordar una de las oraciones que había aprendido en la catequesis antes de comulgar por primera vez.

«Al carajo. Esto es estúpido», pensó en silencio al ser incapaz de completar la primera frase. Suerte que nadie le podía ver.

El teléfono sonó de nuevo vibrando en la mesa del escritorio.

Resopló con indignación y molestia. Estaba ocupado y sabía que era ella. Esperó que hubiese cambiado de idea.

—¿Qué pasa ahora? —preguntó desganado.

—Leopoldo, ¿dónde carajo estás? ¡Y no me digas que en la redacción porque tu escritorio está vacío!

La voz masculina, rasgada por el humo de los cigarrillos y cargada de fuerza como una apisonadora, pertenecía a Laurent Robles, el redactor jefe de la versión digital de Hedonista.

—¡Laurent! —reaccionó—. *Mon ami!*

—¡Déjate de sandeces! —bramó malhumorado. Detestaba que Leopoldo le hablara en francés, pues nada le unía más al país vecino que su nombre de pila—. Beatriz está que echa humo esta mañana. Ha preguntado por ti tres veces.

—Interesante. ¿Qué quería?

Beatriz Paredes era la directora de la publicación, una madrileña dulce y cercana cuando estaba de humor y fiel imagen de Margaret Thatcher cuando el trabajo no se terminaba a tiempo. Aparentaba la mitad de edad que tenía, siempre cuidándose de que esto no cambiara.

Después de un divorcio sin hijos, había optado por disfrutar de la vida haciendo gala al nombre de la revista. De melena rubia y piernas infinitas, observaba al resto de redactores y colaboradores desde el despacho de cristal en el que trabajaba cada mañana. Beatriz había sido la artífice del fichaje de Leopoldo como colaborador asiduo en la publicación. Todos se opusieron cuando nombró su incorporación a la oficina pero, ¿quién iba a discutirle? Era la jefa, sabía lo que hacía. Tenía olfato, más de veinte años para cazar nuevos talentos y conocer lo que funcionaba en cada época para la audiencia.

Un pequeño despacho provisional con un escritorio de madera, un ordenador iMac, un teclado inalámbrico, una silla giratoria, una lámpara de banquero y un ventanal rectangular con vistas a la calle Génova para que Bonavista se inspirara. Eso era todo lo que necesitaba.

Los meses le dieron la razón y tanto las ansias de él por triunfar, como las de ella por que todo saliera tal y como lo había planeado, dispararon las ventas de ejemplares en papel y el número de suscriptores de pago en línea.

Poco a poco, Leopoldo se ganó los primeros enemigos de la redacción, en ocasiones por mera envidia y en otras por no esforzarse en maquillar su posición privilegiada, apareciendo tarde cada mañana, tomando prestadas las cápsulas de café de los compañeros o asistiendo junto a Beatriz Paredes a los eventos más interesantes.

En una década funcionando, se había convertido en el primer veinteañero en aplicar el principio de Pareto: trabajar poco para ganar más que la mayoría. A pesar de ello, y al contrario de lo que muchos de sus detractores conspiraban, entre Beatriz y Leopoldo nunca surgió más que una bonita, interesada y aparente amistad. Él estaba comprometido con Rosario y la directora sólo buscaba un acompañante que estuviera a la altura y representara los valores de la empresa... hasta que algo se torció entre los dos.

Desde hacía unas semanas, Beatriz ya no aparecía a diario por la redacción. De cara al verano, había mucho que hacer y poco que decir. Viajes y más viajes. La ausencia sólo auguraba una cosa: recortes. Llegarían los despidos, las vacaciones y los días libres de los que nadie quería comentar. El interés de su jefa por él se había perdido tras una fuerte discusión en su despacho junto a Laurent Robles. Leopoldo se negaba a modificar el último de sus artículos en el que hablaba sobre varios congresistas y sus pésimos intentos a la hora de vestir. Ya lo había hecho antes con presentadores de televisión, concursantes de programas de telerrealidad, cantantes de pop, jugadores de fútbol, escritores y cualquiera que ocupara las portadas de las revistas.

Empero, existían ciertas líneas rojas que no debían cruzarse.

La revista era un negocio ante todo y no un panfleto ideológico.

—No, no y no. Si no eliminas estos nombres, tendrás que escribir otra cosa —sentenció la mujer ante la rabieta del periodista.

—Entonces no sería yo.

—Leopoldo, por el amor de Dios. Si publicamos esto, no serás nadie y nos meteremos en un problema bien gordo. Meterte con estas personas te queda demasiado grande.

—Ellos son políticos, nosotros el cuarto poder.

—Baja de las nubes —añadió Laurent con su voz de ultratumba—. Tú no tienes poder ninguno en este país.

—A ver si os queda claro —intervino la directora—. No lo vamos a publicar por una simple razón: hay dos personas en esta columna que tienen lazos estrechos con varios de los accionistas del grupo editorial. Borra sus nombres y me lo pensaré de nuevo.

—No pienso borrar nada. ¿Qué hay de aquello de decir lo que uno piensa?

Beatriz apretó la mandíbula. La insolencia del redactor ponía límites a su paciencia.

—Tú di lo que te dé la gana de esa puerta hacia fuera —dijo tensa y señalando con el índice la entrada de la redacción—. Aquí escribes lo que se te dice. ¿Está claro?

Leopoldo suspiró con desdén y salió del despacho.

Las palabras avivaron las brasas de un ego que no estaba dispuesto a ceder.

Tras el caluroso desacuerdo, dispuesto a soltar la bomba, se encargó personalmente de que el artículo llegara a su destino. Contactó con el departamento de maquetación y dictó sin pestañear dónde aparecería el artículo. Estaba convencido de que volvería a tener la razón.

Y no fue así.

El artículo fue un fracaso, generó discordia entre los seguidores de Bonavista y se ganó varias demandas por injurias y calumnias.

Así y todo, Beatriz mantuvo su puesto, aunque nunca volvieron a hablar de lo sucedido. Todos cometen errores alguna vez, pero aquel fue estrepitoso. Las segundas oportunidades no existían en el mundo competitivo y una metedura de pata astronómica era suficiente para devolverte al barro y enterrar tu nombre de por vida.

Con la reacción al artículo, el resto de publicaciones se

hizo presa del pánico y decidió evitar la firma de Bonavista hasta que pasara la tormenta. Corrían rumores de que era capaz de cualquier cosa por buscarse problemas. Bulos que sólo le traían problemas a él.

Después de semanas sin dar señales de vida, que Beatriz Paredes, la suprema directora de Hedonista, hubiera preguntado hasta tres veces por él era, cuanto menos, sospechoso.

—¿Qué quería? Cuando la jefa pregunta especialmente por ti, mejor que estés aquí a la primera. ¿Me oyes?

—Vale, vale. No te alteres que te va a dar algo —respondió con humor para quitarle hierro al asunto—. Dame una hora y estaré allí.

—No me fastidies, Leopoldo. ¿Una hora? ¿Quién te crees que eres? ¿El jodido Vargas Llosa o qué? ¡Te doy veinte minutos para que vengas cagando leches!

La llamada se cortó.

Irritado, lanzó el teléfono contra las sábanas de la cama. No soportaba que le gritaran, pero tampoco estaba en posición de pedir nada más. Nunca era tarde para darse cuenta de lo mal que lo estaba haciendo todo.

Poco a poco, los aires de grandeza se evaporaron como el vaho del espejo tras una ducha caliente.

Si algo estaba claro era que no lo iban a despedir.

Nadie se tomaba tantas molestias para hacerlo. Aunque no tenía experiencia, lo había visto ya antes en diversas ocasiones. El problema debía ser grave para que el despido terminara entre gritos y amenazas. Normalmente, todo sucedía de forma fría y relajada, como una muerte anunciada, lenta, dolorosa y en silencio. Después, la víctima recogía sus objetos más personales y se marchaba sin pena ni gloria del edificio con una pesadumbre ingrata. El resto, entre lágrimas y desasosiego, se preguntaba quienes serían los siguientes. Nadie echaría de menos a esa persona, no tendrían tiempo para ello. Pronto sería reemplazada por alguien mejor que ayudara a olvidar todo lo ocurrido. El proceso se repetía como un informe meteorológico.

Por tanto, pensó que, si no lo iban a echar, tal vez las plegarias hubieran surtido efecto y estuviera a punto de solucionar sus problemas económicos. La vida era una fuente de misterio inagotable.

Terminó el café de un trago, cogió las llaves del apartamento y salió a la calle en busca de un taxi.

5

Un coche lo dejó en el número 12 de la calle de Génova. Pensó en comprar unos pastelitos para su jefa, pero no tenía tiempo. Llegaba tarde, Laurent le había vuelto a avisar. Otro mensaje de texto y el despacho ardería.

Cruzó un bonito portal de madera y subió las escaleras hasta la primera planta. Después tocó el timbre y Cristina, una joven secretaria de cabello corto, dientes largos y nariz puntiaguda, le abrió desde dentro. Ella era una de las pocas personas que sonreía a Leopoldo en aquel espacio de trabajo. Él nunca supo si lo hacía por gusto u obligación.

—Hola, Cris... —susurró apurado, en voz baja—. ¿Me están esperando?

Ella asintió con la cabeza.

—Están en su despacho —contestó con cierta complicidad.

La secretaria, en un acto inconsciente, se lanzó a descolgar el teléfono de la centralita.

—No —ordenó el reportero—. No lo hagas.

—Pero...

—Yo me hago responsable —dijo sacando pecho e irguiendo la espalda, como el héroe de antaño.

Ella pestañeó y lo dejó pasar.

En el peor de los casos, en su defensa siempre podía

recurrir a la cámara de seguridad que grababa desde la esquina.

Leopoldo cruzó el pasillo de moqueta y madera hasta la sala principal donde trabajaban los redactores y los dos diseñadores de la revista.

Saludó con un gesto de cabeza que pasó desapercibido, se acercó a la máquina de agua y se llenó un vaso de plástico. Desde aquel ángulo vislumbró el despacho de la directora, que estaba reunida con Laurent. Era una de las desventajas de tener una oficina de cristal. Cuando crees que puedes verlo todo, la seguridad se vuelve en tu contra. En su momento, sin que nadie se lo pidiera, Leopoldo sugirió que se instalaran cámaras de seguridad como tenía la secretaria en la entrada. La idea fue descartada y a él no le importó porque apenas pasaba tiempo allí. Sin embargo, para la directora, tener cámaras de vigilancia en los espacios de trabajo no hacía más que romper la armonía. Ella prefería leer los correos privados que se cruzaban los redactores con las cuentas del trabajo.

Bendita privacidad laboral.

Después de beber el agua, se aclaró la garganta y llenó los pulmones antes de dar un paso al frente y tocar la puerta de cristal con los nudillos.

—Adelante —dijo Beatriz Paredes, sentada en su escritorio blanco y mirándole por encima de las monturas.

Ágil, Leopoldo se fijó en que iba más elegante de lo normal para ser un lunes. Vestida con un traje de falda y chaqueta, no lucía como en un comienzo de semana cercano al verano. Era una mujer con estilo y sabía vestir bien, pero aquel conjunto le sorprendió de mala manera, no porque le quedara perfecto, sino porque, probablemente, se habría reunido con los miembros de la junta.

—Disculpad el retraso... Los lunes, ya se sabe...

El redactor jefe se tapó el rostro, avergonzado.

—Siéntate, Leopoldo —ordenó la mujer y puso las gafas junto al teclado del iMac de 21 pulgadas—. ¿Quieres un café?

«Qué extraño. O me suben el sueldo, o me despiden», pensó antes de responder.

—Sí, gracias. Nunca se rechaza un café.

La superior le lanzó una mirada a Laurent para que encendiera la máquina. Le gustaba dar órdenes al estilo napoleónico. Lo llevaba en la sangre. Entre bromas, Leopoldo siempre le comentaba que podía dirigir una redacción o un batallón de infantería. Era cuestión de proponérselo y a ella no parecía disgustarle la fantasía.

Esperaron en silencio hasta que Laurent, irritado, puso el café encima del escritorio.

Leopoldo agarró la taza y dio un sorbo.

—Gracias, jefe. Delicioso.

—No me jodas, Bonavista...

—¿Podemos empezar? —interrumpió la directora.

—Sí, claro —respondió el periodista. Laurent observaba en silencio, con el semblante colorado.

—Verás, Leopoldo. Hemos recibido un encargo particular y necesito, personalmente, que me eches una mano con esto.

—A tus pies, Beatriz. ¿De qué se trata?

Ella vaciló en su respuesta.

—Un reportaje. Digamos que se trata de un cliente... en concreto, de una cliente muy especial. Está fervientemente interesada en trabajar con nosotros... mejor dicho, contigo, en particular.

—¿Una cliente? ¿Trabajar conmigo? ¿Qué puede ir mal? Cuéntame más de ella...

—Me alegra que te lo tomes con tanto positivismo.

Laurent se rio hacia dentro.

—¿Cuál es el truco?

Beatriz miró amenazante al redactor jefe.

—No hay ningún truco, Leopoldo. Es una oferta importante para nosotros, muy importante. Esta señora está interesada en que escribamos un reportaje sobre su vida y lo publiquemos en un especial.

—No lo entiendo... ¿Cómo se llama? ¿Es una cantante? ¿Artista? ¿Aristócrata? ¿Qué intentas ocultar?

Ella suspiró.

—Frena, frena... Vas demasiado rápido. Nada de eso. Quizá, es lo más interesante del asunto. Su nombre es Silvia Domenech, viuda del empresario Jaume Fonseca y, en estos momentos, la mayor accionista del Grupo Fonseca. ¿Te suena?

—No, no me suena de nada. Supongo que son valencianos, por los apellidos.

—Supones bien. El Grupo Fonseca es uno de los grandes exportadores de vino a nivel nacional, seguro que alguna vez te has bebido un Marqués del Pinòs o un Duque del Xinorlet, ¿verdad?

—Sí, claro. Buenos caldos, pero estaba convencido de que eran catalanes...

—Los Fonseca también se dedican al negocio del cacao, teniendo parte del accionariado de Chocolates Paraíso, y a la producción y venta de café con Cafés Montesol.

—Cuando nombras a los Fonseca, ¿me estás hablando de un negocio familiar?

La directora clavó la mirada en los ojos del periodista. Debía convencerle y mostrarse segura.

—Así es. Un negocio que mueve cientos de millones de euros, Bonavista. La familia Fonseca posee el ochenta y cinco por ciento del accionariado del Grupo Fonseca, siendo Silvia Domenech la mayor accionista, con un sesenta y cinco por ciento de las acciones. El veinte por ciento está dividido entre los tres hijos de la familia, que también trabajan en las empresas que gestiona el grupo, y el quince sobrante está repartido en manos de cuatro empresarios valencianos ajenos a la familia.

—Muy interesante —dijo con apatía terminando el último sorbo de café—. ¿Qué tiene que ver esto conmigo, Beatriz? Lo siento, pero todavía no me he enterado qué pinto aquí.

—Verás, Leopoldo… Silvia Domenech, la señora Fonseca, está muy interesada en que seamos nosotros quienes publiquen un reportaje especial sobre su setenta aniversario.

—Me parece grandioso. Yo también quiero que me hagan uno si llego a los setenta. Sigo sin entender qué…

—Ha pedido expresamente que seas tú quien lo escriba.

—¿Qué? Repite eso.

—Así es. Silvia Domenech ha solicitado que tú, Leopoldo Bonavista, te encargues de entrevistarla, así como de documentar el reportaje. Al parecer, es una fiel seguidora de tu obra, si es que se puede llamar así…

Leopoldo sintió un sudor frío en la espalda. De algún modo, sabía que sus posibilidades de salir airoso de aquello estaban limitadas.

—Beatriz, me siento halagado, pero debes comprender que esto no es lo mío. Mi área es otra, ya lo sabes.

—¿Lo tuyo? —intervino Laurent—. Mira, te voy a decir

qué es lo tuyo. Escribir lo que se te mande y punto, como todos los demás. Eso es lo tuyo, patán.

—Oye, sin ofender… Sólo intento explicar que no tengo ninguna idea, ni tampoco interés en escribir sobre empresas, familias podridas de billetes y una matriarca con aires de Sissi Emperatriz. Joder, ¡ni que fueran los Romanov!

—Mira, Leopoldo, te debo una disculpa y es que creo que no me he explicado bien…

—Disculpas aceptadas, jefa.

—No, escucha atentamente lo que te voy a decir. Esto no es un lo tomas o lo dejas. Esto es un proyecto importante para la revista. Silvia Domenech está dispuesta a pagarnos una suma muy generosa a cambio de un reportaje de seis páginas escritas, sin contar las fotografías, y el encargo ha llegado a mi mesa a través del director general financiero. Como ya te habrás dado cuenta, la revista no está pasando por su mejor momento. La publicidad no se vende como antes y una oportunidad así nos permitiría sacar a flote lo que queda de año sin tener que despedir a nadie. Entiendes la relevancia del asunto, ¿verdad que sí? Sin mencionar que Domenech es amiga de uno de los implicados.

Así era cómo Beatriz llamaba a las dos personas que se habían visto afectadas por el fastuoso y lamentable artículo del periodista.

Leopoldo ladeó la cabeza y entornó los ojos.

—¿De cuánto dinero estamos hablando?

—Del suficiente como para pagarte una nómina anual.

Pero la idea le echaba hacia atrás. Más que desinterés, lo que realmente le producía era pavor a cometer otro error. Estaba perdido en términos económicos. Hablar de acciones, juntas generales y cuentas bancarias le generaba estupor.

Él, Leopoldo Bonavista, el treintañero incapaz de leer un extracto de su cuenta corriente.

Sin profundizar en la vida y obra de esa señora, ya sabía que sería un suplicio escribir el reportaje. Sin embargo, la presión era latente en el interior de aquel despacho. La directora había sido firme: si no aceptaba, perderían el proyecto, y Silvia Domenech se marcharía decepcionada a otra publicación como Vogue o, mucho peor, a la competencia. Por ende y como consecuencia, su carrera como reportero habría terminado para siempre.

—Déjame pensarlo, ¿vale?

Ella llenó los pulmones y frunció el ceño.

—¿Pensar el qué, Leopoldo? Esta clase de clientes quiere una pronta respuesta, por no decir inmediata.

—Yo qué sé, Beatriz… Dile que tengo una gastroenteritis, cualquier cosa… Como comprenderás, no tengo ganas de repetir los errores del pasado. Simplemente, pienso que este asunto no es para mí, por muy mal que me sepa.

—Precisamente, por eso quiero que lo escribas, porque eres un profesional y debes estar para las duras y las maduras. Quiero que tu firma renazca de las cenizas y limpie el montón de mierda con el que manchaste el nombre de esta revista. ¿Acaso te crees que me he olvidado? Me debes una, Bonavista. Así que sé un hombre consecuente, arregla el asunto, haz feliz a esa mujer y a ésta que te está hablando.

Laurent, con una sonrisa oculta y disfrutando al ver cómo la directora troceaba la poca seguridad que le quedaba al redactor, se levantó del asiento y le dio una palmada en el hombro antes de salir del despacho.

—*Au revoir, et bonne chance, mon ami...*

* * *

La reunión había terminado al mismo tiempo que el café que el redactor jefe le había servido, dejando un amargo regusto a insatisfacción.

Abrumado por la noticia, pidió darse un respiro para meditar la decisión. Pero Beatriz Paredes ya había elegido por él. Su única opción era encontrar una alternativa a la renuncia del puesto o un buen argumento a las excusas que boicoteaban su cabeza.

Desde Génova, dio un paseo hasta la calle de Almagro con el fin de airear los pensamientos y cambiar de entorno. Recurrir a lugares en los que se sentía cómodo siempre funcionaba para encontrar claridad. Lo solía hacer cuando estaba falto de inspiración, decaído por los vaivenes de la vida o en busca de compañía conocida. Esa mañana tan sólo quería estar consigo mismo. Consejos gratuitos podía encontrar en cualquier lado. Sólo hacía falta preguntarle a un desconocido y éste le daría su opinión y un plan a seguir para tomar la mejor decisión. ¡Qué sabios eran todos en esa ciudad! Y él sintiéndose como un idiota por algo tan mundano, pensó.

El sol calentaba con fuerza las aceras, que eran un contraste generacional de banqueros, ejecutivos y jóvenes adinerados con el futuro resuelto. A Leopoldo le gustaba la zona. Con frecuencia, podía encontrarse con rostros conocidos: escritores, agentes editoriales, cantantes, artistas plásticos... Aquello le encantaba. Sabía que despertaba emociones con su presencia, algunas buenas y otras bastante malas, pero siempre por encima de la indiferencia.

Se sentó a una mesa de una famosa terraza que había

junto a una sucursal bancaria y esperó a que el camarero se acercara. Desde allí, podía ver a los estudiantes de la universidad Camilo José Cela saliendo por la puerta del gran edificio de ladrillo que daba paso al campus.

«Bendita juventud libre de responsabilidades», dijo para sus adentros escapando de su presente, recordando con añoro los años de facultad.

El teléfono vibró. Un mensaje apareció en pantalla.

Era Amalia. Le echaba de menos.

—¿Qué le pongo, señor? —preguntó el camarero.

—Un vermú y un pincho de tortilla, por favor —respondió y regresó al teléfono. El empleado tomó nota en una pantalla electrónica y desapareció de su vista.

Sin mirones a su alrededor, volvió a leer el mensaje. En el fondo, sabía que seguir con esa chica no era lo correcto.

A su favor, podía decir que Amalia era una joven maravillosa: bella, enérgica, buena oyente, risueña, activa en la cama y con tantas ganas de vivir casi como él. Sin embargo, en los diez años de diferencia que se llevaban, habían ocurrido muchas cosas en la vida de Leopoldo que no quería repetir con ella. Estaba cansado de viajes, de escenas románticas en París, de las cajas rojas de bombones los 14 de febrero y de cenar cada sábado *pastrami*, *sashimi*, *nigiri* o cualquier cosa que tuviera una terminación en i. Y eso frustraba a la joven.

Una vez que el camarero hubo regresado con el vermú, le dio un trago, se aclaró la garganta y dejó que el pesar de la conciencia se marchara.

Razonando en frío, lo pensó mejor. Ella le echaba de menos y él necesitaba contarle su problema a alguien.

Ambos saldrían ganando.

Cuando la muchacha llegó, él ya había terminado su

almuerzo.

—¡Pero eso es genial, Leo! —exclamó dando una calada al cigarrillo y colocándose las gafas de sol. Llevaba unos vaqueros apretados, rotos por las rodillas, unas Adidas blancas y una camiseta ancha de color negro que dejaba a la vista el esternón. Amalia no necesitaba luz para brillar y era consciente de aquello. Él le había explicado la situación obviando la parte en la que su cuenta corriente estaba más delgada que su cintura—. ¡Deberías estar celebrándolo! ¿No crees? ¡Pide dos copas de Albariño, venga! ¡El Albariño siempre ayuda!

«Deberías y no deberíamos, los dos, tú y yo», pensó en silencio parafraseando su respuesta. La sonrisa perfecta con aires despreocupados, el fin de un verano que estaba por empezar. Ignoró su propuesta y decidió continuar.

—No es bueno que fumes. El tabaco te matará, Amalia...

—Hablas como mi padre. No seas tan carroza, tío. Te puedes morir en cualquier momento.

—Me alegra que tengas una visión tan estoica de la vida.

Ella hizo una pausa y dio un sorbo a la copa de cerveza que tenía delante. La espuma se quedó en el borde de sus labios y no tardó en limpiarla con un sensual e inocente movimiento de lengua.

—¿Sigues enfadado? —preguntó inquieta, cruzando las piernas.

Él alzó la ceja izquierda con sospecha.

—¿Por qué debería estarlo?

—Por dejarte solo el otro día. Cuando regresé, ya no estabas. Me dijeron que te habías largado.

—Ah... eso.

—Te prometo que no pasó nada, Leopoldo. Te lo juro.

Sólo estuvimos hablando. Puedes preguntarle a tu exnovia.

—Ahora mismo, es lo último que quiero. Al menos, espero que te divirtieras en la fiesta…

—No me crees, ¿verdad? ¿Por qué nunca te crees nada de lo que te cuento? A veces tengo la sensación de que no me tomas en serio.

El periodista, achispado y adormecido por los dos vermús que se había bebido al sol, se frotó los ojos con pereza.

—Amalia, no te pongas así.

—¿Cómo quieres que me ponga? Intento decirte algo y me tratas como a una niña. No soy tu hija, Leopoldo. Joder, ¿cómo quieres que tengamos algo serio? Ya no sé qué hacer para estar a tu altura.

Modelo, actriz, la chica tenía aptitudes para ambas cosas. Su rostro era un drama y sus ojos parecían a punto de llenarse de lágrimas.

—Estás haciendo una tragedia de todo esto, de algo que no tiene importancia. Verás, no estoy enfadado contigo, en absoluto. De hecho, ni siquiera te he pedido explicaciones. ¿Te ocurre algo?

Las lágrimas ya empezaban a salir.

Tomó una larga calada, exhaló el humo y aplastó el cigarrillo contra el cenicero de cristal que había en la mesa.

—Tenemos que darnos un tiempo, Leopoldo. Creo que será lo mejor para los dos. Tú, aquí, ahora que tienes un proyecto importante por delante… y yo, en Capri con mis amigas. Nos vendrá bien distanciarnos, echarnos de menos, pensar hacia dónde queremos ir, ¿verdad?

La reacción despertó un ligero sentimiento de alegría en el interior del reportero. Se sintió liberado. Jamás pensó que sería tan sencillo. Tan sólo debía decirle que sí, que la responsabilidad de abandonar la relación sería de los dos y que tenía el beneplácito para hacer lo que quisiera. Después de todo, Amalia era una mariposa atrapada en un frasco.

—Así es. No podría haberlo expresado mejor.

—¿De verdad que te parece bien? ¡Uy! Ni te imaginas lo que me ha costado soltarlo. ¡Empezaba a estar acalorada! Pero... si estás de acuerdo, no queda nada más por decir... —la chica se levantó con una mueca de satisfacción en la cara, agarró por los hombros al escritor y le besó en los labios—. Cuídate, Leo. Nos veremos después del verano. Te voy a echar mucho de menos, de verdad.

—Y yo a ti, princesa...

Como en Casablanca, las últimas palabras de la chica resonaron en su cabeza. Un momento digno de comedia romántica con final amargo.

Leopoldo se quedó paralizado, con una agridulce sensación en el cuerpo.

Como un espectador más, siguió con la mirada a la sensual modelo, que caminaba con aires de pasarela y melena al viento hacia la boca de metro de Alonso Martínez. Su sombra desapareció al girar la esquina y él se despidió de ella con el corazón. Conocía aquel tipo de final.

Difícilmente volverían a verse en el futuro.

* * *

La alarma del teléfono volvió a sonar.

Tumbado en la cama, con la cabeza bajo la almohada, estiró el brazo hasta alcanzar el aparato y hacer que dejara de vibrar. Había programado una alarma cada cuarenta minutos para evitar quedarse dormido por completo, pero el tiempo corría en su contra.

Beatriz Paredes le había dado hasta la última hora del día para tomar una decisión al respecto.

Comprobó la hora, eran las seis de la tarde y seguía temiendo teclear el nombre de esa mujer en la pantalla. Sufría el mismo bloqueo siempre que se enfrentaba a un artículo de gran responsabilidad. Era capaz de buscar cualquier excusa para evitar sentarse frente al ordenador.

«Tan sólo siéntate y teclea. No estás obligado a nada. Eres el mejor y lo sabes», se dijo animándose, en el silencio del dormitorio.

Se levantó de un salto y caminó hasta el escritorio. Encendió el Macbook de aluminio y se sentó junto a la mesa. Después abrió una ventana del navegador y buscó el nombre de esa señora.

No había mucho de interés. La mayoría de enlaces estaban relacionados con las direcciones fiscales de las diferentes empresas que poseía el Grupo Fonseca. Estiró los brazos, dio un bostezo y se preparó un café de cápsula.

Como el nombre de Silvia Domenech no le ayudaba, decidió escribir el de su marido.

Los portales de noticias provinciales y autonómicos se habían hecho eco del fallecimiento del empresario, un año atrás, y de lo importante que había sido su pérdida para el sector empresarial y financiero. Un Warren Buffet a la valenciana, pensó el reportero con cierta burla.

Un máximo de diez fotos de archivo, la mayoría de ellas tomadas en el siglo anterior, en las que aparecía junto a otros hombres, ya fuera el político del momento o el portavoz de algún grupo empresarial. En los comentarios de los obituarios de su fallecimiento, todos los usuarios parecían tenerle aprecio o guardar un buen recuerdo de él, razón de más para buscarle algún defecto al difunto. Como muchos hombres a su edad, Jaume Fonseca se había marchado al otro plano por culpa de un paro cardíaco. ¿Las razones? Las notas de prensa no comentaban las posibles causas que le habrían provocado el infarto, pero no hacía falta ser médico para suponer cuáles habrían sido.

En las imágenes que encontró en Internet se le podía ver satisfecho por haber llevado una vida digna y cargada de placeres. Un anciano de setenta y cinco años con la cabeza lisa como una bola de billar, manchada por un puñado de lunares en la parte derecha del cráneo; una papada que crecía por debajo de la barbilla y una curva marcada en el estómago que pronunciaba su barriga.

En los documentos encontrados de los últimos años de vida, Jaume Fonseca sufría un apreciable sobrepeso y el color amarillento de su tez estaba más cercano a la muerte que a la vida. A su vez, no era difícil tropezar con columnistas cercanos a la familia que rememoraban con nostalgia los tiempos de bonanza acompañados de la imagen de un Fonseca apasionado del coñac, del Real Madrid y de los puros cubanos. Pero la salsa no quedaba en la memorable carrera de un empresario alicantino que comenzó cosiendo alpargatas caseras, para convertirse en un genio de los negocios. Jaume Fonseca dejaba con su marcha a su familia, además del imperio gestado en el Grupo Fonseca, un patrimonio total de propiedades y acciones que sumaba el valor de 180 millones de euros, situando a los Fonseca entre los doscientos apellidos más ricos de España.

Leopoldo volvió a comprobar la cifra para asegurarse de lo que había leído. Un número imposible para él, incapaz de imaginarlo en su cuenta de ahorros.

Se sintió absurdo, pequeño y desolado.

Unos con tanto y otros como él, incapaces de pagar el alquiler. Pensó que era patético. No existía otro término mejor para describirse a sí mismo. Obcecado con conseguir el prestigio, la fama, la aprobación ajena dentro de los círculos en los que se movía, se había olvidado de que existía otra vida ahí fuera, lejos de su entorno, más allá de su imaginación.

La fragilidad y la falta de autoestima se apoderaron de él.

Echó de menos un abrazo de consolación, una palmada sincera en el hombro, un beso en la mejilla. Su narcisismo le había separado de cada mujer que había intentado acercarse a él, comprender su forma de entender la vida. Y ahora le estaba dando la espalda en su cara.

No podía hacerlo.

La idea de entrevistar a una señora con una fortuna así, le erizaba el vello de los brazos. Pensó que se sentiría decepcionada, que se daría cuenta de que su personaje era un fraude. Y es que, la mayoría de articulistas, escritores y otros seres que trabajaban a merced de la opinión, en algún momento de sus carreras, cuando llegaban a la cúspide de su potencial, comenzaban a sentir el síndrome del impostor como una jaqueca. Ocurría cuando salían de su zona habitual, siendo ésta la culpable de su ausencia repentina de talento y de su falta de creatividad, trabajo y éxito. Algunos intentaban solucionarlo con el alcohol o las drogas, ahogándose en la nebulosa de los narcóticos, repitiendo el mismo error que sus análogos de épocas pasadas. Otros se decantaban por probar diferentes actividades como escribir novelas, montar una banda de rock o participar en programas de telerrealidad y así avivar su imagen pública. Los inteligentes, reacios a escalar un peldaño más por miedo al tropiezo, tenían las espaldas cubiertas. Elegían retirar los teclados, firmar un tratado de paz con sus lectores y aparecer raras veces cuando se les pedía. Pero Leopoldo era demasiado joven para cualquiera de los tres escenarios. Ni siquiera había tenido su propio programa de televisión. ¿A qué se iba a dedicar durante los próximos treinta años? El tormento le superaba. Tenía los músculos paralizados.

El teléfono sonó de nuevo. No recordó haber puesto más alarmas por lo que dedujo que sería una llamada. El momento había llegado.

—¿Y bien?

Beatriz Paredes sonaba convincente.

Leopoldo siempre detectó que tenía cierta tendencia al sadomasoquismo, al placer con la angustia ajena, aunque desconocía si disfrutaba azotando a los amantes que pasaban por su cama. Por los detalles se conocía a las personas y a él le pagaban, precisamente, por sacar a la luz aquello que las vistas cansadas no llegaban a percibir. Siempre había una razón conectada al pasado, una carencia o una exaltación personal. El secreto no residía en el cómo, ni en el dónde sino en el porqué. Con la situación bajo control, la directora disfrutó escuchando la voz insegura del redactor.

—Pensé que me darías más margen, jefa. Todavía estoy pensando qué hacer. Además, ¿sabes qué? Esta mañana, después de la reunión, Amalia y yo nos hemos dado un tiempo...

—Vaya. ¿Finalmente la has dejado?

—He dicho un tiempo, no que hayamos roto.

—¿Así que te ha dejado ella a ti? Eres un cobarde.

—¿Por qué hoy todo el mundo malinterpreta lo que digo? Es simple. Hemos decidido no vernos hasta después del verano.

—Llámalo como quieras. En el fondo me alegro de que lo hayas dejado con esa cría. Se te estaba subiendo la tontería al cerebro. Necesitas una mujer más madura a tu lado.

—Ya, como yo.

—No, Leopoldo. Como tú, no. Más madura que tú, aunque viéndote, debes de ser un poco insoportable para las de tu edad...

—Gracias por ser tan comprensiva. Quizá debiera probar con las de la tuya.

—No te pases un pelo, listillo. ¿Has decidido lo que vas a hacer?

—¿Cuáles son las opciones, Beatriz? He hecho los deberes... Estamos hablando de una mujer que tiene un patrimonio de 180 millones de euros, más de lo que podría alcanzar yo en tres vidas... No obstante, no hay nada relevante acerca de ella en los buscadores. Ni una sola noticia que vaya más allá de la muerte de su marido. ¿No te resulta extraño que se dirija a nosotros? ¿A mí, en particular? ¿Un mediocre comentarista de moda y estilo de vida? Algo apesta en este asunto, te lo digo desde ya, y no me gusta nada porque no lo entiendo. Esa mujer podría comprar al mismísimo New Yorker con esa fortuna.

—Sorprendente. Desconocía tu lado más humilde. Pero relájate un poco. El exceso de café te está mermando las neuronas. No me importa lo que la señora Domenech haya logrado en su vida. Estoy segura de que tiene una bonita historia que contar. ¡Todos la tenemos! Así que sólo has de sacarle punta al asunto, encontrar el ángulo más atractivo de su personalidad y hacer lo que mejor sabes.

—Lo que mejor se me da es dormir.

—Hablo en serio, Leopoldo.

—Sólo digo que hay algo que no me cuadra. ¿Y si lo hago mal? ¿Y si no logro escribir lo que pide? ¿Y si lo que quiere que escriba me parece una basura? Jamás me lo perdonaría. Esta mujer no encaja con el perfil que solemos traer a los reportajes.

—Cervantes, lo vas a hacer bien, como siempre. Yo confío en ti y eso es lo que cuenta. Soy tu jefa, pero recuerda que fui también la que te trajo a esta revista para que tu nombre estuviera en boca de todos. No son aristócratas. No te dejes impresionar por la fortuna. No es más que eso, dinero.

—Hablando de dinero…

—Mañana tendremos tiempo para eso. Piensa en una cifra y multiplícala por dos.

—Eso suena bien…

—Estupendo. Te espero a las ocho en Delina's de la Castellana. Sé puntual, ponte guapo y no te perfumes en exceso.

—¡Un momento! Ni siquiera te he dicho si lo voy a hacer.

—Sí que lo has hecho, Leopoldo. Descansa y brinda por tu futuro. Es tu día de suerte.

6

Martes, 14 de junio de 2016,
Madrid, España.

«Piensa en una cifra y multiplícala por dos», repitió fantase-
ando con números astronómicos. ¿Cuál era su precio? ¿Y el
de esa mujer? De pronto, todas sus preocupaciones habían
desaparecido. Tal vez el dinero no fuese lo más importante
en la vida de Leopoldo pero, sin duda, formaba un pilar
fundamental de su estabilidad emocional.

Había descansado sin despertarse a mitad de noche, algo
inusual durante los últimos meses. Primero fue la ruptura
con Rosario. Se había acostumbrado a dormir junto a otra
persona durante años, abrazado a un cuerpo que conocía,
que había explorado por completo. Añoraba el calor corporal que ella desprendía, el tacto de su pelo alborotado sobre
la almohada, el lado izquierdo del colchón hundido. El ser
humano no está preparado para un repentino arrebato de
comodidades. La transición es necesaria, como un lento
proceso estomacal, como la herida que cicatriza sin darnos
cuenta a la vez que no desaparece del todo. Con la pérdida
de Rosario, no sólo se esfumó una posible esposa con la que
formar un futuro. También se fue la colección de discos

de vinilo y libros de tapa dura que compartían, parte de los ahorros que había invertido en decoración innecesaria y, sobre todo, las horas de sueño que jamás recuperaría, la sensación de estabilidad que le llenaba cada mañana al levantarse de la cama, girar el cuello y verla allí dormida bajo las sábanas.

Mientras se reponía del varapalo sentimental, probó a dormir con otras mujeres. Chicas que conocía en los bares de copas de la capital, en los eventos donde los famosos de segunda se aprovechaban de su efímera fama, en las presentaciones de libros que no había escrito él. Cualquier ocasión era buena para conocer a alguien, a pesar de que, cuando pronunciaba su nombre, pudiera ver el reflejo hipnótico del dinero en las pupilas de las desconocidas. Una ilusión sobre algo inexistente. No le importó, al menos, al principio. Era incluso divertido. Mujeres de todas las clases sociales, edades, profesiones, dimensiones y colores. Estaba dispuesto a amarlas sin prejuicios, a conocer lo más profundo de su ser, a conocerse a sí mismo a través de todas ellas. Incluso pensó en realizar un viaje a la India con una jipi danesa, hija de diplomáticos, que había conocido en una fiesta privada. Pero la decepción le llegó antes de lo previsto. Esas patrañas orientales no eran para él. Regresó a sus cabales, donó a la beneficencia los fulares coloridos que había comprado y entendió que olvidar a una persona era un proceso lento y delicado. Y mientras tanto, no fue capaz de escribir una sola palabra que mereciera la pena recordar.

Finalmente llegó Amalia, la sirena de la Costa del Sol, la andaluza morena de mirada oscura, pelo azabache y piel de melocotón. La gracia de las mañanas, el susurro de las noches de bohemia. El girasol vivo que devolvió la alegría al periodista. Pero la modelo llegaba tarde a su vida, en un momento en el que Leopoldo había dejado de brillar.

Cuando se detuvo en la puerta del Delina's, echó un vistazo por el cristal en busca de su jefa.

La cafetería estaba vacía, a excepción de dos mesas. Una de ellas estaba ocupada por un hombre de traje y corbata que hablaba por teléfono, y la otra por una chica con mallas de correr y gafas de sol, que llamó su atención.

Madrid era una capital única, en la que cualquiera tenía su momento de gloria en el ojo ajeno.

—¡Leopoldo, aquí! —dijo una voz en un rincón y vio una mano que le hacía señas para que se acercara. Era Beatriz, sentada a una mesa en el ángulo muerto que su ojo no alcanzaba a ver. Se había vestido, de nuevo, con una americana blanca, blusa de transparencias y unos pantalones negros ajustados. Junto a ella, un café con leche de medio litro como los que servían en las franquicias, y un cruasán relleno de lonchas de pavo cocido y queso.

El redactor reaccionó con una sonrisa, mirada al suelo y paso firme hasta ella.

—¿Me da tiempo a pedir un café?

—No, toma asiento —respondió con la boca llena. El periodista se acomodó junto a la jefa en uno de los asientos de espuma pegados a la pared—. ¿Estás nervioso?

—Por supuesto que no.

—Mejor, porque yo sí.

—¿Por qué? ¿Qué ha sucedido?

Beatriz tragó, puso los ojos en blanco para darle el matiz dramático a su explicación y le pegó un sorbo al café.

—Nada.

—No, no, ahora tienes que decirlo. No puedes tirar la

piedra y esconder la mano. No es ético.

—No me des lecciones de ética, ¿vale, guapo? Es simplemente que esta mañana me han llamado, ya sabes… de la junta. Quieren que salga todo bien, que esta mujer firme y se quede contenta con el resultado. Vamos, lo de siempre, nada nuevo.

—Pero temes que la cague de nuevo.

—¿Ahora eres adivino?

—Todo irá bien, te lo prometo.

Leopoldo se acercó unos centímetros y le tocó la mano. El gesto le generó cierta incomodidad a la mujer. Era la primera vez que se producía un contacto físico entre ellos. Las intenciones del periodista eran las de tranquilizar a la directora, pero con unas palabras hubiera bastado.

Al sentir la negativa de su mirada, retiró los dedos y se echó hacia atrás.

—Disculpa.

—No sé qué ha significado eso.

—Sólo quería calmarte.

—Pues me has puesto más nerviosa —dijo y dio otro trago de café—. ¿Un cigarro? Ah no, que ya no fumas. En fin, me lo fumaré yo sola. No te importa, ¿verdad?

—Hace años que no pruebo el tabaco.

—Mejor. No la cagues, Leopoldo. Sólo te pido eso. Entre tú y yo, si esto no sale, rodarán cabezas. Primero la tuya y luego la mía.

—¿Y qué pasa con Laurent?

—Se salvará. Siempre lo hace. Lleva casi tantos años como yo metido en el mismo oficio. Tiene demasiados contactos en este mundo.

—Por esa norma, tú también te podrías salvar…

—Yo soy una mujer y las reglas del juego son diferentes para mí. No te digo que sean peores ni mejores. En veinte años he visto de todo, ¿sabes? Han intentado pisotearme, la mayoría de ellos hombres, por creer que no estaba a la altura, pero también mujeres, no te creas. Hay muchos hijos de perra en los pisos de arriba. Y más de los que te imaginas. Además, te diré una cosa. Mientras muchos que ocupan tu posición, desearían estar en la mía, otros que están en mi lugar, preferirían estar en la tuya. Lo fácil siempre es llegar, lo complicado es quedarse y mantenerse en la línea de fuego.

—Jefa, eres mejor que ver a Steve Jobs en Youtube para empezar el día.

—Exagerado.

—Bueno, pues Sharon Stone en Instinto Básico.

—No seas cretino —dijo y se levantó sujetando el bolso—. Quédate con la última frase y aplícate el cuento.

—¿Por qué dices eso? —preguntó—. ¿Acaso he dejado de estar en lo más alto?

Ella guardó silencio, y cuando salieron al exterior sacó las gafas de sol de Carolina Herrera y se encendió un cigarrillo frente a los taxis que cruzaban el paseo de la Castellana. Parecía una versión castiza de Sarah Jessica Parker en Sexo en Nueva York.

—Disculpa… Por un momento había olvidado que estaba hablando contigo.

* * *

El mítico y grandioso hotel Fénix, edificio del siglo XIX con vistas a la plaza de Colón, inaugurado por el famoso actor Gregory Peck en 1953, era ahora propiedad de una famosa cadena hotelera a nivel nacional.

Aquel lugar era una leyenda.

Había estado allí antes por trabajo, al igual que The Beatles y un sinfín de personalidades famosas que preferían quedarse en la suite antes de conocer las maravillas de Madrid. Había entrevistado a músicos, ministros, escritores, siempre en el interior de sus habitaciones, tomando notas de la decoración, de los aparatos desfasados que todavía ofrecían sobre las mesillas de noche.

Él nunca se había hospedado en el hotel, ni siquiera en las bárbaras veladas en las que perdía la cuenta de los cócteles y dormía fuera de casa para no avergonzar a Rosario. El aire neoclásico, las cristaleras de colores y el aroma a aristocracia palaciega le resultaban cargantes. Sin embargo, le encantaba la idea de que hubiese un Dry Martini en su interior, uno de los bares de moda en los que era fácil encontrarse con otras plumas conocidas.

Un botones vestido de uniforme le abrió la puerta a Beatriz Paredes, que sonrió con amabilidad. Juntos cruzaron el salón principal en el que, supuestamente, Silvia Domenech aguardaba para el encuentro.

Caminaron hacia el interior topándose con un salón principal de sofás de piel, una vidriera con forma de cúpula y un montón de mesitas vacías.

—¿La ves? Porque yo no —murmuró la jefa, que había olvidado quitarse las gafas de sol—. Son las ocho exactas. Al menos, no nos puede acusar de impuntualidad.

—Será mejor que esperemos por aquí. Quizá haya tenido un contratiempo.

Leopoldo echó un vistazo a los alrededores en busca de la prensa diaria, cuando el sonido de unos tacones rompió el silencio.

—¡Señor Bonavista! —exclamó una voz femenina desconocida.

Los dos se dieron la vuelta sorprendidos.

Frente a ellos, una mujer alta, de labios carmín hinchados por el bótox, largos mechones dorados, una mirada cristalina y los pómulos estirados. Ninguno de los dos dudó de que era ella. Con sus retoques estéticos de cirugía, el exceso de maquillaje que llevaba para esconder las arrugas y las siete décadas que cargaba bajo la estirada piel, Silvia Domenech era una mujer esbelta de constitución delgada. Una dama sensual para su edad, con un gusto pulido con los años y mucha inversión monetaria, lo cual, interpretó Leopoldo, la habría hecho una mujer segura, confiada y voraz, acostumbrada a los caprichos, a no aceptar un rechazo como contestación y dispuesta a hacer lo que estuviera en su mano para conseguir lo que deseaba.

Indiferente ante la presencia de la directora de la revista, la señora Domenech se acercó impulsiva hacia el periodista ofreciéndole la mano. La mirada maternal, dulce y cálida, sólo era parte de su estrategia de seducción. Un vestido negro y ceñido, de mangas francesas, transparente en la parte superior del pecho, dejaba a la vista sus rodillas.

—¿La señora Silvia Domenech? —preguntó Leopoldo Bonavista con voz forzada y profunda, imitando a los actores de la vieja escuela de Hollywood—. Es todo un placer conocerla.

Beatriz, abochornada por la estampa que tenía delante, no tuvo más remedio que tragarse las palabras y seguir el teatro que ambos estaban dispuestos a interpretar. Era evidente, sin razón o lógica alguna, que la viuda de Fonseca tenía una profunda admiración por el joven crítico.

—No sabe lo que me alegra conocerle en persona. ¡Le imaginaba más feo! Ya sabe, pensaba que ya no quedaban escritores guapos como antes, pero me temo que estaba equivocada.

Leopoldo sintió un calor emanando de su cuello. El cumplido le había sonrojado. Su ego se inflaba como un globo aerostático.

—Buenos días, señora Domenech —intervino Paredes alargando su brazo entre los dos antes de que se comieran a besos—. Mi nombre es Beatriz Paredes y soy la directora de la publicación Hedonista. Es todo un gusto que se haya decantado por nosotros...

—Claro que sí, guapa —respondió la anciana sin entusiasmo estrechándole la mano, para después retirarla, agarrar al treintañero del brazo y dejar atrás a la directora—. Y cuéntame, Leopoldo. No te importa que te tutee, ¿verdad? Vamos a pasar un tiempo juntos, chico. Será mejor que rompamos las distancias. Además, ¡podría ser tu abuela! Qué gracioso es todo... Sin embargo, me siento como si tuviera tu edad... Por cierto, ¿te gusta el vino espumoso?

Leopoldo no podía estar más agasajado. Todos sus temores se habían quedado fuera, junto al botones que cuidaba los equipajes de los huéspedes. De vez en cuando, miraba a su jefa, apartada, aguantando como una profesional la insolencia y falta de protocolo de una entrañable mujer que sólo quería hablar un rato. Beatriz tenía razón. Aquel proyecto sería coser y cantar, sin apenas esfuerzo. Lo mejor de todo era que no dudaría en pedir hasta el último céntimo que Domenech estuviera dispuesta a pagar. ¡Faltaría más! Él era el inigualable Leopoldo Bonavista. La vida le volvía a sonreír. Laurent, *au revoir*; Amalia, *ciao bella*. El pasado, atrás, donde debía quedarse. Lo mejor estaba por llegar.

Después de un intercambio banal de opiniones, la señora Domenech los guió hasta una mesita que había junto a la chimenea del salón, y a un gran mueble con baldas cargadas de botellas de whisky.

Tomaron asiento y un empleado del bar les sirvió dos cafés y una manzanilla. Antes de comenzar la negociación, Leopoldo percibió que a Silvia Domenech le incomodaba la presencia de la directora. Por algún motivo, tenía interés en estar con él, a solas, y parecía desconfiar de ella. Beatriz Paredes también se había dado cuenta, quizá desde su primera toma de contacto, pero le era indiferente. No estaba dispuesta a que el protagonismo del redactor arruinara un reportaje de cien mil euros, así que retomó el control de la conversación.

—Como ya le hemos dicho, nos halaga que haya decidido trabajar con nosotros. Por eso, nos gustaría conocer más la idea que tiene en mente para el reportaje y de esa manera aconsejarle qué sería lo mejor...

Silvia Domenech extrajo la bolsita de infusión del vaso de agua humeante y estiró el cuello hacia arriba con altanería.

—Supongo que es el señor Bonavista quien más entiende de esto. A fin de cuentas, es quien se encargará de escribir el artículo. ¿Me equivoco?

Beatriz frunció el ceño y lanzó una mirada aniquiladora al periodista.

—En absoluto... —respondió él, titubeante. Su jefa deseaba estrangularlo—. Es decir, sí, seré yo quien lo escriba, pero este es un trabajo de equipo, señora Domenech, y la señora Paredes es quien se encarga de que todo esté perfecto... ya me entiende.

—Si tú lo dices, así será.

La directora, insistente y lejos de amilanarse por la insolencia de la cliente, prosiguió con una explicación de la estructura del reportaje, el tono que se le daría y las localizaciones que el fotógrafo usaría para sacar su lado más natural. Domenech, por su parte, jugaba a la indiferencia mostrándose aburrida, mirando a otras partes cuando le hablaba, actuando como una adolescente con la cabeza distraída en lugar de prestar atención a la pizarra.

—¿Ha terminado ya, señorita? —preguntó arrogante—. No se ofenda, pero si tan sólo hubiera deseado conocer los detalles, mi asistente le habría enviado un correo electrónico y yo no habría hecho un viaje tan largo. La razón por la que estoy aquí es para conocer al señor Bonavista y hablar con él largo y tendido, hasta que me convenza de que la idea que ronda en mi cabeza no es una estupidez.

Leopoldo podía sentir la tensión en el ambiente y también en su cuerpo. La cercanía del principio se había convertido en un combate de carácter en el que desconocía de qué lado debía estar. Su jefa vibraba como una olla a presión.

—¿Y esa idea es? Si se puede saber, claro... —contestó.

La mujer resopló exhausta.

—Precisamente, me gustaría hablar a solas con él antes de pronunciarme. A mi edad, detesto que me hagan sentir como una idiota cuando manifiesto mis pensamientos en voz alta. Dentro de no mucho sabrá de lo que hablo...

Beatriz no aguantó más.

Leopoldo reaccionó y le pidió un minuto a la anciana para hablar en privado con su jefa. Si por ella hubiese sido, le habría derramado el café ardiente en los labios cargados de silicona.

El redactor cogió del codo a la directora y la arrastró al exterior del salón, llevándola hasta un rincón de la entrada donde se encontraban los ascensores.

—¡No la soporto, Leopoldo! ¡Te juro que la voy a matar! —dijo, apretando los puños—. ¡Y encima le sigues el rollo!

—Cálmate, que nos va a oír...

—Pues no estaría de más, maldita bruja...

—¿Por qué no me dejas hablar con ella? En el fondo es lo único que busca. Eso, y provocarte un poco. Disfruta tanto como tú...

—No me calientes, que no estoy de humor.

Recordando el desafortunado gesto de la cafetería, Leopoldo optó por consolarla tomando su hombro. Beatriz necesitaba un respiro. Ya fuera la presencia de esa mujer o un agente externo el que agitaba su temple, la directora no debía permanecer allí si querían continuar con el proyecto. Él tampoco sabía muy bien cómo terminaría aquella historia, pero con su jefa delante no auguraba el mejor de los finales.

—Hablaré con ella todo el tiempo que necesite. Márchate a la oficina, te mantendré informada cuando termine. Llegaré a un acuerdo y la convenceré para que firme, te lo prometo.

La expresión de Beatriz Paredes estaba desencajada.

—¿Desde cuándo me das órdenes?

Él suspiró. No lo estaba arreglando.

—Venga, jefa... Seamos profesionales. Estamos juntos en esto, confía en mí. Eso es todo lo que te pido. Quiero reparar el daño que hice, sé que nunca te di las gracias por ello.

La mujer se cruzó de brazos y miró a su empleado con cierta incredulidad, pensando si hablaba desde el corazón o buscaba la manera de quitársela de en medio. Finalmente, la intuición se interpuso a la lógica cuando leyó la mirada dolida y desesperada del joven Bonavista.

—Está bien, Leopoldo, pero quiero que me mantengas informada de todo lo que hables con esa loba. Y cuando digo todo, significa un informe detallado de cada momento, ¿entendido?

—Gracias —respondió con satisfacción—. Lo tendrás tan pronto como salga de aquí. Ahora, permíteme hacer mi trabajo.

Reteniendo la impotencia como una bolsa de gases gástricos, la directora se dirigió a la puerta giratoria, no sin antes advertirle por última vez con el dedo índice.

—¡Todo!

Una vez que se aseguró de que Beatriz Paredes estaba fuera del alcance del campo de visión, regresó con incertidumbre al sofá en el que la misteriosa Silvia Domenech esperaba con las piernas cruzadas.

Antes de retomar su sillón, notó que la señora había terminado la infusión.

—Lamento que haya sido tan larga la espera… Ha surgido un pequeño contratiempo en la oficina y la señora Paredes ha tenido que marcharse. Me ha rogado que la disculpe. Pero no se preocupe. A partir de ahora, me encargaré yo de seguir.

La señora Domenech esbozó una sonrisa placentera y cerró los párpados. En efecto, no iba mal encaminado.

—No te preocupes, mejor así. La presencia de tu jefa me incomodaba. ¿Sabes? Yo también soy mujer y he tenido su edad. ¡Es peor que a los veinte! Me recuerda tanto a mis hijas… —contestó. Antes de terminar la oración, se puso en pie y caminó hacia la recepción—. Quiero subir a mi habitación, acompáñame.

—¿Cómo dice? —balbuceó desprevenido. Un burbujeo de nerviosismo entorpeció su respuesta—. Puedo… esperarla aquí, si lo prefiere.

La mujer se detuvo en seco. Temió haberla ofendido. Leopoldo se fijó en su trasero. De espaldas no se le veían las arrugas y parecía mucho más joven de lo que realmente era. Tenía las piernas finas como los flamencos y los gemelos bien definidos. El uso de tacones le estilizaba la figura.

—Ya me has oído. Vayamos a mi habitación.

Estupefacto e intrigado por lo que vendría después, siguió el taconeo de Silvia Domenech hasta el ascensor como una rata de Hamelín.

7

Para Leopoldo, las personas eran como los libros: al leerlas por segunda vez, siempre terminaba fijándose en detalles que antes había pasado por alto.

De frente, a escasos centímetros de su brazo y con la presencia de un botones, tuvo tiempo a apreciar algunos rasgos en el breve trayecto de ascensor. Silvia Domenech, en su mano derecha, la más cercana a Leopoldo, lucía en el meñique un discreto anillo dorado en el que brillaban tres diamantes; una alianza de matrimonio, probablemente de oro, en el anular; y una brillante y vistosa esmeralda en el índice. Sus falanges eran delgadas y largas como las de un pianista y tenía la piel delicada y con pequeñas manchas rosadas, fruto de la edad. No pudo ver la otra mano hasta salir de allí, en la cual sólo portaba un sello de oro con la inicial de la familia Fonseca. En cambio, sí observó la flor de piedras preciosas de Bulgari que le colgaba del cuello y que combinaba con los pendientes de oro rosado, dulce manjar para cualquier ladrón de joyas.

Un vistazo fue más que suficiente para suponer que Silvia era una mujer con carácter, a pesar de las apariencias que quisiera mostrar.

Entendió que le gustaba dar órdenes, de ahí que la joya de

más peso cargaba sobre su dedo índice, siempre dispuesto a señalar y recordar quién poseía la fortuna. Por otro lado, el exceso de bisutería le llevó a deducir la falta de ésta en su temprana edad. Después de la caprichosa e impertinente puesta en escena, no tardó en sospechar que Silvia Domenech había padecido muchas carencias antes de alcanzar la plenitud financiera. No era de extrañar. A su edad, si era cierto que tenía setenta años, debería de haber nacido en los inicios del franquismo, lidiando con el hambre, la escasez y la falta de todo. En general, de haber sido afortunada.

No había otra explicación para él.

De lo contrario, habría existido un equilibrio notable que parecía ausente en su forma de actuar: era excéntrica y se sentía protegida bajo el poder que transmitía el dinero. Los dos primeros síntomas de una persona que arrastraba un fuerte complejo de inferioridad. Y ahora, había encontrado la forma de vengarse de aquello que la había hecho sentir miserable en el pasado.

En resumen, la cliente había aprendido los principios básicos de la buena costura y el gusto por lo inaccesible en sus años de vida, a pesar de no solucionar sus enredos con los fantasmas del pasado. ¿Pero quién era él para juzgarla?, se preguntó allí dentro. Nadie estaba libre de ello, razón por la que los psicólogos seguían teniendo trabajo.

Todos cargaban con una mochila que nunca dejaba de pesar.

El elevador se detuvo en la tercera planta, ella fue la primera en salir y guió al reportero con breves palabras hasta una puerta marrón con el número 310. De un estrecho bolso negro de Chanel, sacó una tarjeta de plástico y la insertó en la cerradura. El sistema desbloqueó la entrada y ella empujó la manivela hacia dentro.

La cristalera de la habitación tenía vistas a la plaza de Colón y desde allí se podía ver la torre en memoria del navegante.

Era una mañana soleada, los rayos atravesaban la cortina fina y rebotaban en la moqueta azul. El periodista no tenía miedo, ni tampoco sufría estrés ante algo tan extraño. Cuanto menos, estaba sorprendido por el comportamiento de la desconocida. Así que, antes de provocar un malentendido y arruinar la entrevista y lo que quedaba de su carrera profesional, prefirió ser un observador sin adelantar acontecimientos y mantener las manos quietas.

En el fondo, le divertían esas situaciones.

—Pasa, pasa. No te quedes ahí —dijo ella y caminó hacia el interior.

No era una habitación muy amplia.

Sobre la cama de matrimonio había una maleta que estaba sin abrir. Ni siquiera había cambiado de sitio los cojines. El cuarto estaba perfumado por el rastro que había dejado ella poco antes de encontrarse. Olía bien, sin exceso, y era una fragancia fresca, insólito entre las señoras de su edad, que se decantaban por aromas dulzones y más pegajosos para el olfato.

Silvia Domenech, de espaldas al invitado, se descalzó con un sutil movimiento de talón y se acercó al escritorio de madera que había junto a la cama.

—Ven. Ayúdame —ordenó, aún de espaldas a él, inclinando el cuello hacia delante. Leopoldo comenzó a sentir un cosquilleo en el cuerpo y las palmas de las manos se le humedecieron.

«Actúa con naturalidad. No está pasando nada raro aquí», se repitió como un mantra antes de acercarse a ella.

Domenech se recogió la larga melena que le caía por la espalda y dejó al descubierto una columna tostada por el sol y manchada de lunares.

—Desabróchame el vestido —prosiguió, refiriéndose a un botón que unía las dos partes traseras y la embutía en aquel apretado vestido negro—. La costura me está matando.

Leopoldo levantó las manos y se limpió el sudor salado que tenía encima del labio. Una vez lo hiciera, no habría marcha atrás. Se había percatado de que la señora no tenía sujetador. ¿Estaba sucediendo? ¿Había sido toda una artimaña para llevárselo a la cama?, se preguntó mientras hacía lentos movimientos. El corazón tomó velocidad. De pronto, un abanico de posibilidades se le abrió en la conciencia: ¿acostarse con ella? ¿Firmar antes una cifra? ¿Y después qué? ¿Contarle la verdad a su jefa? ¿Mentirle con algún embuste improvisado? Le sobraban las preguntas.

—Chico, ¿a qué esperas? —insistió, seria, ladeando un poco el rostro y sacándolo de su propio trance—. Me van a salir agujetas en los brazos.

—Sí, sí, ya voy —respondió él y le desabrochó el vestido torpemente.

Cuando el botón se separó de la otra mitad del vestido, escuchó un suave suspiro de placer.

—Gracias… —le dijo la mujer, aliviada. Después se giró ciento ochenta grados, pero Bonavista seguía allí paralizado—. ¿Qué te pasa en la cara?

—¿Eh? Nada.

Silvia Domenech rompió en una carcajada delante de él y se tapó la boca con los dedos. Entonces se dio cuenta de su hermosura, a pesar de los cambios que se había hecho en el rostro. La auténtica belleza de las personas, la que nunca envejecía, residía en la forma de reír.

—¿No pensarás que te he traído aquí para acostarme contigo? —preguntó y volvió a reír.

—¿Yo? ¡No, no! En absoluto... —contestó sofocado. Su cara decía lo contrario—. ¿Cómo? No, no me malinterprete...

—Dime una cosa, guapo —dijo y su semblante adoptó una postura severa—. ¿Te resulto atractiva? Sé honesto. Dime la verdad.

El reportero no encontraba el aire.

Podía decirle la verdad, la pura verdad; enfrentarse a ella y reconocer que era una mujer sensual y que no tendría reparos en dar un revolcón sobre el colchón de viscolátex con tal de firmar los papeles; o no responder nada y provocarle una decepción.

Cara o cruz, había llegado al final de la partida. No era su día más creativo para soltar un comentario ingenioso y abandonar la estancia sin consecuencias.

—Sí —dijo liberándose de la carga y se sentó en el borde de la cama—. Sí que creo que es una mujer atractiva.

Ella esperó unos segundos descalza, apoyada junto a la ventana y al contraluz del sol.

—Está bien —respondió—. Pero podría ser tu madre, o tu abuela. Y eso está feo. ¿No crees?

Al reportero se le formó otro nudo en la garganta.

No comprendía el bloqueo mental que estaba sufriendo.

Domenech no era la primera mujer mayor con la que estaba a solas en un hotel, aunque sí la más madura de todas. Se sentía desorientado. El reportero poseía la experiencia suficiente como para mantenerse a la altura y, sin embargo, se sentía como un cachorro enjaulado.

—Sí.

La mujer volvió a reír, esta vez con menos efusividad.

Se dirigió hacia el mueble de la televisión y abrió el mini bar. De su interior sacó dos botellas pequeñas de Bombai Saphir, una tónica Schweppes y un par de vasos de cristal.

—¿Te gusta la ginebra?

—Sí –afirmó como un pazguato. La situación le había hecho colapsar y ahora se limitaba a asentir.

Ella vertió el alcohol, repartió la tónica en cantidades iguales y le ofreció el vaso.

—No tienen limón, ni hielo, ni cardamomo, pero hará el mismo efecto —explicó. Pasmado, sujetó el recipiente caliente en la mano—. A ver si te devuelve el habla. Brindemos.

Le asombró que mencionara el cardamomo. Sólo los más esnobs lo exigían. Alzaron los vasos y dieron un trago. El rostro de ella permaneció inexpresivo. Se preguntó si sería a causa del bótox. El combinado sabía horrible, fuerte. Parecía un caldo, pero podía soportarlo. Había tomado cosas peores.

—¿Todavía sigues pensando que quiero acostarme contigo?

—Sí —respondió como un robot automático—. No, no. No estaba pensando en eso…

—Tranquilo, guapo, no pasa nada… —dijo y se sentó junto a él manteniendo una ligera separación. Después acercó el bolso rectangular de Chanel, se lo puso entre las piernas y lo abrió—. No soy una mujer famosa, aunque he vivido como una reina. Mi marido y yo hicimos mucho dinero, a pesar de que yo siempre estuviera a la sombra, ¿sabes?

Sus palabras denotaban cierta nostalgia y tristeza por el pasado.

—He leído que su familia figura entre las más prósperas de este país...

—Ricas, usa la palabra ricas —rectificó con una sonrisa. Su actitud hacia él había mutado a un trato más familiar, exento de tensión sexual y dobles intenciones. Estaba a punto de confesar, de contarle aquello que los entrevistados sacaban a la luz en la más solemne intimidad. El reportero recuperó el aliento y la relajación. Aquella mujer era una bomba—. Y sí, es cierto, hemos vivido muy bien durante mucho tiempo, y lo seguimos haciendo... Quiero enseñarte algo.

Leopoldo volvió a fijarse en el brillo de las joyas y comenzó a hacer cuentas en su cabeza.

—¿Te gustan? —preguntó haciendo referencia a los pendientes.

—Son muy bonitos.

—Me los regaló alguien especial —dijo con ternura y sacó una foto del interior del bolso.

—¿Es su familia?

—Así es —contestó y se la puso entre las manos. Era una foto familiar como cualquiera, realizada en un restaurante tras algún tipo de celebración especial—. Es reciente, de mi último cumpleaños. Mi marido ya no estaba aquí.

—Entiendo.

Leopoldo la guardó en el interior de su americana.

—¿Qué haces? La vas a necesitar.

—¿Ahora?

—Sí... Te preguntarás por qué te he traído aquí. Es la primera vez que voy a contárselo a alguien, a alguien que me escuche atentamente. Por eso buscaba sentirme resguardada y no podía hacerlo delante de cualquiera. Espero que tu jefa lo entienda.

—Pero, ¿por qué yo?

—Porque tú eres la única persona a la que se lo puedo contar sin que me juzgue, Leopoldo —sentenció con un tono de voz propio de una profesora de matemáticas y comenzó su monólogo—. Eres una persona honesta, puedo interpretarlo en tus palabras. He leído todos tus artículos, todas tus columnas de opinión; he visto los reportajes que le has hecho a toda esa gente que son unos miserables en la vida real… Y te digo esto porque yo misma los conozco en persona… Tengo setenta años y una comienza a plantearse cuántos más estará por estos lares. Es algo en lo que pienso desde hace poco. Así que quiero que esta sociedad tenga un buen recuerdo de Silvia Domenech, no sólo de la señora Fonseca. Soy algo más que la esposa, la viuda o la señora de un millonario. Y no es que no me importe, pero nunca me han dado la posibilidad de pronunciarme al respecto… ¡Yo le ayudé a amasar la fortuna que tenemos hoy! ¿Por qué morir dejándole todo el reconocimiento a él? Mis hijos deberían saber esto y mucho más…

—¿No ha pensado en escribirles una carta?

Ella reaccionó con desprecio.

—Comprendo que he hecho cosas que no debería, y entiendo que el Señor me haya puesto en mi lugar… ¿Quién no ha pecado alguna vez? Estoy cansada, Leopoldo, y el momento de dar la exclusiva ha llegado. Esto es algo que no sólo afecta a mi familia, sino a este país. Así que esa es la razón por la que te he elegido a ti. Sé que no me juzgarás por mis meteduras de pata, pues tú también las has tenido. Eres capaz y tienes el don de mostrarles a todos el lado más positivo de mi persona.

8

Con la fotografía en una mano y el vaso de ginebra caliente en la otra, Leopoldo concentró su atención, tal y como ella se lo había pedido. Sin cuaderno, ni grabadora digital, Leopoldo tenía la habilidad de recordar cada detalle, hasta el más desapercibido, durante años, sin distorsionarlo en la memoria.

La luz exterior alumbraba el rostro de la mujer, que recorría su vida entre pensamientos como una vieja cinta de vídeo.

Sentada a su lado y con las manos sobre las rodillas, comenzó a hablar:

—Jaume, mi marido, y yo, nos casamos enamorados el uno del otro.

El periodista la miró extrañado.

—Se supone que ha de ser así, ¿no?

—No en esa época. Si yo te contara... —añadió, estiró la mano derecha y señaló con el índice la fotografía, dejando a la vista una vez más el pedrusco verde—. Este es mi hijo, Adolfo. Se parece a mi esposo, ¿verdad? Tienen los dos esa nariz robusta de boxeador...

El reportero asintió.

Efectivamente, padre e hijo eran un calco genético, a pesar

de que las únicas fotos que había encontrado de Jaume Fonseca eran de sus últimos días. Adolfo era un hombre atractivo, de espalda ancha, corte de pelo clásico, moreno de cabello, pálido de piel y con un puñado de canas en los laterales de la cabeza. Su rostro era serio en una fotografía en la que todos, aparentemente, sonreían. Ni siquiera se había molestado en disimular en el cumpleaños de su madre.

«Interesante», pensó.

A su lado, una bella mujer, de menor estatura, pecho pequeño, cabello oscuro y piel bronceada, le agarraba del brazo. Llevaba un vestido azul, estrecho y con transparencias. Las espinillas le brillaban a causa de la crema que se habría untado horas antes. Dedujo que estaba orgullosa de su físico. No era para menos. De algún modo, le recordó a Amalia, su novia, si es que todavía podía etiquetarla así. Pero esta mujer era un poco más mayor que la andaluza. Eso aparentaba.

—¿Quién es?

—¿Esa? —preguntó con desaire—. La prometida de mi hijo.

El descontento era obvio, pero Leopoldo debía ser cauteloso antes de meterse donde no le llamaban. Con los años había aprendido a sonsacarles los secretos más privados a decenas de famosos. El mejor método para que el entrevistado cantara era contrario a lo que muchos de sus compañeros pensaban: no preguntar. Primero debía establecer una sensación de cercanía y confianza hasta que la otra persona se sintiera segura. Bastaba con escuchar atentamente, en silencio, respondiendo con frases cortas o asintiendo con un gesto de cabeza. En la mayoría de entrevistas, las personas sólo esperaban que les preguntaran lo de siempre: el nuevo disco, la última película, la novela en la que estaban trabajando… Cuando esto cambiaba de rumbo y, por sorpresa, la pregunta se acercaba a la persona, y no al artista, la actitud cambiaba. Por esa misma razón, aunque Silvia Domenech le había dado razones suficientes para sentirse cómodo, era consciente de que la señora estaba jugando su papel. La misión de Leopoldo no era otra que salir de allí con un acuerdo bajo el brazo, por lo que tenía que moderar sus impulsos y seguir la corriente del río.

—Es muy atractiva —contestó. Las cejas de la mujer se contrajeron—. Tendrá unos nietos muy guapos.

Domenech dio un respingo.

—Pues ya se pueden dar prisa. Todavía estoy esperando… —reprochó—. Martina es modelo, eso cuenta… aunque te diré una cosa, nunca la he visto trabajar en ninguna parte. Tengo la sensación de que mi hijo no sabe lo que quiere. Ella está con él por interés. Ojalá no funcione.

—Habrá algo más, ¿no? Su hijo no tiene el aspecto de un hombre ingenuo. Sé de lo que hablo.

—Y yo, chico. ¿Acaso te crees que los ricos somos estúpidos? Sí que es cierto que el amor es ciego, pero la familia no, aunque éste tampoco es el caso.

Antes de que prosiguiera soltando bilis sobre la futura nuera, el periodista continuó con el resto del elenco.

—Hábleme de ella —sugirió apuntando a una mujer rubia como ella, con la misma mirada azul, aunque con un tono más oscuro. Llevaba un conjunto de blusa y falda. La parte inferior le cubría las rodillas. Interpretó que no estaría orgullosa de sus muslos, ni tampoco de sus piernas. Sólo había que ver al resto de mujeres. Pero era tan sólo una suposición. Quizá fuera más conservadora, aunque esto no era incompatible con la moda, sino un modo de escudarse en sus inseguridades.

La mujer lucía un collar de perlas similares a las que colgaban de los lóbulos de la madre en ese momento. Parecía hecha a medida, aunque su físico quedara a la sombra de la matriarca de la familia. Lo que más llamó su atención fue la expresión: sonreía como el resto, pero sus ojos estaban apagados, sin vida y hundidos en los pómulos—. Se parece mucho a usted. Juraría que es su hija.

—¡Bravo! —respondió con una palmada—. Penélope y yo somos como dos gotas de agua. Es la mayor de mis dos hijas, una mujer de verdad, hecha a sí misma, con valores y una visión de la vida tan clara como la mía. No hay más que verla, ¿verdad?

—Podrían ser hermanas.

Ella rio, pero él hablaba en serio.

Era cierto que Silvia Domenech aparentaba menos años de los que tenía, pero su hija estaba muy deteriorada físicamente.

—Eres un encanto, joven. Una lástima que esté casada.

—Sí, una lástima... —dijo y señaló al hombre que había a su lado, un tipo regordete, con bigote, calvo y con una gran cabeza de huevo.

Ese día, ni siquiera se había molestado en peinarse el pelo que le quedaba alrededor del cráneo. Tenía aspecto de corazón noble. Podía sentirlo. Algunas personas, simplemente lo transmitían. Una sonrisa natural, jovial. Se mostraba como el único, de todos los que allí estaban, que disfrutaba del momento. No lo conocía de nada y ya le había caído simpático—. ¿Este es su marido?

—Sí —contestó breve y sin detalles—. Miguel Castellanos, hijo de Florinda Bonmatí y Vicent Castellanos... Los de los

78

barcos, ¿no te suenan?

Una mirada bastó para que entendiera que él no sabía de qué hablaba.

—Disculpe...

—Nada, no importa. De buena familia, eso es todo —agregó—. Es economista y trabaja con la familia. Es un trozo de pan, un poco pesado con sus temas, en ocasiones cansino, pero no tiene maldad.

—¿Qué temas? —preguntó. Ella lo miró unos segundos—. No quiero cansarle yo tampoco...

—Descuida, Leopoldo. Tú no me cansarías ni en dos vidas —contestó con dulzura—. Está convencido de que algún día será escritor de novelas, como Agatha Christie. El problema es que el pobre es pésimo contando historias, no como tú... Le dije a Penélope que le quitara esa idea de la cabeza, pero ella no tiene los tendones de acero como su madre. ¡Válgame Dios! ¿Qué ejemplo es ese para unos hijos? ¿Y si mañana mis nietos dicen que quieren ser músicos? No lo soportaría.

—¿Nietos?

—Sí. Miguel y Penélope me dieron dos nietos.

«De buena familia, tendones de acero, me dieron en lugar de tuvieron. Curioso», pensó y tomó una nota mental de cada una de las expresiones.

—¿Estos? —dijo señalando a una pareja de gemelos. Eran muy parecidos, aunque llevaban peinados diferentes. Ambos tenían el mismo problema que el padre y eran visibles las entradas de la cabeza. Se mantenían en forma y tenían los brazos tersos y anchos, por lo que, tras ver a los padres, supuso que irían al gimnasio a menudo. Aunque sonreían como el resto, transmitían maldad a raudales. Se preguntó de quién lo habrían heredado—. Se parecen a usted también.

—Abel y Romeo. Están en su primer año de carrera. Uno estudia Derecho y el otro... lo siento, me falla la memoria. Si te soy sincera, en ocasiones, no sé quién es quién... Pero no se lo digas, me matarían —explicó despreocupada. No le importaba un bledo confundir a sus nietos—. La culpa es de mi hija. Ella era quien los vestía con la misma ropa durante años, como si fueran dos muñecos. ¿Pero, qué estupidez era esa? ¿No se daba cuenta de que los estaba dejando sin personalidad? Ni que tuviéramos que escatimar en gastos...

—Pero ahora parecen normales. Cada uno viste a su gusto...

—Tú lo has dicho, parecen. Estos chicos se han criado con falta de correa, ya me entiendes... Mi marido era el único que, de vez en cuando, los ponía en su sitio, a trabajar, a limpiar el almacén de la bodega cuando se portaban mal, pero ahora... ¡Contempla esa mirada! Los quiero mucho, son mi familia, aunque temo que están descontrolados y sus padres son incapaces de hacer nada.

—Entiendo... —comentó y observó la expresión dolida de una mujer que había fracasado en lo que ella consideraba su misión—. ¿Quiere continuar?

—Sí, claro. Sólo quedan tres. Esta información es importante.

Leopoldo comprobó la foto y sólo vio que quedaban dos mujeres. Se cuestionó si hablaría del difunto marido.

—¿Está segura?

Ella le cruzó una mirada como si hubiera dicho una estupidez.

—No me hables como a una loca. Falta mi yerno, que ese día tenía una reunión importante. No está en la foto, pero también cuenta en esta historia.

—Ah, claro. Disculpe…

—Esa es Laura, la pequeña de todos, y su hija Luz.

—También su nieta.

—Sí —respondió seca—. El que falta es Samuel Ortego, el marido de Laura. Si buscas su nombre en Internet lo encontrarás. Es el Director General del Grupo Fonseca, el único que dirige el negocio familiar sin ser de la familia… puramente hablando.

—Es un detalle intrigante.

—Fue cosa de mi esposo. Samuel es inteligente, buen trabajador y entiende la filosofía del mundo empresarial: hacer dinero, evitar pérdidas y ahorrarse problemas. Por desgracia, mis hijos siempre estuvieron en otras cosas, que si en la náutica, que si en los viajes… Unos años antes de morir, Jaume se dio cuenta de que Adolfo no estaba preparado para ser director. La junta quería a alguien competente. Nunca se lo dijo. Era un dolor para un padre siendo su hijo favorito. Así que la mejor idea fue ponerle a él, ajeno a las rencillas entre hermanos, sin acciones ni herencias de por medio. Los accionistas no se opusieron y le concedieron una oportunidad. Samuel venía de trabajar en la banca. Le asignaron un buen salario y nadie se arrepintió. Como ves, esta familia tiene para una saga.

—Sin duda. ¿Y de su hija? ¿Qué me puede contar?

Laura Fonseca tenía el cabello castaño, el rostro fino y estaba delgada. Para Leopoldo no resultaba explosiva, como la prometida del hijo, pero tenía un rostro dulce y una expresión sensual.

—¡Ay, Leopoldo! —respondió con un suspiro—. Te voy a contar la verdad, aunque me gustaría que ésta fuera otra. Mi relación con Laura no es la mejor. La quiero, claro que la quiero, soy su madre, ¡cómo no la voy a querer! Pero, debo también decirte, que era la favorita de Jaume, la niña mimada... Siempre le dije que eso sólo la convertiría en una mujer frágil y dependiente, y que no sobreviviría al mundo moderno en el que vivimos. Por suerte, tenemos tanto dinero que para nosotros no es difícil sobrevivir... A sus cuarenta y cinco años, no sabe lo que quiere, ni tampoco ha sabido gestionar su matrimonio. De ahí que la pequeña le haya salido así...

—¿Así? —cuestionó y volvió a mirar la foto. A diferencia del resto de la familia, la joven había elegido una falda vaquera, unas zapatillas negras Vans bajas y una camisa de manga corta, negra y holgada, que le hacía parecer más gruesa en la imagen. Todo un acto de rebeldía e indiferencia hacia su abuela. Sin embargo, Leopoldo se fijó en sus rodillas, en los tobillos y en los codos, además de su rostro. Eran tan finos como los de la abuela y, sin cuestión alguna, era la más bella de las mujeres de la familia. El periodista pensó que en unos años lo sería aún más—. No le veo nada extraño...

—Me ha salido un poco rarita la niña, no hay más que ver cómo viste. Le gusta esa música rara de guitarras, tiene la casa llena de flores... Además, se junta con chicos extraños. Hace unos días, estaba viendo a mi hija y vino uno de esos jóvenes en motocicleta... Otra que está distraída, en lugar de tomar café con quien realmente tiene un porvenir.

Hablaba como una abuela preocupada por el resto de la familia. El periodista sintió cierta complicidad con las palabras, pues le recordaban a él.

—¿Qué edad tiene? ¿Veinte?

—Diecisiete, Leopoldo. Es una menor y ya hace esas cosas. Yo jamás permití que mis hijas se comportaran así... Además, hace poco la vi fumando. No me gusta nada eso y su madre no quiere que le diga lo que está pasando. Me sabe mal decir esto, pero esa niña necesita un correctivo.

—Un correctivo...

—Sí, ¿hay algo de malo en ello?

—Olvídelo. No he dicho nada —contestó con una sonrisa hipócrita, pensando si esa palabra, al igual que su significado, había quedado en desuso—. Tiene una familia muy variopinta.

Sin haberse dado cuenta, Silvia Domenech tenía el vaso vacío, mientras que él lo había guardado intacto.

—¿Y bien? ¿Cuándo empezamos?

—¿Empezar? Entienda que me llevará un poco de tiempo organizar el puzle familiar que me ha dado. No lo sé, no puedo darle una fecha exacta.

La mujer le agarró del antebrazo y se acercó a él con entusiasmo. A diferencia de su jefa, la matriarca de los Fonseca era muy tocona y lo hacía con naturalidad.

—No te preocupes, Leopoldo. Contaba con eso. Por eso he encargado al servicio de limpieza que te prepare el apartamento de invitados lo antes posible para que te sientas como en casa. Allí podrás tomarte todo el tiempo que necesites.

—Un momento, ¿apartamento de invitados? ¿De qué está hablando?

—Todos ya han sido informados de que estarás con nosotros durante una semana. Te enseñaré la residencia de verano. Es una alquería preciosa de estilo colonial rodeada de viñedos. Te gusta el vino, ¿verdad? Jaume le tenía mucho cariño a esa casa.

—Espere, espere... —dijo. Aquello se estaba excediendo

del plan. Los sudores fríos le destemplaron y las carcajadas de Laurent se apoderaban de su cabeza. Nadie le había hablado de trabajar fuera de Madrid—. No comprendo nada. Creo que ha habido un malentendido...

Ella se sorprendió hasta el punto de parecer ofendida. Alargó el cuello como un avestruz y se volvió distante. Era una artista de la interpretación.

—Eso no era lo que había hablado con la revista. En el contrato decía explícitamente que el reportaje se realizaría en Alicante y que te alojarías allí, en la residencia familiar, durante la semana que durase el proyecto.

Leopoldo sospechó que fuera un farol, pero no estaba del todo seguro. Nadie había hablado de contratos, ni de cifras. Mucho menos de viajes. ¿Le habría mentido su jefa? ¿Había sido todo una encerrona?

—¿En Alicante?

—También tenemos otra residencia a orillas de la costa. ¿Prefieres quedarte allí?

—¿La costa? No, no, ni pensarlo. Verá...

—Menuda decepción, Leopoldo, con lo que bien que nos estábamos llevando.

Silvia Domenech comenzó a inquietarse y eso le puso más nervioso.

—Ha habido un error, nadie me había dicho que tenía que viajar.

—Me parece una desfachatez, además, después de lo que os voy a pagar... Esto ha sido una pérdida de tiempo.

—¿Cuánto va a pagar por el reportaje?

—Doscientos mil euros.

La cifra resonó en su cabeza. Si obtenía la mitad, solucionaría sus problemas durante, al menos, un año.

La mujer se levantó de la cama.

—Será mejor que te vayas, Leopoldo. Ya te he contado suficiente. Creo que la ginebra me ha tirado demasiado de la lengua... Le haré saber a tu directora que rechazas una oportunidad así... ¡Con lo bien que te podría venir el dinero! Sin mencionar el relanzamiento de tu carrera. Últimamente, después de aquel reportaje, no has levantado cabeza. Has ido rodando como un barril...

—Lo haré.

—¿Qué? —preguntó con la mirada iluminada—. ¿Puedes repetir eso? A la vejez, me falla el oído.

—He dicho que lo haré. Tan sólo remarque bien que me pagará la mitad de esos doscientos mil euros. Es mi única condición. Si le parece conveniente, envíe las fechas a mi correo y prepare el cuarto de invitados.

Silvia Domenech sonrió y echó la barbilla hacia dentro. Se acercó al joven hasta quedarse a escasos centímetros de sus labios, bajó la mirada y le dio un pequeño pellizco en el carrillo derecho.

—Sabía que podía confiar en ti. A veces sólo necesitamos que alguien nos dé un pequeño empujón.

* * *

El café con leche se derramó de la taza salpicando el escritorio.

—¿Has perdido el juicio? ¿Quién coño te crees que eres? ¡Eso es una barbaridad! —bramó la directora enfurecida con los brazos en alto. Leopoldo seguía tras la puerta de cristal y el editor jefe que estaba sentado, esperaba su respuesta mientras jugaba con un bolígrafo en la mano—. ¡Estás rompiendo el acuerdo que tenemos!

—Nadie mencionó que tendría que pasar una semana en casa de esa mujer. ¡Con toda su familia! ¡Una semana! ¡Sin consultarlo conmigo siquiera! ¿Qué clase de broma es esta, Beatriz? Me has tomado el pelo.

—¡Escucha, niñato! —respondió. Estaba fuera de sí—. ¿Quién ha mencionado nada de irte? Esa mujer te ha engatusado. Sabía que no podía dejarte solo.

Leopoldo lanzó una mirada al redactor jefe.

—¿Laurent? —preguntó Beatriz Paredes y se quitó las gafas de leer—. ¿Estabas al tanto de esto?

—Beatriz...

—Sois la leche, de verdad —añadió Bonavista—. Ni siquiera os habéis leído el contrato.

—Si tan sólo me hubieras dejado hablar ayer...

—¿Es que hay que preguntártelo todo? ¡Oh, Dios! Esto sí que es fuerte.

—De todos modos, no hay por qué alarmarse. Leopoldo tiene un contrato cerrado con nosotros. Deberías haberlo consultado antes con tu abogado, lumbrera.

—Esa mujer os va a pagar doscientos mil por un reportaje que suele costar... ¿Cuánto? ¿Diez? ¿Veinte mil euros? Y estoy apuntando alto. Lo considero más que justo, y más si voy a tener que vivir bajo el mismo techo con ese clan de locos.

—No, no, no... Esto lo vamos a solucionar a mi manera. Tú no eres quién para hablar de justicia. Ahora mismo voy a llamar a esa señora. Seguro que existe una explicación.

—Ahórrate la llamada, jefa. Si no hay acuerdo, no hay reportaje. Y si no hay reportaje...

—Eres un ser deleznable. Me has decepcionado.

—¿Decepción? ¡Os vais a sacar cien mil gracias a mí! ¡Sin hacer nada! Deberíais estar más agradecidos.

Se formó un tenso vacío en el despacho.

—Cincuenta mil —dijo la mujer—. Me parece insultante que tenga que negociar contigo. ¡Contigo!

—Estás cometiendo otro error, Bonavista —advirtió el jefe de redacción, que parecía más tranquilo que ella. En efecto, el periodista desconocía las cláusulas de su contrato. Un desliz por su parte, pero era el momento de arriesgarlo todo. Aún no se había convencido de que tendría que pagar un alto coste por viajar hasta la Costa Blanca, sin pensar en lo doloroso que le resultaría enfrentarse a sus demonios más personales. Pero algo le decía que debía seguir su intuición si quería ese dinero. Tanto sufrimiento debía ser remunerado—. Creo que somos demasiado benévolos contigo. De quererlo, te podríamos hundir en la misma miseria. Yo mismo me aseguraría de que no volvieras a publicar en este país. Y no creas que no tengo ganas…

—Escuchadme los dos —dijo él mostrándoles las palmas de las manos a modo de sumisión—. Esto no va contra vosotros, no es una venganza personal. Son negocios y mi precio es este. Lo tomáis o lo dejáis.

Sonó un fuerte golpe contra la mesa. El café se derramó por completo.

—¡Basta! Lárgate de aquí. No quiero verte.

—Pero…

—¡Largo!

Sin derecho a réplica y agitado por la tensa discusión, tiró del mango de la puerta y abandonó el edificio sin despedirse.

* * *

Lo que más le dolió fue que Beatriz lo tratara de esa manera. En el fondo, Leopoldo tenía un corazón tierno.

Lamentó que la mañana hubiera terminado así: sin proyecto y sin planes de futuro. Ahora sí que tenía los zapatos metidos en el barro.

¿Había sido aquella una ruptura?, pensó.

A la media hora, en una franquicia cafetera, no muy lejos de la calle de Génova, deseó llamarla para disculparse, preguntarle cómo se sentía, si había cambiado de opinión, pero el orgullo se lo impedía. De hacerlo, Beatriz volvería a gritarle por la línea. Imaginar la conversación, le quitaba cualquier tipo de intención. Si pensaba que no tenía suficientes problemas, había conseguido dinamitar la última solución posible. ¿Ahora qué?, se dijo.

Desanimado, decidió recluirse en el único lugar donde no era juzgado. Quedarse en casa abrazándose las rodillas era, simplemente, patético.

Abandonó la cafetería y optó por estirar las piernas bajo el sol ardiente del mediodía para despejar la mente.

Cruzó el barrio de Chueca, animado por los turistas que ocupaban las terrazas de los bares y el encanto de unas calles casi vacías a esas horas, y enganchó la calle de Alcalá para continuar hasta la plaza de Jacinto Benavente. Le encantaba el centro de la ciudad, pero más todavía El Barrio de las Letras, a pesar de que se hubiera convertido en una atracción de visitantes de provincias y extranjeros que aprovechaban cualquier ocasión para tomarse una foto junto a la puerta de un bar con solera. Pero, ¿quién no se sentía turista en Madrid en algún momento de su vida? A pesar de todos los años que llevaba allí, siempre quedaba algún rincón nuevo por descubrir, aunque fuera por segunda vez.

Para él, esa sensación llegaba a ser incluso positiva, significando que todavía le quedaba mucho por vivir.

Los camiones de reparto se apelotonaban en la puerta del Café Central, su segunda casa, el legendario local de jazz que había convertido en templo de inspiración, juergas y desamores, diez años atrás.

La fachada era roja y tenía las cristaleras como la mayoría de los bares del siglo anterior que ocupaban los bajos del centro. El interior del Café Central era un lugar cálido, amplio, con un escenario al que se subían los artistas invitados, sillas de madera oscura y mesas de mármol y hierro como las que se estilaban antaño. Un pedacito de historia protegido en la eternidad. Un rincón con encanto pero, sobre todo con jazz, con mucho jazz.

A medida que se acercaba a la puerta, recordó por qué aquel lugar ocupaba un rincón tan especial en su corazón.

Allí había conocido a Rosario Vega una noche de frío invierno madrileño, tres años y medio antes. Ella había llegado por accidente, pues no comulgaba con ese estilo musical. Había acudido con un grupo de amigos para ver la actuación de un conocido cuarteto de *bop* local. Él estaba acompañado de unos amigos, dos de ellos escritores y sus respectivas parejas. Un chispazo surgió entre sus miradas, separadas por dos mesas de desconocidos que se hallaban en el salón. Cupido hizo el resto.

Cuando la actuación terminó y la abogada se acercó a la barra para pedir un martini, Leopoldo la abordó con ingenio, aunque Rosario ya le había reconocido. En ese momento, su rostro era frecuente en las tertulias matinales de la televisión.

Él quedó rendido por el tono de voz de la morena, tan dulce como el canto de una sirena y que ponía melodía a un rostro perfecto acompañado de una mirada cautivadora. La atracción hacía su juego. Las palabras se alargaron entre el ruido de las copas, el bullicio de los asistentes y el taconeo de los zapatos. Ya no se sentían como dos desconocidos, la magia fluía con el *bop* del saxofonista y sus ojos se deslizaban inconscientemente hacia los labios del otro. Supo que estaba allí para ver al pianista que integraba el cuarteto, un exnovio convertido en amigo, y entendió que Rosario tenía cierto gusto por los artistas. Aunque él no se considerara uno de ellos, sí que disfrutaba la vida con arte, que era lo que realmente le importaba.

Esa noche se besaron en la calle por primera vez.

Tres años en los que había tenido tiempo para todo: abrir la baraja, construir un castillo de naipes y volarlo de un golpe.

Cuando empujó la puerta, comprendió lo mucho que había echado de menos aquel lugar.

Se sentó en un taburete de la barra de piedra oscura, echó un vistazo al interior y se fijó en el piano que había sobre el escenario. Siempre había querido aprender a tocar, pero la vida no daba para todo.

Encontró algunos clientes entrados en edad y varias parejas que hablaban en idiomas que no eran el suyo. Pidió una copa de Ribera del Duero y echó un vistazo al menú del día. La ginebra y el malestar de la oficina le habían arrebatado el apetito, así que optó por un plato de jamón ibérico. Era siempre su apuesta segura acompañada de un vino. Antes de darse cuenta, ya lo había terminado.

El camarero le llenaba la copa de cristal cuando ambos sintieron un movimiento sobre la barra.

—Es su teléfono —dijo señalándolo con la mirada.

Leopoldo lo había dejado a su lado. Al ver el interés del empleado por que lo cogiera, acercó la mano.

Era Beatriz. Dudó en qué hacer y la vibración cesó.

«Mierda», murmuró.

Recibió un mensaje de texto.

Beatriz Paredes:
Ábreme, estoy en la puerta de tu casa

Debía de ser importante, pensó él. Ella nunca había ido a buscarle a su nuevo domicilio. En todo caso, al final de una noche larga, el taxi compartido le había dejado a ella primero.

Leopoldo Bonavista:
Estoy en el Café Central

Tecleó y pulsó el botón de enviar.

Tuvo un mal presentimiento de aquello y empezó a arrepentirse.

Beatriz Paredes:
No te muevas.

Pasados veinte minutos, la directora cruzó la puerta del local.

Leopoldo seguía sentado junto a la barra, con un plato de jamón que estaba vacío y una segunda copa de vino que acababa de empezar.

Al verla, le temblaron las piernas.

Se preguntó si le iría a hacer una escena allí dentro, en su santuario, en el único lugar donde no era juzgado por lo que escribía, sino por lo que bebía. No debía permitírselo. No quería asociar malos recuerdos en el interior de un sitio tan bello. Si lo iba a despedir, que lo hiciera en la calle.

Pero Beatriz Paredes no parecía dispuesta a empezar otra confrontación. Su lenguaje corporal transmitía cansancio y sus movimientos eran más relajados que los que había mostrado en la oficina.

—Estás aquí, ¿eh? No sé por qué, pero no me sorprende —dijo y pidió una copa de vino tinto—. Tenemos que hablar.

Todos los directores, ya fueran encargados de una escuela o de una multinacional, empleaban el mismo tono cuando pronunciaban esa frase.

—Lo sé —dijo él bajando la guardia—. Entiendo que...

—Te debo una disculpa, Leopoldo. No debería haberte echado de mi oficina. Eso ha estado de más.

—Yo también me he excedido, Beatriz. Me he dejado llevar por el momento.

—¿Sabías que Laurent estaba al corriente de todo? Menudo sinvergüenza, de verdad. Desde el principio... No me había dicho nada.

«Pues sí, menudo cabrón», pensó el reportero.

—Supongo que no has venido hasta aquí para disculparte...

La mujer torció el cuello.

—¿Cómo te atreves? Tienes un concepto equivocado de mí.

—Nos conocemos, jefa. Sólo te pido que seas rápida, aunque duela. No me hagas el día más largo.

—Eres un dramático. ¿Por qué lo haces?

—Sin drama, no hay alegría. No sabríamos reconocerla.

—El reportaje, Leopoldo. ¿Acaso crees que no sé lo que te ocurre?

Él se cuestionó si sería otra de sus estratagemas para sacarle información.

—No me ocurre nada. Creo que es justo lo que he dicho antes en la oficina.

La directora dio un trago a la copa y se acercó a él.

—Sé lo del accidente de tu padre. No tienes por qué ocultarlo.

—¿Hace cuánto que estás al corriente? Ni siquiera mi ex lo sabe.

—¿Piensas que me chupo el dedo? Naciste en un pueblo de Alicante, pero pasas las vacaciones en Madrid. No te sientes valenciano, no tienes interés por ir allí, no mencionas la paella ni echas de menos ver el mar. Rompes con el tópico del provinciano pesado. Después, no hay más que leer tus artículos de viajes. Sólo pisas tierra firme, no muestras interés por la náutica y sueles catalogarla como esnobismo para románticos divorciados. Muy normal no es.

—*El Viejo y el Mar* —respondió concentrado en su copa de vino.

—¿Qué quieres decir?

—Es lo único que tengo de él. *El Viejo y el Mar* de Hemingway. Lo dejó en casa antes de salir a faenar aquel día. Me dijo que lo leyera y que no se lo contara a mi madre, porque sólo tenía diez años y no era una novela para mi edad. Lo comentaríamos cuando regresara. Estaba ilusionado. Siempre me hablaba del escritor. Le gustaba cómo escribía. Era la primera vez que me daba un libro de su colección. Después se despidió de mi madre en la cocina y no lo volví a ver desde aquel día. *El Viejo y el Mar*. Me he pasado la vida preguntándome si aquello significaba algo.

La mujer lo miraba con pena, emocionada por el triste relato que acababa de contarle. Una lágrima rebelde se escapó de su ojo derecho llevándose el lápiz de ojos. Rápida, se limpió con disimulo para que él no la viera.

Más allá de sus ojos perdidos en la lejanía de los recuerdos, podía encontrar el dolor de un niño atrapado en el cuerpo de un hombre.

Le agarró la mano y le apretó los dedos.

—¿Has pensado en pedir ayuda? —preguntó. Frío, él retiró los dedos y regresó a su copa de vino.

—¿Y bien? ¿Has venido a darme el finiquito?

Respetó su decisión de no hablar sobre el tema. Seguía siendo su jefa, una etiqueta difícil de quitar para muchos subordinados. La mujer se rio y un mechón rubio le cubrió el rostro.

—No, no voy a despedirte.

—¿Entonces?

—Tendrás tus noventa mil euros.

—Hemos dicho cien mil —replicó. Ella llenó los pulmones—. Vale, no voy a discutir más.

—Mejor. Tienes una media semana para escribirlo. Queremos publicarlo en el número de agosto.

—¿Una media semana? Eso no es tiempo, Beatriz.

—El borrador. Esta vez, quieren leer antes lo que vas a decir.

—Venga ya, ¿qué clase de revista somos?

—No quiero arrepentirme de esto, ¿me oyes? —preguntó, alzó la copa y brindaron—. Y ahora que hemos zanjado los negocios, quiero que me cuentes lo que pasó con esa arpía en el hotel.

Leopoldo no pudo evitar sonrojarse.

—Si te lo contara… no me creerías.

9

Lunes, 4 de julio de 2016
Alicante, España.

El corazón le provocó un pálpito al creer, por un instante, que podía ser ella. Una idea absurda, improbable, pero como la mayoría de pensamientos que le pasaban por la cabeza a menudo. ¿La estaba añorando?, se preguntó. Probablemente no fuera más que una traición del subconsciente, propia del síndrome de abstinencia que estaba sufriendo desde que la modelo se había marchado a Italia. Quisiera o no, el organismo requería tiempo para adaptarse a los cambios fortuitos.

La desconocida llevaba un vestido de flores veraniego que le cubría parte de los muslos y dejaba a la luz la mitad del escote. Tenía las piernas largas, finas y tostadas como el café y el cabello oscuro quemado por el exceso de sol.

—¿Ha ocurrido algo grave, Enzo? —preguntó en la distancia, con el rostro cubierto por unas monturas de Versace con forma de mosca.

Se detuvo junto al coche alemán y aguardó unos segundos.

—¡No, señora! —exclamó el hombre y la animó con un gesto para que regresara al vehículo—. ¡Está todo bien!

—¿Cómo que está todo bien? —preguntó Leopoldo. La mujer regresó a la parte trasera del vehículo, detalle que llamó la atención del periodista—. ¿Es tu jefa?

—¿Qué? Escucha, amigo. Podemos arreglar esto sin tener que llamar a las autoridades —respondió acelerado, y acto seguido sacó la billetera del pantalón de traje y empezó a contar billetes de cien euros—. Uno, dos, tres, cuatro... Cuatrocientos. Esto lo tiene que cubrir.

Leopoldo vio el dinero en su mano esperando a ser aceptado.

Volvió a mirar a la parte trasera del coche y la observó de nuevo tras el cristal oscuro. Le resultaba familiar, aunque no podía atar los cabos en su cabeza. Dejó pasar el pensamiento y optó por no hacerle el día más complicado a ese hombre, el cual le estaba dando parte de su sueldo para ahorrarse un problema.

—Está bien —respondió y cogió el fajo de billetes plegados—. Lo importante es que no ha pasado nada... grave. Estamos vivos, ¿verdad?

Por su expresión facial, el chófer esperaba que rechazara la oferta, pero no se retractó. Dado que Leopoldo ya lo había guardado en su bolsillo, no tuvo más remedio que regresar al vehículo.

—Que tenga un buen día —dijo a regañadientes.

—A la próxima, lleva más cuidado, amigo —contestó el periodista con una sonrisa en la cara. Por supuesto que le costaría menos de cuatrocientos euros. A lo sumo, un cuarto de lo que le había dado.

«Menudo pringado», dijo.

Regresó al coche, puso la llave en el contacto y vigiló por el espejo retrovisor el recorrido del otro automóvil.

Una vez más, se dijo, quería verla una vez más.

Por desgracia, el conductor aceleró todo lo que la máquina alemana le permitió y se perdió en línea recta por el carril izquierdo hasta convertirse en una mota de color ceniza.

Dispuesto a marcharse, encendió la pantalla del iPhone y escribió el nombre del hotel en el que se hospedaría los primeros días. La idea de irrumpir en la casa de esa familia no era del todo apetitosa. Antes de verse en un callejón sin salida, prefirió tantear el terreno, conocer a los miembros de la familia que salían en la foto, que Silvia Domenech le había entregado en secreto, dos semanas antes.

De nuevo, sintió el rebufo del salitre impregnado en el aire, el olor a mar, humedad y algas marinas. El aroma se lo llevó veinte años atrás para reencontrarse con el baúl de recuerdos que había cerrado con llave. Cuando pestañeó, vio un barco pesquero a lo lejos, en la línea horizontal que separaba el mar de la nada, del vacío infinito donde se encontraría su padre.

En un momento de lucidez, se sintió orgulloso de estar allí de nuevo. Él también lo estaría. No le suponía un reencuentro, sino una prueba superada. Se había convencido de que no volvería a ver la costa en persona. Era demasiado doloroso y, sin embargo, siempre la echó de menos. Recordó las palabras de su jefa aquella tarde en en el Café Central. Pero todavía no podía cantar victoria. Quedaban muchas páginas de su historia por reescribir.

A orillas de la playa, un hombre empujaba un viejo bote de madera hacia la costa. El pescador llevaba un gorro amarillo de tela y unos pantalones cortos de color caqui. Leopoldo abrió la guantera del coche y sacó una novela amarillenta de bolsillo con las tapas deterioradas. Aquel hombre era idéntico al que aparecía en la portada del libro.

—*El Viejo y el Mar* —murmuró y pestañeó de nuevo.

El ejemplar que le había regalado su padre, una edición barata de 1982 publicada por la editorial Kraft. Siempre lo llevaba con él como un talismán.

Guardó el libro de nuevo y miró por el espejo retrovisor. Puso la marcha primera, tomó el carril de la izquierda y se aproximó al semáforo para adentrarse en la avenida que llevaba al corazón de la capital levantina.

* * *

La ciudad había cambiado, aunque ciertas cosas permanecían intactas, tal como las recordaba. Guardaba un ingrato recuerdo de la última visita. Un viaje acompañado de su madre y en autobús para tomar rumbo a Madrid.

Cruzó la avenida de la Estación bajo el sol vespertino y la mirada de los curiosos que se giraban al oír el motor de su coche. Por primera vez, era el vehículo y no su rostro quien llamaba la atención de los desconocidos. Se paró en el semáforo de la plaza de los Luceros, una hermosa glorieta de varios carriles y salidas, rodeada de bares y terrazas cargadas de turistas de pieles encarnadas y cabellos rubios. En algún momento, la capital había reemplazado a las familias españolas del centro de la Península por los pasajeros de una aerolínea de bajo coste. Pero, ¿qué ciudad mediterránea se salvaba de aquello en 2016? Así y todo, las primeras sensaciones que tuvo el redactor fueron mejores de lo que hubo imaginado antes de iniciar el viaje.

Salió de la rotonda y se desvió por la rampa que bajaba hacia el interior de un aparcamiento subterráneo. Dejó el coche aparcado junto a una caseta de vigilancia y echó un vistazo al oscuro aparcamiento. Después abrió la maleta y agarró las asas de la bolsa Ralph Lauren de cuero marrón en la que llevaba el equipaje indispensable para unos días en la costa: americana azul marino, pantalones de pinzas, zapatos Castellanos burdeos, varias camisas blancas, un frasco de colonia, ropa interior, una bolsa de aseo, una copia en inglés de *The Mister Porter Paperback Volume 2* y su inseparable iPad con teclado inalámbrico.

Cruzó la puerta giratoria del hotel y se vio en el reflejo del cristal, con su camisa azul cielo remangada con dos dobles, pantalones blancos y náuticos clásicos marrones. Había elegido un cuatro estrellas para no exceder los gastos antes de cobrar el primer adelanto. A simple vista, el hotel Lucentum parecía una ficha de Tetris alargada y rectangular, incrustada en el centro de la urbe. Sin desprenderse de las gafas de sol, se dirigió a la recepción.

El interior era más acogedor, moderno, simple y funcional. El sonido de sus pasos sobre el suelo de mármol llamó la atención de una de las recepcionistas.

Con los años, Leopoldo Bonavista había desarrollado el carisma de la fama, una pose que sólo quienes se exponían al público estaban al alcance de ella y no todos lograban ejecutarla con naturalidad. Tenía andares sobrios y cierta soberbia al gesticular. Inconscientemente había aprendido de los actores de Hollywood, de los artistas con los que había charlado, de las personalidades a las que había entrevistado hasta que, un día, sin darse cuenta, era él quien respondía a las preguntas. Como bajo la atracción de un imán, las personas de su alrededor se giraban al verlo, preguntándose quién sería.

—Finge hasta que lo consigas —decía un compañero de redacción en sus primeros años como becario. Palabras que nunca olvidó y que el tiempo demostró que estaban equivocadas. La experiencia le enseñó que las personas sólo valoraban la autenticidad, lo único, lo intransferible. Por eso primero se centró en llegar a lo más alto para después convertirse en el esteta que siempre había deseado ser.

La habitación tenía unos veinte metros cuadrados, bañera, una cama lo suficientemente grande para revolcarse y vistas a la costa. Él, todo el día por delante.

Dejó el equipaje, desplazó la cortina para que la débil claridad de la tarde entrara por la ventana y se tumbó en el colchón con los brazos abiertos. Estaba cansado del viaje. Las articulaciones le dolían y la única parada había sido en un bar manchego de carretera, sombrío y sin vida.

«Alicante, Alicante... Ya estoy aquí de nuevo», pensó mirando al techo y se imaginó a sí mismo en un plano de cámara cenital.

Pasados unos minutos, sacó el teléfono del bolsillo y comprobó las llamadas perdidas. Esa desconocida le había recordado a Amalia, quien no le había escrito desde su último encuentro.

Supuso que, quizá, la modelo andaluza hablaría en serio. La imaginó en Capri con sus amigas o en manos de un italiano moreno y musculoso con camisa blanca desabrochada, como los que anunciaban colonia en la televisión. Pero, sobre todo, le había recordado lo solitario que se sentía desde hacía semanas, ya no por ella, sino porque seguía sin acostumbrarse a dormir solo, en camas de matrimonio. Ni todos los libros del mundo, ni tampoco los discos de jazz podían llenar el vacío que arrastraba con él.

Antes de hundirse y arrasar con el mini bar, decidió salir a dar una vuelta. Era verano, las calles estaban animadas para ser un lunes y su trabajo no comenzaría hasta la jornada siguiente. Según lo acordado por correo electrónico con la asistente de Silvia Domenech, un taxi lo esperaría a las once de la mañana del martes en la puerta del hotel. De allí irían hasta una de las residencias estivales de los Fonseca para reunirse con la cliente y algunos miembros de la familia. Tras el almuerzo y después de haber acordado la agenda de trabajo, Leopoldo tendría varias horas libres hasta las ocho de la tarde, momento en el que sería recogido para llevarlo hasta la puerta del Hospes Amérigo, posiblemente el mejor hotel de Alicante, en cuya terraza, la señora Fonseca había organizado el cóctel anual para amigos de la prensa y de la sociedad alicantina. Evento en el que la viuda estaba dispuesta a revelar el misterioso secreto que tanto le pesaba en el corazón.

A diferencia que en Madrid, el aire de Alicante era húmedo, se pegaba a la piel en el momento de salir a la calle. Bajó hacia la rambla guiándose por el instinto, ya que los recuerdos de la infancia no le iban a ser de mucha ayuda. Allí era uno más, un visitante desconocido, pero de aspecto familiar. Fuera del descapotable, lo único que conseguía eran miradas de chicas con las que se cruzaba al caminar. Seis meses alejado del círculo televisivo, era la mejor cura de humildad para ser olvidado. En ocasiones, cuando alguien le reconocía, llegaba a considerar si realmente era él.

Los alrededores del Teatro Principal, una de las joyas neoclásicas del siglo XIX que los políticos se habían encargado de mantener en activo, estaban plagados de viandantes, turistas, restaurantes, bares de tapas y tiendas de zapatos.

Encantado por el ritmo de las callejuelas estrechas, el exceso de tranquilidad y la parsimonia de algunas parejas que paseaban agarradas de la mano, se dejó caer por la calle Castaños siguiendo el bullicio de la multitud que ocupaba las terrazas. De pronto, junto a la entrada del teatro, se vio atrapado entre mesas metálicas, ruido de botellas de vino y camareros que funcionaban a toda velocidad. La larga calle parecía no tener fin y cada cruce era un bucle que comenzaba igual que el anterior. Finalmente, se dejó eclipsar por la fachada de un viejo edificio de color amarillo que le hizo recordar al de su apartamento de Chamberí. En el bajo había un restaurante de aspecto clásico, pero de cocina moderna. Se acercó a la puerta y echó un vistazo a través del cristal, convencido de que aquel era su sitio, rodeado de personas que superaban la treintena y bebían tinto en cristal fino.

De primeras, El Suquet parecía estar a la altura de los restaurantes que solía frecuentar, aunque hubiera dejado en pausa esa rutina semanas atrás.

—Buenas noches, señor —le saludó el metre cuando lo vio llegar—. ¿Tenía reserva?

—Pues… no —respondió abrumado.

—Puede esperar en la barra si lo desea. Hay dos parejas delante de usted en la lista.

Leopoldo se frotó el mentón y le entró la risa. Se sentía ridículo, pero a la vez real y no existía mejor sensación que esa para traerle de vuelta a la vida. Había olvidado lo que era esperar, sentirse como uno más respetando los turnos.

—La barra está bien. No hace falta la mesa.

—Como quiera. Por aquí, por favor.

Le acompañó hasta una bonita barra en la que tenía a varias parejas a ambos lados. Las vitrinas estaban cargadas de productos frescos del mar: quisquilla, sepia, ostras, centollos, pero también había una variedad de ensaladillas y encurtidos. Las cestas de pan casero recién hecho y las coloridas verduras de la huerta jugaban con la decoración. Del techo colgaban copas de vino transparentes y de las paredes, patas de jamón ibérico y diferentes tipos de embutidos de la provincia. Las paredes eran de piedra. Destacaba una pequeña puerta que daba a la cocina y una gran estantería junto a la cristalera que aguantaba el peso de las más de cien botellas de tinto y blanco que reposaban sobre las baldas.

Pidió una copa de vino blanco y esperó. Los ojos se le iban con los platos de merluza a la plancha que salían de la cocina. Una de las parejas que tenía a su lado fue reemplazada por tres mujeres de su edad que parecían ser amigas. Por un instante, la inseguridad le atravesó, pero luego recordó que allí no era nadie para ellos. Tras meditar las sugerencias, optó por una ración de quisquilla, un calamar a la plancha y una escalivada de patata paja y huevo pochado. Aunque discrepaba de quien decía que junto al mar todo sabía mejor, sí que estaba de acuerdo en que se abría más el apetito al verse rodeado de moluscos y crustáceos. La variedad y el color de los platos le ayudó a olvidarse de los asuntos personales mientras disfrutaba en la más honda solitud. De pronto, antes de pedir la segunda copa de vino, notó el silencio formado en las conversación del trío que le acompañaba.

—¿Leopoldo? —preguntó una de las mujeres. No se había fijado en su rostro cuando ya había comenzado a forzar la sonrisa—. ¿Leopoldo Bonavista?

—Así es —dijo con un movimiento del cuello, ensayado delante del espejo. Sus ojos chocaron provocando una reacción de sorpresa—. ¿Marta? ¿Marta Pastor?

La mujer, sorprendida por su respuesta, se abrió paso entre las otras dos, con el rostro iluminado.

—¡Leopoldo! ¡Cuánto tiempo! ¿Qué haces aquí?

Habían pasado más de seis años desde la última vez que Marta y Leopoldo se habían visto en la facultad de Ciencias de la Comunicación de la Universidad Complutense de Madrid, pero él nunca se olvidó de sus ojos chocolate y ese acento de interior que tanto le recordaba a su infancia.

—Es una larga historia... —contestó sonrojado—. ¿Quieres tomar algo?

Ella le enseñó su copa de vino.

—¿Estás con alguien?

—¿Eh? No, no... He venido solo.

Marta levantó los hombros en un gesto inconsciente que el reportero interpretó como alegría. Tuvieron que encontrarse allí para darse cuenta de lo mucho que había echado de menos su compañía. Marta era inteligente y culta. En sus tiempos leía a Bukowski, a Highsmith y escuchaba a Miles Davis. Habían estudiado Periodismo en la misma facultad y muchas mañanas volvían a casa juntos en el mismo metro. Por esa época, ella compartía piso en uno de los callejones que salían de San Bernardo y él vivía con su madre y su abuelo cerca de Ferraz. Entre los dos siempre existió una tensión sexual que se resolvió con el olvido. Leopoldo tuvo varias ocasiones, pero nunca dio el paso por miedo al rechazo. Todos decían que eran una pareja perfecta, como Bob Dylan y Suze Rotolo o Jane Birkin y Serge Gainsbourg, pero a ella le incomodaban los comentarios porque otro chico la esperaba a cuatrocientos kilómetros de la capital. Tenía el cabello castaño, largo y ondulado, una melena que volvía loco a Bonavista; las pestañas tiesas como una mantis y una nariz puntiaguda pero bonita. Lo que más adoraba de ella era el lunar negro que tenía debajo del ojo derecho. Encantadora, talentosa, pero fuera de su alcance, cada quince días, Marta se subía a un tren en Atocha para reunirse en Elche con quien entonces era su novio. Y así pasaron los años hasta que Bonavista lo tuvo claro. Estaba perdiendo el tiempo. El obstáculo frenó las intenciones de Leopoldo.

Finalmente, los caminos se separaron al terminar la universidad. Marta regresó a Alicante, su tierra natal, y Leopoldo comenzó su carrera en la capital escalando hacia lo más alto. Una muestra más de que el talento no era suficiente para triunfar en la vida. El lugar, el momento y la suerte también eran necesarios. Pero cada persona debía ser consecuente con sus decisiones y ambos tomaron las suyas. El contacto se perdió meses después de la despedida. Los correos dejaron de llegar, se rebajaron las ganas mutuas de escribirse y el destino los difuminó hasta convertirlos en vagos recuerdos del pasado.

—¿Te importa si me siento contigo?

—No, adelante. De hecho, odio cenar solo. Nunca llego a acostumbrarme del todo…

El comentario, lanzado a propósito, dio pie a un inicio de conversación.

—Oí que te ibas a casar.

—Tú lo has dicho, en pasado. Pero elegí el coche.

—¿Cómo?

—Nada —rio—. Una broma sin gracia. ¿Y tú? ¿Cómo te va? ¿Sigues con ese chico de Elche? ¿Cómo se llamaba? ¿Antonio?

—Sí, Antonio... —contestó y miró hacia la barra—. No, ya no... Después de ocho años de relación, me di cuenta de que no quería pasar el resto de mi vida con él, ¿te lo puedes creer? Un día te levantas y...

—Eres otra persona.

—Exacto. ¿También te pasó?

—No. A mí me dejaron, pero ese es otro cuento... ¿Continúas en La Verdad?

Ahora fue ella quien rio, pero por no lamentarse.

—Veo que la fama te ha desconectado de la actualidad. La Verdad hace tiempo que desapareció. Nos echaron a todos, y bueno... Es lo que hay. No me ha ido tan bien como a ti.

Sus palabras le provocaron un sentimiento extraño de culpa que no supo entender muy bien.

—Pero... ¿Cómo es posible? —preguntó dando un sorbo de vino para aclararse la garganta—. Escribías como nadie. Para mí eras la mejor de toda la promoción.

Ella infló los pulmones y reaccionó con pesadumbre jugando con el contorno de la copa.

—Decisiones, Leopoldo. A veces, tomamos las decisiones equivocadas. Supongo que no me puedo quejar. Yo elegí arriesgarlo todo por una relación. Sabía lo que había aquí.

—Siempre se puede cambiar de opinión, empezar de nuevo...

—Suena bien, sí, aunque la realidad es otra. Cada vez hay más gente que sale de la universidad con menos gastos y dispuesta a trabajar más y por menos.

—Entiendo.

—Estoy bien, de verdad —dijo al ver la expresión del reportero. Sintió pena por ella, pero también por él. Malas decisiones... ¿Quién no las había tomado?, se preguntó.

Sabía que ahondar en el asunto resultaría doloroso. Marta Pastor lo había sido todo para él durante un periodo de su vida: la más inteligente, la más audaz y la más bonita. La clase de persona que podía elegir con quién salir el sábado y, sin embargo, prefería quedarse con él en alguna cafetería de barrio. Todo lo que deseaba y que no podía alcanzar—. ¡No me mires así! ¡Por favor! Puedo oler tu misericordia...

Leopoldo reaccionó, sonrió y agitó la cabeza.

—Disculpa, no era por ti... Me han venido a la cabeza momentos del pasado, ya sabes. Recuerdo los años de facultad con mucho cariño. Pasábamos tanto tiempo juntos...

—Dejaste de contestar a mis correos...

No era el único que seguía sin cerrar capítulos.

—Ya... Lo siento, es una larga historia.

—No pasa nada. Me dolió al principio. Después vi cómo te convertías en una estrella y supuse que estarías muy ocupado. Miles de fans escribiéndote a diario y esas cosas...

—Marta...

—Aún no me has dicho qué estás haciendo aquí. ¿Vacaciones? —preguntó desviando la conversación—. ¿En Alicante? No te creería.

—¿Eh? No, ni por asomo —dijo con gracia—. Un reportaje para la revista Hedonista, un encargo especial. Me llevará unos días documentarlo antes de regresar a Madrid.

La alegría volvió a ella.

—Suena muy bien. ¿De quién se trata? O es confidencial.

Hablar de trabajo se le daba bien. Una vez hubo pasado la borrasca emocional en la que se había visto envuelto sin desearlo, pidió otra copa de vino y apoyó el codo sobre la barra para frotarse el mentón y parecer más interesante.

—¿Te suena el nombre de Silvia Domenech?

—No... Domenech es un apellido muy común por esta zona.

—Jaume Fonseca, el empresario.

—Sí —afirmó confundida—. ¿Te han encargado un reportaje póstumo?

—No, su viuda. Quiere un especial para ella y ha pagado un dineral con la condición de que sea yo quien lo escriba.

—Vaya, vaya... Eso sí que es interesante —contestó y se rio. Leopoldo no sabía si era a causa del vino, de su forma de hablar o del hecho en sí—. Vas a conocer a la famosa familia Fonseca al completo. Tiene gracia.

—¿Qué es tan gracioso?

—No sé. No me sorprende que te haya elegido a ti... Pensándolo bien, encajas al dedillo con esa familia de corte aterciopelado.

—¿Hay algo que debiera saber?

Marta puso la mano su hombro y le regaló una mueca.

—Ya lo verás. Usa tu olfato, Leopoldo. Eres capaz de leer sin palabras.

* * *

Regresó al hotel dando un paseo por la misma calle que lo había llevado hasta allí. Hacía una noche estupenda, fresca pero sin ser fría.

La ciudad descansaba, aunque el turismo joven extranjero se hiciera notar al otro lado de la Rambla. El fortuito encuentro culminó con un intercambio de números de teléfono y una sonrisa en los labios. Se alegró de haberse reencontrado con ella. Aunque dispuso del momento y de la ocasión, prefirió ser discreto, sin sobresaltos, y dejar en el aire las cuestiones que le rondaban sobre su estado sentimental. Aún estaba herido y temía hacer el ridículo con las emociones a flor de piel. Iba a pasar unos días allí, así que supuso que tendrían tiempo de sobra para verse en más de una ocasión. Por su parte, Marta parecía haberse alegrado de verlo. Hay cosas que no cambian, por mucha distancia que se ponga de por medio.

Subiendo la cuesta de la calle Castaños, se reconoció culpable y causante de que su contacto hubiese caído en el olvido. El ascenso de la fama y la sensación de que Marta tenía el futuro muy claro, le obligó a pasar página y cerrar el episodio de una época anterior. Pero la vida daba muchas vueltas y el destino había cruzado sus caminos una vez más. En ocasiones, el tablero no deja de girar hasta que terminamos la partida.

Llegó al hotel, subió hasta la habitación, se quitó los zapatos a oscuras y caminó hasta la ventana. Podía ver la calma de la noche encendida por las luces del paseo marítimo, los bares del puerto, los yates atracados en fila en el muelle y el resplandor azul en los apartamentos con los televisores encendidos.

Sacó el teléfono de su bolsillo y tomó una fotografía desde allí.

Buscó el contacto de Amalia y pensó en enviársela para que supiera que las personas podían cambiar, aunque esto fuese una verdad a medias. Vio que su última conexión había sido dos horas antes.

Después bloqueó la pantalla y lanzó el aparato sobre el colchón.

10

Martes, 5 de julio de 2016
Alicante, España.

La prensa se había hecho eco del evento. A las nueve y media de la mañana, tras un profundo descanso, Leopoldo Bonavista ojeaba las páginas del diario Información, el periódico provincial con más tirada.

Hacía tiempo que sólo leía las noticias cuando era domingo. Un hábito sano para el espíritu, que le había librado de mil batallas emocionales contra esos críticos que parecían saberlo todo.

En la cafetería del hotel pidió un café largo y una tostada con tomate rallado y jamón ibérico. Los alicantinos no entendían la vida sin el tomate rallado. Estaba por todas partes. Antes de pedir, ya le estaban sirviendo el pan acompañado de su cuenco con salsa casera.

Leyó las noticias y se centró en el titular que mencionaba el cóctel de la familia Fonseca, media página pagada sin pudor a que se supiera y en la que se mostraba el esplendor, un año más, de una de las familias más pudientes de la provincia. Intrigado por conocer en profundidad a Silvia Domenech y a los suyos, prestó atención a la fotografía que acompañaba al titular. Esta vez, no había ningún empresario que le robara el protagonismo. Domenech ocupaba el centro de la imagen, sonriente, mostrando una dentadura perfecta y esos labios estirados de los que tan orgullosa estaba. Sin duda, su juventud crecía y decrecía por momentos. Sin exagerar, podía aparentar cinco o siete años menos de los que tenía, lo cual era todo un logro a esa edad. Debía agradecerle mucho a la vida pero, sobre todo, a la genética que había heredado. En la imagen, cuatro hombres a su alrededor, repartidos en parejas y sujetando unas finas copas de espumoso. El lugar era una terraza acogedora. De fondo se podía ver el castillo de Santa Bárbara en lo alto y los campanarios de las iglesias, por lo que entendió que sería en la parte más alta del hotel. Entre los rostros escondidos reconoció a una de las hijas: Penélope Fonseca, la predilecta de Domenech. La identificó con facilidad, pues llevaba un atuendo similar al de la madre, aunque ésta le hiciera sombra. Penélope era un calco a medias, con cierto aire de rebeldía insatisfecha. En la foto aparecía sin su marido, oculta por las cabezas de los hombres que acompañaban a la madre. Leopoldo logró descifrarla. Fijándose con tino, reconoció una mueca de complicidad en su rostro. Todo un gesto natural y relajado que poco tenía que ver con la expresión congestionada que tenía en la fotografía que guardaba en su cartera. Miró el pie de foto. Año 2015. La fotografía estaba firmada por un tal Pomares.

Sacó el teléfono móvil y tomó una instantánea de la página del periódico. Después guardó una nota digital que se sincronizaría con su herramienta de trabajo. Era consciente de que toda esa parafernalia tecnológica era innecesaria para realizar el trabajo, pero le gustaba ser visto y convencerse de que todo era más fácil así.

Desde el principio tuvo que buscarse enemigos y ya existían demasiados en el bando de los nostálgicos del papel.

Al terminar el café, subió hasta la habitación, se cepilló los dientes, se puso la americana azul marino y guardó las gafas de sol Ray-ban en el bolsillo del lazo izquierdo del pecho.

Luego comprobó la bandeja del correo electrónico varias veces, tomó su iPad, el cuaderno de notas, el bolígrafo Parker que llevaba a todas partes y bajó hasta la recepción.

—Buenos días —saludó con un gesto suave a la nueva recepcionista que ocupaba el turno de la mañana. Miró el reloj y comprobó que eran las once menos cinco—. ¿Ha preguntado alguien por mí?

—¿Su nombre es?

Carraspeó ofendido.

—Leopoldo Bonavista.

La joven, castaña con una estrella tatuada en las líneas de la muñeca, comprobó los avisos de la base de datos de la pantalla.

—Tiene un coche esperándole a la salida. Al girar, a la izquierda. Ha llegado hace unos minutos.

—Pensé que mandarían un taxi.

—Es todo lo que sé, señor —dijo encogiéndose de hombros.

Se despidió, abandonó el hotel en una mañana soleada en la que el Lorenzo ya quemaba como una plancha de acero sobre su espalda y el mercado de abastos se encontraba abarrotado.

Giró la esquina tal y como le había indicado la recepcionista y atisbó algo insólito que le estrujó las tripas. No habían pasado veinticuatro horas y ya comenzaban las sorpresas.

—Espero que esto sea una casualidad, amigo —dijo Leopoldo al conductor del Audi de color negro con el que había tenido el accidente.

En efecto, era él el chófer, y el coche alemán, su herramienta de trabajo.

El mozo llevaba una camisa gris y un pantalón negro de traje, unas gafas de sol de aviador y el cabello fijado con gel. Era atractivo y parecía seguro de sí mismo, con una postura que probablemente le habría robado a James Dean. El reportero lo recordaba atlético, pero ahora sus brazos eran demasiado grandes para las mangas. Aún así, no tenía la mínima intención de devolverle los cuatrocientos euros.

Sorprendido al ver al periodista, le dio una calada al cigarrillo y lo lanzó contra el asfalto.

—No me diga. ¿Es usted el señor Bonavista?

—¿Ahora me hablas de usted?

—Oh, no. Le pido disculpas por lo de ayer... —dijo ofreciéndole la mano. Leopoldo se la estrechó. La educación ante todo—. Lamento lo ocurrido, de verdad, amigo... quiero decir, señor. Disculpe...

Leopoldo se rio. Era gracioso y no parecía tener maldad en sus palabras, aunque conocía el juego de esa clase de cantamañanas.

—Empecemos de cero, ¿vale? *Tabula rasa*.

—Gracias.

El conductor le abrió la puerta trasera del Audi.

Entró y percibió un ligero olor a fresa que provenía del ambientador que colgaba del retrovisor. El interior se mantenía fresco, lo cual agradeció. Después entró el chófer y puso el coche en marcha.

—¿Está cómodo? ¿Quiere más frío?

—Está bien así... ¿Cómo te llamas?

—Enzo, señor.

—¿Colombiano?

—Así es, señor. Hijo del país del café. De Antioquia, para ser más preciso... ¿Cómo lo ha sabido? ¿Ha estado por allí?

El acento de aquel mozo le transportó años atrás a una calurosa noche sevillana, a las sábanas finas de un hotel del centro de la ciudad y a las tostadas piernas de Daniela, una hermosa actriz colombiana de cabello rizado y ojos café, que había conocido horas antes en una gala benéfica.

—No... Una vieja conocida antioqueña. Tenía una bonita melodía. Me ha traído buenos recuerdos.

—Ay, Antioquia...

—Si he entendido bien, trabajas al servicio de los Fonseca, ¿verdad?

—Así es, señor. Soy el chófer de la familia. Yo los llevo, los traigo... Bueno, y también le llevo a usted.

Leopoldo ignoró el comentario gracioso que sólo pretendía romper el hielo entre ellos dos. Sacó la fotografía que llevaba consigo y volvió a observar con detenimiento a los miembros de la familia.

Antes de que el vehículo abandonara el casco urbano para tomar dirección a San Juan, entendió que, la tarde anterior, la mujer que iba sentada en el asiento que ahora ocupaba él, era Martina, la compañera sentimental de Adolfo Fonseca.

* * *

No le disgustó la idea de alejarse de la costa por un rato. Cocinar a fuego lento sabía mejor. Estaba orgulloso de sí mismo por lo que había conseguido después de tanto tiempo, pero no debía anticiparse. El cuerpo era un ente complejo que podía traicionarle en cualquier situación. Sólo había solucionado parte del problema. Se preguntó cuándo volvería a florecer el dolor.

En el interior del coche estaba cómodo. Por los altavoces sonaba RNE 5, detalle que sorprendió al redactor.

El sol picaba sobre el capó con saña.

Enzo salió de la ciudad para incorporarse al viejo cinturón que la rodeaba y tras varios minutos, tomó el carril con dirección a Jijona, famoso pueblo de interior conocido por sus turrones.

—¿A dónde vamos? —preguntó Leopoldo, intrigado por las maniobras del chófer—. ¿Está muy lejos la residencia de los Fonseca?

Sonriendo con su dentadura blanca e inquebrantable, Enzo atravesó la circunvalación para después salir por una carretera nacional.

—Es su primera vez por aquí, ¿verdad? No hace falta que lo jure… Estamos cerca, a unos veinte minutos de Alicante. Llegaremos a tiempo para el almuerzo… No se preocupe. Está todo bajo control.

Leopoldo miró por la ventanilla. Se notaba nervioso. Tal vez hubiera sido el café que le estaba afectando demasiado.

El paisaje era árido, desolador. Palmeras solitarias sobresalían a lo lejos entre los tejados de las viejas alquerías. En la distancia, una cadena de montañas pintaba el horizonte con sus picos.

—¿Cómo se llama aquello?

—La Sierra del Cabezón de Oro.

Dado el interés, el reportero se volvió a recostar sobre el

asiento. Todo le resultaba familiar, quizá demasiado. De niño había estudiado aquellos nombres, aunque más tarde hiciera un esfuerzo por olvidarlos.

Las palabras pululaban por su cabeza: los nombres de los pueblos, de las ciudades, de los parques naturales. Estaba recuperando parte de su interior, que había cerrado con llave.

Largas hectáreas de olivos, viñedos y almendros ocupaban ambos lados de la carretera. Enzo conducía por una nacional de doble sentido llena de curvas, que parecía conocer a la legua. En ocasiones, el terreno se convertía en una llanura seca por la que sobresalía algún montículo de tierra.

—¿Le gusta el paisaje?

—¿Aquí llueve alguna vez?

El mozo soltó una carcajada.

—Poco, pero lo hace. Yo también me pregunto cómo puede crecer la hierba...

—¿Sabes si hay alguien más con la señora Domenech? Alguien más de la familia, quiero decir.

—Es martes. Me temo que hasta el viernes no estarán todos, así que puede que conozca a algunos de ellos, sobre todo, a los más jóvenes. Esta noche es la gran fiesta. Imagino que no se la perderá, ¿verdad? He oído que viene a hacerle un reportaje a la señora.

—Así es. Está pactado en la agenda. ¿También invitan al chófer de la familia?

El comentario no pareció afectarle.

—No, en absoluto. Llevo ocho años trabajando para ellos. Podría decir que don Jaume me otorgó el privilegio de llevar una vida normal, en orden... Pero hay límites que uno no debe pasar. Ya me entiende.

—Entiendo... —dijo asintiendo con la cabeza—. Debió de ser una estocada para la familia cuando se fue al otro mundo.

—Sin duda. Se fue él y llegaron los problemas. Usted ya sabe a lo que me refiero. Quien se va de esta vida sin provocar nada, es que no lo hizo tan bien.

—¿Te refieres a lo del yerno? Según he leído, lo nombraron director antes de que Fonseca falleciera.

—Es una larga historia —dijo al notar que Bonavista le prestaba demasiado atención. Había largado más de la cuenta—. Estoy seguro de que la señora le contará lo que quiera oír.

—Claro... Una pregunta, Enzo. Con todos los que son en la familia, ¿cómo es que pueden convivir en una misma casa todo el verano? Las vacaciones son para descansar...

—¿Una misma casa? No tiene ni la menor idea del lugar al que nos dirigimos. ¡Incluso yo vivo ahí!

—¿Tú también? Vaya, esto sí que es una alegría. Pues no. Nadie me ha informado de los detalles.

—No se preocupe, estamos muy cerca.

Enzo tomó un camino de tierra sin señalizar y condujo recto durante un kilómetro hasta que empezaron a subir una cuesta. Tras una curva y entre la arboleda, un hombre custodiaba una gran puerta negra de hierro en el interior de una garita.

El coche se acercó a la ventanilla.

—Buenas, don Ramón —dijo Enzo, saludándole con la mano. Al ver al conductor, el hombre le devolvió el saludo y se dispuso a abrir la puerta. Leopoldo pensó que don Ramón era un viejo con los días contados. Con un traje descolorido, pasaba los días antes de jubilarse, protegiendo la mansión que nunca iba a tener. Eso sí, siempre desde fuera. Observó la maniobra y la complejidad del asunto. Si entraba, podía no salir. Miró alrededor y encontró un muro de ladrillo rojo oculto entre las ramas de los pinos—. Impresiona, ¿verdad?

Lo hacía, pero no quiso ser franco con él.

La mayoría de famosos a los que había entrevistado no vivían en lugares tan protegidos. Las casas de lujo solían equiparse con los últimos avances en equipos de seguridad. Sin embargo, quien podía permitirse vivir aislado de la sociedad y mantener a un séquito de empleados que lo hicieran todo, además de dinero, tenía un alto sentido de clase social.

Nadie disfrutaba tanto tiempo en familia.

Al cruzar la entrada, el camino, ahora de asfalto, se prolongó por la cuesta varios cientos de metros más. La pinada desaparecía, dejando lugar a los almendros y a la vid que ocupaban las extensas hectáreas.

Desde atrás vio la fachada blanquiazul de una enorme alquería de tres alturas con tejado triangular y una antigua torre vigía anexionada, que la había transformado en mirador. En ese momento recordó las palabras de Silvia Domenech cuando hacía referencia a la casa y al cariño que su marido le tenía.

A medida que se acercaban, la extensión de la construcción aumentaba.

Los laterales de la primera y segunda planta estaban unidos a una bodega que alguien había convertido en salón y sobre la que había construido un palomar con arcos de piedra, que unían el interior con el pasillo que llevaba al palomar.

Al otro lado del brazo de la vivienda, se podían ver dos

casones y un tercero separado, que quedaba frente a uno de los laterales de la masía.

Leopoldo supuso que allí se encontraría su habitación, donde antiguamente habían dormido los jornaleros que se encargaran de trabajar la tierra.

Frente a la fachada, vislumbró una explanada de adoquín que podía hacer sombra a la plaza del ayuntamiento de un pueblo pequeño. Supuso que Jaume habría invertido millones en aquella residencia. Era un sueño hecho realidad, pero solo para ellos.

La finca tenía el aspecto señorial de haber pertenecido a alguien en el pasado y los Fonseca se habían encargado de mantener el legado.

Enzo observaba la expresión del invitado al acercarse.

—Desde aquí no se ve el patio trasero —agregó—. Impresiona aún más. Hay una piscina y una pista de tenis. ¿Le asustan los perros?

—No. Al revés, me encantan. ¿Por qué lo dice?

Dos cánidos corrieron hacia el coche a toda velocidad.

Por un momento, Bonavista creyó que se lanzarían contra el cristal.

El Audi se detuvo donde el camino lindaba con los adoquines de la entrada. Los perros, dos border collie adultos; uno de color marrón sable y el otro de pelaje blanco y negro, ladraban al automóvil desde la entrada.

—No se preocupe, ladran a todo el mundo, pero no hacen nada.

De cerca, la fachada era más grande. Con cierta nostalgia, se fijó en la pintura desconchada por el paso del tiempo y recordó uno de sus múltiples viajes a Portugal con Rosario.

Un aire tórrido lo abrazó al salir del vehículo y se cuestionó si Silvia Domenech tendría aire acondicionado en la casa.

—¿No bajas? —preguntó Leopoldo de pie junto a la ventana del conductor.

—No. Yo tengo que seguir mi jornada. Vendré a por usted más tarde para llevarlo al hotel. Disfrute de la experiencia.

Los perros seguían ladrando al chófer.

El sedán se perdió de su vista por la senda de asfalto que habían tomado para entrar y los animales desaparecieron tras él.

Dado que nadie venía a recibirlo, caminó hasta una doble puerta de altura media con forma de arco y tocó con los nudillos sobre la madera. Por encima de la puerta, vio un balcón de piedra y se preguntó si el ventanal alargado de la habitación estaba abierto, pero la persiana azul le impedía ver.

Golpeó la puerta por segunda vez. El resultado fue el mismo.

Antes de entrar sin permiso, recordó que tenía el número de la asistente en alguno de los correos electrónicos que se habían escrito.

En otra situación, no se hubiese planteado dos veces irrumpir por el patio o colarse por uno de los balcones, pero la primera impresión contaba, y quería que fuera profesional. Bastante había experimentado ya en el interior del hotel. Se jugaba mucho dinero.

Sacó el teléfono de su bolsillo y encendió la pantalla.

«Genial. Atrapado, sin coche y sin cobertura», se dijo.

—¿Te puedo ayudar en algo? —preguntó una voz dulce y suave al oído como el pétalo de una rosa—. Pareces un poco perdido.

121

Distraído, el articulista se giró de inmediato.

Enrollada en una toalla que le cubría ambas partes del bikini, una adolescente apareció tras la puerta, con el cabello todavía húmedo.

Ese rostro le sonaba familiar, sobre todo por la mirada.

Los ojos claros, el cabello castaño por el efecto de la humedad. No tardó en fijarse en sus tobillos, en esas rodillas ovaladas, en unas piernas tan finas como las de la abuela y en que ambas tenían la clavícula ancha y los huesos marcados.

—Tú debes de ser Luz.

—¿Te conozco? ¿Eres el chico nuevo del servicio?

Leopoldo percibió que sus maneras no eran las más adecuadas, pero que también era un gesto para demostrar su rebeldía ante una pose de la que estaba harta.

—Soy Leopoldo Bonavista. Estoy aquí para reunirme con tu abuela Silvia.

—Ah, sí. El escritor. Pasa, pasa. Está esperándote en el patio.

Luz dio media vuelta, sin dejar que la toalla se soltara de su cuerpo y se introdujo en la oscuridad del interior. Por la puerta sólo se podía ver la luz que había al otro lado de la casa, procedente del patio. Distinguió varias voces en una conversación que no logró entender.

—Están ahí, sabían que venías… —dijo señalando al hueco de claridad. Después le miró a los ojos y agachó la cabeza unos centímetros para susurrarle al oído—. Ella confía en ti. No la dejes sola.

—¿Qué? Pero… ¡Espera! —respondió, aunque la chica ya había desaparecido.

Cuando llegó al arco que conectaba con la parte exterior trasera, encontró a Silvia Domenech sentada en una mesa bajo una sombrilla, tomando un café humeante. Estaba acompañada de otra mujer, su hija mayor, y un hombre rechoncho con semblante serio, el marido de ésta.

—Por fin estás aquí, Leopoldo —dijo la anfitriona con una extensa sonrisa, sin mostrar ánimos de levantarse—. Menos mal, pensé que nunca llegarías... Y, dime, ¿has conocido ya a alguien de la familia?

11

Tras una torpe presentación, Leopoldo tomó asiento en el patio junto a los presentes. Penélope Fonseca iba vestida con un conjunto de blusa y falda que parecía sacado de un arca del pasado. Las prendas eran de marcas prestigiosas y la bisutería de calidad, lo que hacía que disimulara la ausente modernidad que la rodeaba.

Rígida como una caña de azúcar, posaba sus manos sobre las rodillas y, de vez en cuando cogía la taza de infusión que tenía delante.

A su lado, con una camisa de manga corta a rayas blancas y azules, Miguel Castellanos se limpiaba el sudor de la frente con un pañuelo de tela, abrumado por el calor del mediodía. El pobre se movía como un gorrino inquieto sobre la silla. Silvia Domenech no tardó en transmitirle al reportero con una mirada su ingratitud, ante la inesperada visita que les acompañaba.

«Haz tu trabajo y márchate», se dijo el periodista mientras daba sorbos a un café y evitaba las miradas punzantes de aquel extraño matrimonio.

—¿Y bien? ¿Por dónde empezamos? —preguntó la mujer mayor—. He tenido algunas ideas. Me gustaría que las escucharas.

—Para eso estoy aquí, señora Domenech.

La hija carraspeó disconforme.

—Verá, señor Bonavista… Estamos al corriente de la razón por la que está aquí —intervino callando a la madre—. Dado que se le va a pagar una cantidad más que generosa por su labor, espero que no le importe que supervisemos su trabajo, así como las entrevistas que lleve a cabo con mi madre.

—¿Pero cuándo hemos acordado algo así?

—Madre, por favor —respondió tratándola como a un estorbo, y volvió al reportero—. Nuestro último interés es interponernos en sus tareas pero, como comprenderá, hemos leído sus artículos y nos gustaría asegurarnos de que no va a hablar mal de la familia.

La declaración de intenciones tensó la conversación.

Silvia Domenech miraba con desdicha a su hija y ésta asumía el control de la situación con el apoyo del marido, el cual parecía parte del decorado.

Leopoldo entabló una mirada cómplice con la anciana.

—Como quiera. Le enviaré una copia de los borradores finales.

—No, no me ha entendido bien —insistió—. Me gustaría estar presente durante las conversaciones.

—¿Qué? ¡Ni hablar! ¿Desde cuándo? —bramó colérica la madre—. Penélope, estás siendo muy desconsiderada conmigo. Te recuerdo que soy tu madre. No tienes ningún derecho a tratarme así. Así que, haz el favor y marchaos los dos. ¡Ya soy mayorcita!

Disfrutando del espectáculo, Leopoldo sujetó la taza de café y dio un repaso al yerno de la viuda, que permanecía callado, con los dedos cruzados y la mirada en otro espacio físico que no era aquel.

—¿Te estás oyendo, madre? ¿Vas a permitir que un desconocido se meta en nuestra casa y publique barbaridades sobre nosotros? ¡Has perdido el juicio!

—No, hija mía... —dijo rebajando el tono—. A mí no me hablas con ese tono ni de esa forma. ¡Válgame Dios! Te estás comportando como una niñata malcriada y así no es cómo te he enseñado a ser. No me decepciones todavía más, ¿quieres? No seas como tu hermana...

A pesar de su edad, la energía que desprendía la madre era arrolladora. Era una púgil profesional, dispuesta hasta el último aliento a repartir puñetazos a quien le llevara la contraria. El periodista sintió hasta pena por el espectáculo, viendo cómo una hija sucumbía a los desprecios de su madre. Debía de ser doloroso escuchar algo así de alguien tan querido.

Penélope apretó los puños, impotente, y se levantó de la silla antes de romper a llorar. Por su expresión, Leopoldo dedujo que no era la primera vez que intentaba hacerle frente, ni tampoco la primera que hundía sin éxito su ariete psicológico contra la fortaleza imperial de la madre.

—¡Ese es tu problema! ¡Tu vida es una decepción! —exclamó, después agarró del brazo al marido, que espabiló rápidamente y abandonaron el patio.

Silvia Domenech los siguió con la mirada hasta que cruzaron el arco oscuro y se perdieron en el interior de la mansión. Dio una respiración profunda, agarró la taza de café y pegó un sorbo. Como si nada hubiera sucedido, volvía a ser la misma que había conocido en el hotel.

—Ya se le pasará. Nunca dejará de ser una niña, ¿sabes? Toda la vida le he tenido que guiar el camino.

—Entiendo...

La mujer cerró los ojos con aparente malestar. Se echó hacia atrás sobre la silla e inspiró de nuevo.

—Creo que me ha subido la tensión. Maldita sea, el médico me dijo que evitara estas cosas... En fin, se me pasará.

Dejó la taza sobre la mesita y cogió una pitillera metálica de bordes dorados que había sobre la mesa redonda de madera. La abrió, sacó un cigarrillo y le ofreció al muchacho.

—No, gracias —le dijo, preguntándose cómo podía fumar con ese calor.

Él no fumaba, o no podía considerarse fumador activo, pero eso decían todos los que dejaban el tabaco cada cierto tiempo.

Tras la ruptura con Rosario y su caída libre laboral, había probado a hacerlo para buscar la inspiración, al igual que muchos otros escritores. Había leído tanto sobre ello que creyó que era la pieza del rompecabezas que le faltaba. Pero no fue así. No le disgustaba la sensación, aunque tampoco colaboró con su talento. Después de fumar dos cigarros, abandonó el vicio dejando el paquete en el coche. Una cajetilla que, muchos meses después, todavía seguía allí. Silvia Domenech sacó una cerilla y encendió el cigarrillo—. Como tenemos una semana por delante, me gustaría que me contara sobre usted, ya me entiende. Su infancia, cómo conoció a su marido y cómo lograron... todo esto. Las fotografías del pasado me serían de gran ayuda para ambientar la historia. Publique o no esta información, quiero conocer a la auténtica Silvia Domenech desde todos los prismas. Es parte del trabajo de documentación...

—Eso no será un problema... —añadió indiferente, centrada en la punta del cigarrillo—. Por cierto, antes de que se me olvide, será mejor que formalicemos legalmente esto.

De repente, sacó un sobre de papel y se lo entregó al periodista.

Éste lo abrió y encontró el contrato legal que habían redactado para el proyecto. Leyó los encabezados y vio el logotipo de la revista. Entendió que sería el acuerdo que Beatriz le había enviado a su asistenta.

—¿Sabes por qué mi hija tiene miedo de que haga esto?

—No, la verdad —respondió tras firmar. Le entregó el sobre y se quedó con una de las copias.

—Como te habrás dado cuenta, igual que en cualquier familia, tenemos nuestros roces. Sin embargo, la manzana podrida de la nuestra es que temen que cuente la verdad.

—¿Qué verdad? Nadie se salva de las rencillas familiares, señora.

La mujer dio una calada, cruzó las delgadas piernas y miró al reportero con los ojos entrecerrados.

—¿Eres feliz, chico?

No supo qué responder a eso.

—Debería pensarlo bien para contestar.

—¿Tienes novia? ¿Estás casado? ¿Tienes a alguien a tu lado que te valore?

—No. No he llegado a ese capítulo de mi vida —respondió. Sintió que iba a contarle algo importante.

—¿Cómo llevas la fama?

—Con todos mis respetos, señora. Creía que el que hacía las preguntas era yo.

—Déjate de monsergas, guapo. Intento hacerte comprender. ¿Crees que todo esto me hace feliz? —preguntó señalando con las manos abiertas a la alquería y a las tierras—. He vivido toda mi vida siendo esa, la mujer del genio, la esposa perfecta de cartón.

—Esto ya me lo dijo en el hotel. ¿Puede ser más específica?

—Te mentiría si dijera que Jaume, mi difunto marido, no hubiera amasado esta fortuna, pero también te mentiría si te contara que lo hizo solo.

—¿Quién le ayudó?

—¿Quién? ¡Yo, Leopoldo! ¡Fuimos los dos! Mi marido y yo creamos la primera empresa juntos, ¡juntos! Él era bueno con los números, pero yo tenía mejor olfato para los negocios. Comenzamos con la producción vinícola, después invertimos en el café... y el resto de la historia ya la conoces.

—No estoy seguro de ello. Cuénteme más.

—Te haré un resumen. Ganamos mucho dinero, mi marido le cogió el gusto a salir en la fotografía y me apartó tan pronto como las cosas empezaron a marchar bien. Nunca me dio las gracias, nunca reconoció mi participación y tampoco aceptó ponerle el nombre de Grupo Fonseca-Domenech en lugar de Fonseca a secas... Maldito bastardo... Según él, era demasiado largo y las mujeres de esa época no hacían negocios. ¿Crees que esa es excusa? ¡Al carajo lo que pensaran los demás! Yo estaba enamorada, así que tragué y callé durante muchos años. El amor se había acabado y yo sin darme cuenta... Todo se fue al cuerno aquel ocho de marzo del sesenta y ocho... Él tenía un amante que se llamaba dinero.

—¿Por qué no hizo nada?

—¿Y qué iba a hacer, muchacho? —preguntó afligida. Su energía disminuyó. Dio otra calada al cigarrillo y tiró el humo con ansia—. Adolfo y Penélope ya habían nacido. Teníamos hijos, una vida muy cómoda que nos permitía viajar y ver mundo sin tener que mezclarnos con la plebe, no como ahora... Por entonces, separarse o divorciarse no estaba bien visto. A él le daba igual, estaba siempre trabajando, o lo que hiciera... Ni siquiera dormíamos en la misma cama. Sé que escribió una carta de arrepentimiento. La encontré entre sus cosas, después de que falleciera.

—¿Qué decía? Si se puede saber.

—Que me amaba, que se arrepentía de no haber pasado más tiempo conmigo, de no haberme dado el apoyo que me merecía... y que nunca me había sido infiel. ¡Ja! A buenas horas... Esta noche se revolverá en su tumba.

—¿Por qué dice eso?

—Ya lo verás, hijo. Ya lo verás. Es algo que debí contar mucho tiempo atrás.

—¿Y usted qué hizo todo ese tiempo?

Su mirada se incendió.

—Cuidar de mi familia. ¿Te parece poco? Vigila tu insolencia, muchacho.

—No era mi intención ofenderla...

—Pues lo has conseguido. Creía que estabas de mi lado.

—Y lo estoy, señora. Tan sólo hago mi trabajo y éste es preguntar.

La mujer volvió a llenar los pulmones. Apagó el cigarrillo en un cenicero metálico y dio el último sorbo al café.

—Disculpa... No me encuentro muy bien. Creo que se debe a este calor infernal o al evento de esta noche. ¡Qué sé yo! Siento haberte hecho venir para nada, hijo... Me temo que tenemos que seguir con las preguntas en otro momento. Avisaré para que Enzo te lleve al hotel.

—Comprendo...

Leopoldo frunció el ceño fingiendo preocupación para provocar una última pregunta.

—¿Ocurre algo, chico?

—Si no se amaban…

Un tenso silencio se apoderó de la conversación. No fue capaz de terminar la pregunta.

—Suficiente por hoy. Será mejor que te vayas.

—Por supuesto —dijo sin rechistar y se dirigió a la salida—. Buenas tardes, señora.

—Adiós, Leopoldo. Busca una acompañante. Un hombre de tu talla no puede ir solo. No querrás ser tan miserable de aparecer de la mano de Dios.

* * *

Salió de allí con un amargo gusto en los labios y un puñado de cabos sueltos que pronto tendría que resolver.

La primera toma de contacto había sido un fracaso, pero tenía los papeles con él.

Algo olía a podrido en la familia, algo más grave que el resquemor de un orgullo herido que ahora se dedicaba a maltratar a su familia.

Enzo apareció de nuevo sobre las losas de la era principal de la finca. Eran las dos de la tarde, el sol pegaba en su franja más fuerte del día y Leopoldo comenzaba a sentirse cansado mental y físicamente. En el interior del coche, tomó notas de cómo llegar hasta allí y minutos después volvió a reencontrarse con la ciudad.

—Tiene mala cara, señor. Lo mejor será que se dé un baño en la playa.

—Mejor no me hables de playas. ¿Cómo soportas tu trabajo?

El chófer sonrió.

—Yo recibo órdenes, no les doy conversación. Así de

simple, señor. Me pagan por conducir, por llevarlos. Me pagan por y para eso.

—Ya veo. Me temo que esta familia me va a dejar exhausto.

—Se acostumbrará con el tiempo, ya lo verá. Algunos días están de humor.

—Entiendo que sólo algunos. ¿Me equivoco?

—Como todo el mundo. ¿Está usted siempre de humor?

—Si nos quitamos el humor, nos quitamos las ganas de reír. Y sin esto último...

—¿Cuánto tiempo piensa quedarse?

—El que haga falta. Ni un día más.

De nuevo, el coche cruzó la glorieta de Luceros para llegar al hotel. Al fondo se veía el castillo. Las calles de la ciudad estaban desiertas por el tórrido clima, las terrazas repletas de mesas con paellas bajo los toldos y los restaurantes llenos hasta los topes.

—¿Le va chévere a las ocho? —preguntó, después de aparcar el coche en la zona de descarga. Leopoldo se acercó al hueco que había entre los asientos delanteros.

—Escucha, Enzo. Agradezco tu servicio pero, a partir de ahora, iré por mi cuenta.

El conductor se mostró inquieto.

—¿He dicho algo que le haya molestado, señor? Mis disculpas adelantadas...

—Deja de disculparte, joder.

—Lo siento, señor... Sí, señor.

—Mira, es sencillo, no lo tomes como algo personal. No me gusta depender de nadie, eso es todo. Les diré que te compensen.

El mozo sacó una tarjeta de plástico de la billetera.

—Este es mi nombre, ahí está mi número personal. Mientras esté en la ciudad, si me necesitara, no tendría más que llamar.

—Diviértete, amigo.

Bajó del vehículo, dio media vuelta y el coche se perdió calle abajo.

Un montón de incógnitas revoloteaban en su cabeza. No iba a ser un trabajo fácil. Quizá, el más complicado de su carrera. El trato de la matriarca hacia su hija, la relación con su marido, el pasado de Laura, las palabras de la pequeña Luz... Demasiadas emociones condensadas en muy poco tiempo. Silvia Domenech era una mujer hermética, cargada de secretos que poco a poco debía desgranar. No le extrañó que su hija intentara detenerla. A fin de cuentas, era la preferida, o eso decía la señora. Parecía tan dolida al expresarse, que el reportero estaba impaciente por conocer el misterio que había reservado para la velada.

Al regresar a la habitación del hotel, sintió un fuerte dolor de cabeza y se tumbó en la cama mirando hacia el techo.

«No seas miserable. Busca una acompañante. ¿De dónde voy a sacar yo a estas horas a alguien?», se preguntó.

Antes de terminar, tenía la respuesta.

Debía intentarlo.

Cogió el teléfono, buscó el contacto de Marta Pastor, escribió un mensaje y pulsó el botón de enviar. Las palmas le sudaban.

Con el aparato en la mano, esperó varios segundos una respuesta mirando a la pantalla. Después cayó dormido en un profundo sueño.

12

Martes, 5 de julio de 2016
19:00 horas
Alicante, España.

Cuando despertó, el atardecer se colaba por su ventana.

Desorientado, miró a su alrededor y se cercioró de que seguía en el hotel. Estaba deshidratado y las tripas le rugían. Comprobó el teléfono y vio que alguien le había echado de menos. No sólo Marta, sino también su jefa, Beatriz Paredes.

—¿Estás bien? Parezco tu madre yendo detrás de ti. ¿Has empezado a trabajar?

—Más despacio… —dijo poniéndose de pie—. Me cuesta respirar en esta ciudad.

—¿Estabas durmiendo, Leopoldo? Tienes voz de haberte despertado ahora, ¿es eso cierto?

—¿Qué hora es?

—Las siete. ¡Lo sabía! Te has ido a hacer el vago. Eso es lo único que sabes hacer…

—Maldita sea, llego tarde.

—¿A dónde vas?

—Tengo una cita y he quedado con ella a las ocho. ¡Y estoy sin vestir! ¿Podemos hablar en otro momento?

134

—¿Una cita? ¿Pero tú de qué vas? ¿Te has ido a la costa a desquitarte de la modelo? ¡Eso no es lo que acordamos! ¡Estás ahí para trabajar!

Alejó el altavoz de su oreja. Por alguna razón que desconocía, la directora estaba teniendo un mal día.

—Frena, frena, jefa... Es mi acompañante al cóctel que organiza Silvia Domenech. Supuestamente reúne a la alta sociedad alicantina, ya te puedes hacer una idea de cómo será el evento... Me ha pedido que no vaya solo y eso es lo que he hecho.

—¿Habéis firmado el contrato?

—Sí, lo tengo conmigo. Te lo haré llegar estos días... He estado esta mañana en la casa, bueno... mansión de verano... No ha salido como tenía previsto. ¿Sabes? Creo que se cuece algo en el seno de esta familia. Al parecer, no es sólo Domenech quien tiene ganas de soltar una bomba.

—¿De qué estás hablando?

Recordó que no le había contado nada a su jefa acerca del asunto.

—Es una larga historia, Beatriz.

—Tengo tiempo.

—¡Pero yo no! —exclamó sofocado—. Está bien, te haré un resumen. Al parecer, todo esto forma parte de un plan de la señora para revelar un secreto. Me temo que una noticia que va a afectar a más de una persona en el seno de la familia.

—¿Qué clase de secreto?

—De eso se trata. Es un secreto. En unas horas lo sabremos todos.

—Más te vale, Leopoldo, más te vale...

—¿Sabes, jefa? Esta mujer trama algo. Creo que me enfrento al personaje más vil de mi carrera como reportero.

—¡Ja! No, guapo... Ese momento todavía no ha llegado... Diviértete y mantenme informada. Espero tu llamada a primera hora de la mañana.

—Así será —dijo y colgó.

Con el tiempo justo en el reloj, en menos de media hora estaba duchado y vestido con pantalones beige, Castellanos burdeos y camisa blanca para una velada de verano. Tal y como le habían indicado, el cóctel no era formal, aunque exigía un mínimo de decencia. Así y todo, Leopoldo tenía la potestad de presentarse como quisiera.

Dada la positiva respuesta de su antigua compañera de facultad, se perfumó el cuello y las muñecas y salió en busca de la chica. Ella lo esperaba frente al Portal de Elche, una bonita plaza del siglo XIX sombreada por sus ficus centenarios.

Abandonó el hotel, continuó cuesta abajo y se dejó sorprender por los grupos mixtos de jóvenes con garbo, bien vestidos y peinados, que salían dispuestos a comerse la noche. Disfrutó del sosiego de las familias que ya habían comenzado las vacaciones estivales, sosteniendo cucuruchos con bolas de helado que se derretían con una mirada.

Al final de la Rambla, no tardó en verla entre la vegetación y los viandantes que colapsaban la acera. Marta estaba radiante, espléndida con un vestido acertado de color negro. Leopoldo opinaba que los tonos oscuros favorecían en verano, siempre y cuando el contraste de la piel no fuese como el de un tablero de ajedrez. Por suerte, Marta tenía la tez clara pero tostada por el sol del día a día.

—Vaya, has llegado puntual a tu cita —dijo ella sorprendida.

Se besaron en la mejilla como gesto de amistad y ambos

sintieron un ligero cosquilleo ascendiente en sus cuerpos. Pero, con ella, Leopoldo nunca estaba seguro. Mejor dicho, nunca lo estuvo.

—Era lo mínimo que podía hacer. Después de no contestar a los correos...

—Olvidemos el asunto. ¿Te parece? —dijo con una sonrisa y le agarró del brazo. Él se sintió extraño. No le importaba que lo hiciera, pero tampoco quería caer en el juego del eterno amigo—. Como en los viejos tiempos... Tengo que confesarte que no esperaba tu llamada tan pronto.

Él se sonrojó. Prefirió guardarse las palabras. De no haber sido advertido, tal vez no lo habría hecho.

—Disfrutemos de la cita. Hace una noche increíble.

Ella tomó el timón y marcó el rumbo hacia el hotel donde se celebraba el evento. Por suerte, el centro de Alicante no era el de Madrid y alcanzar los sitios clave era una cuestión de minutos a pie.

Mientras caminaban, Leopoldo percibía el ruido de los coches, el bullicio de los bares, pero también el sonido de las olas que rompían en la orilla de la playa del Postiguet. Una melodía que le transmitía sensaciones dispares, comenzando por la calma y arrastrándolo al más puro pánico. En su imaginación veía la cara de su padre, su cuerpo que desaparecía poco a poco, arrastrado por las mismas olas engañosas que después acariciaban la arena dorada.

—¿Me estás escuchando? —preguntó la periodista cuando se encontraban frente a la puerta del hotel.

—Perdona, Marta. Me había distraído...

—No importa. Te decía que este hotel había sido anteriormente un convento de los Dominicos. Quien lo reformó, conservó la estructura original, la piedra que tenía el convento y los arcos con forma de ojo de algunas habitaciones.

—Curioso. ¿De qué siglo?

—Del diecinueve.

—¿Cómo sabes tanto sobre la historia de este edificio?

—Soy periodista y de aquí. ¡Sería un sacrilegio! ¿No crees?

—Si yo te contara…

Ella estiró sus bellos labios. Pasaron al interior y siguieron las indicaciones que les llevaron a la terraza. En efecto, el hotel era mucho mejor, con gran diferencia, del que había elegido para hospedarse.

Llegaron antes de la hora prevista, lo cual les evitó tener que zambullirse entre la multitud de invitados. La terraza era espaciosa y desde allí se podía ver la cúpula de la Concatedral de San Nicolás, el campanario, el castillo de Santa Bárbara y la montaña. El cielo no se había vuelto del todo oscuro y la iluminación del castillo y de la propia iglesia dotaba la noche de un color amarillento que lo hacía todo más hermoso de contemplar. La zona estaba reservada para el evento. En aquel lugar se podía apreciar el vacío que quedaba en el convento, por donde penetraba la luz y que daba directamente al viejo patio, que ahora se había convertido en el pasillo del vestíbulo del hotel.

Varios camareros preparaban las bebidas en una mesa protegida por un mantel blanco. Leopoldo recordó que era el lugar que había visto en la fotografía del periódico. Marta parecía maravillada por la invitación. Tras unos segundos de desconcierto, el reportero buscó algún rostro conocido entre los que allí se encontraban. Pronto, en un grupo de hombres repeinados y vestidos de traje, identificó a Adolfo Fonseca, el hijo mayor de los Fonseca. Estudió su presencia.

Era alto, fornido y de espalda ancha. Tenía el cabello largo, aunque no demasiado y lo lucía engominado hacia atrás. Hablaba con seriedad, a pesar de que no se entendía lo que decía a causa de la distancia. Tenía movimientos lentos de manos y se comportaba como alguien que pensaba antes de hablar, una costumbre casi extinta en la sociedad. A su espalda, vio a Laura Fonseca, la más pequeña y repudiada de los tres hermanos. Estaba algo más delgada que en la fotografía que guardaba consigo. Lucía desmejorada, como si llevara días sin dormir. Iba vestida con unos pantalones blancos que no le llegaban a los tobillos y una blusa de color salmón. Discreta, formal y con un conjunto apropiado para no llamar la atención. Leopoldo entendió que el rol que ocupaba, le había obligado a ser así: insegura, secundaria, frágil, tal y como había mencionado su madre. A pesar de que era más guapa que su hermana, prefería quedarse en la sombra sin llamar la atención. Para su sorpresa, a su lado encontró a Samuel Ortego, el director del Grupo Fonseca, marido de Laura y padre de la joven Luz, que también los acompañaba cerrando el trío, ataviada con un vestido blanco y unas sandalias de verano.

El ejecutivo caminaba con la pechera hacia delante, confiado y con una sonrisa entrenada que habría utilizado en cientos de ocasiones. En cierto momento, intentó acariciar el rostro de su esposa, la cual se apartó molesta, agachando la mirada. Bonavista obtuvo la confirmación de sus sospechas. Nadie se creía aquel teatro, pero debían mantener cierta imagen ante los desconocidos.

—¿Señor Bonavista? —dijo una voz ahogada como una bocina vieja. Reconoció esa triste melodía. Era Penélope Fonseca, acompañada de su marido. Leopoldo dio un barrido visual con disimulo. Ella llevaba un vestido que le marcaba las caderas y le tapaba el escote. En cierto modo, disimulaba su mal gusto. En cuanto a su marido, él tampoco se llevaba bien con la moda. La americana le quedaba larga de mangas y el Rolex era demasiado grande para su muñeca.

—Buenas noches. Gracias por la invitación.

Antes de que pudiera presentarles a su acompañante, la hija predilecta irrumpió con su plegaria.

—Le ruego que me disculpe por la escena de esta mañana. No tendría que haber sucedido. Mi madre ya tiene una edad y empieza a pensar, ya me entiende... diferente.

—Disculpas aceptadas. No tiene por qué darme explicaciones. Su madre es una mujer encantadora y lo de esta mañana está más que olvidado.

—A eso me refiero —remarcó—. Tan encantadora que a veces... no sabe lo que dice. Por eso, si no le importa, insisto en que me gustaría supervisar su trabajo.

Las palabras incomodaron al reportero.

—Verá, no tengo problema en enviarle los escritos una vez los tenga redactados, pero suelo trabajar solo. Sin ofender, me sentiría cohibido y no funcionaría.

La mujer estiró el cuello con altivez. No era la respuesta que esperaba. Lo quisiera o no, los esfuerzos de su madre habían calado en ella. Ninguna de las dos sabía aceptar los golpes.

—Pues aprenda —replicó con sequedad—. Disfrute de la velada, señor Bonavista.

El marido abrió los ojos ante la respuesta de la esposa. Guardó silencio y siguió sus pasos.

—Menuda cretina, ¿quién es esa mujer?

—Penélope Fonseca, la hija mayor de Silvia Domenech.

Teme que su madre se vaya de la lengua, por eso se comporta así.

Una mujer morena con vestido dorado de brillantes se acercó al grupo de hombres que hablaba con el mayor de los Fonseca.

Era ella, sin duda alguna, su pareja, la mujer del Audi que iba con Enzo.

Se movía como si estuviera en una pasarela. Leopoldo puso atención en su forma de actuar con el prometido. Vio cómo irrumpía en la conversación como un torrente capturando la atención de su hombre. Después le dio un beso en la mejilla. Acostumbrado, Adolfo asintió y le dijo que esperara. Después continuó con los otros hombres y ella se despidió de ellos.

—Otra estrella apagada —dijo en alto.

—¿Quién? —preguntó la periodista—. ¿De quién hablas ahora?

—Esa mujer, la prometida de Adolfo Fonseca. No entiendo cómo un hombre tan recto puede soportar esos arrebatos.

—Yo tampoco. Con lo apuesto que es…

—¿Qué? —preguntó el reportero—. ¿Fonseca? Por favor… Tendrá mucho dinero, pero es un hortera. La percha no se puede comprar.

—Vaya, qué sorpresa. ¿Estás celoso?

—En absoluto. Supongo que es una cuestión de gusto, de buen gusto.

Marta le dio un golpecito en el brazo.

Finalmente, la reina del baile entró en la terraza, acompañada de otros dos hombres y una mujer.

El evento había comenzado, las bandejas de bebidas rondaban entre los invitados y un disco de bossa nova instrumental ambientaba la velada.

—¿Suelen invitarte a fiestas así?

—Más o menos, aunque las odio. A veces sólo voy por el vino y los canapés.

—Qué suerte... —dijo ladeando la cabeza—. Esto es lo más cerca que voy a estar de *El Gran Gatsby*.

—Sólo que aquí es una mujer y se llama *La Gran Domenech*.

Con todos atentos a sus movimientos, Silvia se movía entre aplausos y sonrisas de aquellos que encontraba por su camino. Para combatir la sed y el apetito, sirvieron el espumoso, degustaron las suculentas tapas del restaurante del hotel y la noche comenzó de forma secreta en aquel rincón de la ciudad. Un evento de negocios para que los empresarios de la provincia tejieran relaciones con otros nombres del sector y la política. La familia Fonseca demostraba y compartía su red de influencia, su poder y el eje que representaba. Marta saludó a algunos compañeros del oficio y Leopoldo se concentró en merodear con la mirada mientras presionaba a un cortador de jamón con su presencia para que llenara el plato.

—¡Leopoldo! —Silvia Domenech iba acompañada de los dos gemelos. Habían crecido desde el momento que se tomó la foto. Ahora, parecían jugadores de baloncesto trajeados, con las cabezas afeitadas por los laterales y los flequillos lacios fijados con gomina. Tenían los rostros alargados, las miradas penetrantes y los mofletes poblados de pecas. Ambos miraron al periodista con desprecio, con ese ademán hostil de quien se siente por encima de los demás—. ¿Has venido acompañado? Eres más rápido que una bala. Espero que mis palabras no te presionaran para llamar a cualquiera...

Leopoldo sintió el aliento amargo de la mujer, que llevaría alguna copa de más en el cuerpo. Domenech rio, pero a Marta no le pareció gracioso su comentario.

—Un ágape muy interesante.

—Lo mejor está por llegar. En cuanto termine de saludar, voy a decir unas palabras —contestó, guiñando el ojo, cómplice de sus intenciones y se marchó.

—¿Habla en serio? —preguntó la amiga.

—Por supuesto que no. ¡Qué cosas!

El volumen de la música se desvaneció hasta ser inapreciable. Leopoldo pensó que no había mejor momento para evitar una discusión.

De pronto, todas las miradas se dirigieron a un improvisado escenario sobre una plataforma de madera. Los focos iluminaron el rostro de Silvia Domenech, que quedaba entre la cúpula azul de la concatedral y la torre del campanario. Brillaba, estaba espléndida. Era el centro de la atención de todos los invitados. Por fin, su momento de gloria había llegado. Las cámaras de la prensa se acercaron. Como cada año, la presidenta del Grupo Fonseca recitaría unas palabras de agradecimiento y cortesía. La constante sonrisa en su cara manifestaba que esta vez sería diferente.

Un empleado del bar le acercó el micrófono. Leopoldo observó concentrado los movimientos de los familiares. Las miradas de indiferencia de los gemelos, el rostro compungido de su hija mayor; el gesto serio de Adolfo que se cruzaba con la postura odiosa de su prometida; la preocupación de su hija pequeña junto a la mandíbula apretada del yerno y la actitud indiferente de la más pequeña, que parecía estar aburrida de aquella farsa.

—Buenas noches... —empezó a decir Domenech. Se escuchó un molesto zumbido propio del acople del micrófono. El reportero se fijó en sus manos, que comenzaban a temblar con frenesí—. Muchas gracias por estar aquí, un año más junto a mi familia... Este año, me gustaría dar una grata sorpresa que llevo guardando desde hace mucho...

El momento se acercaba. Leopoldo miró a Penélope, que se mostraba abrumada. Pero algo no iba bien. La voz de la señora se apagaba lentamente.

—Una verdad que... que llevo en silencio desde hace... mucho tiempo... —prosiguió. Adolfo Fonseca se acercó a ella, la agarró del brazo y le retiró el vaso, pero la señora, extrañamente sin fuerzas, apartó a su hijo del escenario para continuar—. Déjame, déjame terminar... Estoy bien... Decía que... una verdad que... concierne a mi familia... la cual espero que me perdone... algún día...

Antes de acabar la frase, Silvia no aguantó más, el micrófono cayó al suelo provocando otro zumbido y ella se desmoronó sobre el escenario.

Se oyó un fuerte grito, el bullicio aumentó y el caos y la confusión se apoderaron de la terraza.

Silvia Domenech había muerto.

13

Miércoles, 6 de julio de 2016
Alicante, España.

Ese fue su último discurso antes de que un parada cardiorrespiratoria se la llevara para siempre y, con ella, también el secreto.

—¿Qué? Dime que es una broma, Leopoldo. Pero, si lo es, no tiene ninguna gracia... —dijo la directora de la revista al teléfono.

Eran las nueve de la mañana, Leopoldo se había levantado antes de hora y sin esperar a que sonara la alarma del despertador. Sobrecogido por el momento, al igual que los demás, no esperaba que la velada terminara de esa manera. Un doble golpe certero que lo lanzaba al vacío dejándole sin aliento. Si presenciar la muerte de otra persona nunca era de buen recibo, ver también cómo se desvanecía la oportunidad de resucitar su carrera, lo llevaba directo al infierno.

Angustiado, abandonó el hotel tan pronto como los servicios médicos llegaron y los agentes del orden obligaron a los invitados a marcharse.

Antes de abandonar el local, contempló por última vez el cadáver de Silvia Domenech tirada bocabajo en el suelo.

Una despedida amarga, un adiós sin final feliz.

Bloqueado por la incertidumbre del futuro, acompañó a su amiga hasta la parada de taxi del paseo de la Explanada y le dijo adiós con una abrupta despedida. Ansioso, decidió ir andando hasta el hotel por el paseo para aclarar las ideas. Necesitaba un trago. Echaba tanto en falta el Café Central que buscó desesperado un lugar acogedor en el que sentirse abrazado. Sin éxito, finalmente, entró en un bar clásico de la calle Mayor y concluyó la búsqueda en la barra de uno de los tantos locales que ocupaban los bajos del casco antiguo.

Allí, rodeado de desconocidos y entre copas de Ribera, esquivaba las preguntas que aparecían de manera intermitente en su sesera.

¿Asesinato?, se preguntaba.

No quería creerlo, pero menos todavía pensarlo. Ser partícipe de algo así, le erizaba el vello de los brazos. A buena hora había firmado el contrato, se reprochaba. Leopoldo no era un héroe, ni uno de esos periodistas de barba blanca que iban siempre en busca de la verdad. Lo suyo era la crítica, la observación humana, el gusto por la buena vida y la tarea de aportar su grano de arena en una sociedad consumida por las modas efímeras, la falta de criterio y una decadencia cultural que no tenía fin.

Volvió a pensar en la firma, en esa señora, en su familia y en el contrato que guardaba en la mesilla de noche del hotel. ¡No se lo podía quitar de la cabeza! Lo peor de todo era que seguía arruinado. Con Domenech en una caja de madera, sus cuentas no mejorarían.

¿Demandarlos por incumplimiento del contrato? Un disparate, repetía para sus adentros. ¿Publicar un reportaje póstumo? Ni hablar. Ninguna de las opciones podía ser considerada.

Con la tercera copa, el alcohol comenzó a fermentar algunas ideas con más temple. Tan pronto como amaneciera, recogería sus pertenencias y se marcharía de vuelta a Madrid. En cuatro horas estaría allí. Ni siquiera pararía en Albacete. Regresar a la costa había sido un error. No volvería jamás a aquel lugar. Dada la situación, los Fonseca no reclamarían sus servicios. Con dicho escenario, tendrían otros asuntos más importantes de los que ocuparse, como por ejemplo, la herencia. Era una situación absurda e incómoda para él. Con la cuarta y última copa, estaba convencido de que su jefa lo entendería.

—No, no es ninguna broma. Esta misma mañana saldré para Madrid.

Se formó un largo silencio.

—Tienes un contrato, Leopoldo. Debes cumplir con él.

—Nuestra cliente está muerta. ¿Cómo quieres que la entrevista? ¿Haciendo una güija? Esto no es *Ghost*, Beatriz.

—Ni tú Patrick Swayze. Maldita sea, Leopoldo. Tienes que arreglarlo. Estoy segura de que se puede llegar a un acuerdo.

—¿Qué desvarío es ese?

—Esto nos va a costar muy caro si no publicamos el reportaje. A los dos, Leopoldo...

—Silvia Domenech está en la morgue. ¿Qué no entiendes de esa frase?

—No te permito que me hables con esa osadía, ¿me oyes? Si estás jodido, tómate una tila. Es tu problema y tu responsabilidad volver con el dinero. Te recuerdo que tienes un contrato firmado.

—Gracias por recordarme que careces de empatía.

—Vete al cuerno, Bonavista. Te lo voy a dejar bien claro. Me juego el puesto por ti. Haz lo que tengas que hacer, pero consigue que nos paguen, al menos, la mitad de lo que acordamos, haya proyecto o no. ¡Me importa un carajo si escribes o no el dichoso texto! Así que, si piensas regresar a Madrid sin ese dinero, mejor no vuelvas.

La llamada se cortó.

Estaba enfadada, tan angustiada como él. Al menos, le reconfortó saber que no era el único que temía perder algo.

Se duchó con agua fría para espabilarse y calmar la mente de preguntas que sólo le producían pavor y ansiedad. Siempre predicaba que la única forma de vivir era tomando riesgos y ahora le había tocado cumplir con el ejemplo.

Desayunó huevos revueltos con jamón para saciar el estómago y se bebió dos cafés cortos pero intensos para eliminar los resquicios de la resaca. Para él, una buena dosis de cafeína a primera hora de la mañana era la solución a toda clase de problemas, a los catarros, a los dolores de cabeza, a los enfados y a las rupturas sentimentales.

Estaba sentado junto a la ventana, momentos antes de marcharse de la habitación, cuando el teléfono vibró.

Marta Pastor:
¿Cómo estás?

Sintió un latigazo en el diafragma.

«Lo siento», dijo y activó el modo avión.

Esperó que le perdonara, aunque dudó que lo hiciera. La situación era superior a sus fuerzas.

Cuando salió del ascensor arrastrando la bolsa de viaje, se llevó una ingrata sorpresa al llegar a la recepción.

148

—¿Qué hace usted aquí?

—Necesitamos hablar, señor Bonavista —dijo Laura Fonseca, la pequeña de las hermanas. Llevaba unas gafas de sol que ocultaban el malestar de su rostro y una blusa gris informal, conjuntada con vaqueros y zapatillas New Balance—. Es importante.

—Precisamente, ahora no es un buen momento. Ni para mí, ni para usted...

El reportero intentó escabullirse de su presencia, pero la mujer se interpuso en su paso. El espectáculo animaba el aburrimiento de los huéspedes del hotel que esperaban en la entrada principal.

—¿A dónde va con esa maleta? ¿Acaso intenta marcharse?

—Ese no es asunto suyo, señorita.

—Claro que lo es.

Volvió a distanciarse para alcanzar la puerta, pero ella insistió.

—Escuche, este encuentro no debería estar produciéndose. Siento lo de su madre, pero... ¿No debería estar con su familia?

—Tiene que quedarse en Alicante, Leopoldo.

—¿Porque usted lo diga? Esto es absurdo.

—No —dijo y sacó un sobre blanco del bolso—, porque tiene un contrato firmado con mi madre. Es decir, con nuestra familia.

—¿Es consciente de lo surrealista que es esto? Y pensar que mi jefa era la única loca... Mire, cancele el contrato, llame a la oficina de la revista, negocie con ellos, ¿qué más quiere que le diga? No puedo hacer mi trabajo porque no puedo entrevistar a su difunta madre.

La mujer tomó su brazo y tiró de él hacia un rincón de la

entrada para que no les escucharan.

—El contrato está firmado a su nombre. Usted es el responsable de esto. De lo contrario, le demandaré y le juro que le saldrá muy caro.

—¿Me está amenazando? ¿Quién diablos se cree que es?

—Le estoy pidiendo por las buenas que termine lo que iba a empezar. Sólo eso.

—¿A santo de qué? Deme al menos una buena razón, aunque siga pensando que carece de sentido...

—Mi madre no ha muerto por una causa natural. Estoy convencida de que ha sido asesinada.

14

Las palabras de Laura Fonseca fueron lo suficientemente convincentes como para que Leopoldo Bonavista aplazara su plan de fuga.

—Me quedaré un día más —dijo tras escuchar las amenazas y solicitó que le devolvieran la llave del hotel para dejar el equipaje.

Media hora más tarde, Laura Fonseca y él tomaban un cortado en la cafetería de la plaza de las flores, a las espaldas del Mercado Central. Las gitanas vendían bolsas de ajo a los que se aproximaban a las floristerías cercanas. Los mozos que cargaban en el mercado almorzaban aprovechando la pausa de la mañana. Los foráneos tomaban fotografías del viejo hangar y los vendedores de pescado entraban y salían con los delantales manchados de sangre. Un lugar cargado de ruido, cotidianidad, mezcolanza de aromas y gente de barrio que sería incapaz de reconocer a ninguno de los dos.

—Asesinato.

—Por favor, hable más bajo —dijo la mujer mirando a su alrededor—. Me da escalofríos escuchar esa palabra.

—¿En qué se basa? —preguntó el columnista. Pensándolo bien, no era ninguna barbaridad. La familia Fonseca no destacaba por el amor que reinaba en la familia ni por la simpatía entre sus miembros.

En apenas unas horas, se había dado cuenta de que Silvia Domenech no era el único juguete roto. Su frustración había sido volcada en sus hijos, creando una muñeca rusa interminable. No obstante, una sospecha de asesinato era lo que se dice palabras mayores. Hasta que no se demostrara qué había producido la muerte de la madre, no existirían más que acusaciones innecesarias basadas en las rencillas entre hermanos.

—No tengo un argumento sólido, para serle franca…

—Empezamos bien…

—Pero mi madre gozaba de buena salud. Usted la conoce… perdón, la conocía. Todavía estoy asimilando lo ocurrido.

—Sí, es cierto –respondió después de ver la reacción de su interlocutora. Laura Fonseca cargaba con una gran pesadumbre. El periodista desconocía si era consciente de lo que su madre pensaba de ella. En cualquier caso, se veía afectada por su pérdida—. Pero apenas la conocí. Tuvimos un par de encuentros, eso es todo… Me habló acerca de los roces que existían en su familia, pero nunca mencionó que alguien pudiera hacer algo así… ¿De quién sospecha usted?

—¿Yo? De nadie… —dijo sorprendida por la pregunta—. Además, ¿por qué habría de ser alguien de mi familia? Puede haberlo hecho cualquiera, ¿no cree?

—Partiendo de que todo esto que comentamos fuera cierto, dudo que esa persona quisiera perdérselo.

—¿Insinúa que estaba presente?

—Es una teoría, como la suya. Si no, ¿qué sentido tendría matar a alguien por una causa emocional si no puedes disfrutar de ese momento?

Laura Fonseca frunció el ceño unos instantes.

—Es usted un sádico. Nunca se me habría pasado por la cabeza...

—Es una hipótesis y esto es habladuría pura hasta que se demuestre lo contrario, que lo hará... Entonces usted y yo estaremos en paz y podré regresar a mi vida normal. Además, no se me ocurre cómo podrían haber... ya me entiende.

—Envenenamiento, tal vez. No lo sé...

—Lamento decirle que ha visto muchas películas.

Ella ignoró el comentario con educación.

—¿Le contó mi madre lo que iba a decir anoche? Parecía importante.

—No. No llegó a hacerlo. Me dijo que era un secreto que guardaba desde hacía mucho tiempo y con el que no podía cargar más. También me habló de la relación con su padre...

—Veo que para encontrarse dos veces, tuvieron mucho de lo que conversar.

—Le urgía compartir su historia. Tal vez necesitara un poco más de atención por parte de sus allegados.

La mujer respondió con un gesto de desprecio.

—No la conoce de nada. Le advierto que mi madre no es lo que parece.

—¿Hay alguien en su familia que sí?

—Ahora, sin ella, cambian las reglas del tablero.

—Se refiere al Grupo Fonseca.

—El abogado de la familia tiene la confidencialidad del testamento que mi madre dejó. Me temo que ese era el secreto del que hablaba...

—¿Y qué cambiaría?

—No lo sé... ¡Cualquier cosa! A saber... Nunca llegué a conocerla del todo. Lo intenté, pero no me lo permitió.

Mi madre era como el reflejo de un diamante. Cambiaba constantemente. En eso mi hermana Penélope se parece a ella. Podrá responder a sus preguntas.

—Lo dudo. Tengo la impresión de que no le caí muy bien ayer a su hermana.

—Tampoco me extraña. A fin de cuentas, es usted un sabelotodo que se dedica a despotricar sobre los demás.

—Veo que está al día de mi trabajo. ¿Por qué me hace perder el tiempo, Laura?

—Tengo la intuición de que estoy en lo cierto, pero no puedo contárselo a nadie. ¿Entiende? Tiene gracia. Ni siquiera puedo hablarlo con mi familia.

—¿Ni con su marido? Anoche los vi algo distantes.

Laura Fonseca le rajó con la mirada.

—No es asunto suyo... —dijo y aguardó unos segundos. Movió la cucharilla del café—. Mi marido y yo vivimos separados desde hace años. ¿No se lo contó ella?

—No estaba al tanto de esa información... ¿Sospecharía de él?

—Ha sido usted quien ha señalado a mi familia, no yo. Ya le he dicho que puede haber sido cualquiera de nuestro entorno. Alguna amistad, alguien del servicio, quién sabe...

—Lamento ser agorero y repetitivo pero, para estos casos, lo mejor es que lo hable con la Policía. Yo no me dedico a la investigación y mucho menos soy un detective. Lo más cercano que he estado del crimen ha sido en la literatura. Con sus contactos, estoy seguro de que tendrá la ayuda de un buen inspector que sepa cómo hacer las cosas...

—¡No! Olvídelo, nada de Policía. Lo último que necesita mi familia es un escándalo en la prensa. Otro más, ni hablar... Mire, Bonavista, estoy desesperada y sólo busco

aclarar este asunto antes de que sea demasiado tarde... Usted
es periodista, sabe cómo encontrar la verdad, ¿no? Todos
lo hacen a diario. Me va a ayudar con esto, le guste o no, se
lo suplico. No le queda opción. Tiene un contrato firmado.
Cumpla con él y le dejaré en paz para siempre. Sé que puede
hacerlo.

—¿Por qué confía tanto en mí? No me conoce de nada.

—Porque ella lo hacía.

15

Jueves, 7 de julio de 2016
Alicante, España.

El desarrollo de los acontecimientos cambió la agenda programada. No sabía qué pensar, aunque debía hacerlo rápido. Confundido y sin demasiadas opciones, aceptó por mudarse hasta la mansión de los Fonseca.

—¿Un crimen? —preguntó Marta Pastor al otro lado de la línea. Leopoldo había sido rápido llamándola antes de que pasara demasiado tiempo desde su mensaje. Necesitaba un apoyo allí, se sentía algo desorientado y Marta era su único enlace con la prensa y la vida real. Dado que la casa de los Fonseca carecía de cobertura, en caso de desaparición, ella sabría dónde buscarle—. Eso son palabras mayores.

—Ya…

—¿Qué piensas hacer?

—Aceptar. No me queda remedio. Esa mujer me ha puesto contra las cuerdas. Si no mantengo el contrato, me demandará por incumplimiento.

—Pero tú no eres un investigador, Leopoldo…

—Ni tampoco un periodista —dijo y ambos rieron por el aparato. El humor siempre ayudaba a ignorar las tinieblas—.

La situación es absurda. ¡Mira que he entrevistado a personajes extraños! Pero esta familia supera mi experiencia. Supongo que tan pronto como realicen la autopsia todo habrá terminado. Esa mujer podrá descansar en paz y yo también.

—Todavía me sorprende que estés aquí. Tan cerca del mar.

—Y yo —contestó nostálgico—. Intento mantenerme lejos del mar.

—¿Seguirás en el hotel?

—No. Me instalaré en la residencia familiar que tienen. Está de camino a Jijona. Te enviaré la ubicación.

—Leopoldo...

—¿Sí?

—Me lo pasé muy bien anoche, a pesar de cómo terminó la velada. ¿Volveré a verte?

—Más nos vale.

Le había pedido unas horas a Laura Fonseca antes de instalarse en la casa de verano, la cual no se opuso lo más mínimo. La familia estaría ocupada hasta el día siguiente haciendo luto hasta el entierro.

Desayunando de nuevo en el hotel, leyó los titulares de la prensa local. La mayoría hablaban de lo sucedido, aunque no entraban en detalles. Un trágico adiós, decía el periodista más poético en su columna. Leopoldo buscó con detalle los nombres de quienes parecieran conocer bien a la difunta, pero podía apreciar que ninguno de los articulistas le tenía el menor estima a la señora.

Eso sí que era interesante, pensó.

La envidia o tal vez el mal trato hacia la prensa podían ser razones suficientes para no dedicarle más de un par de renglones.

«¿Quién era realmente Silvia Domenech?», se preguntó el consagrado reportero. No pudo obviar el cosquilleo de la intriga que recorrió su estómago. Abrir aquella puerta era como destapar una caja caliente de Pandora.

«¿Tendría razón Laura Fonseca?», se cuestionó de nuevo y un escalofrío atravesó su columna vertebral. Ahora que se lo había planteado a su retorcida mente, era incapaz de descartar a ninguno de los miembros. ¡Todos podían estar bajo sospecha!

Comprobó la hora, eran las once. Una pareja de turistas rubios almorzaban un plato de alubias con longaniza y chorizo a escasos metros de él. Un potente y perfecto combinado energético para una mañana que pronto alcanzaría los treinta grados centígrados. El teléfono móvil vibró. Abrió el mensaje.

Laura Fonseca:
Ya puede venir.

Se tomó el café, terminó la punta de un cruasán recién horneado que había junto a la taza y cerró el diario. Los Fonseca habían sepultado a la señora Domenech y esperaban a su nuevo invitado. O tal vez no. Eso era lo más incómodo para Leopoldo.

Minutos más tarde, salía del aparcamiento subterráneo al volante de su Alfa Romeo Spider.

Así como había previsto, la mañana era sofocante y calurosa. El tráfico no ayudaba, el humo de los tubos de escape se volvía más desagradable de lo normal, el sol calentaba la tapicería con furia y la brisa caliente que se colaba por el descapotable no ayudaba a soportar los fulgurantes rayos.

Con las gafas de sol puestas y acompañado del jazz del trompetista desdentado, salió de la ciudad siguiendo la ruta que Laura Fonseca le había indicado. Pronto recordó algunos de los tramos que había realizado con el chófer de la familia. Primero avistó una venta de carretera a la ladera de la vía. Avistó varios coches aparcados. El restaurante era una vieja casa de labradores, propia de la zona y como muchas de las que se podían encontrar por allí.

Al pasar del restaurante, comprobó en el navegador del teléfono que iba en la dirección correcta. Divisó dos gasolineras abiertas las 24 horas a ambos lados de la carretera y una gran loma al fondo, donde se resguardaba la mansión de los Fonseca. Según el mapa, la cerca y entrada del camino se encontraba poco después de la estación. Se incorporó a la salida y tomó el pequeño desvío para llenar el depósito de combustible. Por un momento, tuvo la sensación de encontrarse en medio de la nada, en una película apocalíptica de indios y vaqueros; en una carretera del desierto en la que era fácil perderse.

Bienvenido, decía el cartel luminoso.

De la gasolinera salió un hombre vestido con un polo de color azul y rojo que representaba los colores de la empresa. Tenía el cabello oscuro, las cejas pobladas, la barba cerrada y una expresión jovial. Sus brazos eran gruesos y fuertes y no era más alto que Leopoldo.

—*Bon dia!* —exclamó el gasolinero, observando el sedán italiano. Llevaba un cigarrillo entre los labios, a pesar de que no se podía fumar allí. Su voz sonaba como un tubo de escape viejo—. *Ché, quin cotxe més bonic!*

—Gracias —dijo Leopoldo abriendo la puerta y apagando

el motor. Un chispazo se prendió en su cabeza, como si las palabras de aquel tipo hubieran aflorado sentimientos olvidados. Tenía un fuerte acento pero lograba entender lo que decía. De pronto, se vio a sí mismo de pequeño, junto a su padre en el puerto y el resto de pescadores hablando en valenciano—. ¿Me llena el depósito, por favor?

—*Clar que sí, home* —respondió, después cogió la manguera y se acercó a la parte trasera—. *La clau?*

Leopoldo salió del trance.

—Sí, claro.

El tipo se rio.

—*Mare meua*, esto tiene que chupar que no veas… —dijo curioso mientras llenaba el tanque del vehículo—. ¿Qué vas, para Jijona?

—No. No exactamente.

—Pues por aquí, o vas a Jijona, o vas a Alicante, o vas a Ca Fonseca.

—¿Los conoce?

—*Home, clar que si…* ¿Y quién no? Ya decía yo, que tú de por aquí no tenías pinta de ser. *Molt formalet…* —dijo dándole un repaso con los ojos. Le estaba aplicando un interrogatorio en toda regla y sin descaro alguno. Aquel hombre no se andaba con menudeces y ese no era un lugar de paso para turistas—. ¿Qué eres, de la familia? Es que me suena tu cara, mira tú por donde, y no sé de qué… Yo te he visto antes.

—No, familiar no, ni de lejos… —dijo y pensó en explicarle que tal vez le conociera de haberlo visto en la televisión, pero de eso había pasado ya tiempo y detestaba escucharse hablando del ayer. Así que decidió guardarse la explicación—. Soy periodista, vengo a hacer un reportaje de la difunta.

—*Fotre*... Pues vaya. A menuda hora llegas, chico.

—Ya, ya lo sé. Estas cosas no se pronostican —dijo y el hombre cerró la puerta del depósito—. ¿Qué le debo?

—Cincuenta —contestó y Leopoldo sacó su billetera—. ¿Esto es para la tele?

—No. Es un reportaje de revista. Estaré por aquí un par de semanas.

—¿Qué revista? A lo mejor la tengo ahí.

—No sé, no creo... —dijo y le entregó el billete—. Quizá ni se publique.

—Gracias... Pues ándate con ojo, chaval. En esa casa están todos *amargaos*... Que no te amarguen a ti la existencia. Y no te lo digo por envidia, no, no... Sé de lo que hablo... —dijo y dio media vuelta de camino a la estación—. *Que no t'extranye que algú s'haja netejat a la senyora...*

—¿Cree que podrían hacerlo?

El hombre levantó las cejas y le miró de reojo, como si supiera más de lo que decía.

—Yo no he dicho nada.

Y se lo había dicho todo.

Leopoldo se despidió del empleado hasta otro encuentro y siguió la indicación que éste le dio para llegar a la cerca. Después quitó una cadena que impedía el paso y se adentró por el árido y desértico camino de tierra y piedras rodeado de lomas de color crema. Al fondo se podía ver la sierra y, en lo alto de una de las lomas, la frondosa pinada que protegía la mansión.

Reflexionó acerca de lo que ese extraño le había comentado.

«¿A qué se habrá referido?».

Aunque la pregunta no era a qué, sino a quién.

Subió la pequeña cuesta de tierra que pronto se convirtió en asfalto y vislumbró el pinar que bordeaba la finca. No le cupo duda de que los árboles habían sido plantados a propósito para proteger la intimidad del interior. El resto del paisaje estaba pelado, seco y sin apenas vegetación. Imaginó la cantidad de dinero que le habría costado al viejo Fonseca trasladar tal arboleda hasta allí, con el fin de que los campesinos no vieran cómo tomaba baños de sol sin camisa.

Finalmente, llegó a la garita en la que don Ramón, el hombre que dos días antes les había abierto la puerta, miraba una pequeña y vieja televisión en color. Leopoldo tocó la bocina. El guardia desvió la atención y miró por el cristal. Después salió al exterior.

—Buenos días. Esta es una propiedad privada.

—Soy Leopoldo Bonavista. La familia Fonseca me ha invitado a venir.

El hombre, desconfiado, le pidió que aguardara un instante. Sacó un teléfono móvil de concha y marcó un número.

—Buenos días, señor. Hay aquí un hombre en un coche rojo diciendo que es un invitado de la familia... Ajá... Entiendo... Sin problema —dijo, guardó el aparato y miró de reojo el interior del vehículo—. ¿Le importaría abrir el maletero?

—¿Bromea? ¿Quién se cree que soy? ¿Un sicario?

—Si quiere entrar, haga lo que le pido. Sólo recibo órdenes.

Con un gesto de desprecio, Leopoldo bajó y abrió el maletero del coche. El vigilante echó un vistazo sin tocar demasiado y asintió con la cabeza.

—Puede pasar.

162

—¿Lo hace con todos?

—Con quien me lo pide.

Cerró de un golpe, tomó asiento y esperó a que la gran puerta de hierro se abriera. Pasó de la garita y se introdujo en el mismo camino asfaltado con curvas que llevaba hacia la gran era de la alquería.

Más tranquilo que en su primera visita, contempló los alrededores de la finca, una generosa extensión de viñedos, almendros y olivos que daban otro color a la tierra. Al final del camino volvió a ver la imponente fachada azul y blanca y el conjunto de pequeñas casas que, más que una residencia, daban la apariencia de un complejo residencial. Allí dentro se respiraba la misma tranquilidad que en esas películas de atardeceres eternos en la Toscana italiana. Sólo se oía el zumbido de los insectos, el ruido del motor del coche ocupando el silencio o el estrídulo de las cigarras durante el estío. Leopoldo siempre había soñado con tener una casa rústica en el campo, con grandes ventanales y un balcón. Quizá más humilde y sin tierras por medio, porque la residencia de los Fonseca estaba al alcance de sólo unos pocos.

Como dos proyectiles, los perros de los Fonseca salieron excitados a recibirle con ladridos. Conocía la raza, eran los mejores para el pastoreo y también para avisar en caso de visita, aunque carecían de agresividad. Sin embargo, por algún extraño motivo, dejaron de ladrar y se acercaron al vehículo meneando el rabo. Al abrir la puerta, el animal de color marrón se lanzó sobre él y comenzó a lamerle la cara.

—¡Ey! ¡Para, amigo! ¡Me vas a poner perdido! —protestó, pero el peludo seguía con lo suyo. Se fijó en el frondoso, suave y bello pelaje y se preguntó por qué serían tan simpáticos con él. El compañero daba vueltas alrededor del descapotable, como si aquel coche fuera una oveja descarrilada. Leopoldo no encontraba manera de calmarlos, hasta que alguien los llamó.

—¡Bruno, Nora! —exclamó un hombre que dio varias palmadas—. ¡Venga, fuera! ¡Fuera!

La pareja de perros desapareció al oír la orden de su amo. Cuando el reportero quiso darse cuenta, Adolfo Fonseca estaba a escasos metros de él.

—Siento las molestias. No suelen ser tan cariñosos —expresó serio y con un tono neutral. Después resopló—. Es usted el periodista, ¿verdad?

Adolfo Fonseca llevaba unos vaqueros oscuros, un polo de color negro y unos náuticos marrones. Tenía la cara alargada, la frente ancha, los pómulos pronunciados y un gran parecido a su padre. Su mirada desprendía dolor por la pérdida de su madre.

Se echó hacia atrás la cabellera fijada con gel y le ofreció la mano al reportero.

—Así es. Leopoldo Bonavista —dijo estrechándole la mano con firmeza y fingiendo no conocerle—. ¿Y usted?

—Adolfo.

—Le acompaño en el sentimiento.

—Gracias… Dígame, señor Bonavista, ¿piensa quedarse mucho tiempo por aquí?

—Espero que no. Sólo el necesario. Tampoco quiero ser una molestia, ha sido idea de su hermana trasladarme a su casa.

—Lo sé, no tengo nada en contra de eso. ¿Está seguro de lo que va a hacer?

—Así es —le respondió, decidido. Tenía la sospecha de

que su presencia no era del todo grata—. Estoy aquí para escribir un reportaje biográfico… ahora póstumo… de su madre. Nada más.

—Estupendo… —contestó con las manos en los bolsillos—. No me gustaría escuchar que está aquí para levantar mierda de mi familia. En ese caso, créame que le pararía los pies.

—En ningún momento tengo intenciones de ello.

—Sé lo que escribe, Bonavista. He leído artículos y reportajes suyos y no me parece un tipo limpio. Tiene suerte de que este paripé fuera una de las últimas voluntades de mi madre y mi hermana quiere que se cumpla. Hágalo rápido, no moleste a los demás y cobrará lo acordado antes de que esté de vuelta por Madrid. Ahora, métase donde no le llaman, escriba lo que no debe y le aseguro que se verá en un callejón sin salida. ¿Me ha entendido?

—¿Es una amenaza?

—No. Una advertencia legal. Sólo los cobardes amenazan —replicó—. También le diré que vivir en esta casa puede no ser del todo sencillo. Somos una familia… llamémosle… conservadora. Así que, por su bien, manténgase alejado de lo que no sea su trabajo y no intime con nadie. Mis hermanas nunca se han llevado del todo bien entre ellas, por lo que aprovechan cualquier momento para malmeter… Si esto sucede, hágamelo saber. Es momento de estar unidos… quizá más que nunca. Si necesita cualquier cosa, tratar algún asunto delicado, no dude en llamarme. Esta es mi tarjeta. Suelo estar en mi oficina. El verano aquí puede ser demasiado largo.

El mayor de los Fonseca le dio una tarjeta de cartón con la dirección de una empresa vinícola.

—¿Leopoldo? —preguntó una mujer desde la puerta. Era

Laura Fonseca, vestida de vaqueros y camiseta negra de manga corta—. ¿Ya has llegado?

—Lo dicho. Cuídese y vigile sus pasos.

—Lo intentaré.

Adolfo Fonseca se dirigió a la parte trasera de la mansión, pegó un fuerte silbido y la pareja de cánidos corrió tras él.

Leopoldo se quedó solo junto a su coche en el borde de la plazoleta que había frente a la fachada. Laura Fonseca se acercó a él.

—Bonita reliquia —comentó la mujer al ver el deportivo—. Veo que ya conoce a mi hermano... Acompáñeme, quiero enseñarle la casa de invitados.

—¿Está segura de que es un buen momento para hacer esto?

—Por supuesto —dijo sin dudar—. Mi madre ya descansa, pero yo no. Estoy dispuesta a ir hasta el final de este asunto.

—¿Sabe algo de la autopsia?

—Todavía no. Dicen que tardará unos días... Sigue sin creerme, ¿verdad?

—A decir verdad, sin ánimo de ofenderla, me gustaría que estuviera equivocada.

—No se preocupe, yo también desearía estarlo, aunque mi corazonada es otra —respondió y señaló el camino—. ¿Viene?

—¿Y el coche?

—No se preocupe. Deje las llaves en el contacto y Enzo se encargará de él.

Al periodista no le hizo demasiada gracia que el chófer se hiciera cargo de su coche. Nunca se lo había prestado a nadie. Aquel clásico era demasiado valioso como para que un desconocido le hiciera un rasguño.

Y más él, después del primer accidente.

—Iré a por mi equipaje —contestó.

Finalmente, renunció a una posible discusión y obedeció con el fin de no generar discordia. Era consciente de lo mal que llevaban las negativas en esa familia.

Laura y Leopoldo caminaron hacia un arco cubierto de madreselva que separaba la entrada de las estancias de invitados. Había plantas por todas partes, maceteros llenos de flores de colores que el periodista no conseguía identificar.

—Rosas, tulipanes, margaritas... —señaló en voz alta el periodista—. Esas no las conozco. Matas en general.

Ella se rio. Leopoldo se explicaba como un niño.

—Es usted muy recurrente —dijo y continuó ella la enumeración—. Mirto, romero, tomillo, hierbabuena, adelfa, jara...

—Para mí todas son iguales —remarcó, y vio que ella se quedó pensativa—. ¿Sucede algo?

—No, nada... Debo avisar al jardinero. Esto está hecho un asco. Los perros orinan todo el tiempo aquí.

Bajo la torre, había una construcción en forma de L, que funcionaba como posada dividida en tres viviendas separadas.

—Cuando me reuní con ella en Madrid, me contó que su padre le tenía mucho cariño a esta casa. ¿La construyeron juntos?

—No. Esta era la alquería de una familia adinerada de la provincia en el siglo XIX. Como en muchas otras casas, no pudieron mantener los gastos del servicio y de los labradores que cultivaban la tierra. Los beneficios de la almendra y la vid no eran suficientes y, cuando los padres fallecieron, los hijos terminaron vendiéndola. Mi padre se encargó de devolverle el color que tenía. Supongo que fue la obra de su vida.

No iba mal encaminado.

—¿Lo echa de menos?

Ella suspiró.

—Cada día —dijo y guardó otro silencio—. Desde que se marchó, nada volvió a ser lo mismo en esta familia. Fue como si algo se rompiera para siempre entre nosotros.

—¿También para su madre?

La mujer lo miró con desidia.

—Para todos, señor Bonavista.

—Creo que podríamos tutearnos, ¿no le parece?

—No estoy del todo segura todavía —contestó distante—. Aquí está su estancia. ¿Qué le parece? ¿Podrá trabajar cómodo?

Laura Fonseca sacó una llave gruesa de gran tamaño y abrió una vieja puerta de madera. Era la casa que más pegada se encontraba al resto de la mansión. Tenía dos plantas. El interior estaba reformado, pintado de blanco y manteniendo las vigas de madera que sostenían el techo. Unas estrechas escaleras con baldosas rústicas subían al piso superior y conectaban con un arco blanco de cemento.

—Acogedor —comentó mirando por los alrededores. Olía a cerrado y a madera. Estudió los objetos del interior. Lo primero que le llamó la atención fue una vieja radio Philips de válvulas y pensó que costaría un potosí. Una mesa de roble en el centro ocupaba gran parte del espacio. También encontró varias sillas barnizadas con el asiento de cuerda, una pequeña nevera retro, una chimenea y una puerta metálica que parecía oculta tras una estantería de libros—. ¿Conecta con el otro lado?

—Más o menos —explicó ella—. Estas tres casas eran sólo una. Aquí solían dormir y almorzar los jornaleros. Ese pasaje conectaba con la cocina de la alquería y era por donde el servicio les traía la comida. Cuando eso terminó, decidieron separar la casa en tres partes independientes. Pero eso fue hace muchos años y nadie ha vuelto a usarlo desde que mi padre lo convirtió en un estudio. Aquí estará usted el tiempo que necesite. Arriba tiene un cuarto de baño junto al dormitorio. En el otro extremo duerme Enzo. Nosotros usamos los dormitorios de la casa principal.

—¿Y el apartamento del centro?

Ella sopesó la respuesta y tragó con tanta fuerza que el reportero pudo escucharla. Leopoldo sospechó que le ocultaría información. Los entrevistados solían ponerse nerviosos cuando escuchaban algo que les incomodaba. La reacción siempre resultaba chocante.

—Nadie le da uso... de momento. Allí iba mi padre a leer. Pero, nunca se sabe.

—Entiendo. Es estupendo. No creo que tenga inconveniente.

Laura Fonseca miró el reloj de pulsera.

—Ahora debe disculparme. Como comprenderá, es un día triste en esta casa.

—Por supuesto, no se preocupe por mí. Yo sólo he venido a hacer mi trabajo, sea cual sea éste.

Ella sonrió.

—Gracias por su comprensión. Si necesita algo, no tiene más que ir a la casa —añadió y caminó hacia la salida. Leopoldo se fijó en su figura frente al contraste árido y seco que había en el exterior. Era como un ángel oscuro, caído y sin brillo, pero hermosa, pese a todo. Todas las personas tenían un grado de belleza, sólo había que encontrarlo—. Escuche… Pensándolo bien, ¿por qué no come con nosotros?

—¿Hoy? No sé si es una buena idea.

—Sí, sí que lo es. Cuanto antes estén al tanto de su labor, antes aceptarán su presencia. Además, pondrá la nota de color a un encuentro gris.

—Entiendo que no tengo elección.

—No, no la tiene —dijo con una mirada cómplice y cerró la puerta de la pequeña casa.

16

Un estudio en medio de la nada.

Para más inri, no había señal en su teléfono. ¿Cómo esperaba conectarse a Internet?, pensó fastidiado. Quería llamar a la directora. En ese momento fue lo único que le importó.

Subió las escaleras y dejó el equipaje junto a una cama de matrimonio con sábanas limpias. A un lado del colchón, había una ventana por la que entraba el sol, y al otro lado estaba la puerta de acceso al cuarto de baño rectangular. Junto al arco de la puerta, un pequeño armario con espejo.

Abrió la cristalera para que el aire del campo inundara el interior llevándose consigo el olor a polvo y se sentó sobre el colchón. Después volvió a comprobar sin éxito la pantalla de su iPhone, en busca de una raya de cobertura.

«¿Por qué te has metido en este fregado?», se dijo arrepintiéndose de haber viajado hasta allí. No obstante, cada vez que pensaba en ello, la palabra dinero flotaba entre sus respuestas.

Regresó a la entrada, colocó en la mesa el iPad con teclado donde escribía sus artículos y dio varias vueltas por la habitación en busca de ideas. Podía perder el tiempo, tomarse aquello como unas vacaciones pagadas y esperar a que los resultados de la autopsia dieran por zanjada su visita. Dado que Adolfo Fonseca le había entregado órdenes precisas de no meterse en el fango familiar, escribir una pequeña biografía de la madre no sería muy complicado. Tan sólo requeriría unos cuantos días, echar un vistazo en el álbum de recuerdos y trazar una trayectoria con algo de pomposidad entre los párrafos. Su hija Penélope le ayudaría a esto. Por supuesto, en lo último que quería pensar era en la idea de que existiera un presunto homicida entre ellos. Puede que Laura descartara el hecho de que un miembro de la familia pudiera cometer una desgracia así, pero visto el hermetismo en el que vivían todos, ¿quién si no? ¿Acaso alguien más que un familiar tenía ganas de vengarse de esa mujer?, meditó.

No era posible. El poco tiempo que la trató pudo observar que Silvia Domenech era una mujer difícil, complicada; pero, sobre todo, sensible, aunque intentara resguardarse en una actitud férrea y distante. La empatía del reportero le ayudó a deducir que, a lo largo de su vida, la difunta matriarca habría sufrido mucho a la sombra de su marido y, probablemente también, de la familia biológica. Como consecuencia, tal vez, muchas otras personas también hubieran sufrido bajo sus órdenes, siendo despreciadas o tratadas de un modo inhumano. Los traumas y las frustraciones siempre recaen en quien está por debajo. Pero, a diferencia de los familiares, las relaciones laborales son diferentes y nadie quiere enfrentarse a alguien con quien no tiene opciones de ganar. Por eso, por regla general, los antiguos empleados no se vengan de sus jefes, ni las personas despechadas de sus exparejas. Buscan una solución al problema, una forma de olvidar el episodio y seguir hacia delante. Cambiar de trabajo o de amante no es un escarmiento hacia el otro, sino una cura a corto plazo que no siempre termina de sanar la herida.

Por eso él había optado por comprarse aquel coche.

Por otra parte, quizá Leopoldo no fuera un especialista en homicidios, pero había leído bastantes historias como para entender que las personas actúan por dinero, emoción o poder. Silvia Domenech tenía todas las causas en su contra. No era de extrañar que poseyera enemigos a su alrededor, sin embargo eso no justificaba que alguien estuviera dispuesto a hacer un disparate así, y eso lo volvía todo más confuso y heterogéneo.

Dando pasos aleatorios, percibió un ligero detalle en la estantería de libros que había junto a la chimenea. Eran ejemplares antiguos, la mayoría de ellos de novelas en edición de bolsillo que iban desde Pérez Galdós, Lorca, Stendhal, Virgina Woolf hasta García Márquez o Austen. No tenían orden alguno. Los ojeó por encima, buscando algo de interés, pero no encontró más que el nombre de Adolfo y de Laura en las primeras páginas. Tomó una nota mental. Así tendría algo de lo que hablar. Cargado de prejuicios, presupuso cuál pertenecía a quién sin abrir la tapa.

En otro de los estantes había enciclopedias desfasadas y atlas con los mapas de Europa en los que aún aparecía la Unión Soviética. Lo que le llamó la atención en uno de los extremos de las baldas, fueron las huellas de unos dedos sobre el polvo. Podían ser de cualquiera, consideró, pero por la posición de las manos, ese cualquiera había empujado la estantería recientemente. Y eso era contrario lo que Laura le había contado.

Quienquiera que lo hiciera, había despertado su intriga.

Llenó los pulmones, miró por la ventana y se aseguró de que nadie merodeara por allí. Después empujó la estantería hacia la chimenea dejando espacio suficiente para abrir la puerta.

«Bravo», se dijo satisfecho al encontrar otras huellas sobre la pintura negra. Puso los dedos encima y tiró hacia fuera. La puerta se abrió. Olía a humedad, a rancio, y hacía más fresco que en la propia habitación.

El golpe sonó con eco y el interior estaba oscuro. El corredor era más largo de lo que hubo imaginado en un principio y sospechó que el otro lado estaría también cerrado.

Se adentró a ciegas y palpó las rugosas paredes en busca de un interruptor. Continuó con paso corto y temor a tropezar con algún mueble cuando vio que la claridad de la habitación se alejaba. En una pisada, arrastró un objeto con la suela del zapato que provocó un leve crujido.

Algo se había roto.

En plena oscuridad, dobló las rodillas lentamente y tocó el suelo con las yemas de los dedos. Buscó bajo sus pies y sintió el frío metálico de un objeto que no lograba identificar. Entonces escuchó unas voces procedentes de algún lugar desconocido. Aguantó la respiración para evitar que le oyeran. Las voces turbias se acercaban acompañadas de pasos. Los nervios se apoderaron de él y un cosquilleo le atizó las piernas. El pulso se le aceleró y el sudor frío emanó de su pecho.

Ágil y precavido, guardó el objeto, se irguió y caminó hacia el resplandor que entraba por la puerta falsa de su estancia. Después empujó la entrada metálica y tiró del estante hasta dejarlo como estaba.

«Diablos, ha estado cerca», se dijo suspirando de alivio.

A la luz, sacó el objeto que había metido en el bolsillo del pantalón.

—¿Qué demonios es esto? —preguntó en voz alta.

Lo había visto antes. Encontrarlo en aquel misterioso pasadizo no explicaría nada bueno.

En la palma de su mano tenía un pendiente de oro rosado de Silvia Domenech.

Escuchó un traqueteo contra el cristal.

Tenía visita.

Alguien tocaba a la puerta de la estancia.

* * *

La puerta de madera se abrió.

Leopoldo guardó el pendiente en el bolsillo antes de que le sorprendieran.

—¿Qué tal, señor Bonavista? —preguntó Penélope Fonseca, esta vez sin compañía, y entrando sin preguntar. Llevaba un conjunto negro y lucía más formal que el resto de sus parientes. Era ella quien debía dar ejemplo a su hermana. Eso era lo que Silvia Domenech hubiera dicho de seguir con vida.

—Buenos días, Penélope. ¿Le puedo ayudar con algo?

La mayor de las hermanas parecía inquieta por alguna razón que el reportero todavía desconocía. ¿Qué buscaba allí? ¿El pendiente o a él?, se cuestionó. Las teorías eran múltiples y los nombres de quienes estaban al tanto de aquello, un enigma. Puede que Laura Fonseca le mintiera al decir que nadie había dado uso a aquel pasadizo, lo cual no tenía sentido alguno o quizá sí, más de lo que él consideraba.

En ese caso, pensó, ella estaba siendo cómplice de algo, todavía no muy claro, ocultándole información.

—Al final se ha salido con la suya —dijo la mujer caminando hacia él con rectitud. Sus intenciones no eran del todo claras. Echó un vistazo a la estantería y después al resto del estudio—. ¿Qué estaba haciendo antes de que entrara, Leopoldo?

—Acomodándome... —titubeó—. ¿Le puedo ayudar en algo?

Ella miró al iPad que había encima de la mesa de roble.

—¿Es ahí donde escribe y toma sus notas? —señaló.

—Así es, señora.

La mujer continuaba examinando con detalle el lugar con los ojos. Luego se aproximó un poco más al periodista.

—Escuche, Leopoldo. ¿Recuerda lo que le dije?

—Como para olvidarlo... —contestó agachando la mirada con sopor. La mujer tomó una actitud sugerente, pero impropia de ella. Leopoldo se dio cuenta cuando forzó sus movimientos de piernas.

—He cambiado de opinión —susurró—. Ahora que nadie nos oye, le propongo un trato.

—Espere... Tengo un contrato firmado, un acuerdo legal. No puedo romperlo.

—Me haré cargo de los gastos que pueda tener, de su defensa, de la indemnización que deba pagar. No se preocupe por el dinero. ¡Saldrá ganando!

—Pero...

—Antes de que caiga la tarde, hable con mi hermana y dígale que no puede hacerlo. Después márchese a Madrid o a donde le dé la real gana, pero lejos de esta casa. No escuche a sus plegarias ni tampoco a sus amenazas. Ella no tiene madera para eso. Ha perdido el juicio.

—Con todo mi respeto, señora...

—Le pagaré el doble de lo que pide.

—¿Más los gastos que pueda acarrear?

—Sí. Le pagaré lo que pida.

—¿Es así como solucionan todo en esta familia?

La mujer estiró el cuello y dio varios pasos atrás. La seducción había terminado. Sin que nadie se lo exigiera, Penélope Fonseca había adoptado el rol para el que había sido instruida. Leopoldo se preguntó si estaría a la altura ejerciendo de alguien a quien siempre había detestado.

—Ahora que mi difunta madre no está ya con nosotros, una ha de velar y proteger a esta familia de los buitres como usted. Sin acritud se lo digo...

—Y es usted.

—¿Bromea? Mi hermana es incapaz de nada, la pobre... No sé de quién lo habrá heredado. No hay más que verla.

—¿Qué esconde?

La mujer apretó la mandíbula.

—No se trata de esconder, señor Bonavista. Un tipo como usted jamás lo entendería, pero los Fonseca guardamos una reputación y una imagen social que mantener. Los chascarrillos familiares, propios del bar y del salón de peluquería, aunque no tengan relevancia en su vulgar mundo de la calle, el de la gente mundana, en el nuestro sólo generan confrontación y, ¿sabe? No es momento para ello.

—Y yo que pensaba que era la mosquita muerta de la familia...

—Tiene hasta el ocaso. Nos vemos en unas horas —decretó y abandonó confiada la habitación, segura de haber hecho lo correcto.

17

Jueves, 7 de julio de 2016
 14:00 horas
 Residencia de la familia Fonseca
 Alicante, España.

Se había despertado de una corta aunque placentera siesta improvisada. Allí dentro, sin cobertura, sin una barra de bar y sin nada que hacer, el tiempo pasaba más despacio. Aunque tan sólo habían pasado un puñado de horas desde su llegada, tenía la sensación de llevar varios días encerrado.

Se refrescó el rostro pensando que todo había sido un mal sueño y nada de lo anterior había sucedido. No obstante, al palpar el bolsillo de su pantalón recordó que no era así. El pendiente de oro rosado que había encontrado, el mismo que Silvia Domenech había lucido aquella extraña mañana en el hotel cercano a Colón, ahora estaba en la palma de su mano.

«Tiene que valer un buen pellizco».

El hallazgo lo había descolocado.

Aunque aún desconsideraba la hipótesis de un posible homicidio, cierto era que el precioso colgante rompía sus esquemas. Laura Fonseca mentía o desconocía parte del relato. Era evidente que alguien había estado allí dentro y, aunque no podía confirmarlo, estaba casi seguro de que había sido la matriarca. La resolución desencadenaba en otras hipótesis. ¿Lo habría hecho sola o acompañada? ¿Se habría encontrado con alguien de la familia? ¿Con el mismo asesino? ¿Era aquel el secreto que guardaba? Bonavista formulaba hipótesis a toda velocidad. Pero, de nuevo, sus argumentos se tambaleaban en cuanto volvía a observar el colgante.

«Espera al informe de la autopsia y vuelve a casa», se dijo ante el espejo.

Se puso los zapatos y salió asegurándose de haber cerrado la puerta de la posada con llave.

La idea de sentarse en la misma mesa que el resto de los Fonseca no le entusiasmaba. Conocía esos entornos, sus vicios y también sus desquicios. A diferencia de lo que la mayoría opinaba, siempre señalando la ostentación, los viajes, la buena vida, la calma y las exquisitas maneras, los senos familiares más adinerados guardaban los mismos problemas que el resto. En ocasiones, incluso peores. Lo sabía de buena mano. En su corta carrera, había tenido la suerte de entrevistar a aristócratas que residían en palacetes y contrataban los servicios de psicólogos para que su familia se volviera a hablar. Otros culpaban el tamaño de sus mansiones, afirmando vivir bajo el mismo techo y no ver a sus hijos durante días. La peor parte siempre recaía sobre el cónyuge, ya fuera él o ella. Los compromisos sociales, justificados con una responsabilidad heredada de una estirpe que jamás había existido, absorbían el tiempo y separaban a las personas, hasta descansar bajo las sábanas de dormitorios separados. Al igual que una crisis siempre trae nuevas oportunidades, los Fonseca, como muchas otras familias del Levante español, habían aprovechado la etapa de crecimiento tras la posguerra para amasar una buena fortuna.

Sin un título nobiliario ni un apoyo paternal económico, Jaume Fonseca y Silvia Domenech tuvieron una visión algo más ambiciosa que muchos de sus vecinos y supieron invertir el poco dinero que tenían ahorrado. La agricultura fue el primer sector por el que apostaron. Y no existía mejor lugar que la provincia para entender el negocio de cerca.

El padre de Fonseca era agricultor, tenía algunas tierras y conocía a quienes movían el mercado. El desconcierto y el escepticismo de su progenitor no frenaron al matrimonio para que diera un paso adelante y tomara sus primeros riesgos financieros. Ambos tenían poco que perder y mucho que ganar. En el peor de los casos, volverían a empezar.

Con los beneficios que obtuvieron un año más tarde, aprovecharon la explosión inmobiliaria de la costa para saltar a la industria del calzado y terminar en la del café. Cada paso que daban, era más grande, requería más olfato y, por supuesto, más inversión, pero ellos podían con todo.

Con los años, los Fonseca se convirtieron en una apuesta segura, en un sinónimo de atino y nunca les faltaron las ofertas de otros inversores para ampliar sus empresas. La prosperidad llegó de golpe a la familia. Benidorm y El Campello fueron cambiados por Cannes, Livorno o Miami y el dinero ya no era algo por lo que preocuparse. Sin embargo, el matrimonio había dedicado tanto tiempo y esfuerzo a generar ganancias, que se había olvidado del amor, de ellos y de su familia, como les sucedía a muchas otras parejas. Lo que nadie les había contado era que la riqueza también tenía un precio, y que ésta no se pagaba con dinero.

—Le están esperando en la mesa —dijo una dulce señora del servicio de la casa, en la puerta principal.

Guiado por sus pasos, cruzó el arco de la fachada, cargado de flores por todas partes, desconociendo si era algo habitual o a causa de la pérdida de la señora.

Caminó hacia un segundo portón y accedió un amplio salón alargado, iluminado por varias lámparas de vela artificial que colgaban de las paredes. Como era de esperar, a sendos lados del habitáculo se exhibían dos óleos con marcos dorados en los que aparecían Jaume Fonseca y Silvia Domenech por separado. En medio, una alargada mesa de acero, también con un centro de flores, un candelabro sobre éste y once sillas acolchadas a su alrededor. Al final, una chimenea para calentar las sobremesas de invierno. La alargada cámara también tenía espacio para dos hornacinas en cada extremo, con la vajilla de cerámica a modo de decoración y una alacena de madera en el centro en la que se guardaba la cubertería de diario.

Leopoldo, impresionado por las pinturas, se detuvo ante el rostro de Silvia Domenech, contempló su expresión altiva y fría y tomó una nota mental en su memoria. La empleada le llevó por un pequeño pasillo y le indicó dónde se encontraba el sanitario, por si más tarde lo necesitaba.

Una ráfaga de olor a comida le advirtió de que no estaban muy lejos de la cocina. Atravesó el pasillo y vio unas escaleras que subían a la planta superior.

—No es por ahí —dijo la mujer dándose la vuelta cuando cazó al reportero intentando subir—. Por ahí se sube a los dormitorios de la familia.

—¿Usted también vive aquí? —preguntó con descaro—.

Perdón, no me he presentado. Mi nombre es Leopoldo, ¿y el suyo?

Ella sonrió como muestra de agradecimiento. No parecía estar acostumbrada al buen trato.

—El mío es Rosana, y no. El servicio vive en Jijona —contestó y vio la cara de Bonavista, que prestaba atención a cada detalle de información. Se arrepintió de haberlo hecho—. Sígame.

Finalmente, la mujer lo acompañó hasta un amplio arco por el que entraba la claridad de la tarde. A medida que sus pasos se acercaban al exterior, pudo ver los rostros que aparecían en la fotografía que conservaba en su cartera. Sólo faltaba ella, la matriarca. Estaban sentados alrededor de una mesa rectangular de madera, más informal que la que había visto segundos antes.

Era el mismo patio en el que la señora le había recibido, rodeado de muros tapados de madreselva. Se veían varias sillas metálicas blancas, y más lejos se vislumbraba una piscina.

Allí sucedió su última conversación, sus últimas horas, pensó.

Un camino de adoquines salía de la parte de atrás y se perdía cuesta abajo. El patio era casi tan grande como la era de la entrada principal, aunque bordeado por la parte trasera de las estancias superiores y parte de la bodega. Al fondo se podía ver la infinidad de la finca y una hermosa imagen de los picos de la Sierra del Cabezón de Oro. Se formó un silencio incómodo a su llegada y las miradas se dirigieron hacia él.

Laura Fonseca se levantó de la silla y salió a recibirle.

—Pensábamos que se habría dormido… —dijo con absoluta formalidad, algo que Leopoldo comenzaba a detestar.

Caminaron hasta la mesa y la menor de los Fonseca le ofreció un asiento al lado de su hija Luz, que a su vez se sentaba junto a su tío Adolfo.

—Gracias… —respondió con una sonrisa nerviosa.

Sobre la mesa había varias botellas de vino tinto y blanco, platos de ibéricos, diferentes tipos de quesos curados, almendras fritas y una bandeja con canapés. Pronto sintió que el clima, más que triste, era denso y pesado, como si prefirieran estar en otro lugar y olvidarse del funesto día. El metre de la casa se acercó al columnista y le sirvió un poco de tinto en la copa. Las miradas iban y venían, picando de cuando en cuando, como las avispas que zumbaban por la arboleda.

De un barrido rápido, Leopoldo se cruzó con la atención de Samuel Ortego, el esposo de la mujer que tenía a su lado y, probablemente, el menos querido de la mesa. Tenía mala cara, de acumular sueño y estrés. No parecía importarle que la familia de su mujer no tragara su presencia. Era el marido, padre de la pequeña y director de la empresa. Así y todo, parecía bastante afligido con la pérdida de Domenech. No era sólo una cuestión emocional, sino también financiera. El futuro se volvía abrumador para su permanencia. Al parecer, los suegros habían sido los únicos en darle el beneplácito a su ascenso. Leopoldo entendió que Ortego llevaba mucho tiempo siendo el malo de la película en el seno familiar y eso le hizo simpatizar con él.

A su vera, y no de casualidad, se sentaba Miguel Castellanos, con una copa de vino en la mano y el plato lleno de pieles de embutido. Su semblante era indiferente, arrastrado siempre por la actitud de su querida esposa. A pesar de lo que Silvia Domenech le contara de él, Leopoldo no estaba del todo convencido de que Castellanos fuera un idiota inseguro, más bien parecía un infeliz que no había sabido hacerle frente a la vida que habían planeado para él. Conocía algunos casos así de otras personas y hasta la más ingenua moría esperanzada por cambiar el presente algún día. Junto a él estaba Penélope, recta y con los brazos estirados sobre la mesa. La emperatriz invisible, la actriz secundaria de la función. Disimulando conocer al periodista de antes, evitó el contacto visual y se centró en sus hijos, Abel y Romeo.

Bonavista no lograba diferenciarlos.

Uno de ellos, con el pelo afeitado por los laterales y el tupé fijado hacia un lado como un soldado de la Gestapo, escribía en su teléfono. Recostado en la silla y presidiendo el otro extremo, su hermano miraba de reojo a su madre y reía. Llevaban polos de colores a diferencia de los demás, que vestían con prendas oscuras. No parecía importarles el luto, ni la pérdida de su abuela. Por un instante, recordó las palabras de Domenech. Su actitud desobediente era la consecuencia de tener una madre autoritaria y un padre impotente.

Al otro costado de la mesa, junto a Adolfo Fonseca, Martina, la mujer del Audi y pareja del mayor de los herederos, miraba al periodista mientras jugaba con una copa de blanco en la mano y escribía con intermitencia en su teléfono móvil.

—Imagina que no están —susurró Luz, la joven que estaba a su lado, en un acto de complicidad. Ella también llevaba una camiseta negra con el matiz de que tenía escrito Metallica en ella—. Yo siempre lo hago.

—Luz, compórtate —la reprendió la madre. La adolescente se rio y Leopoldo no pudo evitar sonreír. Para él, no estaba de más un poco de naturalidad entre tanta pose—. Perdone la insolencia.

—No hay por qué disculparse —dijo él, restándole importancia—. Estoy acostumbrado a ser un incordio.

—Pues no me extraña nada, leyendo lo que escribe... —comentó Penélope sin mirarle a los ojos.

El comentario desató las risas chismosas de los hijos, haciendo la situación más incómoda. Pero a él no le importaba. Sabía a lo que se enfrentaba. Tan sólo debía dejar que las horas pasaran, que se acostumbraran a él hasta que su presencia se convirtiera en una brisa de aire fresco inapreciable.

—Le recuerdo que estoy aquí por voluntad de su madre —replicó Leopoldo—. Yo me limito a cumplir con mi parte.

—Pero ella ya no está —contestó y le clavó las pupilas.

—¡Uh, uh! —respondieron los hijos al unísono creando más tensión en la mesa.

—¡Callaos, joder! —protestó el padre. Penélope Fonseca observaba furiosa al periodista. Los hijos chasquearon la lengua al unísono y volvieron a sus pantallas.

—¿No le vas a decir nada? —murmuró la esposa.

—Tú te has metido en esto, hermanita —dijo Adolfo Fonseca sin darle derecho a réplica. Se volvió a formar otro silencio. Miguel Castellanos tuvo su oportunidad de revancha y la había perdido. De nuevo, podía sentir la decepción de sus hijos sobre él. Su rostro lo expresaba todo: no era la clase de padre que esperaban. Pero Miguel no estaba allí para hacer la guerra, al menos, con su cuñado Adolfo—. Cuéntenos, Leopoldo. ¿Cuál es su trabajo, exactamente? ¿Qué hará estos días en nuestra casa? Lamento ser tan directo, pero quizá, una explicación clara nos ayude a entender mejor este asunto...

El columnista carraspeó desprovisto de respuestas.

Los allí presentes pusieron atención a lo que iba a decir y Laura Fonseca le observaba de cerca.

—¿Honestamente? Su querida madre me encargó personalmente que elaborara un reportaje biográfico de su vida, una transición desde la juventud, pasando por el matrimonio, hasta sus últimos días. Por alguna razón, se empeñó en que lo hiciera aquí, junto a la familia, porque así tendría ocasión de conocerles a todos y también de acceder a los álbumes de fotografías que, si no recuerdo mal, debería guardar en algún lugar de esta bonita casa.

—Buen intento, pero me temo que está equivocado —dijo Adolfo—. Los álbumes fotográficos están en la residencia de Alicante. En ese caso, puedo prestárselos personalmente si lo desea.

—Se lo agradecería —prosiguió—, aunque las fotografías no lo son todo...

—¿A qué se refiere? —saltó la hermana—. Ya os dije que esta sanguijuela venía a buscar los trapos sucios de la familia. ¡Pues no! ¡No vamos a permitir nada de eso!

—Relájate de una vez y sírvete más vino —respondió Adolfo con cierta frialdad. Como espectador, Leopoldo podía sentir la rivalidad que existía entre ambos. Una vez caída la abeja reina, el hijo mayor y la supuesta favorita de Domenech luchaban por el trono de la familia, mientras los demás contemplaban el duelo. Todavía era muy pronto para decir si las rencillas venían del pasado o habían nacido a raíz de la inesperada muerte.

La mujer volvió a su asiento, sonrojada por no encontrar el

apoyo de su núcleo familiar. Después se levantó de la silla y se dirigió hacia el interior de la casa. Adolfo suspiró. Miguel Castellanos ocupado en la degustación de un triángulo de queso, vio el cuerpo de su mujer perderse entre las sombras del salón y meneó la cabeza.

—¿Qué es lo que quiere saber?

Leopoldo miró a los demás.

—Sólo la opinión individual de cada uno de ustedes, para formar un retrato, más que nada… Eso le dará más empaque a la historia, más naturalidad. Digamos que son quienes mejor la conocían.

Adolfo sopesó su respuesta.

—Está bien. Si es eso lo que necesita.

Los demás no se opusieron a la petición.

—Hablaré con mi esposa cuando se calmen los ánimos —dijo finalmente Miguel Castellanos con tono cordial y tranquilo—. Seguro que lo entenderá. Hoy es un día muy difícil para ella. No es fácil controlar las emociones después de un palo tan gordo…

La conversación se volvió a suspender en el aire.

Leopoldo no sabía dónde esconder sus intenciones. Los gemelos parecían estar en otra reunión, ajena a lo que estaba ocurriendo en la mesa y eso le desconcertaba. Miguel Castellanos se mostraba más abrumado que ellos, quizá por la falta de talante o el hartazgo de continuar viviendo como un títere. Se limpió el sudor de la cabeza con un pañuelo de tela y corrió en busca de su mujer. Todavía quedaba encuentro por delante, pensó el periodista, pues la comida aún se estaba por servir. En un atisbo disimulado, contempló a Samuel Ortego que abrazaba compasivo a su pareja, pero ella no parecía demasiado empática con él.

Puede que fuera el dolor que arrastraba, la desfachatez de la hermana o el propio carácter de la mujer. Algunas personas nunca llegan a mostrarse tal y como son. Los Fonseca no tenían reparo en salirse con la suya al precio que fuera, un defecto que habían heredado de su madre y que ahora colisionaba entre deseos personales. En un gesto tímido y de apoyo, encontró a Martina apretando los dedos de la mano de Adolfo. Su amor discreto reflejaba la falta de consolidación en la familia. Adolfo parecía un tipo serio y no quería mostrarse demasiado efusivo delante de los suyos.

Leopoldo giró el rostro a la izquierda y encontró la mirada fresca de la joven.

Los odio, leyó en sus labios el periodista.

Pensó que esa era una señal entre tanto ruido, un punto de partida por el que iniciar su investigación. Dado que nadie se ofrecería a ser el primero en ser interrogado, se prometió regresar más tarde a la adolescente, la cual parecía más dispuesta a hablar que sus congéneres y aún le debía una explicación.

Para su fortuna, los vientos cambiaron de dirección, los ausentes regresaron a la mesa, el metre sirvió más vino y los empleados sirvieron una paella de arroz con conejo y caracoles, propia del interior de la comarca y el plato favorito de la difunta matriarca.

El hecho de que estuvieran comiendo aquello y no otra cosa, despertó los recuerdos familiares más dulces y provocó que la comida continuara con una inesperada y distendida charla plagada de recuerdos y momentos entrañables. Dado que la mayoría de anécdotas que se guardaban de otros eran banales y sin ninguna trascendencia, Leopoldo se limitó a escuchar los testimonios, a saborear el tinto de las bodegas familiares y a degustar un riquísimo arroz que también le llevó al pasado, a su familia y a la explicación de por qué su madre no había vuelto a hacer una paella desde el traslado a Madrid.

Meditabundo, paladeó el recuerdo de su progenitor. Laura Fonseca lo miró intrigada cómo ponía su atención en el tenedor cargado de arroz.

—¿Le gusta? —preguntó la mujer—. No tiene por qué terminarlo si no quiere.

—Es estupendo, gracias. Estaba recordando la última vez que lo había comido.

—No viene mucho por aquí, ¿verdad? —preguntó Miguel Castellanos—. No sabe lo que se pierde. El mejor arroz del país, sin duda.

—Y del mundo... —agregó el gemelo con aspecto de dictador.

—Del mundo entero —sentenció su hermano.

—Veinte años, para ser exactos —dijo el periodista.

La respuesta causó asombro. En cierto modo, los Fonseca eran muy alicantinos. Tanto, que no podían entender que un tipo como él no se hubiera molestado en visitar la costa durante dos décadas.

—¿Y a qué se debe tanto tiempo, señor Bonavista? —preguntó Penélope Fonseca en busca de la polémica—. Seguro que hay una explicación...

—Por supuesto —dijo dejando el cubierto sobre el plato—. Nací en Santa Pola y viví allí hasta el noventa y seis. Mi padre murió en un naufragio, era el capitán del barco. Después nos mudamos a Madrid.

—¿Era de la Armada? —preguntó Samuel Ortego.

—No, pescador.

—Ya decía yo... —murmuró Penélope. Su marido y la hermana la miraron con desprecio—. De lo contrario, me sonaría el apellido Bonavista. Eso es todo... Tuvo que ser un golpe muy duro para un niño tan pequeño.

—La edad no importa. Nunca se está preparado, ¿verdad?

La cuestión volvió a desencadenar el desdén que la mujer tenía hacia el columnista. Había sido tal su obsesión por quitárselo de encima que, antes de que sirvieran el café y los postres, Leopoldo ya había tomado una decisión respecto a su encomienda.

La sobremesa transcurrió sin sobresaltos. La ingesta de vino y los estómagos bien saciados se apoderaron del flujo sanguíneo de los cuerpos presentes. Los bostezos se manifestaron en la mesa contagiándose como una epidemia. Los hermanos gemelos se levantaron cuando sirvieron el café con intención de marcharse a dormir la siesta. La joven y despampanante modelo se apagaba lentamente haciendo un esfuerzo por mantener los párpados abiertos. Leopoldo sintió la plenitud de un encuentro que había comenzado con mal pie y que estaba por finalizar como había esperado: sin nada que objetar.

Estaba acostumbrado a que todos pensaran que era un imbécil.

Pronto, las sillas comenzaron a vaciarse, los familiares se despidieron con educación y del café pasaron a las botellas de orujo de hierbas, pacharán y coñac.

En la mesa, bajo la sombra de las dos plantas de la alquería quedaban Laura Fonseca, su hermano, Miguel Castellanos y Bonavista. El cuñado, se volvió a limpiar la frente con el mismo pañuelo y sacó una caja metálica de puros cubanos. La brisa de la tarde era agradable y refrescaba sus ropas pegadas a la piel.

—¿Adolfo? Ahora que vuestra hermana no me ve —dijo riéndose y ofreciéndole uno al mayor de los tres para mostrarle de qué lado estaba. En los inicios de una guerra en la que se coronaría a un rey, el más rápido sería el aventajado. Después repitió el gesto hacia la hermana, que rechazó el tabaco y finalmente al periodista—. Son buenos, de los mejores. Me los trae un cliente que va mucho por La Habana.

—No fumo, pero gracias —contestó.

Una copa, la cabeza llena de humo y pronto estaría diciendo estupideces. Prefirió contenerse pues, como le había mencionado la directora, no estaba allí para relajarse y mucho menos para entablar nuevas amistades. Además que ninguno le inspiraba todavía confianza.

—¿Qué le ha parecido? La comida, en general —preguntó interesado Adolfo—. No sé qué decir, si una fortuna o una desgracia que nos haya conocido en una situación así… pero es lo que hay.

—Mi mujer es muy impulsiva. En eso se parece bastante a vuestra señora madre, que en gloria esté la pobre.

—Penélope carga con mucho estos días. Necesita tu apoyo, Miguel. No decepciones a la familia.

—Si supiera cómo hacerlo…

—La defiendes porque es tu hermana —replicó Laura al mayor—. Si fuera otra, dirías que es una neurótica.

—¿Se te ha olvidado que también es tu hermana? Por favor, no empecemos, y menos con invitados delante… —dijo Adolfo sin pestañear y dio una calada al puro—. Debemos estar unidos, ahora más que nunca. ¿Y bien, querido invitado?

—Como ya he repetido, lo último que busco es crear

malestar, a pesar de que eso no parezca posible...

—El malestar no lo crea usted —añadió Laura—, estaba ya antes con nosotros.

—Hermana...

—Entiendo que les pueda preocupar la imagen pública que el reportaje dé de su madre y de la familia, sobre todo, a punto de decidir cuál será el futuro de sus negocios y cómo esto puede afectar a sus socios, si no me equivoco...

—Ese es asunto nuestro y a usted no le incumbe en absoluto, siga.

—En un primer momento, desconocí por qué la señora me eligió a mí y no a otra firma importante para hacer esto. Después de todo, yo sólo he hecho entrevistas a personalidades famosas, a artistas, aristócratas... Pero únicamente entrevistas. Hoy, puedo decir que empiezo a entender sus razones.

—Vaya, eso sí que es interesante. Continúe... —ordenó Adolfo mirando a su hermana y a su cuñado con una mueca de excesiva confianza. Leopoldo conocía esa sonrisa. Podía sentir el cosquilleo de la prepotencia y la falsa amabilidad de Fonseca. Era el gesto de quien ya tenía su defensa preparada y esperaba a que su interlocutor terminara, para después, asestarle un gancho verbal que lo tumbara de un golpe.

Era la respuesta de quien estaba acostumbrado a ganar.

—Creo que no conocían muy bien a su madre. Por eso me eligió a mí.

—Lo dice alguien que sólo se ha encontrado con ella dos veces.

—Tengo bastante intuición, Adolfo.

—Y nosotros una vida entera de experiencia —dijo, dio otra calada al gran cigarro y después se acercó a la boca la copa de coñac—. Mire, Leopoldo, aprecio su valentía para expresar algo así. No es nada fácil y tampoco dudo de su... talento intuitivo, por llamarlo de algún modo. Ustedes los periodistas, los plumillas, como les dicen, creen estar siempre un paso por delante de quienes les leemos, pero su falta de conocimiento les lleva a juicios rápidos y sin argumento... Verá... No puedo darle la razón, pero tampoco quitársela. Mi madre, nuestra difunta madre, era un caleidoscopio, pero, ¿quién no? ¿Acaso usted no lo es? Aproveche la oportunidad de conocernos a todos, pregunte pero no insista demasiado y dibuje con su pluma un hermoso retrato de la mujer que hoy descansa. Sea justo con ella, con su legado y con lo que nos queda. Quizá su abrupta llegada no haya sido recibida de la mejor manera, pero entienda las circunstancias que la rodean... Deje pasar unos días y todo volverá a la calma de la rutina. Nuestra familia no tiene interés de ponérselo más difícil si colabora. Así que cobre por su trabajo y todos quedaremos contentos. ¿No cree que es lo más conveniente?

18

El tono amenazante del cabeza de los Fonseca no le infundió temor alguno. Aquella familia estaba mal acostumbrada a que todo a su alrededor funcionara como una cola de producción; a que los demás actuaran bajo el guión que ellos habían establecido antes. Pero Leopoldo Bonavista no encajaba en el molde que para ellos significaba la perfección. De sobra eran conocidos sus escándalos, sus portadas de revista en la prensa rosa y los arrebatos que descargaba en una columna quincenal. Tal vez eso fuera lo que mantenía a la familia tan tensa.

A pesar de los aspavientos, la sobremesa acabó sin disputas. La siesta se prolongó unas horas más y los que aún quedaban en pie tomaron una última copa regresando a la charla mundana y banal.

Al concluir, Adolfo le invitó a que, pasados unos días, le hiciera una visita en una de sus fábricas. Allí podrían hablar con más calma sobre otros asuntos y le entregaría en mano los archivos fotográficos que había requerido. El periodista agradeció el detalle educadamente y regresó a su estancia tras la despedida.

La cabeza le ardía a causa del orujo de hierbas. Se sentía un poco somnoliento por la comida, pero podía moverse con aparente normalidad. Las ideas saltaban en su sesera analizando los comentarios que había escuchado durante la comida. Allí había mucho que rascar, pensó. Desde que había hallado el pendiente de la señora, no podía quitarse la idea de que alguien era cómplice de su secreto. Pero, ¿quién sería esa persona? ¿Un hombre? ¿Una mujer? Podía ser cualquiera de ellos, pensó: una infidelidad amorosa con el chófer, una discusión acalorada con el yerno, un pacto a escondidas con Penélope para que fuese la heredera de su fortuna. Pero, a su vez, podía no significar nada, un simple accidente, una mera pérdida sin importancia a causa del infortunio. Pronto se dio cuenta de que nada de lo que decía o presuponía, tenía sentido. Bendito alcohol que lo arrastraba al delirio. Se arrepintió de la segunda copa al notar un fuerte ardor en el estómago. Abrió la nevera y sacó una botella de agua. El electrodoméstico estaba vacío, así que entendió que nadie había dormido allí en una temporada.

Cogió un vaso de vidrio de la alacena, pegó dos largos tragos, dejó la botella en la mesa y se acercó a la radio.

—Veamos si funciona —murmuró.

Había visto antes una como aquella en Madrid, en el domicilio de sus abuelos. Era pequeño y los recuerdos le quedaban borrosos en la memoria. Su abuelo usó esa radio hasta el final de sus días.

—Para qué cambiarla si aún funciona —repetía el viejo cuando le reprochaban que el aparato debía estar en un museo.

Por desgracia, no tuvo mucho tiempo para conocer a los abuelos maternos. Poco después de la jubilación, el abuelo, un experimentado conductor de autobuses, comenzó a sufrir problemas de visión. Los viajes de Madrid a Alicante en el viejo Seat Ibiza se volvieron menos frecuentes y los encuentros cada vez más dispersos en el calendario.

Con la mudanza a Madrid, retomaron el contacto, pasaron tiempo a solas y fueron el pilar que les ayudaron, a él y a su madre, a salir adelante y llevar una vida aparentemente normal. Por entonces, Leopoldo era un niño callado, con un gran dolor dentro, en una ciudad que le resultaba enorme, lo cual no le ayudó tampoco a integrarse en el numeroso elenco de primos y tíos que eran completos desconocidos para él. Y no se arrepintió de ello. Debido a la ayuda recibida, tanto económica como moral, por parte de los abuelos, los cuatro tíos no dudaron en recordárselo a la hora de repartir la herencia. A Leopoldo y a su madre les correspondería menos. Era lo justo, decían.

Con los años comprendió que en las familias, poco había cambiado desde Caín y Abel, y que aún había quien vendía a los suyos por un plato de lentejas. Por esa razón, cuando quiso rescatar algunas de las reliquias del viejo apartamento de Bravo Murillo, la familia ya se había deshecho de la mayoría de trastos sin valor.

La radio que tenía delante era un objeto hermoso de madera restaurada, como una caja de zapatos de gran tamaño. Guardaba el altavoz protegido por una tela, cuatro botones blancos en el centro y dos ruedas a los lados. Giró el botón de encendido y escuchó una ligera interferencia. Después movió el dial en busca de alguna emisora que le hiciera compañía. A Leopoldo le gustaban los programas musicales de radio, sobre todo los de Radio Nacional de España. Para él era como sentarse frente a una voz sin rostro mientras escuchaba lo que tenía que decir y seleccionaba las mejores piezas para él. Junto a las decenas de cápsulas de café, el jazz, el flamenco y la música clásica le ayudaban a concentrarse cuando tenía que sentarse a escribir.

Esperanzado, dio vueltas a la rueda sin demasiado éxito, concentrado en su misión. De repente, escuchó una voz, una conversación ininteligible, lejana, entre dos personas.

En un primer momento, creyó haber dado con una tertulia radiofónica o una cuña publicitaria, pero las voces no procedían del altavoz, sino del techo de la estancia. Agudizó el oído y encontró el origen. Con el vaso en la mano, subió las escaleras hasta el dormitorio. El volumen era el mismo, aunque más nítido.

Sin hacer ruido al pisar, entró en el cuarto de baño, pegó el recipiente a la pared y escuchó con atención. Pensó que sería un mito, pero funcionaba. Después reconoció una de las voces.

—¿Crees que lo sabe? —murmuró Penélope Fonseca.

—No —respondió Adolfo Fonseca. El periodista dio unos pasos. No podía ver lo que sucedía al otro lado de la pared, pero debía de dar lugar a un espacio común. Estaba asustado, podía meterse en un lío muy gordo pero, a la vez, la adrenalina del peligro se apoderaba de él. Se concentró en el diálogo—. No digas estupideces… En ese caso, ya nos habría chantajeado pero, como sigas actuando así, te aseguro que lo hará.

—Échalo de casa, Adolfo. Me incomoda la presencia de ese sabelotodo…

—¿Eso quieres? Piensa con la cabeza, por Dios… Si lo hago, Laura sospechará y no tardará en conocer la verdad. Eso es lo último, Penélope… Ya sabes cómo reaccionaría. Terminaría por destruirlo todo…

Alguien tocó a la puerta.

«Mierda, ¿otra vez?»

Nervioso, Bonavista abandonó el dormitorio disparado como una flecha, apagó la radio de un golpe y dio media vuelta, sorprendido por la inesperada visita.

—¿Hola? ¿Interrumpo algo? —preguntó Laura Fonseca desde la entrada. La expresión del periodista le hizo sospechar—. ¿Qué estaba haciendo?

Él señaló a la botella.

—Bebiendo agua. ¿Se puede hacer algo más aquí?

Laura Fonseca esbozó una mueca y dejó de insistir.

—La antena está rota, así que dudo que pueda escuchar nada.

—Me ha pillado… No sabía si podía tocarla. Mi abuelo tenía una igual.

—Era la radio de mi padre —explicó la mujer—. Le gustaba sentarse junto a ella. Ahora sólo es un objeto de decoración.

—Muy hermoso… Es la segunda visita a este cuarto en el mismo día.

Laura pestañeó con timidez.

—Sólo acudía para asegurarme de que no se arrepiente de haber venido aquí. Sé que no ha sido la mejor carta de bienvenida, así que espero que mi familia no le haya incomodado demasiado.

—Un momento, ¿es esto una disculpa?

—¡Basta! —exclamó entre risas— Más o menos, tómelo así.

—Quién lo diría…

—Déjelo, ¿quiere? —continuó con tono bromista. Ella continuaba en el umbral de la puerta—. ¿Hay algo que pueda hacer por usted?

Leopoldo se preguntó si sería buen momento para hablar del colgante. Aunque disimulaba como un profesional, lo cierto era que todavía intentaba digerir la conversación que había escuchado unos segundos antes. Ahora toda esa actitud déspota y agresiva cobraba sentido. Adolfo y Penélope conocían algo sobre su madre y Laura Fonseca no estaba al tanto de ello. Sin embargo, lo que más temían era que ésta se enterara. Se preguntó por qué. Podía interrogarle a ella, pero el posible efecto de la respuesta parecía ser tan devastador como una bomba de neutrones. Y eso pondría fin a su contrato. Antes de que la conmoción se manifestara en su cuerpo, cauteloso, regresó a la mujer—. Ahora que lo dice, sí... ¿Hay algún lugar en esta casa donde pueda usar el teléfono?

—¡Oh! Se me olvidó decírselo... Apenas hay cobertura en toda la finca, sólo en las estancias superiores se recibe un poco de señal, lo lamento... Si necesita hacer una llamada, puede regresar a la entrada del camino, pero es un largo paseo...

—¿Es una broma? Existen repetidores de Internet...

—Mi padre no necesitó pensar en ello cuando compró esta casa. Es una residencia vacacional. Preferimos mantenerlo así, de lo contrario, nunca llegaríamos a desconectar.

—Sin duda —contestó receloso—. Laura, ¿sigue creyendo que la muerte de su madre no ha sido natural?

—Por supuesto... —dijo y la mirada se le iluminó de nuevo—. ¿Ha descubierto algo al respecto?

—Espere, espere... No estoy seguro de qué puede significar.

La mujer se acercó a él y lo agarró del antebrazo.

—Hable.

Bonavista se echó unos centímetros atrás. Parecía una hiena hambrienta deseosa de alimentar su estómago.

Él caminó hasta su dormitorio, abrió el cajón de la mesilla de noche y cogió el pendiente de oro rosado. Después bajó las escaleras bajo la vigilancia de la señorita Fonseca.

—Cuando me reuní con su madre en Madrid, llevaba unos pendientes que llamaron mi atención. Eran de oro rosado. ¿Le resultan familiares?

—Sí, claro. Unos de sus favoritos. Fue un regalo de cumpleaños.

—¿De quién?

—¿De quién va a ser? ¡Nuestro! Para ser más concreta, si no me equivoco, fue en el último cumpleaños.

Antes de mostrarle el hallazgo, sacó la cartera y le enseñó la foto que su madre le había dado.

—¿Este día?

—¿De dónde ha sacado esa foto? —preguntó extrañada.

—Me la dio ella.

—En fin… ¿Qué tiene que ver todo esto con esos pendientes?

Del otro bolsillo, Leopoldo sacó la joya oculta en su puño. Después abrió la mano.

—Lo he encontrado esta mañana en la habitación —explicó. No estaba interesado en los detalles, sino en la información que ella le podía proporcionar a cambio. En los años de trabajo había aprendido lo importante que era escribir con cuentagotas. La información era uno de los bienes más valiosos que muchos reporteros infravaloraban a la hora de negociar. La atención de las personas, limitada. Quien generaba intriga por la escasez informativa, se ganaba a la audiencia y a los clientes. Y quien dominaba este arte, lo aplicaba también en una conversación. Los buenos periodistas siempre contaban toda la verdad. Los exitosos, sólo la parte necesaria en el momento oportuno—, pero no he visto el que falta.

—No, no puede ser. Alguien ha debido dejarlo aquí... Lo sabía... Le dije que sospechaba de que la gente del servicio tenía algo que ver con todo esto. ¿Lo ve?

—No, no veo nada. No sé de lo que habla ahora. ¿Por qué piensa eso?

—Porque nadie de la familia entra en esta habitación.

—Nadie... excepto usted.

—Aquí encontramos a mi padre cuando le dio el ataque al corazón.

—Eso sí que suena acogedor —dijo el reportero. La simple idea de descansar en un lugar tan fúnebre, le producía escalofríos. Apretó los puños y contuvo las ganas de contarle lo que sabía. No podía hacerlo y ella no estaba preparada para escucharlo. En un despiste, Laura intentó arrebatarle el pendiente, pero él cerró la mano—. Lo siento.

—No tiene ningún derecho a quedárselo.

—Está demasiado ansiosa. ¿Cree que no sé lo que hará? Ahórrese un drama emocional. Eso no hará más que ahuyentar a quien lo extravió aquí. Antes de perder el respeto de su familia, averigüemos su significado, ¿de acuerdo?

—Lo siento —dijo avergonzada—. Tiene razón.

—¿Puedo preguntarle algo más?

—Ya no sé qué responder...

—¿Qué relación tiene con sus hermanos?

La mujer se cruzó de brazos y agachó la mirada hacia un lado.

—Ya sabe que no es la mejor, pero es algo que ocurre siempre en las familias.

—Nunca doy nada por sentado. Así que no sé cómo puedo saberlo, no tengo hermanos.

Miró al periodista y cogió aire con fuerza. Los Fonseca no estaban familiarizados con las preguntas personales.

—Siempre he sido la pequeña con todo lo que ello conlleva... —arrancó finalmente—. La más frágil para mi hermano, la más estúpida para Penélope y la favorita de mi padre... Creen que no fui consciente de ello, quién sabe... ya no me importa, ahora que mi madre se ha marchado.

—¿Antes sí?

—Mi madre jamás aceptó que nuestro padre tuviera ojos para mí, y no para ella.

—Se refiere a Penélope.

—Sí... Nunca lo escogí, ¿lo entiende? Durante años hubiera pagado por ser ella. Las cosas habrían sido tan diferentes... Pero una no elige donde nace, ni tampoco con quién. Mi madre puso todos sus esfuerzos en mi hermana, para que se convirtiera en su reflejo, en la mujer ideal... Estaba obsesionada por evitar que sus hijos pasaran por lo mismo que ellos.

—Y acabó con Miguel. De todas formas, a su madre no le fue tan mal, ¿no?

—Aunque digan que no todo es una cuestión de dinero, sí que lo es, Leopoldo —lamentó—. Porque en esta vida el dinero va asociado a la clase social. Las puertas se abren y se cierran con estatus, no con bondad, y la posición social, cuando no se tiene sangre azul, se logra a través de los negocios y de la exquisita educación. Mis padres nacieron en lo más bajo siendo hijos de la posguerra. Tuvieron la suerte de que alguien les tendió una mano en el momento oportuno, pero no siempre es así... Mi santa madre vio el rayo de luz y entendió que era para ella. Por eso, un capricho a destiempo de mis hermanos podría haber significado un terrible y permanente paso atrás... Como madre, debía protegerlos.

—¿A eso lo llama usted protección?

—No era perfecta, pero usted tampoco lo es. ¿Por qué habríamos de juzgar sus intenciones? Era mi madre, yo también lo soy. No puedo ser objetiva en este asunto.

—Por eso mismo... Dudo que fueran del todo buenas... Tengo la sensación de que volcó sus traumas en los hijos. Eso es todo.

—Lleve cuidado con eso. Confía demasiado en sus percepciones.

—Ya... ¿Qué pasó con usted, Laura?

—¿Conmigo? No sé, dígamelo usted.

—No quisiera ser atrevido, pero...

—Lleva un buen rato siéndolo —interrumpió—. Sí... Yo también he llegado a pensarlo durante años, que fui uno de esos embarazos accidentales...

—Eso ha salido de su boca.

—Puede que así fuera, no lo niego, y todo cobra más sentido desde ese punto de vista, pero aprendí a perdonarla con el tiempo, y ella a mí. Lo sé, no hizo falta que ella me lo contara. Nunca se lo pedí.

—¿A qué se refiere con cobrar sentido?

—El hecho de que mi padre me protegiera, me hacía más débil ante mis hermanos... Adolfo era el mayor, el hombre, así que tenía otras responsabilidades de las que ocuparse, como la de estar a la altura por si tal día como hoy llegaba... Cosas de padres... Pero Penélope me odiaba, aunque nunca me lo confesó. Toda la presión que mi madre ponía en ella, no tenía ningún efecto en mi padre. ¿Cómo iba a llamar su atención? Estaba loco por mí… Ahora, con los años, puedo ver el daño que nos hicimos siendo tan pequeñas, y sin saber qué era eso. Por supuesto, la felicidad de mi padre hacía que mi madre pusiera más énfasis en la perfección de su hija para que yo no le hiciera sombra… ¡Sombra! ¿Qué sombra? Sólo era una niña con una madre que me ignoraba… Aunque tengo buenos recuerdos de mi infancia, mis padres eran los auténticos polos opuestos… La ausencia de afecto duele más que las palabras más obscenas, y no es fácil vivir con ello… Por eso, después de Luz, no quise tener más hijos. Temo que la historia se repita.

—¿Todavía se siente culpable?

Laura se rio.

—Comienza a hablar como mi terapeuta. Hace tiempo que perdí la esperanza, Leopoldo. Las cicatrices cierran, pero no desaparecen…

Una ocasión más. Para él era fascinante observar cómo las personas tropezaban en la misma piedra, a pesar de los cambios generacionales, de los avances sociales, haciéndolo con quienes más amaban. Los tipos como él sabían generar esa confianza en el entrevistado que hacía olvidarse de las preguntas. Las cuestiones personales siempre deshojaban un lado escondido del ser humano. La magia comenzaba cuando las últimas defensas habían sido derribadas y una apropiada conversación era el mejor mecanismo para que el subconsciente hablara en voz alta de sus miedos más hondos. Laura Fonseca era el resultado de los traumas sin resolver, de una mujer que había volcado sus frustraciones en los hijos.

Leopoldo pensó que tal vez fuera esa la fragilidad de la que le había hablado Silvia Domenech antes de fallecer: la dependencia emocional de una hija a merced de su madre, arrastrada por una culpa fícticia que, consciente o no, Domenech había generado en ella. La hija, reticente a enfrentarse a los hechos y aceptar que su progenitora nunca la había querido como a los otros. Ahora, ese sentimiento inacabado se había transformado en una cruzada personal.

Laura buscaba redención, un mártir a quien castigar para liberarse y así cerrar un funesto episodio de su vida. Eso era todo. Y era un camino peligroso.

—¿Sospecha de ellos? —preguntó. Ella entornó los ojos ofendida—. Así, en general... Nunca se sabe.

—No. Para nada. Son mis hermanos, hemos crecido bajo el mismo techo. Quizá no tengamos la relación ideal, pero nunca me harían daño... Pondría la mano en el fuego por ellos.

—Lleve cuidado con eso. Las percepciones no queman, el fuego sí.

La visita se había alargado más de lo esperado. Leopoldo perdió toda esperanza de escuchar el resto de la conversación que había espiado. A esas alturas, ya se habrían ido.

—Será mejor que lo dejemos por hoy. Me gustaría relajarme un poco y organizarme el trabajo.

—Sí, claro, por supuesto —dijo ella inquieta. Él vio el arrepentimiento en sus pupilas. Había hablado más de lo previsto—. Esto tiene que quedar entre nosotros, Leopoldo. No pueden saber nada.

—Descuide —respondió y miró por encima de los hombros de la mujer. El sol se estaba poniendo. La brisa del atardecer refrescaba el ambiente. Pronto el cielo se volvería negro y estrellado. Todos necesitaban descansar las neuronas, incluso él—. Lo mismo le pido. No puede comentar lo del pendiente… a nadie. Lo más importante ahora es encontrar la otra pieza.

Ella asintió.

—Que descanse en su primera noche aquí.

Laura Fonseca se marchó dejándolo en la más absoluta quietud crepuscular. Leopoldo vio cómo cruzaba el arco de madreselva que separaba la era de baldosas y se perdía por el portón principal.

Estaba agotado.

Finalmente, consiguió sintonizar una emisora de radio con clásicos de los años setenta. Contento, subió las escaleras y se preparó un baño de agua templada antes de irse a la cama. Por el altavoz de la vieja radio, en la lejanía del piso de abajo y como parte del hilo musical, Mick Jagger cantaba para él *Moonlight Mile* de The Rolling Stones.

Sentando en la bañera con el cuerpo sumergido en agua, por la ventana del cuarto podía ver las estrellas. Buscó la luna y pensó en el teléfono, en la joven modelo y en Marta Pastor, su antiguo flechazo. El calor del agua relajó sus músculos y una sensación de paz le inundó.

Al mismo tiempo, no muy lejos de allí, camufladas entre las notas de la dulce balada, unas pisadas salieron de entre los pinos, caminaron sobre la grava y una sombra se alejó del estudio para adentrarse en la casa.

La canción terminó, pero el hipnótico ruido del agua cayendo del grifo le impidió oír nada.

19

Viernes, 8 de julio de 2016
8:30 horas
Residencia de la familia Fonseca
Alicante, España.

Los rayos del sol cruzaron la ventana de la buhardilla calentándole el rostro. Había olvidado pasar la cortina. Estaba descansado, a pesar del molesto cantar nocturno de los grillos y los crujidos del tejado.

El primer pensamiento cruzó su mente como un perdigón de escopeta.

Al abrir los ojos, miró a la mesa y, sin salir de la cama, comprobó que el pendiente seguía en el interior del cajón.

«Sal de aquí antes de volverte majara... como ellos», se dijo en un momento de lucidez tras darse cuenta de que se comportaba de un modo muy extraño.

Leopoldo todavía mantenía las esperanzas en que el informe forense le diera la razón, pero era inevitable pensar en otras sórdidas teorías relacionadas con la muerte de Silvia Domenech. ¿Habría sido cosa de los hermanos?, se preguntó.

Necesitaba una copa, una opinión ajena y un rostro familiar con el que sentirse cómodo y sin sospechas. Hablar con alguien en quien podía confiar. Las horas del reloj se estiraban como goma de mascar en aquel rincón de la provincia.

El cielo estaba despejado, se avecinaba un día caluroso propio de principios de mes y muy soleado. Mientras se acicalaba en el dormitorio, oyó el ladrido de los perros y supuso que alguien se acercaba. Después sintió el golpeteo en la puerta de la entrada. Fingió no estar allí dentro por unos segundos, pero la visita era insistente, por lo que decidió abrir el ventanal de la habitación y asomarse.

—¡Buen día, señor! —dijo el chófer desde abajo, con su indumentaria habitual. De su mano colgaba el llavero del Alfa Romeo—. Tiene el coche aparcado en la entrada, por si necesita usarlo. Tengo que llevar a la señorita al trabajo.

Confundido, asintió. Los cánidos seguían ladrando al chófer.

—Gracias, Enzo. Déjalas en la entrada —dijo y señaló a los perros—. ¿Hay alguna forma de que se callen? Van a despertar a todo el mundo...

—No sé mucho de perros, pero sé que no hacen nada —contestó, levantando los hombros.

—Está bien. Ahora las recojo.

—Sí, señor. Que tenga un buen día —concluyó el chófer, después se inclinó dejando el llavero y cruzó el arco de plantas. Los ladridos cesaron.

«Qué extraño... ¿Y qué señorita? Aquí sólo trabaja el servicio...», pensó y bajó los peldaños para recoger lo que era suyo.

La entrada principal de la mansión derrochaba calma. Para evitar demorar su salida, no se molestó en despedirse y se dirigió al camino de asfalto que había junto a la era. Enzo había tenido el detalle de darle un enjuague al coche, que se había empolvado días antes de camino a la costa. El viejo deportivo brillaba como si fuera nuevo.

Se metió en él, puso las llaves en el contacto y arrancó. El motor rugió con fuerza. Temió despertar a los Fonseca. Cogió las gafas de sol de la guantera y tomó el camino que llevaba hacia la salida.

Cuando vio la gigantesca puerta de hierro que cercaba la finca, el teléfono móvil comenzó a vibrar. Aún quedaban unos cuantos metros para llegar a la entrada, así que echó el vehículo a un lado y se detuvo sin detener el motor. Miró a su alrededor y calculó que no estaba muy lejos de su estancia. En caso de emergencia o necesidad podía bajar dando un paseo. Echó un vistazo al paisaje: más y más hectáreas de olivos vallados por una verja metálica y una zanja estrecha que separaba los bancales de la senda. Desbloqueó la pantalla de su iPhone y encontró cinco mensajes de texto. Dos de ellos eran de Beatriz Paredes, la directora de Hedonista y a quien debía dar parte de sus progresos. El primero registraba una llamada perdida del día anterior. El segundo lo había escrito ella:

Beatriz Paredes:
¿Dónde te has metido? Llámame, es importante. Odio que no respondan al teléfono.

La respuesta podía esperar hasta más tarde.

El tercer mensaje era de Amalia. Iba adjunta una fotografía de ella con dos jóvenes con aspecto de sirena, todas bronceadas, todas en traje de baño, todas pasándolo bien. Detrás, tres chicos morenos semidesnudos, con gafas de sol, brazos fuertes y unos abdominales con la forma de un gofre. Sospechó que eran las amigas de las que le había hablado y ellos los guapos italianos que, por desgracia, él se había imaginado. De fondo, un bonito lugar mediterráneo que se parecía a la Costa Azul. Junto a la fotografía, una breve frase.

Amalia:
Il dolce far niente.

Leopoldo no hablaba italiano, aunque logró entender lo que la modelo sugería. No le hizo mucha gracia verla con otros hombres, pero poco podía hacer. Había sido su decisión, la había perdido. No obstante, se alegró de que aprovechase las vacaciones. Por lo menos, estaría ocupada disfrutando de la juventud.

Abrió el último mensaje de texto y encontró el nombre de Marta escrito en él. Un temblor de intriga le recorrió las piernas.

Marta Pastor:
¿Sigues por aquí? Un beso.

Leopoldo tecleó con rapidez indicándole la hora y el lugar para verse de nuevo. La única condición: lejos del mar. Lo suficientemente lejos como para no abrir el arca de los malos recuerdos.

Las manos le sudaban y estaba un poco nervioso, pero eran buenas sensaciones. Cuando pulsó el botón de enviar, lanzó el dispositivo contra la tapicería de cuero y tomó la salida. El hombre de la garita lo miró con recelo y Leopoldo tocó el claxon para llamar su atención.

Finalmente, le dejó pasar.

Una vez que abandonó la finca, tuvo un mal presentimiento de aquello: había sido como salir de una prisión. En la radio tocaba Miles Davis.

Subió el volumen, aceleró y desapareció dejando una humareda tras él.

* * *

Se respiraba el fulgor del viernes, de la llegada del fin de semana, del principio de un periodo de tiempo que muchos alicantinos ahogarían entre arena de playa, arroz fino y botellas de espumoso. El viento soplaba en su cara al volante del descapotable, el cual sonaba como un viejo bólido de carreras.

Atravesó la avenida de Dénia rodeado de viviendas y concesionarios y acompañado de un tráfico denso que se dirigía al centro de la ciudad. Siguiendo las indicaciones del navegador, en lo alto de la montaña podía ver el castillo de Santa Bárbara, punto de referencia para saber que iba en buen camino. El teléfono sonó cuando Leopoldo se quedó atónito ante un edificio de viviendas con forma triangular. Un monstruo arquitectónico, pensó.

Era la directora. Tanta insistencia no le dio buen espinazo. Tomó el desvío hasta incorporarse con la avenida Jaime II, que bordeaba la montaña, y pronto se dio cuenta de que estaba en el lugar donde había empezado todo. El sol picaba sobre el alquitrán del asfalto y el aire tórrido de los tubos de escape provocaba un efecto óptico, haciendo que la calle se derritiera como una *fondue* de chocolate ante sus ojos.

Dejó el coche en el aparcamiento subterráneo y fue cuesta abajo por Federico Soto hasta la puerta de un conocido centro comercial español.

—Ya te lo he dicho, Beatriz. No tengo cobertura en la casa. ¿Qué quieres que haga?

—Me importa un bledo, Bonavista. Soluciónalo como sea, pero necesitas estar localizado.

—¿Qué sucede? Ni siquiera han pasado veinticuatro horas...

—Has de darte prisa. La junta quiere que salga en el próximo número —ordenó—. Tienes tres días para escribirlo.

—¿Tres días? Pero si estamos a principio de mes... No es posible, jefa, no es posible.

—Cinco días, ni uno más. Apáñatelas como sea, pero escribe ese maldito reportaje.

—No es suficiente tiempo para encontrar al culpable —dijo por error. Cuando se dio cuenta, era ya tarde.

—¿Qué has dicho?

—Nada, nada. Un desliz... ¿Desde cuándo se envía a impresión a mitad de mes?

—¿De qué culpable hablas, Leopoldo?

—No sé a qué te refieres...

—¡Habla! Maldita sea.

El periodista aguantó la respiración y caviló su respuesta. Si cantaba, no habría paso atrás que dar. Era todo o nada.

—Júrame que guardarás el secreto.

—¿Estás tonto? Soy tu jefa, idiota. Yo decido lo que haré.

El columnista reculó.

—Tengo que dejarte. Lo tendrás en una semana.

—Espera, espera... Te escucho.

—No —insistió—. Quiero que me lo jures.

—¿Ahora?

—Sí, por teléfono. Necesito confiar en ti.

La directora accedió a regañadientes.

—Ahora entiendo por qué te duran tan poco las mujeres... Está bien, te juro que no diré nada, aunque no soy creyente, en fin, qué más da. Te lo prometo, mantendré la boca cerrada. No perdamos ni un minuto más y dime lo que es. Laurent está a punto de llegar a la oficina.

En medio de la calle, rodeado de la masa heterogénea de viandantes locales y visitantes, que se diferenciaban por sus ropas de trabajo o de vacaciones, Leopoldo miraba al fondo de la avenida, entre palmeras y vehículos que giraban la perpendicular.

—Laura Fonseca está convencida de que alguien está detrás de la muerte de su madre... Me ha chantajeado para que encuentre al responsable, en lugar de escribir el reportaje. Nos pagarán igual, pero sólo si descubro quién lo ha hecho.

—Humm...

—¿Humm? ¿Yo te suelto una bomba y eso es todo lo que tienes que decir?

—Lo primero, tiene sentido lo que dice esa mujer, ahora que lo pienso... Lo segundo, ¿desde cuándo ejerces de Paco Lobatón? Lo tuyo es criticar la vestimenta de los Oscar.

—Créeme que preferiría sufrir almorranas antes de seguir con esto. ¿Por qué piensas que tiene sentido? ¡Es una soberana estupidez! —exclamó caminando en la calle y gesticulando con grandes gestos. Una señora mayor que pasaba por su lado le miró pasmada—. Menos mal que la autopsia demostrará que falleció de forma natural y pondrá fin a este mal sueño.

—¿La autopsia?

—Fue lo que acordé con ella. Si el informe del forense me daba la razón, cobraba y me largaba de aquí.

—No, no, guapito... Tú tienes que escribir ese informe —dijo señalando cuál era su posición—. Además, la razón de que la junta nos haya metido prisa con esto es porque se oyen rumores de que habrá cambios en el Grupo Fonseca... ¿No te han filtrado nada?

—¿A mí? El problema de esa familia la debe resolver un psiquiatra, no yo... Si te contara... Mira, Beatriz, me tienen secuestrado en una mansión cercada, sin cobertura, sin intimidad, sin Internet... Voy a perder la cabeza como el de El Resplandor...

—Lo único que vas a perder es tu trabajo y una oportunidad de embolsarte una buena pasta si haces el capullo. Espabila, Bonavista. Este puede ser nuestro reportaje del año. Entérate de qué va a pasar con las acciones de esa mujer.

«Nuestro reportaje y no el tuyo, Bonavista», pensó.

—Siete días, hemos dicho.

—Cinco. Sácale todo el jugo a esta historia, no te centres sólo en el dinero... Eso es lo único que les interesa a los de la junta para crear polémica, pero tú puedes hacerlo mejor.

—¿Y si no lo consigo? ¿Y si no tiene calidad? No puedo permitirme otra metedura de pata...

—Lo harás. Siempre lo haces. Todo saldrá bien, ya lo verás... Llámame pronto y, si no... ¡Grita! —dijo acompañando el cierre con una risa tonta que no le hizo la menor gracia al periodista.

Se encontraba desamparado, presionado, víctima del acoso de un grupo de hombres con traje y corbata, asiduos al gimnasio y adictos a una tabla de Excel. En pocas palabras, querían carnaza literaria y él había sido elegido como el carnicero para encargarse del trabajo.

En la esquina de la avenida, junto al semáforo, vio la silueta de una bonita chica con esparteñas en los pies, una falda vaquera de color rosa y una camiseta blanca de manga corta. Llevaba el pelo recogido en un moño, un pequeño bolso cruzado y unas gafas de sol redondas. Era Marta Pastor, con su piel tostada y la dulzura que siempre había desprendido al moverse. La recordaba igual que en sus años de facultad, aunque las arrugas comenzaran a aparecer en su rostro, pero qué importaba eso, pensó. Seguía siendo la misma.

—Disculpa, llego tarde...

—¡Oh! —dijo ella al verlo y se lanzó a darle un abrazo—. ¡Leopoldo! Estás vivo...

Le sorprendió la efusividad con la que su vieja amiga le había recibido. En Madrid, hacía tiempo que las personas de su círculo no se saludaban así, menos todavía cuando se trataba de mujeres. Su reacción le hizo recordar los círculos esnobs y clasistas en los que había terminado relacionándose, olvidando lo más básico como un cariñoso y cálido abrazo. Por su parte, Marta siempre había sido así y por eso no le sorprendió. Sentir su pecho y los brazos apretándole la espalda era como regresar a los años de universidad. Se arrepintió de no haberlo intentado en su día.

Sonrojado, agradeció llevar las gafas puestas y se secó el sudor de la frente con la mano. Cruzaron por Calvo Sotelo en busca de sombra hasta la calle San Francisco, una estrecha peatonal plagada de edificios de viviendas, comercios y decorativas setas de gran tamaño en medio de la calzada. Finalmente, se detuvieron en la terraza de una cafetería del barrio y pidieron dos cafés, dos zumos de naranja y dos medias tostadas de tomate rallado y jamón serrano.

—Lo sabía —comentó él cuando la camarera ya se había marchado.

—¿El qué? —preguntó ella sonriente—. ¿Que desayuno lo mismo que tú?

—Y lo mismo que en la facultad.

Rieron y los cafés llegaron en un pestañeo.

—Tú dirás, Leopoldo, en qué puedo ayudarte. Pensaba que no volveríamos a vernos hasta dentro de… No sé… ¿Otros diez años?

—Por suerte o por desgracia, no será así —dijo. Ella alzó las cejas decepcionada—. Perdona, por desgracia la que me toca vivir estos días. Encontrarte ha sido un regalo…

Logró arreglarlo y el lenguaje corporal de su amiga volvió a relajarse como una flor.

—¿Qué sabes de los Fonseca, Marta? —preguntó intrigado.

—Ya te dije todo lo que sé. Nunca me han interesado estos temas.

—¿Conoces a alguien que tenga relación con ellos? Allí había mucha prensa.

Ella miró hacia arriba.

—Sí, puede que sí. Tal vez mi jefe conozca a Adolfo Fonseca y haya conocido a sus padres anteriormente. ¿Por qué? Tú vives con ellos, ¿qué sucede, Leopoldo?

Él suspiró. La presión le recorrió el cuerpo. Dos personas eran demasiadas para mantener un secreto. Tres, un milagro para que éste siga siéndolo. Sin embargo, a pesar de la distancia, de la falta de contacto y de los años que habían pasado sin verse, la conexión entre ellos dos perduraba.

Sentía que podía contárselo y que estaría a buen recaudo.

—Estoy investigando un crimen.

Los ojos de la periodista se abrieron.

—¿Un crimen?

Cuando escuchó la palabra salir de su boca, entendió que Laura Fonseca le había colado un gol. Ahora era él quien creía en que hubiera sucedido así.

—Esa familia no es lo que parece ante los medios... Silvia Domenech encargó un reportaje a la revista para que lo hiciera yo personalmente. ¿Por qué? No lo sé, no he dado con la respuesta, no, todavía, así que no te molestes... Lo único cierto de todo esto es que me quería revelar algo íntimo de ella para que saliera publicado a nivel nacional. Lo que desconocía era que se iba a tragar sus palabras.

—¿Cómo de íntimo? ¿Relacionado con las empresas?

—Qué se yo... No me extrañaría que fuera así, que hubiera un conflicto entre herederos. Esta gente mueve demasiado dinero como para contentarse con lo que la madre decida... Cada hermano es digno de estudio.

—¿Y qué pintas tú en todo este enredo? ¿Un crimen? No entiendo nada.

—Laura Fonseca, la menor de los tres —prosiguió—, está convencida de que hay algo más allá que una simple muerte... natural. Nosotros lo vimos, todos lo vieron. La mujer falleció allí, en su momento de gloria... Por el contrario, ella está obcecada en que no fue así, que su madre murió... ¿Cómo? Ni idea. No abriré la boca hasta que les den la autopsia.

—¿Decidiste ayudarles?

—A medias.

—Tú no eres investigador, Leo. Siempre odiaste los

rompecabezas.

—Pues ya me ves, desafiando al destino... —dijo con una risa nerviosa de derrota—. Me pasé de frenada tentando a la suerte. Firmé demasiado rápido y ahora ella se apoya en el contrato. Si no descubro la verdad, me demandará. Si se demuestra que fue natural, me pagará y me iré a mi casa, aunque ahora mi jefa dice lo contrario...

Marta se quedó pensativa y dio un sorbo a la taza.

—¿Y si se confirma que la muerte fue natural, pero encuentras una prueba que demuestra lo contrario?

Él reflexionó sobre sus palabras.

Marta era mejor que él, pensaba más rápido, intuía con más acierto. Lo mejor de todo era que no le importaba reconocerlo delante de ella.

Después de los años de universidad, echó de menos eso. Las redacciones se convirtieron en campos de batalla, en carreras de ratas por mantener la silla caliente. Era triste, pero real, y la culpa no era de los que ocupaban los escritorios, sino de quienes firmaban las nóminas. El hambre y las ganas de sobrevivir, de aguantar un día más, sacaba lo mejor de los redactores, pero también lo más sádico. Por suerte, aunque no fueron muchos, encontró en contadas ocasiones a hombres y mujeres que siempre le recordaban a ella. Los buenos compañeros sabían apreciar el talento del otro.

La fama llevó a Leopoldo a un nivel superior, donde el café ya no estaba aguado y tenía un despacho para él sólo. Sin visualizarlo en su mapa mental, en muy pocos años terminó disfrutando de la silenciosa soledad del columnista agraciado e independiente.

—No había contemplado esa opción. Ahora sé por

qué el instinto me ha traído hasta ti —dijo, después sacó el pendiente de Silvia Domenech del bolsillo y lo dejó junto al platillo del café de la amiga. Ella miró la joya, desconcertada—. Llama a la redacción y diles que se te ha complicado el día... Quiero contártelo todo, pero nos llevará un buen rato. ¡Ah! Y elige un buen sitio. Hoy te invito yo a comer.

20

Tal y como había pronosticado, Marta supo elegir con acierto. Con el paso de los años, el gusto de Leopoldo se había refinado. Una vez que se probaba la calidad, costaba dejarla atrás.

Dieron un caluroso paseo por el centro de la ciudad, hasta llegar de nuevo al lugar donde se habían encontrado. El Piripi no estaba muy lejos de allí, un restaurante conocido por su ubicación y también por la calidad del marisco y los embutidos.

Cruzaron una puerta de aspecto clásico y dieron con una alargada barra de madera que rodeaba la caja registradora, y con los embutidos y los jamones que colgaban del techo. El lugar parecía una olla a presión, lleno de comensales tapeando, de ruido y de vocerío del personal. Cuando preguntaron por una mesa para dos, el metre les sugirió que aguardaran unos minutos en la barra. Pidieron una copa de Ribera del Duero y unas aceitunas.

Durante la espera, Leopoldo aprovechó para ponerla al día de cómo había llegado hasta allí y qué esperaban de él. No dejó un detalle en el aire: desde la hermética fortaleza en el campo, hasta la presencia de ese sospechoso chófer familiar. No escatimó en puntualizar cuando tuvo que describir el perfil de cada uno de los miembros de la familia y las relaciones entre estos. Marta se reía por sus exageraciones. Escenificó lo ocurrido en el interior del hotel incluyendo los detalles del vestido y cómo Silvia Fonseca había pasado de ser una excéntrica señora a un viejo y frágil jarrón de porcelana fina.

Habló de ella, de su marido, del triste pasado a la sombra y de cómo una vida próspera y cómoda también podía convertirse en un largo calvario. Le contó acerca del rechazo de Penélope a su hermana, así como la extraña relación que había entre Laura Fonseca y su esposo. Puso hincapié en cómo la familia resolvía los contratiempos con amenazas, fueran del tipo que fueran, y cómo las parejas de los descendientes tomaban siempre un segundo plano, y no pasó por alto el insulso papel que representaba la generación más joven en todo aquello: dos hermanos sublevados y una adolescente rebelde con un posible complejo de Electra hacia su tío. Por su parte, Marta lanzaba preguntas mientras pensaba a toda velocidad. Leopoldo explicaba sus teorías, sus elucubraciones y por qué no confiaba en ninguna de ellas. La periodista parecía sumergida en el culebrón de sobremesa que envolvía a los Fonseca. Sin duda, era una historia jugosa que cubrir, una de esas investigaciones a las que sólo algunos redactores llegaban. A diferencia de su compañera, Leopoldo se mostraba más preocupado por su ombligo y por la continuidad en la revista que por lo que realmente estaba sucediendo en el seno de esa familia.

—¿No lo ves?

—Tal vez no pueda ver nada —dijo él—. Por eso estoy aquí.

El empleado los condujo hasta el piso superior donde se

encontraron con un comedor mucho más refinado que la barra.

Se sentaron en una romántica mesita para dos, con mantel de tela blanco y copas de cristal fino. Desde allí podían ver la plaza vacía por el sol. Leopoldo pidió gamba roja a la plancha, una ensalada de tomate con finas hierbas y las croquetas de jamón que el metre le había recomendado. Para comer se decantaron por el arroz con rape y almejas que había sugerido ella.

—Siéndote sincera, todo apunta a un crimen familiar. Es, al menos, mi impresión.

—¿Qué te hace sospechar?

—No sé... ¿Todo? Por favor, Leopoldo, despierta. Conozco a familias que se han roto por menos dinero.

—Laura Fonseca está convencida de que ha sido alguien del servicio. Es otra opción...

—¿Has hablado con ellos?

—Con una mujer... No he tenido ocasión, aunque dudo que me digan mucho. Son tres personas, pero sólo he visto a una de ellas. Además viven en el pueblo, se marchan al caer la tarde.

—Pues ya sabes por dónde empezar... Aún así, ¿qué te hace pensar que no ha sido ella?

Él miró hacia otro lado.

—¿Qué me hace pensar que ha sido alguno de ellos? Por mí, ojalá que no haya sido ninguno...

—Según tus observaciones, ella es la que peor parada ha salido siempre por el desapego de esa mujer. Su marido es el director. Ella es veterinaria, vive ajena a los negocios familiares pero es la única que conoce la composición de un ibuprofeno... ¿No te parece evidente? Un plan de los dos.

—Lo evidente nunca es lo cierto. ¿No ves películas?

Marta guiñó un ojo, pensativa, como si hubiera detectado algo en el rostro del columnista.

—Escribo crónicas. ¿Por qué la defiendes?

—No la defiendo. Es sólo que... no creo que pueda haberlo hecho ella —dijo y dio un trago de la copa para aclararse la garganta—. Ayer, después de la comida regresé a mi habitación. De pronto escuché unas voces, pensé que sería la radio, pero venían del otro lado... Subí y pegué la cabeza a los azulejos... Eran ellos.

—¿Quiénes?

—Adolfo y Penélope. El baño de mi dormitorio debe de hacer pared con otra de las habitaciones... Oí parte de lo que decían, hablaban de su hermana. Tenían miedo a que se enterara de algo relacionado con la familia. Un escándalo. ¿Cuál? No podría decirte si relacionado con su madre... No lo sé, la verdad. No pude escuchar más. La cuestión es que temen que se entere y termine haciendo alguna barbaridad... Mi jefa me dijo que hay rumores de venta en el grupo que gestiona la familia, pero yo no he escuchado nada de eso. Quizá estén dispuestos a vender su parte, aunque no entiendo por qué habría de ser un drama.

—¿Qué hay de la herencia?

—Es un misterio. Me cuentan lo justo.

—Quizá esa fuera la razón para matarla. Sabía lo que iba a hacer su madre.

—No digas eso. Todavía no es un crimen, oficialmente hablando. Yo creo que sólo intenta protegerla. ¿De qué? No lo sé. Puede que sea sólo pena, dolor acumulado. Me pregunto de qué se estarán protegiendo esos dos...

—Averígualo y sácalo a la luz. Después disfruta del

espectáculo.

—Tengo muy poco tiempo, Marta. Me siento entre la espada y la pared con mi jefa apretándome desde Madrid. Laura ha sido la única que me ha hecho sentir menos incómodo.

—¿En serio? Te amenazó con demandarte.

—Sólo quiere encontrar un culpable, eso es todo.

—No la exime de ser sospechosa.

—No. En eso tienes razón... Después de la comida vino a hablar conmigo. ¿Sabes? Parece diferente al resto. Admito que por sus venas corre la arrogancia de la madre, pero no la veo tan vil como al resto... Aún así, algo me dice que no debo confiar en ella del todo. Creo que me ha mentido.

—¿En qué te basas?

—En el pendiente. Dice habérselo regalado a su madre, pero ella confesó que fue un regalo muy especial... Sonaba como si fuera de un amante. Después lo encontré en ese pasadizo secreto, el cual no se usaba desde hacía años, pero alguien había dejado sus huellas recientemente sobre el polvo. Quien empujó la estantería, se reunió con esa mujer. Ella tuvo que entrar por el otro lado, ya que el mueble pesa demasiado... Hay algo que se me escapa, Marta, y aún así, dudo que lo hiciera la hija.

—Hablas de ella sin conocerla, Leopoldo. No la descartes porque te guste.

—¿Estás celosa? Laura Fonseca no es mi tipo.

Marta se sonrojó.

—No, en absoluto. Pero me molesta que te dejes engatusar por la primera que se para a hablar contigo. Verás, después de tanto tiempo cubriendo este tipo de noticias, por desgracia, los crímenes no son tan sesudos como leemos en las novelas. Exceptuando algunos casos, la mayoría son por dinero o por despecho. Los del primer caso, quienes los cometen se creen más listos que el resto y piensan que nunca los van a cazar. Después, hablas con la Policía y te cuenta otra cosa... Quizá por esa razón sea mejor la ficción que la prensa.

—¿Conoces a alguien del cuerpo?

—Más o menos...

—Sería estupendo contar con fuentes oficiales. Quizá aporte algo de luz al misterio de la familia y, por qué no, podríamos acelerar todo el proceso de la autopsia. ¿Tienes confianza suficiente?

—Podría decirse que sí... Estuve saliendo con un oficial del CNP. No funcionó, pero quedamos como amigos. De vez en cuando me sopla algo, pero no hace milagros.

Leopoldo levantó las cejas.

—Guau, eso sí que es una noticia.

Ella se ruborizó de nuevo.

—¿Por qué? La gente tiene trabajos normales y corrientes. No todos nos relacionamos con modelos de pasarela y actores de cine...

Marta tenía razón.

En determinado capítulo de sus caminos, ella se quedó en el mundo que ambos conocían, mientras que Leopoldo trepó hasta esa esfera que sólo aparecía en las revistas del corazón. Recordaba los días de facultad en los que encontrarse con una celebridad era fruto del azar y del error. Días en los que aún observaba esos rostros desde abajo, desde la admiración y la falta de valentía. Con la fama, esas imágenes se convirtieron en revelado en blanco y negro y entonces eran los propios iconos quienes le felicitaban por su trabajo.

No obstante, nunca fue consciente de la ascensión, como la ola que sube y después arrastra sin sentirla en el cuerpo.

Aunque Marta lo conocía, podía notar en esas pupilas encantadoras cierto recelo de admiración y envidia. Un sentimiento que no reprochaba al hombre que tenía delante, sino a las decisiones mal tomadas en el pasado y con las que ahora debía cargar. Él era el reflejo de un pasado que pudo y no existió, como el de muchos futbolistas que abandonaron antes de hora o aquellos músicos que colgaron las guitarras porque la factura del *rock and roll* era demasiado alta.

—Tienes razón. Disculpa, nunca te habría imaginado con un policía, eso es todo.

—Todos cambiamos, Leopoldo. Crecemos y damos prioridad a otras cosas en esta vida. En mi caso, encontré un hombre con principios que me proporcionaba estabilidad. ¿Acaso hay algo más que buscar? Tú también pasaste por eso.

«Y cambié mi estabilidad por un Alfa Romeo», pensó de nuevo.

Tras el aperitivo, el vino comenzó a mezclarse en la sangre subiendo la temperatura del cuerpo y dejando las vergüenzas a un lado. El camarero trajo una paella para dos y sirvió el arroz humeante. Una ráfaga subió por las fosas nasales del periodista. Cerró los ojos y se dejó llevar por el recuerdo.

—Te encantará, ya lo verás.

—Dos días seguidos comiendo arroz… —replicó él.

—¿Qué esperabas? —preguntó y ambos rieron—. ¿Te puedo preguntar algo?

Él asintió.

—¿Te gustaría ir a la playa?

Leopoldo tensó la mandíbula. Ella lo miró esperando una

reacción.

—Todavía no, es pronto... Mejor otro día, ¿vale? —respondió eludiendo la conversación que venía a continuación. Estaba divirtiéndose, después de todo, y centrado en su trabajo, como para arruinar la tarde hablando de sus traumas—. Pero se me ocurre otro lugar al que querría ir. ¿Dónde está el Archivo Municipal?

—Lo entiendo... ¿Qué tramas?

—Durante nuestro último encuentro, Silvia Domenech hizo hincapié en un momento de su vida, cuando su marido la dejó atrás poniéndole su apellido al grupo y apartándola de la imagen empresarial. El ocho de marzo de 1968... Eso es... Quiero encontrar esa noticia. Debe estar documentada en los diarios de la época. Me gustaría echarles un vistazo, entender qué pasó. Será el único modo de tener una visión objetiva que no esté contaminada por las opiniones personales de la familia.

—Empiezas a hablar como un periodista.

—A veces, ser neutral es necesario.

Ella comprobó la hora.

—El Archivo se encuentra en la calle Labradores, pero está cerrado. Tendrás que esperar al lunes.

—¿No tienes ningún ex novio que trabaje allí?

Ella entornó los ojos.

—¿Quién te crees que soy?

—Tenía que intentarlo.

—Ahora que lo dices... —contestó y se burló de él—. No, pero tengo una buena amiga que sí nos podría ayudar.

* * *

Tras mucho insistir, Marta consiguió que les dejaran visitar el Archivo Municipal tras la comida. Por fortuna, Lorena, la archivera que se encargaba de gestionar el departamento de fotografía y documentación del municipio, era una gran admiradora de Leopoldo y estaba dispuesta a hacer una excepción, fuera de horarios, para conocerlo en persona y brindarle su ayuda.

La comida se zanjó con un delicioso postre y una agradable conversación que dejó en el aire otros temas relacionados con ellos y no con la familia Fonseca. Leopoldo se dijo que volvería más tarde, pues tenía la sensación de que, para su suerte, pasaría más tiempo del esperado con su vieja amiga.

Abandonaron el restaurante y caminaron hacia el casco antiguo de la ciudad callejeando en busca de sombra para evitar que el tórrido sol de la tarde calcinara sus cabezas.

El Archivo se encontraba en un hermoso edificio construido a finales del siglo XVII y principios del XVIII, rodeado de las calles empinadas, tabernas, terrazas y fachadas antiguas que daban color al conocido Barrio de Alicante. Tras una cálida presentación, Lorena, una simpática mujer con algunos años más que Leopoldo, los guió hacia la sala donde se encontraban los diarios del siglo anterior.

—Estoy haciendo una investigación sobre la familia Fonseca. Me gustaría acceder a los diarios del ocho de marzo de 1968.

—Vaya, eso sí que es exactitud. Un momento... —dijo y caminó hacia un ordenador para consultar el lugar donde se encontraban—. Jaume Fonseca aportó parte de su colección privada de libros al Archivo. Han sido siempre muy generosos con nosotros y aportan anualmente donaciones para el mantenimiento del servicio.

—¿A razón de qué?

—Supongo que para aliviar sus penas —comentó y rio. Después se colocó las gafas de vista—. Es broma. Digamos que, esta ciudad, no todos tienen una buena opinión de cómo hicieron las cosas durante los años setenta. La familia Fonseca ha dado mucho trabajo a la provincia, pero también especuló con los terrenos y compró a precios de saldo.

—¿Han tenido enemigos reconocidos? Políticos o sindicatos, ya sabes...

—¿Qué? No. Y si los tuvieron, están bajo sepultura —dijo y señaló a la pantalla—. Por aquí, seguidme... Respecto a tu pregunta, no... En ese aspecto, han sabido mantener los escándalos de familia bien tapados.

Se dirigieron hacia una sala con un amplio pasillo lleno de estanterías. Los periódicos archivados se preservaban en fundas protectoras de plástico, depositadas en cajas de cartón. Lorena sacó el ejemplar que le había pedido.

—¿Qué es tan importante de esta fecha?

En la portada del Primera Página aparecía la foto del Caudillo con la palabra lealtad en negrita. El diario informaba de la deportación de miles de checos, la llegada del agua al Hondón de los Frailes y la creación de un juez especial para un caso universitario.

Pasó las páginas con sumo cuidado y gran fascinación cuando dio con un rostro que le resultó familiar.

—Esto —dijo señalando a la fotografía en blanco y negro sobre el amarillento papel. Después cogió el ejemplar de La Verdad de la misma época y revisó las noticias una por una.

La misma foto, el mismo lugar.

Jaume Fonseca aparecía, estrechándole la mano al alcalde de la época, vestido de traje y mucho más joven que en la foto que había encontrado de él en la red. Entre las personas que aplaudían encontró a Silvia Domenech con una mueca de arrepentimiento. La noticia informaba de la creación de Empresa Fonseca, entonces considerado como un negocio familiar que gestionaba diferentes sectores. Diez años más tarde, pasarían a llamarse Grupo Fonseca, facturando millones de las antiguas pesetas—. Esta es Silvia Domenech y aquí la foto del día en el que cambió su vida para siempre.

—Y tanto —respondió la mujer—. Durante la Dictadura no todos los empresarios tuvieron la misma suerte. Fonseca era un hombre bien relacionado.

—¿Fiel a la patria? —preguntó Marta haciendo referencia al régimen.

—A su bolsillo, como todos —aclaró la mujer y los tres rieron. Sin embargo, Silvia Domenech no parecía estar contenta, ni tampoco que ese día riera entre burbujas de frío espumoso.

—¿Hay más noticias sobre la familia?

La mujer lo miró abrumada.

—Seguro que las habrá, desde ese año hasta hoy, pero me temo que es imposible saber dónde se encuentran. Nos llevaría mucho tiempo.

—Comprendo... —dijo desanimado. No le faltaba razón. Probablemente, los Fonseca hubiesen llenado páginas de la prensa local a lo largo de las décadas—. ¿Hay algo destacable que puedas recordar?

—Algo... ¿Como qué?

—Un chisme, una noticia que te llamara la atención.

—Ahora que lo dices —respondió y se rascó la cabeza—. Hace unos meses hubo un pequeño escándalo que intentaron cubrir. Uno de los gerentes de las bodegas falleció en el

230

trabajo de un modo muy extraño, pero no trascendió de ahí, ya que la muerte había sido por causas naturales.

—¿Era mayor?

—Más o menos. Estaba a punto de jubilarse. La gente habla mucho, ¿sabes? En ocasiones, demasiado. A ese pobre hombre le llegó la hora sin avisar.

—¿Por qué fue un hecho tan sonado?

—Al principio intentaron que no se supiera. Incluso sobornaron a la familia para que no lo comunicara. Un acto miserable y una mala jugada que les pasó factura. Sólo provocaron que el rumor se propagara.

—¿Cómo se llamaba el gerente? —preguntó Leopoldo. La archivera empezaba a agotarse. Sabía lo que venía después.

—Veamos dónde se encuentra el dichoso periódico —dijo con desgana. Marta miró al periodista.

—Estás sobrepasando su paciencia —susurró—. No volverá a ayudarnos.

—Descuida. Creo que tengo lo que buscaba —murmuró convencido de sus palabras. En efecto, Leopoldo había dado con algo. Todavía no estaba seguro de qué, pero pronto lo averiguaría.

Su teléfono vibró en el bolsillo.

—Un segundo —dijo y se retiró hacia una sala donde pudiera hablar con calma.

El número que aparecía en la pantalla era desconocido.

—¿Sí?

—Leopoldo, soy Adolfo Fonseca. ¿Puede hablar?

—Claro, ¿qué desea? —contestó intranquilo. Parecía que el mayor de los Fonseca hubiese leído sus pensamientos, lo cual, no le hizo ninguna gracia. Su voz sonaba relajada, como si tuviera la situación bajo control, y eso desestabilizaba al periodista—. No esperaba su llamada.

—Será un minuto —dijo—. Lamento la tensión acumulada en la comida de ayer. Siento que mi familia le incomodó más de lo normal.

—Agradezco sus palabras, aunque no tiene por qué disculparse, no es necesario.

—No se equivoque, no es una disculpa. Leopoldo, me gustaría que viniera a las oficinas del Grupo Fonseca, mañana. Aquí podremos hablar sobre lo que necesite en un ambiente más distendido y sin interrupciones.

—Aprecio su amabilidad, pero…

—Mañana, a las nueve.

«Por supuesto, no aceptarás un no», pensó.

—Está bien. Allí estaré.

—Le enviaré la dirección más tarde. Que tenga un buen día, Bonavista —dijo y colgó.

La llamada le dejó un gusto amargo en la boca. Guardó el aparato en el bolsillo y regresó a las dos mujeres.

—Aquí lo tienes —dijo la archivera—. Ricardo Baile, sesenta y tres años. Toda la vida trabajando y no llegó a jubilarse.

Cuando Leopoldo vio la fotografía, descubrió algo inadvertido hasta la fecha. Ese hombre le resultaba familiar. Lo había visto antes, aunque no sabía dónde. A esas alturas, podría haber sido en cualquier lugar, pero no tenía duda de que estaba asociado a Jaume Fonseca de algún modo. Pidió dos copias de ambos ejemplares: el del fatídico día de Silvia Domenech y el recién encontrado.

Era un comienzo y podía sentir el picor de la intriga.

Cuando Lorena caminó hacia la fotocopiadora, Marta se aproximó al columnista.

—Deberías invitarla a cenar —susurró a escondidas—. Te ha hecho un gran favor.

—¿Has perdido el juicio? —preguntó ofendido—. ¿Desde cuándo eres mi Celestina?

—Es tu tipo, quizá algo más mayor, pero tiene mejor físico que yo. ¿De qué te quejas?

—Muy amable, pero no estoy aquí para eso, Marta —dijo y dejó que la conversación se ahogara en el silencio. En efecto, sus pensamientos habían dado de lado al ocio y a la evasión. Quizá fuera el embuste que Laura Fonseca le había metido o el mal trato recibido durante la comida. Sea como fuere, a pesar de haberse convencido de que no era su lugar, Leopoldo había tomado la causa de Silvia Domenech de un modo personal. Con cada paso que daba hacia delante, cada baldosa destapaba un enigma.

* * *

Dada la pesadez de Marta sobre el asunto, Leopoldo cedió a tomar un café con las dos antes de regresar a la finca de los Fonseca.

Las dudas se apoderaron de él.

No entendía si Marta buscaba llenar su corazón con el de una amiga o simplemente deshacerse de él para evitar peligrosas tentaciones. La situación le abrumaba, pero sentado en una mesa de roble de una cafetería moderna del centro, sólo podía cavilar acerca de ese extraño gerente con funesto final.

«¿Qué pintas tú aquí, Ricardo?», se preguntó a sabiendas de que no daría con la respuesta.

El tiempo corría, pronto la directora volvería a preguntarle por el progreso del reportaje. No llevaba ni cinco días allí y ya sentía que su vida en Madrid le quedaba demasiado lejos. La sensación de estirar las horas cuando todo es más intenso de lo normal, no siempre es del todo placentero.

El cielo estaba despejado y las palmeras apenas se movían. Era una tarde agradable de verano, no demasiado calurosa. El sol se despedía lentamente cuando Leopoldo conducía por la desértica carretera que lo llevaba hacia la finca de los Fonseca. Con la sombra a sus pies, cruzó la garita de seguridad y atravesó el campo de viñedos y almendros con los últimos rayos violetas a su espalda. Allí el aire soplaba más fresco, lo cual agradeció.

Los dos perros salieron a su encuentro recibiéndole con fuertes ladridos. De forma inesperada, cesaron y continuaron corriendo por los alrededores de la alquería. Ligeras voces se oían al otro lado de la casa.

Estaba cansado, necesitaba recuperarse y asimilar todo lo que había descubierto. Apagó el motor y dejó el coche cerca de la era. Pensó que Enzo se encargaría de él más tarde. Después vio el Audi de la familia junto a la caseta del chófer. Con paso tranquilo, se dirigió hacia su estancia cuando escuchó unas pisadas al otro lado. Alguien intentaba forzar la cerradura de su apartamento. Intentó ocultarse tras unos pinos y miró entre las ramas. Era Martina, la novia de Adolfo Fonseca, buscando la manera de abrir la puerta. ¿Qué estaba haciendo esa mujer allí?, se cuestionó nervioso.

El periodista no podía ver mucho debido a la oscuridad, pero se dio cuenta que la modelo introducía una llave que no conseguía abrir el cerrojo.

Caminó hacia ella y sus pisadas lo delataron. Martina guardó la llave en su bolsillo. Leopoldo la había sorprendido.

—¿Le puedo ayudar en algo? —preguntó enfadado—. Me temo que se ha confundido de habitación.

—Corta el rollo, ¿vale? —dijo ella sin ningún atisbo de educación—. No estaba haciendo nada.

—¿Cómo que no? ¡Te he visto forzando mi puerta!

—¿Ah sí? Sólo estaba dando un paseo.

—No. Nada de paseos. Intentabas entrar en mi apartamento.

—Eso lo dirás tú —respondió soberbia. Sin duda, Silvia Domenech tenía razón respecto a ella. Además de altiva, tenía muy malas maneras a la hora de expresarse. No era de extrañar que la difunta señora se avergonzara de ella. No comulgaba con el estándar familiar.

—Mira, no me importa. Será mejor que lo hable con el señor Fonseca.

—¿Hablar? —preguntó mofándose—. ¿Y a quién crees que va a creer? ¿A ti?

—Pues claro.

Ella soltó una ligera carcajada y dio varias zancadas hacia el arco de flores que conectaba con la era. Leopoldo quiso enfrentarse en una batalla verbal, pero se quedó congelado y en silencio.

—Buenas noches —dijo la mujer y se largó cruzando las piernas como si desfilara en una pasarela.

21

Sábado, 9 de julio de 2016
  Residencia de la familia Fonseca
  Alicante, España.

Había dormido de una tacada, sin sufrir sueños premoni-
torios ni agitados despertares de madrugada. El servicio
le había dejado la cena en la nevera, la cual sólo tuvo que
recalentar y tras su digestión, el propio cansancio lo arrastró
hasta la cama.

Antes de que amaneciera del todo, Leopoldo estaba vestido
y preparado para abandonar la finca.

Adolfo le había citado en las oficinas centrales que el
Grupo Fonseca tenía en el Parque Industrial de Torrellano,
un polígono de empresas que funcionaba como invernadero
de antiguas compañías del calzado y nuevas firmas tecnológ-
icas. Tras comprobar el destino en su teléfono, optó por
desayunar por el camino. Mejor eso que irrumpir en los
comedores de los Fonseca y toparse con algún miembro
hostil de la familia. Porque Leopoldo sabía que nadie estaba
de buen humor a esas horas.

Abandonó la finca y puso dirección a Torrellano por la
autovía.

Había olvidado la aridez del paisaje y cómo éste se volvía más seco y anaranjado a medida que conducía hacia el sur.

Tomó un desvío hasta una gran glorieta, comprobó la hora y decidió entrar en aquella pedanía, ciudad dormitorio a caballo entre Elche y Alicante, los dos municipios rivales; el pueblo y la capital. Recordaba aquello porque las palabras de su padre se habían quedado marcadas a fuego. Quizá no lograra revivir los momentos más importantes, pero uno nunca elegía con qué recuerdos se quedaba.

Salió de la rotonda y tomó la única avenida de doble sentido que funcionaba como arteria de la ciudad. Desde el principio, podía ver el fin de la calle, y un poco más allá, también los aledaños del polígono industrial. A las ocho de la mañana se respiraba un ambiente muy distinto al de Madrid. Desde allí aún se podía escuchar el silencio.

Echó un vistazo a su alrededor.

Allí se encontró con el comercio local de nombre propio y sin largas colas; la ausencia de un metro plagado de sujetos arrastrando maletines y teléfonos móviles; la posibilidad de ir caminando a todas partes sin esquivar a los demás viandantes; el sentir de unas agujas de reloj que habían dejado de funcionar hacía mucho tiempo. Leopoldo era consciente de que pronto la vida moderna terminaría con todo ello. No había escapatoria ni alternativa, sólo ignorancia y resignación.

Levantando la vista de quienes se cruzaban por delante de él, vislumbró un bar abierto en la calle central. Aparcó a escasos metros de la puerta, escuchando los comentarios de los clientes que fumaban y que parecían no haber visto un coche así desde los tiempos de Franco.

—*Ché*, ¿de dónde has *sacao* esto? —preguntó con simpatía

un vejete calvo, con un puro en la mano—. A las *dose* vas a tener el cuero del asiento para asar sardinas.

Quienes le acompañaban le rieron el chiste. Leopoldo sonrió. No existía maldad en su comentario, el cual era banal pero tenía cierta gracia. Alguien avisó a otro hombre, que llevaba un mono de trabajo azul y que salió del bar para ver el deportivo. Echó un vistazo y le dio un palmada en el hombro al periodista.

—Menuda joyita. Encima lo tienes bien *cuidao*, ¿eh? Vaya maravilla. De estos quedan pocos ya, con su volante de madera picada, *mare meua*... Vaya señorito.

—Gracias, me costó lo suyo —dijo el columnista.

Aquellos eran demasiado hombres para él. Miró de reojo y vio la copa de coñac que sujetaba. El resto también tenía algo entre sus manos. Se acordó de los sibaritas de la calle Jorge Juan que hablaban siempre de ginebras de importación y otros licores que sólo algunos bebían. Allí hubieran durado poco.

—¿Mucho dinero? —preguntó el mecánico.

—Más que eso —dijo y entró al interior.

Era un bar pequeño con la misma decoración que podía encontrar en el resto del país: la barra de acero, la vitrina con boquerones, tortilla de patatas, carne de cerdo con tomate y ensaladilla rusa.

Tras la barra, un camarero despachaba chatos de vino, solos, cortados y filas de chupitos como si desenfundara un revólver. A la vista, una máquina de café, varias baldas con botellas, un escudo del Elche C.F. y un calendario de camiones. Olía a aceite, a pan tostado y a carne asada.

Se hizo hueco en el único taburete que quedaba libre y pidió un café. La conversación, que se asemejaba más a un griterío sin turno de respuesta, giraba en torno al ERE que una de las empresas de calzado del polígono estaba a punto de hacer, forzando los despidos de más de cien empleados.

El columnista pidió un café solo y se sentó a escuchar con atención puesto que no podía concentrarse en sus pensamientos. Sacó las notas que había tomado la noche anterior y las fotocopias de los viejos diarios.

De pronto, decidió intervenir preguntándole al mismo hombre de peto azul con el que había hablado anteriormente, y que llevaba la voz del debate.

—¿Qué sabe de los Fonseca? —disparó desacertado irrumpiendo de manera brusca.

El silencio rodeó la barra. La pregunta no fue bien recibida.

—Tú eres forastero, ¿a que sí?

—Más o menos.

—Los Fonseca son un atajo de hijos de… —dijo uno de los que allí desayunaban.

El hombre del peto hizo un gesto para que se callara.

—Si quieres preguntar, ¿por qué no vas a ellos directamente?

Leopoldo percibió la incomodidad de su presencia.

Debía darles una explicación, sin entrar en detalles, de quién era y a qué se dedicaba. Le extrañó. Hacía tiempo que las presentaciones habían quedado atrás.

—Estoy buscando información sobre este hombre —dijo y sacó el recorte de prensa—. Ricardo Baile. Falleció recientemente de forma inesperada.

El desconocido miró la fotografía. Por sus ojos, no pareció extrañado.

—Este era el amigo de Jaimito. Y sí, se murió hace tres

meses, para ser más exactos.

—Se refiere a Jaume Fonseca, ¿verdad?

—Así es. Menudo canalla.

—¿Fonseca o Baile?

—Los dos —contestó y todos rieron—. No pierdas el tiempo, chico. Deja al muerto descansar. Él sabría lo que se llevó a la tumba...

—El que a buen árbol se arrima, buena sombra le cobija —dijo el otro—. Lo que pasa es que Ricardito se equivocó de árbol.

Y de nuevo empezaron a reír, como si fuera un chiste colectivo.

Terminó el café y salió lanzado hacia su cita.

* * *

El navegador le llevó hasta la entrada principal de una enorme nave industrial moderna en la que aparecía en grande las siglas G y F.

El parque empresarial era de sobra conocido en la provincia por albergar algunas de las firmas más famosas de calzado y textil a nivel nacional. Una cuadrícula de asfalto y grandes naves y fábricas bordeada por palmeras y las dos vías que cruzaban Torrellano y la parte trasera del polígono. Entre las nubes pasaban los aviones que salían del aeropuerto de El Altet.

La sede logística del Grupo Fonseca era un brillante y minimalista edificio blanco de varias alturas, con una cafetería en su interior y una entrada de cristal transparente. Unos grandes escalones de mármol de color crema llevaban hacia la primera planta.

Aparcó el deportivo junto a un jardín de grava con palmeras, cactus y ficus y cruzó las puertas automáticas. Dos recepcionistas se percataron de la llegada al escuchar sus pasos. El suelo brillaba, olía a productos de limpieza. Leopoldo pensó que era lo más parecido a un Olimpo.

Preguntó por Adolfo Fonseca y entregó su carné de identidad para que tomaran sus datos. Después le invitaron a que se sentara en uno de los asientos de la sala de espera, donde hojeó un ejemplar de la revista Hedonista en el que encontró uno de sus artículos.

—El señor Fonseca le espera en la tercera planta —dijo la voz aterciopelada de una de las recepcionistas.

Cuando salió del ascensor, cruzó un pasillo y percibió el olor a mueble recién comprado y a polvo de estanterías. Era un ambiente de oficina competitiva: diferentes despachos cerrados, varios islotes de personas trabajando en sus ordenadores y una gran sala donde se encontraban los cargos superiores. Puesto que nadie le esperaba, decidió intuir el camino hacia el despacho de Adolfo Fonseca y tomó uno de los pasillos. Para su sorpresa, en una de las salas de cristal encontró a Samuel Ortego, director del grupo y familiar político. Ortego estaba reunido con otros dos hombres y una mujer. Se saludaron con la mirada y continuó su camino.

El largo pasillo dio paso a otra gran sala abierta, de ordenadores y oficinistas que tecleaban y atendían las llamadas telefónicas a toda velocidad.

—¡Oh, mierda! —exclamó una voz procedente de alguna de las filas. Un café derramado por el suelo le guió hasta el escritorio. Entre los monitores reconoció a Miguel Castellanos, marido de Penélope Fonseca y el último en opinar del clan. Leopoldo no quiso que advirtiera su presencia, por lo que siguió moviéndose en dirección a su cita.

Metros antes de llegar, vislumbró una puerta de cristal opaco con el nombre de Adolfo Fonseca escrito en una placa dorada que colgaba junto a la entrada.

Golpeó con los nudillos tres veces.

Esperó unos segundos en silencio.

—Adelante.

El despacho del mayor de los hermanos era posiblemente uno de los más grandes que había visto nunca.

Fonseca cuidaba la decoración, los muebles eran blancos, negros o de cristal y las estanterías sólo tenían lo necesario. Todo guardaba un aire aséptico y distante, así como la personalidad del hombre que ocupaba la habitación. Las cristaleras de la pared daban al exterior, por donde se podían ver los huertos de palmeras y la carretera que procedía de Elche.

—Pensé que no lo lograría —dijo Fonseca—. Adelante, pase y siéntese. ¿Conocía usted nuestras oficinas?

—No, ni siquiera sabía de su existencia —respondió y se acomodó en la silla de invitados que tenía frente al escritorio. Adolfo se levantó de su sillón giratorio y encendió una cafetera automática.

—¿Un café?

—Sí, gracias. Nunca se rechaza un café.

Adolfo soltó una risa suave. Estaba de humor.

Introdujo la cápsula, puso una taza limpia y le dio al botón. Después repitió lo mismo y le sirvió el platillo con la taza a su invitado.

—Imagino que tendrá muchas preguntas por hacer relacionadas con mi madre y su pasado. Le prometo que le ayudaré en todo lo que pueda, siempre y cuando no cruce ciertas fronteras. Sigo pensando que en cuanto acabe esto, antes descansaremos todos. Usted incluido.

—Gracias por el café —respondió, dio un sorbo y frunció el ceño—. Por supuesto, soy el primero que tiene interés de regresar a Madrid, pero algunos cambios en los acontecimientos me han hecho replantear mi situación aquí.

—Entiendo que ha de ser traumático para usted regresar a la costa, después del trauma con el que carga —dijo. A Leopoldo no le gustaron sus palabras ni el tono que contenían. Adolfo sonrió con seguridad—. Me refiero al episodio de su padre. No debió ser fácil para ninguna de las catorce familias que nunca vieron de vuelta a sus familiares.

«Será cabrón. Nunca mencioné que fueran catorce», pensó.

—Supongo que tampoco lo fue para la familia de Ricardo Baile, el gerente que falleció hace unos meses aquí. Los rumores dicen que presionaron a los familiares para que no lo hicieran público.

Aquel fue un buen revés por su parte. Fonseca no lo esperaba.

—¿Para eso ha venido? Valga decir que los rumores son tan peligrosos como quien los difunde. Nosotros no presionamos a nadie, sino que ofrecimos hacernos cargo de un entierro digno para don Ricardo. Era muy buen amigo de la familia, un buen administrador de cuentas y un hombre con la experiencia suficiente como para saber dónde estaba su lugar. Llevaba aquí casi desde el principio, siempre fiel a mi padre.

—Murió poco antes de jubilarse.

—Así es, dos meses le faltaban.

—De una parada cardiorrespiratoria, igual que su madre.

Adolfo dio un golpe con el puño a la mesa.

—¿A dónde quiere llegar, Bonavista?

—¿Qué clase de relación tenía su padre con él?

Adolfo resopló.

—Ya se lo he dicho. Era su discípulo, un buen amigo y un hombre servicial. Antes de casarse, muchos veranos los pasaba con nosotros en la finca. Se quedaba en el cuarto de Enzo. Eso era mucho antes de que él estuviera con nosotros.

—¿Qué pasó después?

—La vida, eso fue lo que pasó. Ricardo formó una familia y, aunque no se distanció de nosotros, sí que noté cierto desapego en su comportamiento, no sólo fuera, sino también en el trabajo. Mi padre estaba al tanto de ello, le dolía, aunque no entendía el porqué. Como tenían una relación larga, decidió que no iba a juzgarle por los quehaceres que da la vida. Un hombre, en cierto punto, se debe a su familia, y Ricardo había encontrado a una mujer con la que tuvo dos hijos. Cada persona ha de escoger su camino, ¿no cree?

—¿Les invitó a la boda?

—Por supuesto. ¿Por qué no?

El periodista prefirió aprovechar el escaso tiempo que tenía con su interlocutor y dirigió la conversación hacia su familia.

—¿Cómo era la relación con su madre?

—Buena, ¿qué sé yo? Era el primero y el mayor. Ella quería tener una hija, lo cual es algo que entiendo. Cuando llegó Penélope sus obsesiones se dirigieron a ella. Reconozco que, por ese lado, me ahorré muchos problemas.

—Pero su padre quería un heredero.

—Habla como si fuéramos los Austrias —respondió

bromeando—. Pues sí, ya sabe, un hombre nacido en el campo, en un contexto limitado donde la mujer no tenía lugar ni espacio. Eso le pasó factura a su vida amorosa. Con los años, uno es consciente de los errores. Mi madre y él se querían, pero no era lo mismo. Aunque, ¿sabe qué le digo? La familia es una cosa y el amor es otra. Cada uno recoge lo que siembra.

—Por eso no tiene hijos.

—En ese aspecto, soy como mi padre. Tendría que casarme antes.

—Parece que la única que rompe el patrón es su sobrina Luz. Noté cierta complicidad entre ustedes.

—Luz es especial, muy inteligente. En ocasiones, demasiado. El problema es que está en una edad complicada y sus padres no han sabido responder a sus interrogantes. Ella estaba muy ligada a mi padre, como mi hermana Laura y yo, pero al ser la última, sintió con más dolor su pérdida. Después, la situación familiar se volvió algo inestable, ya me entiende.

—La verdad es que no, no le entiendo.

—La herencia. Eso es todo lo que importa. Con mi madre a la cabeza, cualquiera sabía lo que estaba dispuesta a hacer. Dada la relación que tenían, tan pronto como Samuel conoció a mi hermana, mi padre aceleró el proceso para que se casaran. Mis padres aceptaban la unión, aunque supiéramos poco de mi cuñado. Una vez casados, lo formó como había hecho con Ricardo y lo puso al mando como director creyendo que así salvaría al grupo de una futura mala decisión de mi madre.

—¿No le molestó?

—¿A mí? Yo soy quien tiene las acciones, como mis

hermanas. Él se limita a un salario bastante generoso, pero eso es todo. Si le digo la verdad, a veces ni me preocupa. Ni él va a encontrar a alguien como la esposa que tiene, ni tampoco un trabajo así. Se supone que íbamos a hablar de mi madre, Bonavista.

—Sí, tiene razón. Pero toda esta información es útil para hacerme una idea general. Como dijo en la comida, su madre tenía una personalidad poliédrica. Cada vez que hablo con alguien, descubro algo nuevo sobre ella que jamás hubiera imaginado.

—¿Cuántas veces es necesario cruzar la misma calle para que nos resulte familiar?

—¿Cómo dice? —preguntó desconcertado.

—¿Cuántas veces se ha de hablar con una persona para pensar que la conocemos?

—Ahora le sigo —respondió—. Muy poético, pero insisto en su madre. No sé si desconfiar de todo lo que escucho o formar un cuadro de impresiones.

—Pues mejor que se acostumbre a esa sensación. Aunque puede que muchas cosas no sean ciertas. Las personas que no hablan desde el corazón, lo hacen desde la bilis.

—¿Y usted, desde dónde me habla?

Fonseca lo miró con desprecio.

—Desde la paciencia, Bonavista. ¿Cuánto tardará en terminar su trabajo?

—Para su fortuna, no mucho. Me están metiendo prisa desde Madrid. Al parecer hay quien dice que el grupo se vende.

Leopoldo se rio y se puso en pie.

Era la señal para despedirse y tirar al columnista de su despacho.

Lo cierto era que había respondido a sus preguntas, pero esperaba que fuera más gentil. Leopoldo entendió la misiva y se guardó el resto de incógnitas para él. Tenía más cabos que atar. La muerte de Domenech empezaba a formar parte de algo que no sabía muy bien qué era.

—A todo el mundo le gusta hablar de los negocios ajenos sin conocerlos en profundidad —dijo Fonseca, poniendo su mano en el hombro del periodista y acompañándolo a la puerta—. En este país siempre ha reinado la envidia y la necesidad de etiquetarlo todo. Cuando te va bien, te dirán que has tenido suerte. Cuando te va muy bien, te dirán que has jugado sucio para llegar ahí. Lo mejor es ignorar el ruido de los sabiondos de plaza y mercado y centrarse en lo que realmente importa. Y respecto a su pregunta, no se moverá un céntimo hasta que el patrimonio de mi madre esté en buenas manos.

—Entiendo. Ha sido muy amable por este rato.

—Me alegra haberle ayudado —dijo y Leopoldo abrió la puerta—. Por cierto, ¿qué hace mañana por la tarde?

—Trabajar, supongo.

—No sea tan cretino, que sé a lo que se dedica —reprochó con mofa—. Organizamos un torneo de tenis en la finca. Nos ayudará a seguir unidos.

—Como los Kennedy. Gracias, pero no tengo raqueta, ni equipación.

—Busque acompañante. Llame a esa chica con la que fue al evento familiar. Necesitará una pareja. Del resto me encargo yo. Será divertido.

—No lo dudo —respondió arrepentido—. ¿Por qué insiste? Ni siquiera les gusto.

—Vive con nosotros bajo el mismo techo, al menos, de

momento.

La puerta se cerró. Sonó un ligero chasquido y el periodista arrastró la pesadumbre por el pasillo.

La conversación lo dejó estupefacto.

Con los pies en el suelo, se recordó a sí mismo que no estaba allí para emitir juicios ajenos o hurgar en la vida sentimental de la familia, sino para escribir el maldito reportaje, pese a que Laura Fonseca insistiera en encontrar al asesino que había terminado con su madre. Leopoldo se cuestionó la posibilidad de que éste existiera.

Tras las conversación con el mayor de los hermanos, los sospechosos afloraban como un jardín en primavera. El testimonio acerca de Ricardo Baile le había descolocado. Para el periodista, era obvio que Fonseca le ocultaba información pero, ¿qué clase de episodio habrían sufrido para acabar así?, se preguntó. Dinero, poder, amor. Al no confiar en ninguno de los miembros de la familia, temía que la curiosidad lo llevara por caminos que prefería no pisar. Tenía que hablar con Laura Fonseca y aclararlo todo antes de continuar.

Cruzando el pasillo de las oficinas de la entrada, vio a Samuel Ortego todavía reunido con los ejecutivos trajeados que le acompañaban en la oficina de cristal. Cruzaron miradas sin demasiada empatía y buscó la salida del edificio. Ortego, la mano derecha de la familia, el yerno de confianza que sustituía al hijo. Por supuesto, pensó, quedaban muchas piezas para completar el rompecabezas. Adolfo sólo le había dado su versión. Lo más curioso para el columnista, después de entrevistar a grandes y longevos empresarios, era que a esa clase de posiciones se llegaba por un buen contacto o por una carrera sólida.

A diferencia de Ortego, las familias que habían prosperado

en el mercado nunca encabezaban sus empresas con alguien que no tuviera la misma sangre. Así que entendió que el cuñado de Fonseca era un hombre, además de inteligente y astuto, muy ambicioso.

A veces el azar era generoso, pero había que saber golpear bien la pelota en el momento oportuno.

La forma en la que se miraron le produjo un pensamiento.

«¿Habrás sido tú?», dijo para sus adentros al verlo.

22

Una vez en el exterior, dispuesto a abandonar el aparcamiento del parque industrial, sintió unas pisadas sobre el asfalto dirigiéndose a él.

Rápido, dio media vuelta para verle el rostro.

—Buenos días, Leopoldo —dijo Miguel Castellanos con la camisa arrugada y el peinado desordenado—. ¿Ya se iba?

—Sí —dijo confundido. Desconocía sus intenciones—. Estaba visitando a su cuñado.

—¿Le gustaría almorzar? —preguntó—. Yo le invito.

Leopoldo miró el reloj. Eran las once de la mañana. El sol abrasaba y lo último que quería era terminar con aquel tipo en un bar de carretera. Debía pensar en una excusa.

—Tengo mucho trabajo, ya me entiende. El reportaje me está absorbiendo.

—Un café, eso será todo. Venga, no se haga el remolón. Tarde o temprano, tendrá que entrevistarme, ¿no cree?

Bonavista levantó una ceja y lo miró con atención.

La vista no era más que un sentido imperfecto que recopilaba información sesgada por el cómputo de nuestra mente.

Mordió el cebo y caminaron hacia uno de los bares que había en los aledaños. Por alguna razón, Castellanos parecía tranquilo, cómodo, como si no tuviera nada que ocultar. Tal vez era consciente de que tanto Fonseca como Ortego no frecuentaban los bares de empleados y obreros de las fábricas. Él sí, y le ayudaba a mimetizarse hasta hacerse invisible.

Ocuparon una mesa metálica de la terraza de una cafetería mundana. Estaba vacío. La mayoría de naves no abrían los sábados. En el interior del establecimiento se oía el ruido de la máquina de café, los golpes de la vajilla y un televisor en el que aparecía el programa matinal de una famosa presentadora.

Leopoldo accedió a la invitación por una simple razón: Castellanos tenía algo que decir.

Pidieron dos cafés y el yerno de la viuda sacó un paquete arrugado de Fortuna.

—¿Quiere? —preguntó colocándose el cigarrillo en el labio inferior.

—No, no fumo. Gracias —respondió. Ese hombre iba a llenarse los pulmones de humo a treinta grados bajo a la sombra.

Encendió el cigarrillo, tiró una bocanada y llegaron los cafés.

—Verá, me gustaría hablarle de algo, aunque no sé muy bien por dónde empezar —explicó limpiándose el sudor de la frente.

—¿Por qué no me deja a mí hacer las preguntas? Nos ahorraremos tiempo y sudor.

—Sé lo que está haciendo y creo que puedo echarle una mano, si me deja, claro.

El periodista se inclinó hacia el hombre.

—¿Y qué es lo que estoy haciendo? —susurró temeroso e

intrigado.

Castellanos se rio.

—¡Venga, hombre! Por favor, no me venga con misterios. ¡Yo también soy escritor! Le tengo calado desde que llegó. Está preparando una novela sobre nuestra familia. ¿Acaso cree que no me iba a dar cuenta?

La tensión se desvaneció. Por suerte, ese hombre no tenía la menor idea de lo que sucedía en su entorno. Leopoldo optó por seguirle el juego.

—Tiene razón, pero no puede decírselo a nadie. Se supone que...

—¡No se preocupe! Esto quedará entre escritores. Pero le diré una cosa, no es el único.

—¿El único?

—Yo también estoy escribiendo una novela sobre un famoso crimen. Por eso quería hablar con usted. Sé que tiene contactos y, tal vez, si nos echamos una mano, usted, amigo mío, pueda llevar mi manuscrito a una de esas editoriales famosas...

Las palabras de Castellanos le recordaron por un instante que no todo estaba perdido. A pesar de la ignorancia del yerno de Domenech acerca de la situación laboral de Bonavista, daba gusto oír que todavía alguien lo consideraba un personaje importante en la sociedad española.

—Por supuesto, pero no sé si podré echarle una mano. Es un mundo muy difícil. Escríbame cuando la termine y veré qué se puede hacer. Por cierto, ¿cómo decía que podía ayudarme?

—Un momento, un momento, ¿no quiere saber de qué va la historia? Es un crimen actual, pero histórico... A mí es que me gusta mucho la novela histórica, pero no quiero ser demasiado ambicioso. Así que la he ambientado en el presente, pero con un cierto trasfondo en el pasado.

—Preferiría leerla cuando esté terminada, si no le importa.

Su rostro se tensó.

—Entonces no le puedo ayudar.

—¿Cómo dice?

—Si no le cuento la historia, no le puedo ayudar. Entiéndalo.

Bonavista se encontró ante un hombre que aplicaba los mismos chantajes que su mujer usaba con él. No le extrañó. Venía de otra familia acomodada de garrote férreo y camino impuesto antes de nacer. En una panorámica, Castellanos podía pasar desapercibido, pero no era una casualidad que hubiese terminado casado con una Fonseca.

—Le escucho.

—Menos mal. Estaba a punto de darlo por perdido. Mi novela, la que usted me va a ayudar a publicar en una gran editorial, trata el misterioso asesinato de Silvia Domenech —explicó. Leopoldo sintió que perdía la gravedad en su cuerpo y empezaba a flotar sobre la silla. El pulso se le paró—. ¿Qué? ¿Cómo se queda?

—¿En qué se basa? ¿Cree que alguien la ha matado? ¿Que no fue una muerte natural?

Miguel Castellanos soltó una ruidosa carcajada y comenzó a moverse como un botijo.

—¡Por supuesto que no, hombre! Aunque razones no faltan, ¿sabe? Conozco demasiados secretos. Sólo estaba esperando a que se muriera esa vieja para poder escribir mi libro... —dijo con un tono de desprecio y mala leche. Cuando se dio cuenta de lo que había hecho, reculó—. Por supuesto, sólo será inspiración. Ficción, novela negra...

Tengo que cambiar todos los nombres. Me ganaría un divorcio.

—No parece preocuparle mucho esa cuestión.

—La vida es así. Cuando menos te lo esperas, te da un bofetón —dijo y aplastó el cigarrillo en el cenicero de cristal. Después dio otro sorbo al café y miró a la taza con tristeza—. Pero si llevas ya demasiados, ni siquiera escuchas el sonido. Pensé que esto nos uniría más a Penélope y a mí, pero ha sido al revés. Los humanos somos incomprensibles.

—¿Cree que alguien podría haber forzado la muerte de su suegra?

El hombre levantó los ojos.

—Por poder, Leopoldo, ¿quién no? No metería la mano en el fuego ni por su hijo.

—¿Y por los suyos?

Chasqueó la lengua.

—Por ellos sí, aunque se avergüencen de que su padre es un pelele. Usted también lo piensa, ¿verdad?

—No estoy aquí para juzgarle. Creo que es un buen tipo.

—Gracias —dijo con una sonrisa triste—. Pero dudo que alguien se haya atrevido a cometer una barbaridad así. Parecen fríos, pero son demasiado cobardes, sin excepción. Mi suegra lo tenía todo bien amarrado con sus abogados. Tan pronto como falleció el marido y recuperó lo que era suyo, sabía que la siguiente era ella. Decidió vivir la vida, a su manera, pero también se aseguró de que ningún buitre metiera las manos en su fortuna.

—Esos buitres son sus tres hijos. La única familia que tenía.

—Al igual que los míos me miran a los ojos de una manera, los suyos la veían como si fuera el maldito becerro de oro. Sabe por donde voy, ¿verdad? —preguntó y pidió un carajillo. Aquel hombre rechoncho de sonrisa blanda, torpeza y adulación continua, se transformaba en un hombre gris propio de barra de bar de barrio. Un tipo amargado, con demasiadas rocas en la mochila y un montón de cruzadas por llevar a cabo. Con el semblante también le cambiaba la forma de expresarse, su lenguaje, su tono. Estaba completamente hipnotizado por el yo interior, por quien realmente era—. Si no tenían suficiente con haber nacido entre algodones, ¡encima querían más! Sin mentar a los otros, claro.

—¿Sus cuñados?

Asintió.

—No tengo nada en contra de Samuel, que quede bien claro. Pero debe entender que no me lo ha puesto fácil con mi esposa. Supongo que se habrá coscado de esto. Yo sabía que nunca iba a tener un despacho o un puesto como el de mi cuñado Adolfo, pero tampoco lo quería, ¡Dios me libre! Sin embargo, desde que él llegó a la empresa, ni siquiera pasé a un segundo plano. Simplemente, me volví invisible para todos.

—En ocasiones, es mejor así.

—Sí. Al principio me dolía, después me acostumbré. Uno tiene ojos y oídos, ve cosas y entiende lo que pasa a su alrededor. No soy estúpido, Bonavista.

«Pero sí un bocazas».

—Silvia Domenech me contó que estaba dispuesta a revelar un secreto que guardaba con ella demasiado tiempo. Raramente, antes de hacerlo, un infarto se la llevó. ¿Tiene idea de qué se trataba?

—¿De esa mujer? Podría ser cualquier cosa, desde un hijo secreto a regalar toda su parte de las acciones a mi cuñado

Samuel.

—¿Por qué haría algo así?

Miguel entornó los ojos y examinó la expresión del periodista. En efecto, no tenía la menor idea de lo que hablaba. Sacó otro cigarrillo con lentitud, lo encendió manteniendo el misterio y tiró el humo.

—Hay quien quiere enmerdarlo inventándose bulos, ¿sabe? Que si obligó a la señora a firmar un contrato a cambio de guardar un secreto, que si mi cuñado y la señora tenían algo… ¡Disparates! Te puede caer muy mal tu cuñado, pero no malmetes con esa basura.

—¿Habla de usted o de su cuñada?

—No pierde una, ¿eh? Sí, esa rata de cloaca. Hablo de ella. Nunca ha sabido entender su rol en la familia y mi suegra la puso en su sitio. Eso sólo provocó que se distanciara del hijo. Ahora, esto es todo de oídas, yo no he visto nada. De ser cierto, no me extrañaría que Domenech le diera su parte a la pequeña.

—Pero tengo entendido que su hija favorita es Penélope. ¿Por qué haría algo así?

—¿Favorita? —preguntó y soltó una risotada forzada—. Ahora entiende por qué me gusta estar a la sombra. De favorita no tiene nada… Esa mujer nos arrastraba con sus traumas al infierno. Penélope nunca será feliz mientras no acepte que ella no es quien su madre la obligó a ser.

—Todos tenemos un poco de eso en nuestras vidas. De todos modos, a su esposa no le ayuda mi presencia.

—No se lo tome como algo personal, Leopoldo. Se han criado vigilando, no siendo vigilados. Y bueno, ¿qué? ¿Me va a ayudar con la novela?

Lo había olvidado por completo.

—Intentaré ponerlo en contacto con mi agente. Me crea o no, no tengo demasiada experiencia en este mundo. Nunca he escrito una.

Miguel sonrió de felicidad y le dio una palmada de agradecimiento en el hombro.

—Sabía que era usted un buen tipo —dijo mirándolo fijamente.

Su rostro brillante, de piel estirada e hinchada y una mirada penetrante y viva no le hicieron sentir mejor. Castellanos era un lobo con piel de cordero, un camaleón en un entorno al que no pertenecía.

Antes de concluir, se le pasó por la cabeza preguntarle por el pendiente y la conversación que había escuchado en el baño, pero prefirió esperar. Aquel hombre había confiado en él, aunque tal vez fuese parte de otro embuste. Dados los hechos, no podía confiar en nadie de esa familia hasta que se demostrara la verdad. Adolfo había sido claro en esto.

Optó por sacar la vieja fotografía en blanco y negro y se la mostró.

—¿Qué sabe de este hombre? —preguntó señalando a Baile. Miguel tiró el humo por la nariz y se acercó la fotocopia a los ojos. Guardó silencio unos segundos frunciendo el ceño. Después lo relajó—. No lo he visto en mi vida.

—Imagino que tampoco sabrá por qué todavía se desconocen los resultados de la autopsia.

—Esas cosas tardan días.

—Pero el resultado puede afectar al reparto de la herencia.

Castellanos no respondió. Se hizo cargo de los cafés y regresaron hasta el aparcamiento dando un tranquilo paseo. Montado en un Audi de color azul marino, Samuel Ortego abandonaba el parque empresarial.

—Ahí va el protagonista de la historia —dijo Castellanos junto al periodista. El coche alemán se perdió por una de las rotondas que conectaban con la nacional hacia Torrellano.

—¿Por qué dice eso?

—Porque de él depende estos días que el Grupo Fonseca siga o deje de ser lo que era, que es lo importante. Entonces tendremos los resultados.

—Pero si fue una muerte natural, ¿qué miedo hay de conocerlos?

—No me pregunte a mí. Yo no pinto nada aquí. ¿Se lo imagina?

—¿El qué?

—Que sea verdad, que haya sido él quien mató a la vieja.

—En estos momentos, cualquiera podría ser sospechoso, incluso usted.

—Ya. Cuando hable con él, pregúntele por qué no fue al último cumpleaños de la señora. Quién sabe, quizá usted conozca la verdad… No se olvide de nuestro trato, Bonavista. Disfrute del día.

Con aspecto desaliñado, Miguel Castellanos regresó al interior del edificio y se metió en el ascensor que había junto a las escaleras.

Bajo el sol ardiente del mediodía, un dolor de cabeza inminente se apoderó de todo su cuerpo. Demasiada información, pensó. Demasiado tiempo sin pegar un trago. Subió al coche, la tapicería de cuero le quemó las piernas y el salpicadero estaba a punto de derretirse.

Arrancó, puso primera y siguió el rastro del coche de Ortego.

* * *

Reticente a regresar a la finca de los Fonseca, decidió pasar el resto del día en una habitación de hotel. No podía volver a esa casa de secretos hasta que hubiese puesto en orden sus cavilaciones.

La sensación constante de no estar haciendo lo correcto resultaba agotadora. Necesitaba abrazarse a algo, a una mujer, a una almohada o a una botella de champaña.

—¿Qué? ¿Que todavía no sabes nada? —bramaba Beatriz paredes al otro lado del iPhone—. ¡Leopoldo, estamos a sábado! El tiempo se agota.

—¿Puedes escucharme por una vez? Si no he escrito nada hasta ahora es porque no he tenido ocasión. Parece que están posponiendo los resultados de la autopsia hasta cerrar una negociación.

La directora masculló un ruido mostrando interés.

—¿Qué clase de negociación? ¿Venta? ¿Están siendo absorbidos?

—No, no, jefa, detente. Eso es lo que menos importa ahora mismo.

—Escucha, Bonavista. Lo que importa ahora es contentarlos a todos. Tú haz tu parte y déjame hacer la mía. Entonces, ¿qué? ¿De qué se trata?

—Tengo algunos chascarrillos.

—Te escucho.

—¡No! No quiero que me escuches, quiero que prestes atención. No son más que eso, ¿vale?

—Aquí quien da las advertencias soy yo. Así que limítate a informar y dime de qué se trata.

—Ni siquiera sabría por dónde empezar, la verdad. Hay

demasiadas rencillas entre los miembros de la familia. Cada uno me da un testimonio diferente, una versión edulcorada de los hechos. Lo más destacable es que he encontrado a un hombre, ya fallecido, antiguo empleado y amigo de la familia. Algo me dice que tuvo una aventura con Silvia Domenech. Puede que fuera el secreto del que tanto hablaba, no lo sé.

Beatriz escuchaba en silencio.

—Una infidelidad. Eso siempre vende.

—Es una suposición, jefa. Primero he de atar los cabos de esta historia. Silvia Domenech no fue una mujer feliz en vida y parece ser que Jaume Fonseca tampoco fue un santo. En ese caso, nos daría una buena exclusiva.

—¿Exclusiva? ¿Desde cuándo trabajas para la prensa rosa? Dime que no es todo lo que has averiguado.

—Hay algo más —prosiguió—, pero ya te he dicho que son bulos. Existe una guerra interna muy fuerte. Todos quieren la herencia.

—¡Mira que te gusta el drama! Cuéntame esos chismes, Bonavista.

El periodista suspiró. La insistencia de su jefa era desesperante.

—Domenech puede haber tenido una aventura con Samuel Ortego, su yerno. Es sólo un comentario.

—Eso sería jugoso. Sigue.

—También cabe la posibilidad de que Ortego forzara un contrato a cambio de silencio y, por esa razón, ahora estén retrasando todo el asunto de la herencia. Si los resultados del forense dictan muerte natural, que en un principio es así, quién sabrá lo que dejó en el testamento. Domenech lo tenía todo bien atado. Sin embargo, si Ortego la mató...

—No tiene sentido esto último. ¿Por qué haría algo así?

En tal caso, ya nos habríamos enterado.

—Ya. Es lo que pienso. Yo sólo espero que todo esto que te estoy contando sea un chiste malo.

—¿Y si no lo es? —preguntó la mujer a la espera de una respuesta. El periodista tragó saliva—. ¿A nosotros qué nos importa? No tenemos tiempo para perdernos en telenovelas familiares de sobremesa, Leopoldo. Te lo repito. Escribe un reportaje decente que hable de la señora y entérate de algo útil que esté relacionado con los movimientos financieros de la familia. ¿Existe una crisis interna? ¿A quién irán las acciones? ¿Qué está sucediendo con los propios negocios familiares? Por mí, como si se hunden, pero debes moverte con rapidez antes de que se den cuenta de que estás metiendo el hocico donde no debes, corten el contrato y a mí la cabeza.

—Pero, Beatriz, es que no puedo hacer eso...

—¿Quién te lo impide?

Leopoldo cayó en la cuenta de que la mujer tenía razón. Nadie se lo impedía, sólo las amenazas de Laura Fonseca, aunque el contrato dijera lo contrario. No obstante, las advertencias de la pequeña de los Fonseca no eran sino una excusa para seguir adelante. A pesar de renunciar a las posibles teorías, sus palabras eran contrarias a sus actos. Leopoldo estaba atrapado en esa historia y quería conocer el final, aunque no tuviera demasiado claro la causa que lo llevaba a investigar.

Se despidió de la directora prometiéndole llamar más tarde con algo que contar y dejó el teléfono a su lado, sobre el colchón de la cama.

Se había hospedado en el mismo hotel y en la misma habitación en la que había dormido al llegar a la ciudad. Leopoldo detestaba los cambios cuando las cosas funcionaban, por eso siempre pedía lo mismo a la hora de comer, visitaba los mismos bares de copas y se levantaba a la misma hora. Se había forjado a sí mismo como un hombre de costumbres, al menos, hasta su gran ruptura sentimental. Después, perdió el control derrapando y cayendo sobre una charca de despreocupación, desorden y decadencia.

23

Tras una larga y profunda siesta, despertó desorientado por el timbre del teléfono y con la boca manchada de salsa de tomate.

Se incorporó de la cama y encontró una caja de Telepizza sobre el mueble de la televisión y una botella de vino. Placeres prohibidos, que te traigan la pizza al hotel, pensó con una sonrisa tonta y continuó en búsqueda del aparato.

—¿Sí? —preguntó acercándose la pantalla al oído y sintiendo una punzante resaca en la cabeza.

—Tenía una llamada tuya, ¿ocurre algo? —preguntó Marta—. ¿Estabas durmiendo?

Por supuesto que lo había hecho, por supuesto que ocurría algo.

La había llamado, sin éxito, antes de quedarse dormido, en un movimiento erróneo, patético y sin planificación para que ella le acompañara en su festín infantil de pizza y tinto a la luz de las ventanas del hotel. Un apetitoso manjar producto del despecho, del dolor lejano y, sobre todo, del vacío que sentía al no tener a la joven andaluza a su lado.

No se lo explicaba, ni encontraba un argumento de peso que callara sus pensamientos, pero lo cierto era que las mujeres duraban poco a su lado. La razón no era otra que su hartazgo, la falta de compromiso, la convivencia con un hombre que se cuestionaba a sí mismo todo lo que hacía, como si la fama alimentara los estómagos y no sólo los egos; como si las victorias del ayer sirvieran de algo en el mañana.

Silvia Domenech no era la única que tenía una personalidad poliédrica. Todos la tenían, ocultándose bajo las capas como una cebolla, y que se mostraba de un modo u otro cuando requería la ocasión. Leopoldo en el fondo era aquello que criticaba, al igual que el resto, y su teatro sin audiencia, de comida rápida y vino caliente no era más que una manifestación de la soledad que le acompañaba a diario.

No estaba dispuesto a darse más lástima en el interior de esa habitación de hotel. Después de una excusa poco creíble, quedó con Marta en citarse para cenar juntos. La invitación fue bien recibida por parte de la periodista, que parecía haberse quedado con ganas de más tras su último encuentro en el Archivo Municipal.

Una buena ducha activó su sistema neuronal y le ayudó a despojarse de los incómodos pensamientos que le recordaban a su ex. En ocasiones, Leopoldo, como muchas otras personas, miraba a la pantalla del teléfono concentrado en un ejercicio de telekinesia, creyéndose capaz de invocar telepáticamente a esa persona que echaba de menos, para más tarde darse cuenta de que sólo había sido una pérdida de tiempo.

El sábado, en la ciudad de Alicante era un día especial. El verano estiraba las horas de sol y playa y los comercios cerraban más tarde de lo habitual. Hasta el momento, el periodista no se había sentido intimidado por las tragedias del pasado. Mientras caminaba frente al Mercado Central, se preguntó si lo suyo sería un trauma o un mal sueño eterno. Si cierto era que no había vuelto a pisar una playa desde entonces, encontrarse allí, embriagado por la pegajosa humedad del aire y ese olor a salitre al que rápido se acostumbraba el olfato, no era un gran drama.

El periodo estival, las vacaciones, las ganas por olvidarse de la vida durante unas semanas, todas eran razones suficientes para que la gente gozara de una actitud brillante, feliz, y eso lo podía ver en sus sonrisas. No pasaban desapercibidos los vestidos de noche, ni las pieles tostadas, pero tampoco el hastío de esos matrimonios cansados de sí mismos que deseaban volver a la rutina de nueve a cinco.

Leopoldo se dejó caer por la Rambla bajo la luz del oscuro atardecer y el canto de las gaviotas. Habían decidido reunirse para cenar de un modo informal, tomar una copa de vino y contarle lo que había descubierto. Un tema de conversación del que comenzaba a estar harto. De pronto, cada minuto giraba en torno a una familia desconocida en su vida hasta hacía unas semanas.

A diferencia de él, Marta no estaba dispuesta a desaprovechar el encuentro. Llevaba un conjunto de blusa que dejaba parte de la clavícula al aire y unos pantalones de color beige que le llegaban a los tobillos. Se había maquillado lo justo para que su rostro no pareciera un puré cuando comenzara a sudar. Cuando la vio, se derritió. Sus ojos eran como dos rayos destellantes en el mar.

Tras un cálido beso y un cariñoso abrazo, se dejaron caer por las cuestas del casco antiguo bajo la vigilancia del castillo, arropados por la ruidosa muchedumbre que copaba los rincones del Barrio y el ambiente festivo que llenaba las terrazas.

La luna brillaba en lo alto, los labios encarnados de Marta

sonreían y el dolor de cabeza había desaparecido. ¿Qué podía salir mal?, pensó olvidándose de por qué estaba allí.

Finalmente, Marta optó por entrar en un bar de tapas con aspecto de taberna gaditana que había cerca de la basílica. El local era pequeño y estaba hasta los topes. Las paredes blancas, las maderas pintadas de azul y los azulejos propios de una ciudad portuaria.

—¿Cómo va tu reportaje? —preguntó ella intrigada mientras daba un sorbo a su copa de blanco de Rueda—. ¿Conseguiste averiguar quién era ese hombre?

Leopoldo le explicó a grandes rasgos su encuentro de la mañana. Le contó lo poco que confiaba en Adolfo Fonseca, lo mucho que sospechaba de Samuel Ortego y sus intenciones y lo sospechoso que había sido tomar ese café con Castellanos.

—¿Y tú? ¿Qué piensas de todo esto, Leopoldo?

—Pienso tantas cosas, que no sé qué pensar.

—No te vuelvas poético, por favor. Los versos nunca han sido lo tuyo.

—Creo que esto es una pesadilla de la que voy a despertar en algún momento. Lo peor es que no puedo contársela a nadie.

Ella le agarró de la mano.

—Yo estoy aquí, ¿lo recuerdas?

Ambos se miraron y un chispazo surgió entre los dos.

—¿Y si realmente asesinaron a Silvia Domenech? ¿Y si lo hicieron de verdad? Me eriza el vello de pensarlo. Nunca he estado envuelto en algo así, Marta.

—¿De quién sospechas?

—Tengo varios candidatos, pero también mis dudas.

—Por ejemplo…

—Su hijo, Adolfo. Sé que es sórdido pensar así, pero tiene sentido, ¿no? Al menos, para mí. Matas a tu madre, evitas que done en vida su parte al marido de su hija.

—Partiendo de la hipótesis de que tuvieran algo.

—O de que supiera algo sobre ella —aclaró—. Silvia Domenech era una mujer guapa, se conservaba bien, pero enrollarte con una mujer de setenta años, madre de tu esposa, abuela de tu hija y matriarca de la familia para la que trabajas, no sé, lo veo demasiado enrevesado. No todo es copular en esta vida… Sin embargo, sí que me encaja más la idea de que Samuel descubriera algo por su cuenta. Al fin y al cabo, él lleva años como director. Por eso el cuñado no, pero el hijo sí puede haber sido el autor.

—¿Qué hay de la hija mayor? Y de su marido.

—El marido parece estar más preocupado por conseguir el divorcio y alejarse de esta familia lo antes posible. No hay más que verlo. Es incapaz de matar a un mosquito.

—¿Y la hija? Ya sabes cómo son las personas que reprimen los traumas del pasado. Nunca sabes cómo se van a manifestar.

—La veo incapaz. Aparenta ser fuerte, pero es igual o más frágil que su hermana Laura.

Marta frunció el ceño y se quedó pensativa.

—Me dijiste que esa mujer tenía tres nietos. ¿Qué hay de ellos?

—No descartas a nadie —dijo Leopoldo con una leve sonrisa—. No sé qué decir. Ahora que lo mencionas, tal vez debiera hablar con ellos personalmente.

—No descartes tú a nadie, Leopoldo. ¿Hay alguien más que viva en esa casa?

—Algunas personas del servicio y el chófer. Ya te lo dije.

Por cierto...

—¿Sí?

—Puede que ellos sepan algo. Ya sabes, ver, oír y callar.

—¿Crees que sabrán quién era ese tal Baile?

—No, lo dudo. Son demasiado jóvenes. Esa es otra cuestión que abordar.

—¿Y el arma homicida?

—¿Veneno? ¿Vudú? ¿Mal de ojo? No se me ocurre otra cosa.

—Deberías escribir un informe sobre todo esto. Guardar las notas, antes de que desaparezcan de tu cabeza. Sinceramente, ¡esta historia me resulta fascinante, Leopoldo!

—¿Estás delirando? No pienso tomar un apunte hasta que tenga una mínima seguridad. Si descubren lo que estoy haciendo, me llevarán a juicio y me veré en un buen lío. ¡No tengo un céntimo, Marta!

De pronto, se generó un tenso silencio.

La imagen de Leopoldo se desvaneció como el vaho de un cristal al abrir la ventana. Todo lo que él creía que representaba para ella, se diluía, o esa era su impresión. Pero a Marta le daba igual que no tuviera dinero, porque era así como lo había conocido en sus inicios. Era así como volvía a comportarse como una persona normal.

El rostro de preocupación del periodista, afectado por el acelerado latido de su corazón y un malherido ego que bramaba, no se vio deteriorado. Marta, relajada, le regaló una sonrisa sincera y despreocupada para recordarle lo que realmente significaba para ella.

—No te preocupes, Leo. No has hecho nada. En ese caso, la Policía se encargaría de ello, pero... ¿Te imaginas que fueras tú quien destapara al asesino? Tu nombre volvería a sonar por todas partes. Serías una versión moderna de Hércules Poirot, más joven y guapo. Tus lectores volverían a confiar en ti y tus problemas económicos se resolverían... Todo irá bien.

—¿De verdad? Lo estás diciendo para complacerme. En el fondo sabes que estoy atrapado en un callejón sin salida, pero no deja de ser un disparate.

—Te lo digo de corazón, Leopoldo. Ojalá estuviera en tu lugar.

El periodista fue incapaz de comprender el gesto que Marta acababa de hacer. Todavía el mundo giraba en torno a su ombligo. En ocasiones, las buenas intenciones pasan desapercibidas para el corazón, quedándose en el olvido o puede que en el cielo, a la espera de ser vistas.

* * *

Tras la cena, regresaron caminando bajo el cielo estrellado. La noche era agradable, no muy calurosa y una brisa templada soplaba desde la costa. El resto de la conversación se había centrado en otros asuntos, como en el trabajo de ella o en su vida como periodista.

Marta estaba feliz, después de años sin oficio alguno, había regresado a las redacciones, a la noticia de calle y, aunque se pasaba los días encerrada en una oficina ganando poco dinero, eso le hacía feliz.

Leopoldo no quería desprenderse de su compañera. Estando allí, se notaba más solitario de lo habitual. Madrid se había convertido en su zoológico nocturno particular. En el fondo, era como un animal cautivo. Ahora que había probado la libertad, no sabía cómo apreciarla.

El paseo se hizo más largo de lo esperado. Ella no deseó frenar las intenciones de su amigo, todavía desconocidas, aunque fáciles de intuir. Él se dejó llevar por el paso lento y guiado de la acompañante. Con suerte, pensó, le invitaría a una última copa en su apartamento. En cualquiera de los casos, era agradable volver a sentirse así, sin pretensiones ni falsas apariencias. Volvía al ser el mismo del ayer, aunque fuese un sentimiento efímero.

Cuando llegaron a la estación de ferrocarriles, subieron hasta un portal que hacía esquina. La calle estaba vacía. En la puerta de la estación algunos jóvenes reían vestidos de noche.

Los taxis cruzaban la avenida a toda velocidad en dirección al mar.

—Yo me quedó aquí —dijo ella señalando con el pulgar a su portal. A pesar del derrumbe emocional de Bonavista, tenía sus dudas sobre él. Se quedó quieta y buscó las llaves en el bolso.

—¿Qué haces mañana? —preguntó él.

—¿Me vas a proponer una tercera cita?

—Más o menos. Me han invitado a un partido de tenis en la casa de los Fonseca. Supuestamente irá toda la familia.

—Yo no sé jugar al tenis, Leo. Mejor llama a Aznar. Seguro que tienes su número.

—No seas tonta. Yo tampoco, pero necesito una pareja y no se me ocurre nadie mejor que…

—Que yo —interrumpió terminando la frase—. ¿Desde cuándo intentas ligar conmigo?

—Llevamos sin vernos mucho tiempo —respondió y dio confiado un paso al frente gracias a las burbujas del último combinado.

Las puntas de sus zapatos se alinearon.

El carmín atraía su atención. Leopoldo se acercó un poco más buscando el contacto. Sus miradas revolotearon formando un triángulo que iba de ojos a boca. Visto que no reaccionaba, tomó la iniciativa. El momento era perfecto. Cuando sus labios estaban a punto de rozar los de Marta, sintió una mano sobre el pecho impidiéndole llegar a su destino.

La ligera presión de los dedos de la chica fue suficiente para aceptar su declaración de intenciones.

Leopoldo se retiró sin insistir y echó hacia atrás los pies. Ambos rieron.

—Está bien. Eso ha sido precipitado —dijo él ladeando la cabeza.

Ella mantenía la sonrisa.

—¿A qué hora pasas mañana?

La mirada del periodista se alzó.

—A las diez.

—Aquí te espero —dijo con los ojos en su rostro—. Ha sido una bonita velada, Leopoldo. Descansa y hasta mañana.

Estiró la mano, le acarició el rostro y después dio media vuelta y se metió en el portal.

Congelado, el periodista se quedó viendo cómo las finas piernas de la chica subían por las escaleras y se perdían en la penumbra.

Las manos le sudaban y el corazón le latía a ritmo de samba.

Se preguntó qué diablos había significado aquello.

24

Domingo, 10 de julio de 2016
Alicante, España.

El viejo Alfa Romeo Spider rugía bajo el sol matutino del domingo. Por la radio sonaba *Entre dos Aguas* de la guitarra de Paco de Lucía. Marta se protegía los ojos con unas Rayban Wayfarer negras y el cabello con un pañuelo rojo. El paisaje era propio de una película de Almodóvar.

Se adentraron en la autovía disfrutando del renacer de un día con el coche descubierto. Leopoldo se había acostumbrado a la compañía, aunque no siempre fuera la misma. A ellas les gustaba su coche y a él le gustaba que ellas se sintieran cómodas en el interior de aquel clásico. Cada vez que veía uno de esos vehículos sin alma, fabricados para su destrucción, para la chatarra, sentía un desgarro. Vehículos concebidos para el trabajo, los kilómetros y los trayectos diarios, pero sin belleza alguna, sin la capacidad de despertar una miserable emoción tanto en quienes pasaban por su lado como quienes los conducían. Para Leopoldo, muchas personas también eran como esos coches de viaje diario, grandes prestaciones y uso convencional; llevando una vida cómoda, sin riesgos, rutinaria y sin sobresaltos.

Una existencia basada en una línea de producción a la que difícilmente se podía abandonar a partir de los cuarenta. Y aunque el libertinaje, el hedonismo y el amor por una milagrosa existencia, que podría no haber sido así, también tuviera sus riesgos, él no concebía otra manera de exprimir el tiempo que le quedaba de vida.

Salieron de la autovía tomando el desvío hacia Jijona que empezaba a resultarle familiar al periodista. La pareja no volvió a hablar de lo ocurrido la noche anterior. Mejor así, pensó él, ya que, por un momento fugaz, al recibirla esa mañana había notado cierta distancia en ella.

La música, el calor y el buen día que tenían por delante ayudaron a que las tensiones desaparecieran.

—No me preguntes por qué, pero siempre imaginé que terminarías en un coche así.

—¿Como Dustin Hoffman? —preguntó él con las manos al volante—. ¿Por qué piensas eso?

—¡Te he dicho que no me lo preguntes! —gritó y rieron.

La carcajada dio paso a un instante de relajación y suspiros, momento idóneo para mirar al horizonte y encarar la Sierra recortando el cielo.

—¿Estás nerviosa?

—No —dijo ella apoyando el codo en la puerta—. Tengo curiosidad por saber cómo es la vida de una familia tan rica.

—¿No ves la televisión? Están todo el día poniendo esa clase de programas.

—No es lo mismo, Leopoldo. Después de todo lo que me has contado, el interés surge de manera diferente. ¿No te has planteado escribir un libro cuando esto termine?

—Mejor no menciones los libros en lo que queda de día, ¿vale? Ese pesado de Castellanos me presionará para que le ayude con su novela.

—Vaya, vaya, ¿un escritor en la familia? ¿Y de qué trata?

—El macabro crimen de Silvia Domenech.

—Muy gracioso.

—Te lo digo de verdad. Estoy seguro de que es un retorcido y está haciendo sobre el papel lo que no ha podido en vida.

—Deberías ser más amable, después de lo que te ha contado...

—Todavía no me ha soplado nada, Marta. ¿Quién dice que no sea un embustero?

Dejaron atrás la gasolinera y tomaron el camino salvaje que llevaba hacia la entrada principal de la finca. Cuando llegaron al final del primer tramo de la carretera, la garita estaba vacía. Leopoldo tocó la bocina, pero nadie salió a abrir.

—Cojonudo —dijo molesto y se bajó del coche.

—¿Ahora qué hacemos? ¿No hay otra entrada? —preguntó Marta desde su asiento.

Como el rabiar de una sierra mecánica, una motocicleta negra bajó a toda velocidad de la cuesta que conectaba la puerta con la mansión de los Fonseca. El motorista era Adolfo Fonseca, vestido con pantalones cortos, náuticos y una camisa azul desabrochada. Corriendo como lobos furtivos, aparecieron los dos perros que protegían la casa.

—Se me olvidó decirle que don Miguel no trabaja los domingos —dijo y se dirigió a Marta desde el otro lado de la puerta—. Vaya, veo que ha sabido elegir pareja. Me pregunto cómo se ha dejado engañar por usted.

—Hay más cosas que el dinero en esta vida —respondió.

Fonseca ignoró su respuesta y le guiñó el ojo a la periodista acompañándolo de una mueca.

La puerta se abrió de forma automática y el heredero se giró y subió la cuesta como un misil, acompañado de los dos cánidos que corrían desbocados.

Leopoldo regresó al deportivo con cierto desdén en su rostro.

—¿Te has puesto celoso? —dijo ella curiosa.

—¿Yo? En absoluto. Es un imbécil. Y de los imbéciles no puedes esperar otra cosa.

Aunque no decía mucho, Marta estaba fascinada por la finca de los Fonseca. No era una mujer fácil de impresionar, pero cualquiera con un poco de gusto y curiosidad caía rendida ante el encanto de ese lugar.

Para Leopoldo, uno de los grandes pecados de los españoles era que siempre miraban hacia fuera, halagando lo exterior en cuanto se refería a vanguardia y arte. Sin embargo, se olvidaban de redescubrir el propio tesoro que albergaba en su tierra, en cada región que la formaba, sin la necesidad de caer en el chauvinismo simplista del jamón y la tortilla de patatas.

En la era no les esperaba nadie más que los dos perros que no tardaron en abalanzarse sobre el vehículo cuando este se detuvo.

Los border collie de los Fonseca saltaron sobre Marta y Leopoldo en busca de juego, olfateando y lamiendo las manos de la periodista.

De nuevo, Leopoldo observó que, a diferencia de lo que sucedía con Enzo, los animales no ladraban cuando se encontraba cerca de ellos.

Adolfo Fonseca apareció tras el arco de hojas verdes que separaba la plazoleta de las estancias separadas.

—Les he dejado la equipación en su estancia, Leopoldo.

Les esperamos al otro lado de la casa. Tomaremos un aperitivo y celebraremos un torneo, pero todo en familia, ¿eh? No se lo tome como una competición.

—Muy amable. Gracias por la apreciación. Lo tendremos en cuenta.

Fonseca se despidió y entró en el interior de la casa. Leopoldo miró con recelo a Marta al sentir la obvia atracción hacia el mayor de los hermanos.

—Te ha gustado, ¿verdad?

—Tiene buen porte, aunque es un poco viejo para mí. ¿Vas a dejar el coche ahí?

El columnista miró a la caseta del chófer, pero no encontró su vehículo aparcado.

—Sí, supongo que sí. No pasará nada.

Cruzaron el arco de flores y Leopoldo guió a Marta hasta la puerta de su estancia. Después sacó la llave y la introdujo en la cerradura.

Junto a la mesa que había en la cocina, Adolfo Fonseca les había dejado dos pares de zapatillas Adidas blancas para jugar al tenis, dos raquetas Wilson, dos pares de calcetines, dos polos blancos de Fred Perry y unos pantalones cortos.

—¿Así que es este el lugar donde duermes? No está nada mal, mucho mejor que el hotel. Es rústico y acogedor.

—Eso lo dices porque todavía no has dormido aquí.

—¿Y por qué iba a cambiar de opinión?

—Ahora que lo pienso, acabo de recordar… La última noche que pasé en esta habitación, el viernes, cuando regresaba a Alicante, sorprendí a la novia de Adolfo Fonseca forzando mi cerradura.

—Quizá quería esperarte desnuda bajo las sábanas.

—Me extraña. No pareció importarle que la cazara en

pleno acto. Me dijo que nadie me creería y me tentó a que lo intentara.

—Yo habría hecho lo mismo. ¿Lo hablaste con él?

—No. ¿Para qué? Habría sido una pérdida de tiempo... y de palabras.

Marta entró en el estudio y dio un vistazo haciendo un recorrido completo por la habitación. Después señaló hacia la estantería.

—¿Es ahí donde encontraste el pendiente?

Leopoldo, nervioso, le hizo una señal de silencio con el índice.

—Nos pueden oír. Quién sabe si no hay micrófonos en la habitación...

—No seas paranoico, anda. ¿Dónde está el pasadizo?

—¡Por favor, Marta! —replicó para que bajara el tono de voz—. Está ahí, tras la estantería.

—Vaya...

Leopoldo se aseguró de que no hubiera nadie esperando fuera.

—Escuché la conversación arriba, en el baño.

—¡Mira! ¡Qué preciosidad! —exclamó Marta al ver la radio. Se acercó a ella como si hubiera visto un objeto brillante y la encendió—. ¡Funciona y todo!

Por el altavoz sonaban las noticias. Era casi mediodía. Leopoldo se acercó al aparato y miró extrañado.

—Qué raro...

—¿El qué? ¿Qué funcione?

—Alguien ha entrado a mi habitación en mi ausencia y la ha puesto en marcha. Yo había sintonizado otra emisora, estoy segurísimo de ello.

—Por favor, Leopoldo. Estás sacando las cosas de quicio.

Puede haber sido cualquiera.

El periodista se acercó a la estantería. En efecto, las huellas sobre el polvo habían desaparecido. También se habían encargado de limpiar los ácaros. Al hacerlo, los libros habían caído al suelo y ahora estaban amontonados sin orden alguno.

—Han entrado, Marta. Han venido a por el pendiente.

Ella lo miró con desconfianza.

—¿En qué te basas?

—El polvo, la radio, los libros —dijo convencido—. Laura Fonseca me dijo que la radio no funcionaba, que nadie la usaba. Sin embargo, yo la encendí y en mi ausencia también la pusieron en marcha para que no escucharan el ruido al mover la estantería. Tiene sentido, ¿no? Quien sea que haya hecho esto, ha entrado por aquí mientras yo estaba fuera.

—Puede haber entrado alguien del servicio.

—¿Y por qué movería la estantería? Supuestamente, nadie usa el corredor desde que ya no emplean jornaleros.

—¿Qué intentas decir, Leopoldo? A veces, te explicas como un vendedor.

—Estoy seguro de que hay algo ahí dentro que nos puede ayudar a entender todo esto. Si no, ¿qué hacía esa mujer intentando entrar en mi habitación?

—¡Pregúntaselo a ella!

Leopoldo volvió a mirar la puerta oculta.

—¿Crees que tiene algo que ver?

—Me estás empezando a hartar, Leopoldo. No lo sé, pero sólo hay un modo de saberlo, ¿no?

—Sí. Entrando.

—Entonces, entremos.

—Aunque puede que no encontremos nada.

—Pues habrás despejado una incógnita de tu abultada cabeza.

—No, no podemos ahora, Marta. Lo haremos cuando termine, confía en mí. Sé de lo que hablo.

Marta dio un soplido.

—Está bien, lo haremos a tu manera... Será mejor que me cambie de ropa antes de perder la paciencia contigo —dijo decepcionada, agarró su ropa y subió al cuarto de arriba—. Y ni se te ocurra entrar mientras me visto.

Marta dio un portazo y Leopoldo permaneció junto a los libros.

Tenía razón, estaba cansada de él, de sus teorías, de ser incapaz de dar un paso adelante en la historia. Algo en su interior floreció: una idea, un principio. Durante días, había sido absorbido por la nebulosa que desprendía esa familia, convirtiéndose en un títere más sin cabeza, dejándose llevar por lo que unos y otros decían, pero se había cansado de perder el tiempo. Si alguien tenía tanto interés en encontrar el pendiente de Silvia Domenech para hacerlo desaparecer, él se encargaría primero de decir dónde estaba. Después, no tendría más que esperar. Una vez cara a cara con la persona interesada, llegaría el turno de las preguntas.

25

Vestidos como dos deportistas de élite, abandonaron la estancia y se dirigieron al interior de la casa. Hasta el momento, Leopoldo no se había fijado en la silueta de Marta Pastor, ni ella en la de él. Aquellos pantalones blancos y cortos, acordes con la moda de los años ochenta, le estilizaban esas piernas doradas del sol. Al contrario que ella, las pantorrillas del columnista estaban pálidas como un filete de jamón cocido. La complicidad entre los dos empezaba a manifestarse. Él se preguntó qué tendría ella en la cabeza después del intento por besarla de la noche anterior. Ella se preguntaba si habría sido auténtico o fruto de las copas y la soledad. Marta era especial, astuta y tenía suficiente experiencia para saber lo que le convenía. Por su parte, Leopoldo era tan predecible como un día nublado en invierno.

Cuando llegaron a la parte trasera de la mansión, Manuela les indicó que el resto de la familia se encontraba alrededor de la pista de tenis. Un sendero de adoquines los guió entre el pinar hasta una cancha vallada que había no muy lejos de allí. El tenis era el deporte familiar, o eso parecía. Un ligero olor a carne asada los atrapó hasta que finalmente encontraron a los Fonseca junto a otros desconocidos.

—Menos mal. No seremos los únicos que veamos esto —dijo Leopoldo al dar un vistazo.

Alrededor de la verja metálica, el servicio había instalado unas mesas con aperitivos para familia e invitados. Era un evento informal, aunque sin renunciar a las comodidades de un cóctel público.

Los Fonseca eran incapaces de mover un dedo, por lo que los empleados de la casa se encargaban de preparar los tentempiés que servían en bandejas.

El peor momento vino cuando Leopoldo percibió que, tanto él como Marta, eran los únicos que llevaban atuendos desfasados para la ocasión, como si hubieran aterrizado de otra época. Adolfo y Penélope Fonseca actuaban como anfitriones de las cinco parejas invitadas al evento. Luz, la más pequeña del clan, bebía un refresco de cola sentada sobre una tumbona de plástico, mientras veía a sus dos primos jugando con agresividad en la pista. Miguel Castellanos vestía una camisa de manga corta de rayas azules y blancas. Daba sorbos a un botellín de cerveza y buscaba una conversación en la que encajar.

A un lado de la pista, junto a la mesa de las bebidas se encontraba una silenciosa pareja formada por un hombre de calva bronceada, bigote, gafas de sol y polo Lacoste azul celeste, y una mujer de mediana edad, con el cabello teñido de rubio platino, falanges finas cargadas de sortijas y mirada azul cielo.

Samuel Ortego conversaba con otro de los invitados, un hombre alto, de cabello gris y mirada afable, y ambos estaban acompañados de sus respectivas esposas. Laura Fonseca mantenía una conversación banal con la mujer del hombre alto, una señora de su edad, refinada y con notable musculatura en sus brazos. La hija de Silvia Domenech asentía con una falsa sonrisa en segundo plano.

—¿Y la modelo? —preguntó Marta. Antes de que él pudiera contestar, la menor de los hermanos Fonseca advirtió la llegada de la pareja y se acercó a ellos.

—¡Leopoldo! —dijo con un adulterado entusiasmo—. No sé cómo le ha engañado mi hermano para hacer esto.

La mujer se rio, miró a Marta y movió sus ojos como si fueran un escáner de rayos x.

—Marta Pastor —dijo ella ofreciéndole la mano—. Encantada.

Laura guiñó un ojo con suspicacia.

—No, no... —intervino Bonavista con una risa nerviosa—. Somos amigos. Marta y yo estudiamos juntos en Madrid.

—¿Así que periodista? —preguntó. Marta miró a Leopoldo en busca de asistencia. Laura Fonseca se acercó a ella y le tocó el brazo con sutileza—. Que no se entere mi hermana Penélope... Los detesta.

—No hace falta que lo jure —agregó Leopoldo. Visto que Laura Fonseca había sido la primera en hablar con ellos, dedujo que sería un buen momento para conversar en privado—. Marta, ¿nos disculpas un minuto? Hay algo de lo que me gustaría hablar con la señora Fonseca.

—¡Por supuesto! —respondió sin darle importancia—. Voy a por una bebida.

Marta se alejó de la pareja y caminó hasta la mesa donde el servicio preparaba los combinados. Leopoldo siguió sus movimientos. Mientras la atendían, la periodista se fijó en la joven Luz, que miraba a sus primos sin demasiado interés. Después se acercó a ella.

—Leopoldo, antes de nada, debo contarle algo... —dijo

Laura, preocupada—. Espero que no se enfade conmigo.

—¿De qué se trata?

—Los resultados de la autopsia demuestran que mi madre murió por un fallo cardíaco.

La noticia le sentó de un modo extraño. No sabía si alegrarse o negarse a aceptar lo que decía esa mujer.

—¿Usted qué piensa?

—Sigo pensando lo mismo que al principio, pero ya no puedo demostrar nada. Ni yo, ni nadie, claro...

—Significa eso que dejará impune a quien lo haya hecho.

Fonseca ladeó la cabeza y cruzó los brazos.

—¿Desde cuándo cree en esta hipótesis?

—Hice lo que me pidió —murmuró vigilando por encima del hombro de la mujer para que nadie los oyera—. He encontrado algunas incongruencias en la historia de su familia y me gustaría que me las aclarara. Quizá no sea tan disparatada toda esta idea.

Atrapada por la explicación que despertó su ferviente interés, le agarró del antebrazo.

—Cuénteme. Le escucho.

—Este no es el lugar más adecuado, Laura —dijo al ver la silueta de Samuel Ortego dirigiéndose a ellos—. Mejor, en otro momento.

—¡Señor Bonavista! No le esperaba aquí —comentó con impostura y agarró a su esposa de la cintura para marcar la distancia—. Bonito equipo. ¿De qué museo lo ha sacado?

El comentario no le hizo gracia alguna al reportero.

—Su cuñado me lo ha prestado para la ocasión.

—No se ofenda, hombre. Era una broma. Intentaba imitar lo que usted hace en esa revista, ya sabe... —aclaró y observó la situación—. ¿Interrumpo algo?

—No, por supuesto que no —dijo la mujer—. Le estaba preguntando al señor Bonavista sobre el reportaje. Nos tiene a todos en vilo pensando qué estará escribiendo sobre mamá...

—¿Le queda mucho para terminar? —preguntó clavándole la mirada.

—Sí —dijo Leopoldo manteniendo ese cruce hostil de espadas—. Digamos que me he topado con algunos obstáculos de documentación.

—Curioso... ¿Se puede saber cuáles son?

—Me temo que tendrá que esperar a su publicación.

—Claro... —dijo. Apretó la mandíbula y miró a su mujer. Se escuchó un traqueteo. Miguel Castellanos golpeaba una copa de cristal con un cuchillo para llamar la atención de los asistentes. Adolfo Fonseca estaba a punto de hablar.

El matrimonio desapareció de allí dejando al reportero apartado. Giró el rostro y vio a Marta sentada junto a la más joven. Era la primera vez que veía sonreír a Luz desde que había llegado a esa casa. Le alegró que ambas lo pasaran bien.

De pronto, alguien se aproximó por la espalda echándolo hacia un lado.

—Pero, qué... —murmuró al ver las finas piernas aceitosas de la pareja de Adolfo Fonseca. Rápida, vestida para la ocasión y como si hubiese estado allí todo el tiempo, se ajustó el tirante del sujetador, agarró una copa de la bandeja que servía un camarero y se acercó a su hombre.

«¿De dónde habrá salido?»

Con una sonrisa blanca y seguramente falsa, alzó la copa junto a él.

—¿Dónde estabas? —preguntó Adolfo antes de arrancar

su discurso, pero Leopoldo no pudo leer los labios de la modelo.

Fonseca se dirigió al público.

—En nombre de toda mi familia, es un placer teneros aquí, como cada año, a pesar del gran vacío que dejó nuestra querida madre hace unos días... Empero, pensándolo mejor, ella no hubiese querido que canceláramos esta tradición... Así que brindemos en su honor y recordémosla por la mujer que fue para todos...

Emocionados, alzaron las copas y brindaron por las palabras del hijo mayor.

—Antes de acabar, me gustaría dar las gracias a nuestro invitado especial de este año, Leopoldo Bonavista, el famoso columnista, que se encargará, a petición de ella, de escribir un fabuloso artículo inmortalizando su presencia.

Las miradas se dirigieron hacia el periodista con curiosidad.

Leopoldo se acaloró, olvidando lo mucho que disfrutaba de esos momentos de reconocimiento público. En esa ocasión, habría pagado por esconderse tras un seto, pero era demasiado tarde para ello.

Sonrió, alzó la copa de cava que un camarero le había ofrecido y dio un trago como si fuera Andre Agassi.

Las bandejas con bebidas circulaban entre los participantes, mientras Adolfo Fonseca, con la ayuda de su hermana Penélope, sacaba bolitas de papel con los nombres de las parejas, de una caja de cartón negra.

—Leopoldo y Marta... —dijo señalando una tira con sus nombres. Dejó el papel sobre una mesa e introdujo de nuevo la mano—. Samuel y Laura.

—Vaya, qué casualidad —comentó Marta acercándose

al periodista, que observaba el reparto en la distancia—.
¿Tengo que dejarme ganar?

—¿Por qué harías eso?

—Para no ofender a tu amiga. He notado cómo te miraba.

Leopoldo se rio.

—¿Qué te ha contado su hija? Os he visto haciendo buenas
migas.

—Es una chica muy simpática, pero nada relevante. Una
pena que haya nacido en la familia equivocada.

—¿Y quién no? A su edad, todos pensamos lo mismo.

—Su tío le había prometido ser su pareja.

—Hasta hace unos minutos... —dijo él y se rascó el
mentón—. Eso debe doler.

Leopoldo sintió pena por la joven.

Las promesas se cumplían, aunque en el caso de Fonseca
le podría traer más de un problema con la modelo. Era
de esperar que Luz y Martina no se llevaran muy bien.
Desde que Adolfo la había presentado en sociedad, la sobrina
ocupaba un segundo lugar en su vida.

Lejos de ser una competición profesional, las primeras
parejas disputaron sus enfrentamientos jugándolo todo a
un set mientras el resto disfrutaba del encuentro, el buen
tiempo, los cócteles y la conversación. La pelota cruzaba el
campo desorbitada, sin fuerza. En la mayoría de ocasiones,
los golpes de ambas partes lanzaban la pelota fuera de la
pista, haciéndola desaparecer entre los bancales de olivos.

Después de un primer soporífero partido, en el que Adolfo
y Martina habían destrozado a la señora de los anillos y el
hombre del polo azul, les tocó el turno a los periodistas.

Samuel Ortego parecía seguro de sí mismo. Laura se
movía silenciosa en la distancia.

—Yo me pondré delante —dijo Marta al ver que Laura Fonseca se colocaba en la primera mitad de su campo. Después le guiñó el ojo con esperanzas de ganar. Ella pensó que hacían un buen equipo.

Leopoldo, que había practicado ese deporte en ocasiones contadas, lanzó la pelota hacia el aire con la zurda, puso la raqueta tras su espalda y torció el brazo con fuerza. La falta de técnica le jugó una mala pasada, haciéndole fallar el primer saque y provocando una risa contagiosa entre los espectadores.

—No pasa nada, inténtalo de nuevo —susurró Marta—. Así se relajarán.

El segundo saque fue más acertado y la bola cayó en el campo contrario. Confiado, Ortego, que se movía como Rafa Nadal, golpeó la pelota con fuerza y sin dificultad, devolviéndosela al periodista, que se limitó a seguir la trayectoria de ésta con la mirada.

—¡Sí! —celebró el director en solitario.

El encuentro continuó sin sorpresas, pero con mucho esfuerzo para los juntaletras, que lograron sumar pocos puntos para su equipo. En el transcurso, Laura y Marta hicieron de algunos momentos su propia disputa, devolviéndose los pelotazos hasta que una de las dos cayera, impidiendo que sus parejas pudieran asistirlas.

Con un desastroso cinco a dos, Leopoldo se alegró de que la pesadilla hubiera terminado y abandonó la pista abatido. Estaba seco, le dolían las articulaciones y parte del orgullo. Nadie le había vencido de esa manera desde la época del instituto.

—Bien jugado, Bonavista —dijo Ortego con altivez.

No ocultaba que adoraba ganar.

Por suerte, la mitad de los asistentes habían desaparecido. La modelo miraba la pantalla de su teléfono, ajena a lo que sucedía allí. Adolfo Fonseca había ido a las cocinas para traer más hielo. Las vejigas pedían un descanso para ir al baño. El hambre comenzaba a manifestarse. Marta le acercó un botellín de agua. El sol calentaba la cancha y algunos de los participantes eliminados comenzaban a hablar más de la cuenta por culpa de los cócteles.

—¿Dónde está? —preguntó la periodista.

—¿Quién?

—La chica —dijo y señaló la tumbona vacía donde, media hora antes, Luz tomaba el sol. El periodista se encogió de hombros. No debía preocuparse de ello, sino de Castellanos, que parecía acalorado discutiendo con su mujer. No era la presencia de Leopoldo lo que había puesto nerviosa a Penélope Fonseca, sino el comportamiento pasivo de su marido. ¿Era algún tipo de correctivo? Pobre hombre, pensó. No iba mal encaminado. La mujer desapareció entre los arbustos tomando el sendero de adoquines. Su marido estableció contacto visual con el periodista y se acercó a la pareja.

—Hola, Leopoldo. Ha hecho el ridículo ahí —dijo achispado. Miró a Marta—. Disculpe, señorita, no me he presentado. Soy Miguel Castellanos.

Estrecharon la mano. Su aliento apestaba a alcohol.

—¿Y usted es?

—Marta Pastor.

Castellanos le agarró la mano y la besó.

—Un placer, señorita Pastor.

Ella se sonrojó. Ninguno de los dos lo había esperado.

—¿Cómo va su novela, Miguel? —preguntó Leopoldo

desviando la atención—. ¿Ha escrito algo?

—Muy astuto... Mejor que su investigación. ¿Ha hablado con mi cuñado? ¿Le ha preguntado lo que le dije?

—No, todavía no —dijo incómodo. Castellanos alzaba la voz.

—Ni lo hará... A este paso... Le voy a decir una cosa, Bonavista... —dijo agitando el índice. Se acercó al periodista éste sintió el amargor de su boca—. Les ha tomado el pelo a todos.

La voz de Castellanos se amplificó provocando un funesto silencio alrededor. La sombra de Ortego se hizo más grande, acercándose al trío.

—¿Se puede saber de qué estás hablando, Miguel? —cuestionó con voz autoritaria.

—Díselo, Samuel, díselo al periodista...

Se acercó al gordinflón y lo agarró del cuello de la camisa.

—Das pena. Mírate, eres un jodido borracho.

De la nada, los dos gemelos aparecieron en escena. El que tenía la cabeza afeitada por los lados empujó a su tío político.

—¿Qué estás haciendo, idiota? ¡Aparta tus manos de mí, tarado!

—¡Ni se te ocurra hablarle así a mi hijo! —replicó Castellanos agitado.

—¡No le toques! —dijo el joven defendiendo a su padre. El hermano alejó a Castellanos unos metros de allí.

—Tu padre es un bocazas. No sé cómo podéis defenderlo. La tensión aumentó.

Lo que parecía un roce normal, se convirtió en una seria disputa.

Los invitados observaban expectantes buscando la manera de mantenerse al margen de la trifulca. Aquel espectáculo sería la comidilla de los días venideros.

Cuando Penélope regresó a la cancha comprobó que la fiesta había comenzado sin ella. Sin comprender qué había sucedido, sólo necesito ver a uno de sus hijos sujetando al marido y al otro zarandeando con su cuñado para saber que algo no iba bien.

—¿Qué es todo esto? —bramó desquiciada—. ¿Qué está pasando aquí?

Laura Fonseca, que hasta el momento se había mantenido ajena a la discusión, se acercó a su hermana con ánimos de calmarla.

—No sucede nada, ha sido un malentendido...

—¡Déjame! —gritó y la apartó de un empujón.

Penélope Fonseca estaba furiosa.

—Le ha llamado a papá bocazas y perdedor —dijo el chico que plantaba cara a su tío.

—¡No mientas, joven! ¡Yo no he dicho tal cosa! Aunque podría...

Penélope intentó abalanzarse sobre su cuñado para asestarle un guantazo, pero su hermana lo impidió. Cuando todo parecía que no podía empeorar, los cánidos entraron en la pista formando un revuelo inesperado. Luz los seguía. El de color negro se tiró a por la pelota y el de pelaje marrón comenzó a ladrarle ferozmente a la modelo.

—¡Quita, chucho! —gritó dando un salto de la silla y alejándose del animal. Al peludo se le unió su compañero.

—Vaya con la niña... —murmuró Marta, que disfrutaba de la función junto al periodista—. Le ha faltado tiempo para devolvérsela.

—¡Quitádmelos de encima! ¡Odio a estos perros! —bramaba para que la socorrieran—. ¡Adolfo!

Los perros ladraban, los familiares forcejeaban y Penélope se hacía pedazos en un sollozo de impotencia. Leopoldo se fijó en la joven, que sin mostrar un ápice de empatía con su futura tía, se mantenía tras los rabos de los mamíferos. Se escuchó un silbido, los perros salieron corriendo en otra dirección y Adolfo Fonseca entró dejando los adoquines, con una bolsa de hielo entre las manos.

—¡Luz! ¡Abel! ¡Ortego! —exclamó enfurecido—. ¡Basta! ¿Qué diablos es esto?

Tuvo que suspender el plan. De nuevo, se alejaba de su propósito. Castellanos lo había arruinado todo.

Volvieron a su estancia y Leopoldo se ofreció para llevar a su amiga de vuelta a la ciudad. Airearse le vendría bien.

—Lamento todo este... drama innecesario —dijo Laura Fonseca avergonzada por la actuación familiar que habían brindado a los invitados—. Debíamos haberlo pospuesto este año. No ha sido una buena idea.

—Sucede en todas las familias —añadió Marta suavizando la situación, pero la menor de los hermanos no estaba de humor para la condescendencia—. Gracias por la invitación.

—¿Es buen momento para hablar, Leopoldo?

—Lo mejor será que lleve a Marta a su casa mientras regresa el orden a la finca.

—Como quiera —dijo apretando los labios—, pero no tarde mucho. Le estaré esperando... si la intriga no termina conmigo.

Leopoldo se ruborizó. Al mirar a la era, encontró el Audi de Enzo aparcado junto a su caseta.

Se despidieron, subieron al deportivo y abandonaron la propiedad.

Entrada la tarde, el color de los bancales tomaba un tono

rojizo y el cielo tenía un azul más oscuro.

—Le gustas. ¿Eres consciente de ello? —preguntó Marta recostada en el asiento de cuero. La radio estaba apagada y la carretera desierta.

Pese a que la ciudad estaba relativamente cerca, el viaje de vuelta se convirtió en uno de esos regresos interminables que ponen fin a unas intensas vacaciones. Leopoldo vagaba en sus pensamientos obsesionado con esos dos animales sobre Martina.

—¿Qué tiene de malo gustarle a alguien? Peor me lo pone su hermana.

—No me refiero a eso, Leo —dijo ofendida. Leopoldo parecía perderse en los detalles—. ¿Quién dice que no sea una invención? ¿Un producto de su imaginación?

Él se rio. Marta parecía celosa de Laura Fonseca o, al menos, esa era su impresión.

—¿Quieres decir que se ha inventado lo de su madre? Lo siento, Marta. No le encuentro el sentido. ¡Sería estúpido!

—¿Quién eres tú para juzgar lo que es estúpido? El informe médico no miente. Esa mujer sufrió un ataque al corazón. Fin de la historia, Leopoldo… ¿Qué más necesitas saber? Las personas como ella tienen mucho tiempo libre y una vida vacía… Con tal de retenerte unos días más y destapar algunos trapos sucios de su familia…

—Ellos mismos los destapan sin ayuda de nadie. En cualquier caso, recuerda que tengo un contrato que cumplir y aún me quedan unos días para terminar. Pronto zanjaré esta historia.

Ella guardó silencio.

El coche se introdujo en la autovía y la conversación se pausó durante minutos. De vez en cuando, Leopoldo miraba a Marta, que aguardaba recostada en su asiento. Ya no le parecía divertido subirse al viejo Alfa Romeo. Estaba cansada y quería volver a casa.

Cuando entraron en la ciudad, el ruido del viento desapareció y la tranquilidad del domingo reinaba en las calles.

—¿Por qué estás molesta? —preguntó al detenerse en el semáforo que había junto a la estación de trenes.

Marta se quitó las gafas.

—He visto cosas muy raras hoy. No quiero que te enreden y menos que te perjudique esta historia. Eso es todo.

—¡Estás hablando con Leopoldo Bonavista!

—Por eso mismo —dijo preocupada—. Tú no estás acostumbrado a estos entornos. Se te da mejor sentarte en un café y criticar a quien tienes al lado por cómo viste o gesticula. Te lo digo sin ánimo de ofender.

—Descuida...

Salió del semáforo, giró y tomó la cuesta que llevaba a la calle del edificio donde vivía ella. Después se detuvo junto a un coche.

—No caigas en su juego. Te hablo como mujer —dijo quitándose el cinturón de seguridad. Sin esperarlo, Marta se acercó a Leopoldo, lo agarró del rostro y le besó los labios con ternura. El cuerpo del periodista se agitó como una coctelera. Ella se despegó antes de que él continuara—. Cuídate, Leopoldo.

La chica, aún vestida con esa ridícula ropa deportiva, entró en el portal esfumándose tras el cristal.

* * *

Aunque había sido entretenido, el día le había dejado un

poso amargo. No entendía esa preocupación de Marta aparecida de la nada. Leopoldo Bonavista se las había visto en situaciones peores saliendo ileso de todas.

El centro de la ciudad estaba tranquilo. Los domingos convertían las calles de la costa en lugares fantasmales libres de presencia humana. Las luces de los semáforos brillaban en línea recta hasta la plaza de Luceros. De nuevo, ese olor a salitre en el aire, a humedad y algas, se le pegaba a la nariz con insistencia. Los pasajes a todo color afloraban en su memoria. Leopoldo se puso nervioso. Eran demasiado vívidos.

Arrancó el motor y tomó la carretera que pasaba junto al mar para salir por la autovía. A las afueras de la ciudad, las meretrices empezaban su noche entre los callejones de las fábricas. Leopoldo notó algo extraño al pisar el pedal de freno. No parecía importante y pensó que tal vez se habría atascado el líquido en la bomba de freno. Pisó de nuevo y volvió a funcionar sin problemas.

Antes de abandonar la ciudad, se detuvo en una gasolinera situada a poca distancia de las fábricas. Mientras sujetaba la manguera, vio en el mar, cerca de la línea del horizonte, la luz de un barco pesquero.

—¿Le ayudo en algo? —preguntó el gasolinero. Leopoldo seguía contemplando distraído la luz blanca que parpadeaba, sujetando la manguera y con el depósito lleno—. Ya no le cabe ni una gota.

—¿Eh? —dijo reaccionado—. Oh, sí. Perdone. ¿Qué le debo?

El empleado señaló al contador electrónico.

—Debería descansar. No es bueno conducir así de noche... ni de día.

El periodista le dio cincuenta euros y le dijo que se quedara con el cambio.

Absorto en sus pensamientos, salió de la urbe, se introdujo en la autovía y se dejó llevar por una banda de rock que sonaba por la radio y las luces que ponían color a la ciudad. Para Leopoldo, Alicante era una ciudad misteriosa, hermosa y con aires de hermandad. A pesar del turismo creciente que llenaba las calles en verano, todavía mantenía ese halo de pueblo grande, de ciudad relajada en la que la vida era fácil de hacer y los contratiempos nunca tenían demasiada relevancia.

La noche se fue apoderando del camino, dejando atrás la iluminación y el agua para rodearse de campos de secano, áridas montañas y oscuridad. Leopoldo tuvo tiempo para reflexionar, no sólo en lo que Marta le había dicho antes de desaparecer sino también sobre su conversación con Laura Fonseca. La autopsia había demostrado que Silvia Domenech había muerto por un fallo natural. Un punto de inflexión que ponía patas arriba la cuestionable investigación del periodista. ¿Era el momento de marcharse a casa? ¿Se había divertido lo suficiente jugando a ser el detective Philip Marlowe?, se cuestionó.

Se enfrentaba a un fuerte dilema.

No sólo había mordido los diferentes cebos que la familia Fonseca le había dejado en el camino, sino que no tenía ningún interés en regresar a Madrid. Todavía le quedaban algunos días y ni siquiera había empezado a redactar el primer borrador del reportaje. ¿Cómo se iba a marchar?, se dijo. Pero, en el fondo, Leopoldo quería llegar al final, aunque fuera por simple curiosidad, y no dormiría tranquilo hasta echar el cierre a ese capítulo.

Se imaginó a sí mismo desvelando una gran incógnita, un escándalo relacionado o no con el asesino, pero que le llevaría por diferentes platós de televisión como había hecho unos años antes.

Se visualizó tocando el éxito con las manos, degustando su porción de pastel de la fama y levantando el cinturón dorado que le habían arrebatado.

—¡Os vais a enterar! —gritó dando un golpecito con la palma sobre el volante de madera barnizada. Una sonrisa se apoderó de su rostro y, entonces, se dio cuenta de que también lo había hecho la inspiración en sus manos.

Pisó el acelerador por aquella estrecha carretera nacional de doble sentido. Quería llegar a casa, teclear como un poseso y darle forma a esa imagen mental antes de que desapareciera. El cartel de la gasolinera iluminaba parte del camino. Vio la silueta del empleado moviéndose por el terreno. Estaba cerca, pero no podía esperar.

De repente, unos faros le alumbraron por detrás. Miró por el espejo retrovisor y no logró ver nada.

—¡Será cabrón! —dijo al verse deslumbrado por las luces largas del otro vehículo. Tocó la bocina, pero el vehículo se acercaba a toda velocidad. Leopoldo entró en pánico. Iba a arrollarlo. El vehículo puso el intermitente para darle la señal de adelantamiento. Él miró hacia delante. La carretera estaba desierta y se echó unos centímetros hacia el arcén, por precaución. Entonces sintió una fuerte acelerada. El bólido arrancó a toda velocidad, las luces le nublaron la cara y la carrocería pasó a escasos centímetros del viejo Alfa Romeo. Horrorizado, Leopoldo dio un fuerte viraje hacia la derecha y frenó hasta el fondo, pero el pedal se atascó de nuevo, el volante comenzó a vibrar con fuerza y las pastillas traseras se atascaron.

Apenas pudo reaccionar.

Agarró con fuerza el volante. De repente dio un trompo y perdió el control del coche. Atravesó el arcén. Se escuchó un gran estruendo.

El vehículo saltó sobre los bancales y terminó empotrado contra un enorme olivo.

27

Cuando Leopoldo abrió los ojos, una luz lo cegó por completo. Después vio un cielo limpio y estrellado. Estaba aturdido, desorientado y tumbado en el suelo.

—¿Estoy muerto? —preguntó.

—No, señor Bonavista, está bien vivo —dijo una voz desconocida—. Ha tenido mucha suerte.

—*Mare meua*, Leopoldo. *Quin desastre* —comentó otra voz masculina. La reconoció. Era el gasolinero.

—¿Y mi coche?

—Olvídese por ahora de su vehículo —dijo la primera voz. Cuando intentó incorporarse, vio el rostro redondo y sin afeitar del gerente de la estación de servicio. A su lado, un guardia civil lo miraba desde arriba con aires de preocupación—. Será mejor que se quede donde está. Los compañeros del SAMUR vienen de camino.

Leopoldo no entendía nada. Todavía le costaba recordar. Apoyó las manos en el cemento y se incorporó.

—Pero... —dijo el gasolinero. Al ponerse en pie, dejando atónitos a los dos hombres, sintió un fuerte dolor en su pecho al ver, a escasos metros, el estado del viejo deportivo.

—Mi coche... —murmuró sin fuerzas. Un nudo se le formó en el estómago, pero no quería derramar una lágrima delante de esos hombres.

—¿Recuerda lo que ha ocurrido?

Leopoldo se tocó la frente. Sintió una hinchazón. Se había producido un chichón al impactar la cabeza contra el volante.

—Vagamente, agente. Un vehículo me adelantó con las luces de larga distancia... Intenté maniobrar, pero no me respondieron los frenos.

—¿Es eso cierto?

El gasolinero asintió.

—¿Cuánto tiempo ha pasado? —preguntó Leopoldo al darse cuenta de que la noche era cerrada.

—Un par de horas —dijo el agente—. ¿Había bebido antes del accidente?

Leopoldo se cuestionó si decir la verdad.

—Un cóctel, o tal vez dos. Pero no estaba borracho, se lo juro.

—A mí no me lo cuente. Acompáñeme al coche, tiene que hacer el test de alcoholemia.

—Lo que me faltaba —dijo y se dirigió al gasolinero—. Usted lo vio, ¿verdad? Vio cómo ese cabrón me echaba de la carretera.

—Así es. Yo lo vi todo. También te saqué del coche, chico.

—¿Recuerda qué coche era?

El hombre se rascó el mentón y miró hacia un lado.

—Pues creo que sí. Era un coche alemán, así grandote.

—¿Alemán? ¿Podría ser más exacto?

—No tengo toda la noche, señor Bonavista —replicó el guardia civil desde su vehículo—. ¿Quiere hacer el favor y venir?

—Ni idea, chico. Lo siento. Fue todo muy rápido, *ché*.

El hombre, angustiado por la situación, levantó los hombros. Leopoldo comprendió que debía dejarlo tranquilo. Le había salvado la vida, pero su impertinente instinto periodístico no le permitía marchar.

—No se preocupe, ya ha hecho bastante. Sin usted, todavía seguiría en el coche.

Se dirigió al coche patrulla de la Guardia Civil y un aroma a pino salió del interior. El agente, un hombre de unos cuarenta años, afeitado y con buena forma física, le dio la boquilla que iba conectada al alcoholímetro para que soplara.

—Sople con todas sus fuerzas cuando le diga.

Siguió las instrucciones y sonó un pitido.

—¿Y bien? —preguntó preocupado.

El guardia apretó el morro.

—Nada. Todo en orden. Ahora falta que el perito calcule si se ha producido por un exceso de velocidad o realmente le han fallado los frenos como ha contado.

—Ya se lo he dicho. Han intentado arrollarme, agente. Es una lástima que ese hombre no viera la matrícula.

—Lo que usted diga. De todos modos, no podemos dejar esto así. Debo tomarle declaración —dijo mientras apuntaba en un formulario—. Se lo repito, ¿está seguro del asunto de los frenos?

—Y tanto. No había tenido ningún problema con ellos hasta hoy.

—¿Qué hacía en la residencia de los Fonseca esta tarde? —preguntó. Leopoldo supuso que el gasolinero se lo habría soplado todo. La Guardia Civil se encargaba de lo que pasaba en los pueblos y, al final, todos se acababan conociendo. Por su parte, Leopoldo no pasaba desapercibido por allí.

—Me invitaron a un partido de tenis privado. Llevo varios días viviendo con ellos. Me encargaron un reportaje sobre la señora Domenech... —explicó. El tipo tomaba nota a mano—. Ya se lo he contado, me han intentado apartar del carril. Esto no tiene nada que ver con lo que estaba haciendo antes.

—¿Por qué cree que alguien tendría interés en sacarlo de la carretera?

Las alarmas se encendieron en la cabeza del periodista. Había tenido esa conversación antes con otros agentes. Como en una partida de póker, perdía quien mostraba sus cartas al principio sin levantarlas de la mesa.

—¿Qué insinúa, agente? Sigo un poco aturdido.

El oficial, con suficiente experiencia como para prever la jugada del periodista, sonrió y asintió con la cabeza. Después dejó el alcoholímetro encima del asiento del acompañante y cerró la puerta del vehículo.

—¿Ha conducido alguien más su coche?

—No, que yo sepa —dijo y la imagen de Enzo, el chófer de la familia, le vino a la cabeza—, aunque, ahora que lo menciona...

—¿Sí?

—El chófer de la familia lo cogió el primer día, pero... ¿En qué está pensando?

—En todo, señor Bonavista, en todo... De todos modos, su automóvil ya tenía solera. No es recomendable hacer largos viajes con ese clase de vehículos. Por muy bien cuidado que estuviera, con esos trastos nunca se sabe.

—Un coche alemán alargado. Ya ha oído a ese hombre —dijo con tono serio y acusador—. Encuentre a ese criminal, agente.

—Y usted lleve más cuidado al conducir por aquí si vuelve a hacerlo. Estas carreteras no son peligrosas pero, los que son de aquí, las cruzan sin pestañear —dijo entrando en el vehículo—. Disfrute de su estancia con esa familia y ándese con ojo... Deje la chatarra donde está, en breve vendrá una patrulla a tomar observaciones. Espero que tenga un buen seguro a todo riesgo. Le llamaré cuando sepa algo.

—Se lo agradecería.

El coche de la Guardia Civil se puso en marcha y salió en dirección a Alicante. Las luces rojas de freno se volvieron diminutas en la lejanía.

Leopoldo regresó a la gasolinera. El encargado colocaba unas latas de cerveza en una nevera. Ese hombre le había salvado la vida, en efecto, pero otro se la había intentado quitar. Estaba vivo, por muy poco.

Algo en su interior le decía a gritos que no se trataba de un accidente, sino de un movimiento premeditado. Podría haber evitado el impacto si los frenos le hubiesen funcionado. Pero no fue así.

Tuvo que ser ahí, en ese tramo.

El lugar idóneo para deshacerse de él.

—Pero... ¿Quién? —le preguntó el hombre cuando el periodista le contó su hipótesis—. No emboces la cabeza, chico. Pudo haber sido cualquier garrulo del pueblo. La gente es así de cafre. ¿Una Mahou? Venga, *home*, que te invito.

Los dos salieron al exterior con un botellín de cerveza frío.

Los grillos daban un concierto para ellos. La serenidad de la noche, de la carretera poco transitada y el vacío de la naturaleza formaban un tapiz curioso con la imagen del

Alfa Romeo Spider destrozado bajo el olivo, con el morro aplastado como un acordeón. Hasta el momento, ni siquiera en la residencia de los Fonseca, se había detenido a observar la belleza del oscuro entorno. La luz del pueblo dejaba un resplandor a lo lejos. Se podían ver los picos de la Sierra y la llanura que la bordeaba. El hombre sacó un paquete aplastado de Ducados rubio del bolsillo izquierdo de su camisa y se lo puso entre los labios.

—*Vols?* —dijo ofreciéndole otro cigarrillo aplastado.

—No, gracias —contestó.

—Como había visto que tenías un paquete en el coche… —dijo, se lo encendió y destapó la botella con un abridor. Después se lo pasó al periodista.

—Qué diablos. Si no me he muerto hoy ya… —contestó y aceptó la oferta en ese acto de camaradería y bravuconería tan español que precedía a la fase del arrepentimiento.

Dio una calada y sintió el humo en los pulmones.

En el fondo, nunca le gustó. Pero esa noche no importó. Había vuelto a nacer, allí, junto a un amable pueblerino que le había socorrido. Pensó en llamar a Laura Fonseca para que viniera a buscarlo, pero decidió esperar, beberse la cerveza con él y hacer, por un día, su noche más llevadera.

Se apoyaron en la parte trasera, junto a los lavabos, y miraron el horizonte. La luna brillaba, aunque no como otras veces.

—Todavía no me ha dicho cómo se llama.

—Narciso —dijo—. Y tú, Leopoldo. ¿A que sí?

Ambos se rieron.

—Gracias, Narciso —dijo Leopoldo e inclinó la botella.

—Chico, calla, *home* —contestó al brindar—. *Hauries fet el mateix?*

—Supongo que sí.

—Pues ya está. Lo mejor es que estás bien y punto. Podrías haberme dado la noche. Y el coche, pues una pena, tú.

—Sí, una pena.

Dieron otro trago.

—¿Viste tu vida a cámara lenta?

—¿Qué? —se extrañó. El humo cubría su rostro—. No, no vi nada. Esas son cosas de la tele.

—Ah, pues eso será —dijo y chupó el cigarrillo—. Allí en Madrid, ¿qué? ¿Se vive bien?

—Depende a quien le preguntes, todo sea dicho.

—Ya... *Demasiao* grande *pa'mí.*

—¿No te aburre estar aquí tanto tiempo solo, Narciso?

El hombre dio otra calada y levantó el botellín.

—¿A mí? No. Es la vida que he decidido tener. No tiene nada de malo. Simplemente, has de ser consecuente con lo que tomas. ¿Tienes chiquillos, Leopoldo?

—No. Ni siquiera tengo novia.

—Yo sí —dijo y puso la mano abierta para marcar la altura del crío—, así es el mañaco. Tiene cinco años. La alegría de la casa.

Las palabras de aquel hombre, unos quince años mayor que él, le hicieron reflexionar sobre su noviazgo fallido, la falta de compromiso que le perseguía en cada relación y lo importante que hubiese sido para él tener a su padre cerca en los momentos clave.

Cada persona arrastraba capítulos sin cerrar que nunca terminaban de escribirse. Aquel era uno de los suyos. Aceptar y dejar atrás ciertos comportamientos para seguir creciendo. Por tanto, seguir allí carecía de sentido. Había cumplido con su palabra, con el acuerdo que tenía con

Silvia Domenech y con el que había hecho de segundas con su hija Laura. Una vez que la autopsia había entregado los resultados, su investigación estaba concluida. El resto del trabajo lo podía hacer desde un hotel, sin la necesidad de continuar en el epicentro del conflicto, aunque lo más inteligente era regresar a Madrid, poner en orden su vida, escribir algo que mereciera la pena y decir adiós para siempre a la modelo, mientras veía desde El Retiro cómo se despedía el verano en una puesta de sol.

Por otra parte, la compañía de Narciso, que pocos rasgos de su nombre tenía, abrió un hilo de luz en su consciencia. La humildad de aquel tipo brillaba por su ausencia en el carácter de las personas con quien solía reunirse en la capital. A su lado, no se sentía valorado por lo que hacía o había hecho, sino por cómo era con él, sin entrar en más detalles que una simple compañía bajo las estrellas. Narciso no le juzgaba, ni tampoco le reprochaba lo que había hecho, lo que había perdido. Se sintió liberado, y sintió que así era cómo quería relacionarse, libre de juicios expuestos las veinticuatro horas, del dictamen de ciertos grupos, de la opinión de los infelices que sólo hacían eso: opinar.

—¿Puedo hacerte una pregunta? —dijo el periodista dando una segunda calada a un cigarro consumido—. ¿En qué momento nos volvemos idiotas sin darnos cuenta de ello, Narciso?

El hombre se rio.

Por un instante, alimentando esa altivez propia de un ego desorbitado, Leopoldo pensó que había sobrepasado las líneas pero, de nuevo, volvía a equivocarse.

Narciso miró al periodista.

—Supongo que cuando dejamos de lado lo que realmente

importa.

Las palabras llegaron como un bálsamo.

—Gracias.

Después carraspeó.

—¿Ahora, puedo hacerte yo también una pregunta?

—Claro.

—¿Eres feliz, chico?

Decidido a responder, sentía que las palabras se atascaban en su lengua.

—Me gustaría decir que sí.

Volvieron a reír.

—Entonces busca cómo arreglarlo para que así sea.

Escucharon el motor de un automóvil que se aproximaba a la gasolinera.

—Tenemos que dejarlo aquí —añadió Narciso. Acto seguido apoyó la botella en el suelo y pisó la colilla. Después salió disparado a atender al cliente.

Leopoldo volvió a observar su coche bajo las ramas del árbol. Le dio una lástima tremenda, pero pensó que peor hubiera sido formar parte del estropicio.

* * *

La puerta de la finca se abrió.

—¡Madre mía, Leopoldo! ¡Podría haber muerto en ese accidente! —exclamó Laura Fonseca a manos de su Land Rover Discovery blanco—. ¿Está seguro de que no quiere que le lleve a un hospital?

Después de hablar con Narciso, la formalidad con Laura le resultaba empalagosa. Algunas personas se abrían al instante desde el primer momento, sin miedo a ser heridas. Otras, podían estar cerca siempre y no dejarse conocer en toda una vida.

—Estoy bien, de verdad. Sólo necesito descansar —dijo. En realidad, la cabeza le dolía horrores—. Y una aspirina.

—Pero, ¿cómo fue? ¿Vio qué coche era? ¿Quién lo conducía? Dios Santo, esto es muy fuerte…

Laura Fonseca estaba atacada de los nervios.

De haberlo sabido, Leopoldo se habría dado un placentero paseo hasta llegar a la finca, a pesar de que odiaba caminar por los bosques cuando estaba oscuro.

—¿Le importa si lo hablamos mañana?

Laura captó el mensaje y asintió sin discutir conduciendo en silencio hasta la entrada de la casa. Era de noche ya, las luces seguían encendidas y la calma era parecida a la que había encontrado en la parte trasera de la gasolinera. No importaba el lugar sino el cómo para encontrar la paz que uno buscaba.

Laura aparcó el todoterreno junto a la era de adoquines. Allí estaba el Audi de la familia y el BMW de su marido.

—¿Se han ido ya los invitados? —preguntó para romper la tensión.

Ella apagó el motor y permaneció sentada.

—Ha sido un día horrible, Leopoldo. Lo siento de veras.

La mujer parecía frágil. Él quiso abrazarla, sin segundas intenciones. Sólo para apoyarla. Alargó su mano y le tocó el hombro. Ella volteó la mirada hacia los dedos. Después, el periodista la apartó.

—No es culpa tuya, Laura —contestó.

El tono incomodó a la hermana menor de los Fonseca. No estaba acostumbrada a romper las barreras formales.

—Dicen que van a vender la empresa —respondió bajando

la mirada, derrotada.

—¿Quién ha dicho eso?

—Adolfo y Penélope. Han acordado la venta de la parte accionarial de mi madre.

—¿Es oficial?

—¿Te parece poco oficial?

—Me refiero a si lo han comunicado a la prensa.

Ella suspiró.

—¿Importa eso? También se van a deshacer de Samuel —prosiguió—. Esto sí que no es oficial.

—No pareces muy dolida.

—La relación entre mi marido y yo no funciona desde hace años. Si seguimos juntos era por ella.

—¿Luz?

—¡No! Por favor... —contestó con sorna—. Ella es la primera en darse cuenta de todo. Lo hicimos por mi madre.

—Para que no te juzgara por haber fracasado como esposa y madre.

Ella le dirigió una mirada asesina.

—Más o menos. ¿Te contó ella algo?

—No, sólo intuyo. Se me da bien.

—Ya veo... No sabíamos qué podía pasar, pero era lo mejor, al menos, eso fue lo que decidí. Él no sabe nada, piensa que soy así, desapegada, que el amor se ha terminado o que quizá es una fase y que todo volverá a ser igual cuando esto pase. El muy cretino piensa que no me doy cuenta de que tiene una aventura.

«Eso sí que es un titular», pensó para sus adentros.

—¿Con quién?

—¡Ah! No lo sé, no he ido tan lejos. ¿Realmente eso importa? Es una traición a tu lealtad. La otra persona es lo de menos, pero no me sorprendería que fuera su asistente.

«La chica que había con él en la reunión».

—Vaya, lo siento.

—No importa. Lo he intentado llevar en silencio, pero tengo la sensación de no se puede guardar un secreto en esta familia.

—¿Crees que ellos lo saben?

—Yo también tengo intuición, ¿sabes? Mi hermana Penélope es muy emocional y empieza a sudar cuando miente. Me entristece que todo vaya a terminar así. Hubo una época en la que los hermanos estábamos unidos.

—Poderoso caballero es don Dinero —dijo, pero a ella no le hizo gracia su homenaje al poeta español—. Laura, lo he estado pensando y creo que lo mejor será que me vaya en unos días. La autopsia ha hablado y el caso ha sido resuelto. Ya no tiene sentido que esté aquí para hacer mi trabajo. Así seré una molestia menos para tu familia. Además, creo que tengo todo lo que necesito para escribir el reportaje sobre tu madre.

—¿Cómo? ¿Te vas? ¿Has tirado la toalla? —preguntó como una ametralladora—. Pensé que podía confiar en ti.

—Y puedes. Al igual que existen ciertas cosas que solucionar en tu vida, la mía también necesita un poco de orden.

—Me das la espalda, Leopoldo. Veo que esto ha sido un entretenimiento para ti y te has cansado. Nunca creíste que alguien pudiera hacerlo.

—Llegué a creer que sí, pero es evidente que en tu familia existen otro tipo de problemas que a mí no me incumben. Estar aquí sólo me salpicaría. He cumplido con mi palabra, ahora debo cumplir con mi contrato.

El rostro de Laura Fonseca era de una completa decepción. Leopoldo se quitó el cinturón dispuesto a bajarse del todoterreno.

—¿Cuándo te irás? —dijo con voz fría.

—Dadas las circunstancias, mañana por la mañana buscaré billetes para esta semana. Necesito trabajar en el estudio un par de días y ordenar las ideas sobre el papel. Si no es mucho pedir, preferiría estar solo.

—Como desees.

—Gracias.

Abrió la puerta, se bajó del coche y, antes de cerrar, Laura se dirigió a él.

—Lo olvidaba, Leopoldo.

—¿Sí?

—Si no le importa, me gustaría que mantuviéramos la misma relación del principio.

Un giro inesperado, fruto del resquemor.

—Por supuesto —respondió, después golpeó con suavidad el marco de la ventana del vehículo y dio media vuelta—, no se preocupe. Así será.

Inició su camino hacia la estancia. El coche seguía en el mismo lugar con las luces apagadas y Laura Fonseca al volante.

Sin darse la vuelta, se preguntó qué haría allí.

Su presencia comenzaba a ser incómoda.

Al llegar a la puerta, giró la cabeza y ella ya no estaba en el interior del vehículo.

Una pobre mujer, pensó, rota por la relación con su marido y traicionada por sus hermanos. La noticia desmontaba el castillo de naipes que se había formado: si iban a vender la parte accionarial de Silvia Domenech, significaba que las teorías de que la viuda hubiese dejado su herencia al yerno no eran ciertas. Con esto, se daba por concluido el enigma.

Por otro lado, reflexionó sobre lo ocurrido en el interior del vehículo.

Sus palabras le habían molestado, sin saber muy bien por qué. ¿Tenía Marta razón sobre cómo le miraba? ¿Había sido incapaz de darse cuenta de ello? ¿Le habría ofendido que la tocase?, se preguntó repetidas veces.

Decidió no darle más vueltas al asunto. Había hecho lo correcto en todo instante, lo que su interior le dictaba. No era problema suyo que esa mujer no supiera expresarse emocionalmente.

Mirándolo desde la distancia, ir hasta allí, había sido un completo error. Lamentó no haber escuchado a Adolfo Fonseca cuando le advirtió sobre intimar con la familia. Sin nada que objetar, ahora sólo le quedaba cumplir con su jefa, Beatriz Paredes, y cerrar el círculo maldito en el que se había adentrado.

28

Lunes, 11 de julio de 2016
Alicante, España.

Se despertó con el cantar de los estorninos que sobrevolaban el tejado de la alquería. El cielo estaba algo nuboso, aunque se apreciaba la claridad que entraba por la ventana de la buhardilla. Tenía el cuerpo machacado.

Los primeros hematomas del accidente se hicieron visibles bajo la piel. Aunque no se había roto nada, las dolencias le impedían mover el costado con suavidad.

Tomó una ducha caliente mientras activaba el sistema neuronal y bajó vestido al estudio. Allí encendió su iPad, desplegó el teclado y abrió la aplicación para escribir. Preparó un café de cápsula, encendió la radio y agarró una silla de madera pintada de blanco.

Tenía ideas, un cuaderno de notas que no había abierto aún y un montón de dudas sobre lo que estaba decidido a comenzar.

En tan poco tiempo, había descubierto demasiado sobre esa familia, pero muy poco acerca de Silvia Domenech. Empezó a sospechar que tanto Beatriz Paredes como los peces gordos de la junta sólo estaban interesados en los chismes que había detrás de la empresa, más que en el artículo en sí. De todo lo que sabía, ¿qué era más relevante?, se cuestionó. Quedaban hilos abiertos, como la relación entre la viuda y su yerno, una extraña unión con un misterioso pacto que ahora se veía truncado por sus hijos. ¿Realmente la había acosado con un chantaje?, se preguntó. Y de ser así, ¿qué pintaba en toda esa historia el exempleado de la empresa? Era demasiado tarde para volver a Laura Fonseca e interrogarla. Después de todo, la noche anterior no había cerrado su encuentro con final feliz. Suyo había sido el error de adelantarse demasiado, mostrando sin querer unas intenciones que podían ser interpretadas como interés hacia su persona.

Laura Fonseca, que no parecía acostumbrada al roce, interpretó de mala manera sus movimientos. Arreglarlo, le costaría más de una conversación.

A las nueve de la mañana, una de las empleadas del servicio tocó a la puerta.

—Adelante, pase —dijo él guardando el trabajo en el dispositivo. Sin haberlo solicitado, alguien había pedido que le llevaran el desayuno a su habitación. Todo un gesto por parte de los Fonseca, pensó.

La empleada cargaba con una bandeja rectangular con tres platos en los que había entremeses, fruta fresca recién cortada y pan tostado con tomate rallado.

—Cortesía de la familia, señor —dijo la mujer con una sonrisa ensayada. No era Rosana esta vez, sino un rostro nuevo. Él pensó que tendría unos cuarenta años y que llevaría trabajando para la familia desde muy joven.

—Muchas gracias. ¿Cómo te llamas? —preguntó rompiendo la formalidad.

—Manuela, señor.

—¿Eres de Jijona?

—Así es —dijo ella reticente. No estaba acostumbrada a hablar con los miembros de la familia y tampoco con los invitados. La empatía del columnista la incomodó—. ¿Desea algo más para el almuerzo?

—¿Conociste al señor Baile, Manuela? —continuó. La mujer no supo qué responder—. Descuida, no diré nada. Ya sabes que estoy aquí por trabajo.

—¿Le gustaría lavar algunas prendas?

Leopoldo le sonrió. Manuela parecía una buena persona, con esa mirada de color bellota y la nariz alargada. Era delgada, de pelo oscuro y tenía los ojos caídos.

—No sueles hablar mucho, ¿verdad?

Ella frunció el ceño. Sabía que podía cantar si le apretaba un poco más, pero no quería forzar la situación. Quizá más tarde, calculó. Primero debía ganarse su confianza.

—Está bien. Puedes marcharte. Gracias por almuerzo.

Finalmente, la empleada asintió con la cabeza y agradeció su retirada. Cuando Manuela se marchó, dio un mordisco a la tostada con tomate y encontró una nota de papel bajo el plato.

Sorprendido, la abrió.

Quiero decirte algo. Mañana en el camino, antes del alba.

La cerró desconcertado y se la guardó en el bolsillo. No estaba firmada, pero no necesitaba presentaciones. Por su caligrafía, intuyó que era una mujer.

«Sabía que volverías», pensó con el rostro de Laura Fonseca en su mente. Esa mujer esperaría, a sabiendas que el periodista no saliera de su cuarto durante las próximas horas. Puede que ella fuera así, una apasionada de los actos del cortejo, de las novelas románticas; de las pausas innecesarias, de la creación de esa expectación que despertaba a las mariposas del estómago, agitaba las pulsaciones y humedecía las manos con sudores fríos.

En el fondo, su abordaje había hecho efecto y, probablemente, Laura Fonseca habría dormido pensando en ese encuentro en el interior del todoterreno.

«No todo está perdido», dijo con una estúpida sonrisa al comprobar que la suerte le daba una segunda oportunidad.

Para entonces, se prepararía un buen listín de cuestiones de las que no podría escapar.

Motivado por el inesperado mensaje, redactó frases inconexas que definían el núcleo de su historia. Reconoció que el asunto tenía jugo y que podría ser fácil de exprimir desde el ángulo adecuado. Disfrutaba con ello como no había hecho en mucho tiempo atrás, pero en esa retorcida partida de ajedrez aún quedaban muchas fichas por mover.

Cada vez que apoyaba los codos sobre la mesa, el dolor de las articulaciones le recordaba lo sucedido la noche anterior. Leopoldo seguía convencido de que alguien había intentado apartarle de su carril para provocarle un accidente. Demasiadas casualidades. Confiaba más en el, ahora destrozado, Alfa Romeo que en ese guardia civil. El atestado aclararía lo sucedido, pero hasta entonces no podría quitarse la idea de la cabeza. No obstante, al guardia no le faltaba razón. Podía haberlo hecho cualquiera, pero la presión a la que estaba sometido el periodista no le facilitaba pensar de otro modo.

Después de varias horas redactando folios sobre la vida y ascensión social de Domenech, el fin de su amor con Jaume Fonseca y la relación que tenía con sus hijos, se dio cuenta de que era mediodía y no había salido de la estancia.

Agarró su teléfono y abandonó el estudio. Hacía más calor que al despertar. El sol picaba a pesar de estar cubierto por las nubes.

Se puso las gafas de sol y cruzó el arco de madreselva que lo llevaba a la era principal. Volvió a fijarse en la amalgama floral que ocupaba los alrededores de la era. Se cuestionó quién cuidaría de aquello. Como cualquier lunes, los Fonseca se encontraban en sus oficinas, de compras o disfrutando del verano en la costa durante el día.

—¿Hola? —preguntó en voz alta en medio de la era. Su voz formó un eco en el palomar repitiéndose varias veces. Nadie acudió a su llamada, ni siquiera los pájaros. Era el momento perfecto para dar un paseo.

Tomó el sendero de asfalto que llevaba a la entrada principal y caminó bajo los olmos y pinos que rodeaban el camino en busca de sombra.

El tono amarillento de los viñedos le recordaba a esas películas del viejo oeste, con la diferencia de que los Fonseca no llevaban armas ni montaban a caballo. Tras un largo paseo de curvas, el teléfono vibró en su bolsillo. Había recuperado la señal y los mensajes volvieron a amontonarse en su pantalla como en el contestador de una oficina en vacaciones.

Amalia:
¿Estás bien? Te echo de menos.

Fue el primero de todos y le sentó como una patada en el estómago.

No era culpa suya, pues estaba en su derecho de no pensar

en ella. No obstante, habían prometido tomar caminos diferentes hasta pasar el verano y ahora estaban rompiendo las reglas. El amor, transformado en añoro, actuaba como un gusano en el interior de una manzana hasta pudrirla por completo. Prefería no imaginar lo que esa chica habría hecho en las aguas del Mediterráneo. Pero, si algo tenía claro, era que el pasado, lo perdido, aquello que no valoramos cuando lo tenemos enfrente, nos acompaña siempre antes de dormir.

Para Leopoldo, la única medicina era cortar la fruta por la mitad y tirarla a la basura.

Borró el mensaje sin dudar en la respuesta y continuó con la lista: llamadas perdidas de su jefa, números de otras ciudades que no figuraban en la agenda, un número de larga extensión y una llamada de Marta.

—¿Otra vez desaparecido? —preguntó la jefa al descolgar el teléfono—. ¿Qué te dije, Bonavista? Cuéntame, ¿qué has sacado en claro?

Dado que no había cobrado un adelanto y que el crédito de su tarjeta tiritaba, las noticias que tenía para su directora no eran las mejores.

—Necesito que me eches una mano, Beatriz.

—Espero que no sea dinero.

—Ayer tuve un accidente de coche y dudo que pueda hacerme cargo de la reparación.

—¿Y crees que yo te voy a dar el dinero para que la pagues? Te dije que esa chatarra sólo te iba a traer problemas. ¡Desde el principio! Y ahora me los has traído a mí, Leopoldo. ¿En qué pensabas?

—Han sucedido muchas cosas desde nuestra última llamada. Intentaron embestirme.

—Espero que no fueran los martinis quienes te hicieron

eso.

—¡No estoy bromeando! ¡Por una vez, tómame en serio! —dijo desquiciado. La directora guardó silencio por unos segundos. Ninguno de los dos esperaba una reacción así.

—Perdona —dijo la mujer, con voz seria—. Está bien. Veré qué puedo hacer. ¿Has empezado a redactar? Tienes esta semana para terminarlo.

—Lo sé. Estoy en ello —respondió, recuperando la compostura—. Tenías razón. Están intentando vender la empresa.

—¿Sí? —preguntó la jefa, con interés—. ¿A quién?

—No lo sé. Al parecer eso no importa.

—¿Perdona? Eso sí importa. Y mucho. Entérate.

—Algo huele a podrido aquí dentro. Lo lógico habría sido que la madre hubiese repartido su parte accionarial entre los hijos. Sin embargo, Adolfo y Penélope van a venderlo todo sin contar con su hermana Laura.

—¿Y quedarse sin nada? No tiene sentido.

—Ellos poseen una pequeña parte. Su representación es ínfima, pero aporta beneficios.

—¿Así que se quieren olvidar del negocio familiar?

—Más o menos —continuó—. Aunque no me cuadra que quieran apartar al cuñado. Existe la posibilidad de que éste supiera algo sobre Domenech y que en su testamento ella le cediera parte de sus acciones.

—¿Un chantaje? ¿Otra vez con tus teorías conspiranoicas sobre un homicidio? Vuelve a la vida real, Leopoldito.

—Tengo mis razones. También he descubierto algo relacionado con la vida de Domenech. Existe un misterioso hombre, un antiguo empleado y consejero de la empresa que falleció recientemente. Algo común si no fuera porque era la antigua mano derecha de Jaume Fonseca durante sus inicios hasta los años ochenta. Después, algo sucedió y desapareció de su vida.

—¿Salió la maldita autopsia?

—Muerte natural.

—Entonces fin del asunto. No entiendo qué tiene de relevante una traición laboral. Sucede siempre en el trabajo. Puede suceder entre nosotros, Leopoldo. Me está sucediendo con Laurent...

—¿Osas compararme con esa rata? Yo jamás te haría eso, Beatriz.

—Déjate de peloteos, que conozco tus juegos —rechistó—. Si lo que me estás explicando es que esa vieja tuvo una aventura con su exempleado, no me estás contando nada que interese a esta historia. ¡Céntrate, Bonavista! Escribimos en una revista llamada Hedonista. Piensa en quien nos lee.

—¿Qué hay más hedonista que un revolcón?

—La infidelidad está tan a la orden del día que ya nadie se sorprende.

—Creo que hay algo más que simples cuernos.

—Pues tira del hilo, pero no pierdas el tiempo en estupideces. Un romance fuera del matrimonio no vende ejemplares en nuestro sector. Sin embargo, una guerra entre hermanos por herencia, siempre lo ha hecho.

—Piensas como un hombre.

—Quizá por eso siga sin encontrar a uno de verdad —contestó. Alguien la llamó al otro lado del aparato—. Tengo que dejarte, Bonavista. Ponte las pilas, te queda poco. En breve te enviaré unos billetes de tren. ¡Y no quiero excusas!

—Sí, *mademoiselle*. Adiós.

La conversación con Beatriz le había dejado exhausto, aunque a su jefa no le faltaba razón. Debía centrarse, evitar distracciones con segundas historias que carecían de relación con Domenech, y tomar aquel asunto desde su posición más fría.

De algún modo, se había implicado más de lo normal.

Vivir allí dentro lo había convertido en un observador, en una rémora emocional y eso lo volvía adicto a ellos. Leopoldo quería saberlo todo, incluso lo banal.

Cuando buscaba el número de Marta, la pantalla se quedó completamente negra.

—¡Mierda! —gritó.

Su voz recorrió la hectárea y los pájaros que picaban la uva volaron.

29

El regreso subiendo la cuesta lo dejó sin aliento. No pensó que sería tan largo y se prometió que la próxima vez lo haría después de la puesta de sol.

Cuando llegó al estudio, abrió la nevera, agarró una botella de agua y se bebió casi un litro de un trago. Estaba sediento, agotado y con el cuerpo empapado de sudor. De nuevo, Manuela le había dejado encima de la mesa una bandeja con el menú del día protegido con un cubreplatos metálico. Acompañando a la comida, se habían tomado la molestia de regalarle una botella de vino tinto de producción propia.

Esto comienza a ser sospechoso, pensó con una sonrisa maléfica refiriéndose a Laura Fonseca.

Se preguntó si sería su forma de conquistarle o simplemente buscaba una reconciliación amistosa. Sea como fuere, al día siguiente lo sabría.

Después comprobó si había alguna nota oculta, pero no encontró nada.

Tras una ducha fría y rápida, regresó a la cocina, descorchó la botella y se sirvió una copa. Era un vino fuerte, perfecto para degustar la ternera con verduras y salsa que el servicio había cocinado.

Encendió de nuevo la radio, pero las interferencias no

sintonizaban la emisora seleccionada. Giró el dial y dio con un noticiario local. Decidió dejarlo, llevaba varios días desconectado del mundo real y de la presencia humana. Escuchar a alguien de fondo, aunque estuviera leyendo teletipos, le haría compañía. Entendió cómo sería la vida de esos camioneros que pasaban horas y horas en la carretera acompañados por la familiar voz de un completo desconocido.

Disfrutó con el plato de ternera, perfecto para su gusto. Dejando a un lado la fruta, decidió apurar la botella de vino hasta la mitad antes de acostarse un rato a dormir la siesta. Cuando los músculos se relajaron, el estómago le pesaba como una placa de plomo y los párpados comenzaban a aletear, escuchó algo en la radio que llamó su atención.

—Salen a la luz nuevos datos esclarecedores sobre la venta del conocido Grupo Fonseca... —decía la locutora—, que se ha visto envuelto en una controvertida división de poderes desde que Silvia Domenech, esposa del fundador Jaume Fonseca y accionista mayoritaria del grupo, falleciera hace una semana de forma repentina. El presidente de la cartera de empresas, Samuel Ortego, ha llevado a los tribunales la maniobra que Adolfo Fonseca, hijo mayor y uno de los herederos de la fortuna...

Un ruido blanco se mezcló en la locución de la noticia. Las interferencias impidieron que pudiera escuchar el resto de la noticia. Leopoldo se levantó y golpeó el aparato, pero no sirvió de nada. Giró el dial desesperado con la esperanza de sintonizar la misma frecuencia en otra parte, pero era imposible la recepción.

—¡Joder! —exclamó enfadado e impotente.

* * *

Tras una larga siesta que duró más de dos horas y media, se levantó abotargado por el vino y el calor de la habitación.

Abrió los ojos con dificultad y comprobó que todavía era de día. Se había quedado traspuesto en el sofá de la planta baja. Aunque aún se percibía la claridad en el exterior, pronto el sol comenzaría a caer.

Intentó espabilar puesto que había perdido algunas horas de trabajo. De nuevo, desde la perspectiva del sofá, vio la estantería que ocultaba el pasadizo donde había encontrado el pendiente. Había dejado atrás esa pesquisa.

Se levantó, comprobó por la ventana de que nadie merodeaba por allí, movió la estantería con esfuerzo y utilizó la linterna del teléfono móvil para alumbrar el camino. Comprobó que las dimensiones del pasadizo eran casi como las de una habitación, detalle que le hizo sospechar de que aquello hubiera sido una estancia en el pasado. A su paso no encontró más que suciedad, tierra y alguna que otra araña que había encontrado viviendo en los rincones de ese lugar.

Rastreó el suelo con el teléfono en busca del segundo pendiente o una nueva pista que le aclarara qué hacía allí la joya. Lamentablemente, por muy extraño que le pareciera, lo único que vio fue una colilla aplastada en el pavimento. Era un cigarrillo rubio, lo cual apuntaba a que podía haber sido de Silvia Domenech, pero también cualquier miembro de la familia puesto que todos fumaban a escondidas. Continuó hasta el fondo del corredor y se topó con una puerta metálica con dos pasadores de gran tamaño. La cerradura era antigua y grande, por lo que la llave sería pesada y robusta. Observando los detalles de su alrededor, escuchó unas voces

324

que se acercaban a la entrada. Esa vez no tuvo miedo y decidió quedarse. Si le sorprenderían, les contaría la verdad o parte de ésta. No podía ir siempre escondiéndose. Pero las voces no parecían tener intenciones de abrir la puerta. Los pasos se detuvieron y reconoció a las dos personas que hablaban. Una era Manuela, la mujer del servicio, y la otra era Enzo, el chófer, con su destacado acento colombiano.

El olor cruzaba las grietas de la puerta. Olía a col hervida, por lo que dedujo que allí estaría la cocina.

—Tú no viste nada, Manuela. ¿Me entiendes? —dijo con tono amenazante el joven conductor—. El señor no se subió a ese automóvil.

—Pero... ¿Y si me pregunta la señora?

—No viste nada. Ya te lo dije, caramba. Tienes que guardarle el secreto al señor Ortego. Además, mira cómo están las cosas por aquí...

—No sé si puedo, Enzo. Se me da muy mal mentir y...

El chófer tomó una postura más seductora en su forma de hablar.

—Venga, mamita. No me seas así... —dijo. Leopoldo acercó el ojo a una de las grietas y vio al joven besando en el cuello a la empleada.

«Menudo pieza», pensó.

—¡Ay! ¡No! ¡Aquí, no, Enzo! —exclamaba en voz baja entre susurros y gemidos de placer—. ¡Y si entra alguien!

—Pues vamos al agujero, no te me pongas así...

Leopoldo tragó saliva.

Manuela miró hacia la puerta oculta. Por un pequeño, aunque eterno instante, el corazón del periodista dejó de latir al pensar que le habría descubierto.

—¡Ay! ¡No! ¡Para! —repitió la mujer quitándoselo de

encima. Le dio un beso en los morros y se dio la vuelta rechazando al empleado. Para ella, primaba más su salario que arriesgarlo todo por un aventura entre bastidores—. Será mejor que prepare la cena. Los señores estarán a punto de llegar y ya sabes cómo se ponen cuando no está listo el plato.

—Lo que usted mande, mami —dijo con una sonrisa pícara, se acercó por detrás y ella lo rechazó con un codazo y risa tonta.

—Vete, anda. Corre a recoger a doña Martina, que vas a llegar tarde.

Enzo desapareció de la cocina. Leopoldo no podía dejar de mirar por el estrecho agujero, como si estuviera enganchado a un programa de telerrealidad.

Manuela parecía contenta, quién sabe si enamorada. Sin embargo, el periodista no confiaba en las intenciones de ese cretino. Su forma de tratarla, de actuar sobre ella, no denotaban lealtad. Conocía a esa clase de personas. Iban por la vida con una falsa apariencia creyéndose capaces de comerse el mundo, pensando que siempre podían salir airosas de cualquier situación, que la picardía las sacaría de todo problema.

Ahora que Leopoldo conocía el secreto de ambos, estaba dispuesto a usarlo a su favor.

Se quedó pensativo unos minutos contemplando a Manuela controlando el agua que bullía en la olla. Sintió lástima por la mujer y se dio cuenta de que en todos los estratos las relaciones eran similares.

En el fondo, las personas sólo buscaban un poco de esperanza y cariño, aunque no existiera futuro alguno entre ellas.

Regresó al estudio, colocó la estantería en su lugar y se sentó a escribir frente al dispositivo. El ruido del Audi de Enzo se perdió en la lejanía. Concentrado en las palabras, escuchó las pisadas de alguien merodeando alrededor de su estancia. Cuando levantó la vista, encontró el rostro de Laura Fonseca al otro lado del cristal de la puerta de la casa. Tenía buen aspecto y la mirada relajada, mucho más abierta que en su último adiós.

Él se levantó para abrirle.

—¿Interrumpo su inspiración? —preguntó. Su actitud era fresca, aunque mantenía la distancia. Para Leopoldo fue extraño. Ella intentaba disimular, hacerle creer que nada había sucedido en el interior del coche.

—No ha podido resistirse hasta mañana, ¿verdad?

La expresión de la mujer lo confundió.

—¿Cómo dice?

—La nota de esta mañana.

—No sé de qué está hablando, Leopoldo —dijo ella con una risa nerviosa—. No le he enviado ninguna nota, que yo sepa.

El periodista se ruborizó. No tenía sentido, pero ella estaba convencida y parecía decir la verdad.

—Disculpe, me he levantado hace poco de la siesta. Debo seguir soñando.

—Le encargué al servicio que le sirviera la comida. Después del percance de anoche, lo último que deseaba era que le interrumpieran —explicó. Su cuerpo se mantenía recto, alejado del marco de la puerta y lo suficientemente distante como para evitar un beso—. Sólo venía a asegurarme de que estaba bien. No quiso ir al hospital anoche y eso fue una insensatez por su parte y por la mía, Leopoldo.

—Ya somos mayorcitos para tomar responsabilidades, ¿no cree?

—Aún así. Es mi invitado y tenemos un compromiso legal. Lo último que quiero es otro escándalo.

—Estoy bien. El vino me ha reparado las neuronas —dijo él suavizando la conversación. La defensa de esa mujer le resultaba impenetrable.

—Por cierto, su coche ya está en el depósito. Anoche la Guardia Civil llamó para informarnos de lo sucedido.

—Pensaba que en esta casa no había señal.

—Y no la hay, pero don Miguel nos pasó el recado. Está usted en buenas manos. Los agentes se encargarán de abrir una investigación para averiguar qué sucedió con su vehículo. Es una pena, la verdad.

—Se lo agradezco.

—¿Ha decidido ya cuándo se marcha? —preguntó. Su mirada cristalina quedó expectante a la respuesta.

—No, todavía no. Tengo que comprar los billetes de tren —contestó. Notó que Fonseca intentaba alargar la conservación—. Laura, ¿puedo preguntarle algo?

—No lo sé.

—¿Alguna vez habló con el señor Baile?

Su rostro empalideció.

—Sí, claro. Lo vi muchas veces. ¿A qué viene esto, Leopoldo?

—¿Recuerda si le trató de alguna manera... ya sabe... especial?

—¡Pues claro! ¡Como a cualquier niña! Además, éramos los hijos del jefe. ¿Qué intenta?

—Nada, no intento nada. Busco aclarar cómo afecta todo esto en la vida de su madre. Para el reportaje, quiero decir

—explicó y después recapacitó sobre la velada anterior. Era mejor tenerla de su lado—. Siento haberla enfadado anoche. No era mi intención.

—No fue nada, no es necesaria una disculpa. Respecto a eso... Sigue sin creerme, ¿verdad?

Laura Fonseca, unos diez años mayor que él, era un reflejo vívido de su hija. Allí plantada, desesperada e incomprendida por su familia, parecía una chica desconsolada en busca de un cálido abrazo. Pero Leopoldo no podía dárselo, por mucho que lo deseara.

—Sólo quiero hacer mi trabajo, Laura. Lo siento.

La angustia y la pena llenaron sus ojos de lágrimas y pesadumbre, pero la hija de Jaume Fonseca no estaba dispuesta a llorar delante del reportero. Apretó los ojos, contuvo las lágrimas y se despidió diciendo adiós suavemente.

Apoyado en el marco de la puerta, Leopoldo se quedó contemplando su silueta a contraluz del sol.

30

Apuró el resto de la tarde frente al teclado, una cuña de queso curado, una barra de fuet, rebanadas de pan rústico y los restos de la botella de vino que se había dejado sin terminar.

A medida que el tinto corría por su estómago, la redacción tomaba fluidez y las palabras salían como notas musicales llenas de color.

Se sentía realizado, el esbozo de la historia sobre Silvia Domenech empezaba a tomar una forma decente. Saltándose algunos detalles que eran irrelevantes para él, comenzó desde su noviazgo con Jaume Fonseca apoyándose en las conversaciones que había tenido con los miembros de la familia. Después continuó con su llegada al cielo y ese descenso a los infiernos que la convirtió en la agria mujer blindada en un caparazón de madera. Leopoldo pensaba que todas las personas tenían una historia por contar y, por esa misma razón, los lectores gozaban leyendo las aventuras personales de otros. El cómo, el cuándo, el porqué. Saber qué tenía esa persona en un momento determinado de su vida, qué la llevó a tomar la decisión que marcaría un rumbo distinto e inexplorado.

La mayoría de biografías flotaban entre lo divino y lo real, creando un mito surrealista que a la vez vendía la idea de que todo era posible en esta vida.

El periodista sabía que no era así.

Al igual que el bufón de la corte se ganaba el pan entreteniendo a un rey que no alababa, por miedo a que le cortaran el gaznate, éste escribía sobre otros, en función de lo que el público, los jefes, quienes ponían el dinero, quisieran escuchar. Esa era la gran verdad y la gran mentira del periodismo, de la prensa escrita, de lo que no se veía entre bastidores. Pero también lo era de la literatura.

Pese a todo, en el fondo, no todo era negativo.

Las historias de éxito, las personales, eran los únicos relatos capaces de infundir esperanza en los más desfavorecidos. A nadie le interesaba el relato de que Steve Jobs era un tipo mundano, que su día a día era como el de otra persona cualquiera, lleno de imperfecciones, excentricidades y espacios vacíos. A nadie le interesaba la idea de que Jobs podía ser el vecino del tercero porque sería humillante para el resto de la comunidad. A nadie le interesaba la idea de que el éxito no era más que una palabra abstracta e indefinida.

Pese a las ataduras del contrato y las presiones recibidas desde Madrid, Leopoldo empezó a sentir cierta complicidad con la difunta después de haber conocido a su familia y parte de su pasado.

Como todos, había cometido sus errores y había tropezado en varias piedras. Él no era quién para juzgarla, pues tampoco estaba libre de pecado. En el fondo, Domenech, al igual que él, buscaba la felicidad a su manera y nunca llegó a encontrarla. Una vez más, ni el dinero, ni el hedonismo extremo, ni las vacaciones en la Costa del Sol podían llenar ese vacío existencial del que siempre se hablaba, pero nunca en voz alta.

Por su parte, no había que quitar méritos a su labor como matriarca del clan, una función ardua después de conocer a los hijos. Gobernar una familia tan desesperante durante tantas décadas, a la vez que mantenía a flote la elegancia y la posición social, merecía su reconocimiento.

El trabajo y el vino le hicieron olvidarse de las horas y el crepúsculo llegó cuando levantó la vista de la pantalla.

Había hecho un buen trabajo y tenía algo que enviarle a Beatriz para que no se pusiera histérica. Guardó el documento, encendió la luz del techo y salió a la calle a tomar el fresco entornando la puerta para que la brisa oxigenara la habitación.

La noche era más fresca de lo habitual y no le sobraron las mangas de camisa. Las luces de la fachada alumbraba la era, que estaba vacía. A lo lejos, se podía escuchar a los canes de la familia, ladrando.

Caminó por el sendero y miró por las ventanas de las otras dos estancias. La del centro, una caseta del mismo tamaño que la suya, estaba cerrada y parecía no haber sido usada desde que Jaume Fonseca se marchara para siempre. Se acercó al ventanal e intentó mirar por el visillo de madera, pero estaba oscuro y no logró ver nada.

La pared contigua era de la estancia de Enzo, más pequeña que las otras dos aunque también con dos plantas. Las luces estaban apagadas y el chófer no parecía haber vuelto todavía a casa. La vida de aquel muchacho era un enigma. Entre tanto viaje de carretera, no le sorprendió que hubiese terminado liado con una de las empleadas del servicio. Ambos llevaban vidas similares, sin más contacto exterior que el de la rutina. Miró alrededor y no encontró su coche y pensó en la conversación que había tenido con Manuela. ¿A qué se referiría?, pensó.

De nuevo, había olvidado preguntarle a Laura Fonseca por más detalles sobre su marido, pero era mejor así. Esa mujer se calentaba con facilidad asombrosa y tomarle el pulso de la conversación era un asunto de expertos. Por las venas de los Fonseca no corría la sangre de la diplomacia.

Para estirar las piernas, caminó alrededor de la casa sin más interés que el de dejarse acariciar por el anochecer, airear la modorra del vino y refrescarse con la brisa nocturna del campo. A unos cuantos metros de la bodega, entre los pinos que bordeaban los bancales de tierra que separaban la casa de los viñedos, vio un punto dorado entre las ramas.

En un primer momento, pensó que era un reflejo de la noche, el faro de un coche en la lejanía o un avión volando muy bajo. Pero después despejó las dudas. El botón rojizo se encendía y apagaba dejando una nube de humo gris a su lado. Curioso, caminó en su dirección sin hacer el menor ruido. Allí no llegaba el resplandor de la iluminación de la calle, por lo que era imposible saber de qué se trataba si no se acercaba. Sus pasos no alarmaron a la persona que fumaba a escondidas y cuando se acercó, intentó sorprenderla con un sosegado saludo.

—¡Dios! Qué susto... —dijo la voz desconocida. Era Luz, la menor del clan, la rebelde de la familia. Su abuela tenía razón cuando le dijo aquello al periodista. Pero, ¿qué esperaba de ella?, pensó. Estaba en una edad complicada y nadie le prestaba un mínimo de atención para guiarla en su efervescencia hormonal—. ¿Qué hace aquí?

—Estaba dando un paseo. ¿Y tú?

—Contando las estrellas —dijo con sorna y sonrió—.

¿Quiere uno?

—No, no fumo —dijo. No quería ser cómplice de su gamberrada—. ¿No te dejan fumar?

—No saben que fumo, así que no sé si me dejan o no. Por eso me escondo.

—Tiene sentido —contestó él—. ¿No te aburre estar aquí? A tu edad, deberías estar quemando las calles de la ciudad.

—Estoy castigada. Ya sabe... lo de ayer y el partido de tenis. Ya me he hecho a la idea de que no veré la luz hasta que empiecen las clases. Fue divertido, ¿verdad?

—No te voy a mentir —dijo él y se rio. Se sentía absurdo a oscuras, junto a la joven entre los arbustos, pero era la conversación más natural que había tenido dentro de la finca—. Me parece que no te cae muy bien tu tía política.

—Martina no es mi tía —sentenció con firmeza—. Es la novia de mi tío y veremos lo que duran.

—No quiero meterme donde no me llaman, pero parece que están muy unidos.

—Tiempo al tiempo —dijo, dio una calada y miró al vacío.

—¿Cómo llevas lo de tus padres?

Vio sus ojos blancos en la penumbra. Se parecían a los de su madre. Aunque no era un tema del que le agradaba hablar, agradeció que Leopoldo la tratara como a una persona adulta.

—¿Qué importa eso? Es cosa de dos y yo voy a cumplir dieciocho en unos días. Mi padre es un cretino. Lo era antes de nacer yo y lo sigue siendo, pero no deja de ser mi padre.

—¿Qué piensas hacer cuando seas mayor de edad?

—Pirarme, como haría cualquiera con dos dedos de frente. Bien lejos, además. A los Estados Unidos o a México. Largarme de aquí, gastar su dinero y volver cuando no me quede otra. Son muchos años tragando dramas familiares para no compensarlos. ¿No cree?

—Veo que tienes las cosas claras. Visto así, no te falta razón —dijo asombrado por la vileza y la madurez de la chica—. En el fondo, echarás de menos todo esto.

—Lo dudo. La echaré de menos a ella, a mi madre, que es quien tendrá que cargar con todo el peso de sus hermanos. Antes era mejor, ¿sabe?

—¿Antes?

—Sí, antes de que esa loba se juntara con él. El tío Adolfo y mi madre estaban más unidos.

—Y tu tía Penélope...

—No la soporto. Es una amargada —expresó su desprecio y dio otra calada—. Que alguien pertenezca a tu familia no significa que lo sea. Es como pertenecer a un club de golf... ¿Te hablas con todo el mundo? No. Siempre hay cretinos, frígidos, gente hortera, imbéciles...

—Nunca he sido miembro de un club...

—¡Era un símil, tío! —respondió y se dio cuenta de la falta—. Perdone... Bueno, creo que me ha entendido.

Leopoldo disfrutaba de aquello, de las ganas de hablar que tenía la muchacha y de su espontánea y natural forma de expresarse.

—¿Y con tus primos?

—Yo no tengo primos.

—Recibido —contestó ante la negativa—. Cambiemos de tema.

—No descuide a esas dos bestias. Salivan a merced de mi tía Penélope y harán lo que les pida.

—¿Hay algo que debería saber? —preguntó curioso.

—Le estoy advirtiendo, Leopoldo. Por si le da por meter

sus narices donde no debe, un poco más de la cuenta... ¿Acaso cree que me chupo el dedo?

—En absoluto.

—Sé que está intentando ganarse a mi familia para que le cuente trapos sucios de mis abuelos —explicó. El periodista apretó la mandíbula. Empezaba a incomodarle la lucidez de la joven—. No tuve más que oír a mi tío contándole maravillas de usted a mi tía. Todos sabemos a lo que ha venido.

—¿Su tío Adolfo?

—Ya le he dicho que por esa parte no tengo tía. Me refería a mi tío Miguel.

—El escritor.

—Sí.

—Y por eso tú te muestras tan dura, para que te describa como la hermética de la familia, la rara... Vaya, vaya... En el fondo eres como el resto de tu familia. A todos os gusta llamar la atención.

—Pues se equivoca —dijo riéndose—. Estaba dispuesta a contarle lo que me preguntara a cambio de un pequeño favor.

—¿Favor? ¿Qué necesitas?

—Una cajetilla de cigarrillos. Enzo se olvida a veces de traérmelos y éste era el último.

—Eso está hecho. ¿Quién más fuma en tu familia?

—¿Oficialmente o a escondidas? —preguntó, después tiró la colilla sobre la tierra y lo aplastó con sus zapatillas negras—. Mi padre no fuma, mi madre lo hace de vez en cuando. Mi tío Adolfo sólo fuma puros y a Martina la he visto algunas veces, aunque hace tiempo que no me la encuentro.

—Curiosamente, ahora recuerdo que tuve un pequeño percance con Enzo cuando llegaba a la ciudad… —contó pensando en aquel día—. Martina iba en la parte trasera.

—¿Qué sucedió?

—Nada. Un ligero toque en la parte trasera del coche. Ya no importa… —prosiguió—. ¿A qué se dedica ella?

—A vivir de los ahorros de la familia, aunque oficialmente es modelo.

—Pero hoy he oído decir a Enzo que tenía que ir a recogerla de alguna parte…

—Sí. Tiene clases de yoga dos veces por semana en San Juan.

«Pero San Juan está al norte de la ciudad…»

—¿Ha vivido Enzo siempre aquí? —preguntó concentrado.

De nuevo, las sospechas surgieron en torno a esa mujer. Las palabras de Laura Fonseca retumbaron en su cabeza. En el fondo, sólo quería aportar un poco de luz a su propio embrollo mental.

—Eso le va a costar tres cajetillas. De Marlboro Light.

Él asintió.

—Se nota que eres una Fonseca. Ahora contesta a mi pregunta.

—Sí. Sí que vive aquí, desde hace años, la mayor parte del tiempo —explicó—. Sé que se compró un pequeño apartamento cerca de San Gabriel, pero ahora se lo alquila a una prima suya que ha venido de Medellín. ¿Qué interés tiene eso con mi familia? La víbora es mi tía Penélope. Ella es la que quiere quedarse con todo. ¡Dios! No la trago, de verdad.

—Simple curiosidad. Nada más.

Luz se frotó los brazos.

Llevaba una camiseta negra de manga corta. Su cuerpo tiritaba y Leopoldo sentía la humedad de la noche. Empezaba a ser tarde para ambos. La joven había plantado otra semilla en la cabeza del escritor y esa noche no podría conciliar el sueño pensando en ello.

—¿Algo más? Tengo frío.

—Ayer tuve un accidente con mi coche —dijo—. Me preguntaba si tu familia tendría alguno de sobra.

—¿De sobra? —preguntó y caminó hacia el resplandor de las farolas. Leopoldo la acompañó. La chica se burló, como si el periodista viniera de otro planeta—. ¿Qué se cree que es esto? ¿Un concesionario?

—Sólo preguntaba. Quizá me podrían prestar uno para no molestar a Enzo. Necesito urgentemente visitar mañana la ciudad.

—Lo siento, será mejor que hable con mamá, quizá ella pueda llevarle en su coche —respondió alzando los hombros—. Ni mi tío Adolfo le dejaría su Jaguar, ni mi padre el Mercedes todoterreno.

—¿Mercedes? —preguntó congelado. Pensó que debía ser una coincidencia.

—Sí, el blanco. ¿No lo ha visto? Pienso pedírselo en cuanto tenga el permiso para conducir.

—Creía que conducía un BMW.

—Ese es de la empresa. A mi padre le gusta apuntar alto, ya lo ve —dijo e hizo un ademán de despedirse—. Buenas noches, Leopoldo. Suerte con su viaje. ¡Ah! Y no olvide mis cigarrillos.

El periodista se despidió con la mano y vio cómo Luz caminaba hasta la puerta principal de la alquería.

Después se giró y le dio un último adiós con la mano.

* * *

Leopoldo se quedó perplejo ante la enorme fachada de color azul y se preguntó si alguien de la familia los habría visto.

Qué importaba, se dijo, la vida en ese lugar era un enigma inexplicable que se multiplicaba como una muñeca rusa: dejaba incógnitas al final de cada conversación como una serie de televisión norteamericana.

El corazón le temblaba.

La explicación de la joven cuadraba con la conversación que Enzo y Manuela habían tenido en la cocina.

¿Samuel Ortego?, se cuestionó, no podía ser.

Quiso creer que no había sido él quien le había provocado el accidente la noche anterior, no quería irse a dormir con esa idea en la cabeza. Pero todo apuntaba a que sí, los dedos acusatorios le señalaban y, por mucho que se negara el columnista, Ortego tenía motivos suficientes para que Leopoldo no siguiera hasta el final. ¿Qué ocultaba ese maldito desgraciado?, se cuestionó impotente.

La sangre le hervía mientras se convencía de su culpa.

Tomó aire y buscó la calma. Decidió que esperaría unos días. Primero hablaría con Beatriz, le enviaría los documentos y le contaría la verdad. Después se enfrentaría a él y lo delataría ante su familia. Aquel sería su plan y, hasta entonces, tenía que mantener una actitud estoica.

Cuando se dirigía al estudio cruzando por la era de adoquines, alguien cerró la puerta de la estancia con delicadeza y se perdió entre las sombras de los arbustos.

31

Martes, 12 de julio de 2016
Alicante, España.

Golpeó a la puerta con los nudillos hasta tres veces. Apenas había dormido cuatro horas en total, pero se sentía como si hubiera descansado doce.

A las siete y media de la mañana, vestido de camisa blanca y vaqueros, con su iPad bajo el brazo, insistió de nuevo frente a la puerta de la estancia del chófer.

—¡Enzo! ¡Abre! Soy Leopoldo.

Sabía que había dormido allí. Aunque el mozo solía aparcar el Audi en la cochera, su llegada a medianoche le había despertado una vez más. Los perros nunca fallaban.

Tras varios minutos de espera, el chófer bajó las escaleras de su estudio y abrió la puerta.

—¿Qué pasa, señor? ¿Qué es toda esta prisa? —protestó. Estaba en calzones y camiseta—. Nadie me informó de que tuviéramos una cita.

—Y no la teníamos. Disculpa, Enzo —dijo excusándose—, pero necesito urgentemente que me lleves a Alicante. No dispongo de vehículo y debo enviar por correo electrónico unos documentos a primera hora de la mañana.

—Pero... —dijo todavía con los párpados entrecerrados y el rostro hinchado a causa de un mal despertar. Miró atrás y comprobó la hora en un reloj de pared—. ¡Si son las siete y media, señor! ¡Todavía no han puesto las calles!

—Venga, hombre, no me seas quisquilloso. Date una ducha y llévame. A no ser que me dejes el coche, claro...

El acusado cansancio que sufría le hizo dudar. Leopoldo lo miró con los ojos abiertos inclinando el rostro hacia abajo.

—Lo siento, señor, no puedo hacer eso.

—Te lo devolveré en un par de horas. Cuando regrese, a los Fonseca aún no les habrán puesto el café...

—Esto... No, no puedo. Me buscaría un buen lío si le pasa algo.

—Me diste tu palabra, Enzo. Es una urgencia.

El muchacho chasqueó la lengua.

—Está bien, está bien. No se preocupe, no tardo.

Veinte minutos después, el chófer sacaba el Audi de la cochera. Leopoldo estaba nervioso por muchas razones y el exceso de cafeína consumida esa mañana era una de ellas. Sujetaba el aparato electrónico como si llevara el Santo Grial bajo el brazo.

Subió al vehículo y Enzo aceleró camino abajo antes de que los cánidos salieran tras ellos disparados desde su escondite.

—¿Ve? Es tan temprano que ni los perros ladran.

—Les habrán puesto morfina en el pienso —dijo Leopoldo mirando por la ventana. El coche se adaptaba al asfalto como un reptil, agarrándose en las curvas con fuerza. Los campos corrían a toda velocidad por el cristal—. No hace falta que vayas tan rápido. Nos vamos a estrellar.

—Sí, perdone, es que me ha puesto el turbo esta mañana, señor —dijo y se detuvo frente a la puerta. Don Miguel le dio paso y la entrada se abrió. Leopoldo había pasado por alto hablar con ese hombre. Después de todo, sabía quien entraba y quién salía de allí a cada hora, menos los domingos. Casualidad que su accidente ocurriera la noche que el vigilante libraba— ¿A qué se debe tanta urgencia, señor? Si le puedo preguntar, claro...

—¿A qué? ¡Internet! Manda huevos que a estas alturas del siglo tenga que decir algo así. ¿En qué planeta viven los Fonseca? Desconectados, sin leer los cotilleos de la prensa rosa, las noticias deportivas, las páginas salmón... Menuda panda de raros.

—En un mundo que no es el suyo, señor. ¡Ja,ja! —dijo soltando una fuerte carcajada—. ¿Quiere que le lleve a algún sitio en particular?

—No. Con que tengan café, Wifi y tortilla de patatas me basta.

—¡E-e-e-e-ntendido! —respondió con humor—. ¿Y qué? ¿Está disfrutando de su trabajo aquí? A pesar de lo que le sucedió a su bonito carro.

—No te imaginas las ganas que tengo de largarme.

—¡Señor Bonavista! —exclamó mirando por el retrovisor. Enzo estaba de humor esa mañana. Leopoldo se imaginó que habría dormido de nuevo con Manuela en su casa del pueblo—. Hay que vivir la vida, que es muy corta.

—O muy larga, para según quién... —respondió y guardó silencio unos segundos antes de regresar a la conversación—. Hablando de vivir, ¿has residido siempre en casa de los Fonseca? ¿O vivías en un apartamento antes de mudarte?

—¿Eh? No, no... —respondió titubeando—. Siempre.

—Llegaste directo. ¿Es así?

—No, no. Viví un tiempo de alquiler, hasta que encontré

este trabajo. Si me ofrecían alojamiento… ¿Pa' qué pagar otro, no?

—Claro, muy inteligente —dijo y se guardó el resto para él. Su inexperiencia en el embuste lo había dejado en evidencia. Leopoldo regresaría más tarde a esa nota mental—. Por cierto, no quiero ser una molestia los últimos días que me quedan, así que me preguntaba si alguien de la familia me podría prestar un coche. Tengo entendido que Samuel Ortego tiene dos y uno de ellos es de la empresa. Parece un tipo amable. ¿Qué piensas? ¿Accedería? Seguro que si convenzo a Laura Fonseca…

Pese a su tez tostada, la cara de Enzo se volvió gris como si estuviera enfermo.

—Eh… No sé, señor. No creo que sea buena idea…

—Es un coche, no creo que tenga tan mala suerte de empotrarlo contra un olivo… de nuevo.

El mozo se estaba poniendo nervioso. Hacía movimientos bruscos al girar y al cambiar de marcha. Leopoldo había tocado la tecla correcta pero se preguntó por qué protegería a Ortego. Entonces, se arrepintió de haberle cuestionado aquello. Después de esa conversación, estaba convencido de que informaría de los hechos al director del grupo.

Bonavista no obtuvo respuesta y el viaje se volvió silencioso y tenso hasta que llegaron al centro de la ciudad.

Estaba nublado, pero el bochorno sería inevitable en cuanto entrara la mañana. El humor del conductor había desaparecido como el buen tiempo.

—Me puedes dejar por aquí —señaló el periodista al reconocer la plaza de los Luceros.

—¿Quiere que le recoja a alguna hora? ¿O me llamará?

Leopoldo sopesó la respuesta.

—No te preocupes. No quiero ser un incordio. Buscaré la forma de volver.

—Cualquier cosa que necesite...

—Sí, sí, te llamaré —dijo recogiendo sus cosas y abriendo la puerta del coche—. Gracias por el favor, Enzo.

Se bajó del Audi y esperó a perderlo de vista.

El joven colombiano se mezcló en el tráfico y Leopoldo optó por callejear hasta que no pudiera seguirle el rastro desde el volante.

Tras dar varios rodeos, encontró una cafetería en la que tenían conexión a Internet. Pidió un café solo, una tostada de jamón serrano con tomate rallado, aceite y queso curado, y se sentó en una mesa cuadrada junto a la pared.

Cuando abrió la aplicación del correo, el número de mensajes en la bandeja de entrada se disparó. Echó un vistazo por encima. Encontró avisos del banco diciéndole que estaba en las últimas. Publicidad, boletines de noticias, amenazas e insultos de lectores que no simpatizaban con las ideas que manifestaba en sus artículos y un correo electrónico de Lorena, la archivera que les había echado una mano varios días antes.

Abrió el mensaje, reenviado por Marta y comprobó el documento adjunto. En efecto, era una ficha personal de Ricardo Baile, el empleado y viejo amigo de la familia que había fallecido recientemente. En ella aparecía una dirección en la ciudad de Elche, el municipio vecino, hermanado, querido y enemistado a la vez, con los alicantinos.

Respondió con una breve nota de gratitud y abrió un mensaje nuevo.

Copió el borrador que había escrito la noche anterior y lo adjuntó en el correo que estaba a punto de enviarle a Beatriz

Paredes. Entonces, notó algo extraño en la pantalla. La última modificación del documento había sido realizada a las diez y dos minutos de la noche.

Se rascó la cabeza y sintió un ligero agobio.

No podía ser, pensó.

No recordaba haber vuelto a abrir el documento tras su encuentro con Luz. A esas horas se encontraba con ella. O tal vez no, se dijo. La tarde había sido tan extraña, que le costaba recordar los hechos cronológicamente y con precisión. No le dio más importancia. Acusó el detalle a uno de esos fallos que la memoria le plantaba de vez en cuando, escribió la dirección electrónica de la directora y pulsó el botón de enviar.

Después agarró el teléfono y marcó su número.

—Espero que me llames tan pronto para contarme una exclusiva —dijo ella al otro lado del altavoz.

—Te acabo de enviar un esbozo del reportaje. Creo que es lo mejor que he escrito en mucho tiempo, pero eso no es todo... Tengo otra historia.

—¿Otra historia? Céntrate, céntrate, Bonavista. Te lo he dicho millones de veces. Mejor, termina lo que empiezas.

—Necesito que me escuches y que me tomes en serio.

—¿Desde cuándo no lo hago? ¡Ve al grano!

—Beatriz, será mejor que grabes esta conversación por lo que pueda sucederme en los próximos días —dijo mirando a su alrededor. En la cafetería apenas había tres clientes y uno de ellos estaba apoyado en la barra. Nadie podía oírle y si alguien lo hacía, seguramente no le interesaría la conversación—. Estaba en lo cierto. Sabía que Samuel Ortego ocultaba algo importante y lo he descubierto.

* * *

Una semana había pasado desde su llegada y tenía la sensación de haberse quedado atrapado allí, en esa ciudad, en aquel entorno, en el anhelado verano interminable con el que todos soñaban alguna vez.

—No entiendo nada, Leopoldo —dijo la jefa abrumada al escuchar el relato de la familia Fonseca—. ¿Me estás diciendo que Samuel Ortego conducía el coche que te arrojó de la carretera?

—Son mis sospechas. Todo apunta que sí.

Ella tragó saliva.

El periodista casi podía escuchar los latidos de su corazón.

La historia era tentadora, más todavía cuando Ortego luchaba por quedarse con la presunta parte del accionariado, suponiendo que Silvia Domenech lo hubiera hecho así.

—Tengo que reconocer que es un chisme atractivo, pero entiende, no nos podemos permitir otro escándalo así. Te jugarías tu carrera, nuestra reputación y, lo que es peor, nos jugaríamos el trabajo. Además, no olvides que los Fonseca son nuestros clientes. ¡Trabajas para ellos!

—Espera, espera, jefa. El contrato se compromete a escribir un reportaje sobre la vida y obra de Silvia Domenech. Ha pasado el periodo estipulado. Ni siquiera tendría por qué estar aquí. ¿Quién iba a pensar que fallecería días antes de que empezara a escribirlo?

—¿Crees que sabía lo que iba a suceder?

Leopoldo tenía sus dudas.

—No lo esperaba tan pronto, ¿quién sabe? Sólo tengo la certeza de que la revista sería la única forma de dejarlo por escrito, ya me entiendes. Hacer que quedara en los anales de la historia.

—Intuyo por donde vas y no me gusta nada.

—Sólo intento decirte que, de un modo u otro, no rompería ninguna cláusula del contrato. Otra cosa es que, ahora que ella no está, mi libertad creativa se ciña a mis principios, siempre y cuando no difame ni suelte ninguna mentira.

—Te hundirán en la miseria. Ni siquiera puedes pagarte un abogado decente.

—Beatriz, por favor. Además, tengo la sensación de que voy a darle la vuelta al tablero...

—Odio tu confianza ciega. Nunca trae nada bueno.

—Tan pronto como Laura Fonseca lo sepa, estará de mi lado. Confía en mí.

—¿Cómo puedes estar tan seguro?

—Escucho a mi intuición.

—¿Has ligado con ella?

—¿Por qué haría eso?

—Mantén tus manos lejos de esa mujer, Leopoldo. ¡Estás trabajando! —dijo y murmuró algo. De fondo se escuchaba el movimiento de la calle—. ¿Cuándo tendrás el reportaje final? Estamos en la segunda semana del mes.

—Necesito unos días más, Beatriz.

—Y yo necesito unas vacaciones, pero aquí estoy —contestó—. Mueve el culo, Bonavista. Esto se está alargando más de la cuenta. Céntrate en lo importante, en esa mujer, y desecha las riñas familiares. Mañana por la mañana quiero la historia al completo. Olvídate de la edición. Envíala y Laurent y yo nos encargaremos del resto.

—¿Sigue trabajando esa rata ahí?

—Sí —dijo con voz seria—. Así que date prisa o se comerá

tu queso.

La mujer colgó.

Necesitaba un vehículo para moverse. La cuenta atrás había empezado. Tan sólo debía poner punto final a ese relato, sacar a la luz el secreto que unía a Silvia Domenech con Samuel Ortego y dejar el resto para quien se interesara por la historia en un futuro.

Dio un largo paseo hasta la estación de trenes en busca de un salón de coches de alquiler. Puesto que no deseaba levantar sospechas y viajar en taxi le saldría demasiado caro, pensó que lo mejor sería alquilar un vehículo por unos días. Tras preguntar, se dirigió hacia el concesionario que le habían recomendado en la cafetería. El bochorno veraniego le impedía moverse con rapidez. La camisa se le pegaba a la piel y las ronchas de sudor empezaban a ser visibles. Leopoldo odiaba esa imagen sudada, desaliñada y con aires de perdición, pero no tenía opción.

La entrada de la estación y sus aledaños parecían el reducto perfecto para los carteristas. El tránsito de turistas desorientados, viajeros que esperaban su tren y otros que permanecían allí para siempre. La estación de Alicante era bonita, no tan especial como las de otras ciudades, aunque mantenía el aspecto clásico de las estaciones de las ciudades mediterráneas.

Minutos más tarde, Leopoldo Bonavista manejaba el volante de un flamante Mini Cooper blanco descapotable. Pensó que, si iba a conducir un vehículo que no era suyo, por qué no hacerlo con gusto.

Sus intenciones eran precisas, había cambiado de idea: hablaría con Adolfo Fonseca antes de plantarle cara a su cuñado. Necesitaba un apoyo y, de este modo, podría poner a Ortego contra la pared y sacar tajada para un buen testimonio. No era lo más ético, pero nadie en esa familia tenía suficiente decencia para dar lecciones de moral a otros. Una vez se hubiera ganado la confianza de Fonseca y éste le hubiera aclarado las dudas que emborronaban su relato, asaltaría al director como un espartano.

Le encantaba que los planes salieran bien, aunque no siempre fuera así. Era una sensación divina, un momento único y brillante. Leopoldo era consciente de que la mayor parte de la vida se basaba en el sufrimiento, en las ambiciones que nunca se alcanzaban y en el mirar a otros desde abajo pensando que algún día sería al revés. Por eso, cuando el camino de la suerte se cruzaba con el suyo, debía sonreír, ser agradecido y disfrutar de ese dulce y efímero momento antes de que se volviera en su contra o, simplemente, desapareciese como un haz de luz.

—¡Bonavista! ¡Vas a brillar como nunca! —dijo en voz alta, eufórico, con el viento a favor y el sol golpeándole en la nuca.

Tomó la carretera que iba hacia Elche y se dirigió al parque industrial que había visitado unos días antes.

32

Martes, 12 de julio de 2016
Oficinas del Grupo Fonseca, Parque Empresarial de Elche
Alicante, España.

Preso del éxtasis, aparcó frente a la entrada de cristal del edificio llamando la atención del guardia de seguridad, que empapaba un cruasán en el café, e invocando la mirada de la recepcionista.

Adolfo Fonseca no había respondido a sus llamadas, lo cual era de esperar para el periodista. Un tipo como él, nunca contestaba; siempre era quien llamaba. Pero las personas como Leopoldo siempre tenían la última palabra.

Bonavista se movía como una de esas estrellas musicales resentidas por el paso de los años. Sin presentarse, tomó las escaleras que llevaban al piso superior, cruzó el pasillo de las oficinas como si fuera un directivo más y buscó el despacho de Adolfo Fonseca. Frente a la puerta, llenó los pulmones, sacó pecho y golpeó la madera con los nudillos.

Pero nadie respondió desde dentro.

—¡Abra, Adolfo! —dijo mirando al suelo—. ¡Soy Leopoldo! Es importante lo que le tengo que decir.

—¿Puedo ayudarle en algo, Bonavista? —preguntó Samuel

350

Ortego, apareciendo por uno de los pasillos. Al periodista se le paró el corazón. Pensó que había sido fruto de la casualidad, no era más que una absurda coincidencia—. Adolfo no está hoy aquí. Ha tenido que reunirse con los del negocio cafetero.

Leopoldo vació el pecho y retiró la mano de la puerta.

—¿Sabe cuándo volverá su cuñado?

—¿Quién sabe? —contestó restándole importancia—. ¿Le apetece un café?

El tic-tac del reloj que colgaba de la pared se detuvo. Leopoldo imaginó lo que sucedería después. Era una oportunidad única, un cara a cara, los dos sobre el cuadrilátero. Pero también podía ser un desafortunado error. Debía contestar rápido, antes de que Ortego oliera sus intenciones, si es que no lo había hecho ya.

—Está bien. Nunca me resisto a un café —contestó el periodista.

El ejecutivo sonrió amablemente y dio media vuelta para guiarlo a su oficina. Leopoldo sacó el teléfono, inició la grabadora de audio del aparato y guardó el dispositivo en el bolsillo del pantalón.

* * *

La máquina de cápsulas derramó la última gota sobre la taza.

—¿Leche?

—No. Ni azúcar —contestó el reportero. Ortego, ajustado en el traje a medida, sujetó la taza alargada y se la ofreció sobre un plato de apoyo.

—Toma el café como los italianos.

—O los italianos lo toman como yo —sonrió. Intentaba

generar comodidad entre los dos. Pronto sacaría los cuchillos, pero antes quería ver cuál era el interés de Ortego por tenerlo allí—. Gracias. Está delicioso.

—Fabricamos un buen café —dijo y se apoyó sobre la mesa de su escritorio.

El despacho era amplio, aunque no tan grande como el de Fonseca. Leopoldo sospechó que no era su oficina, ya que no tenía ningún nombre en la puerta al entrar. Tal vez era la de alguien por debajo de él. La ausencia de fotos de familia y el estado aséptico de las estanterías despertaron sus alarmas. Adolfo era una excepción. La gente normal solía buscar la calidad en su espacio de trabajo.

En ese caso, se preguntó qué intentaría ocultar.

—Bonita oficina. Está muy ordenada.

Ortego se rio atento a sus movimientos.

—Este no es el mío —dijo con una falsa sonrisa en el rostro—. De hecho, ya no es de nadie, por el momento. ¿Qué le trae por aquí de nuevo?

—Quería hacerle unas preguntas a su cuñado, para el reportaje. Puede que tenga que regresar en otro momento.

—Quizá pueda ayudarle. Todo queda en familia, ya me entiende. ¿Ha descubierto algún tipo de información... sensible?

La presión aumentaba en el diálogo.

Ortego permanecía inamovible con los brazos estirados y las nalgas apoyadas sobre el tablero del escritorio. Quería transmitirle confianza. La puerta estaba a la espalda del reportero, por lo que podía marcharse cuando deseara. Eso le hacía sentirse más seguro, pero también era consciente de que era un movimiento calculado para que no sospechara de él. Lo que desconocía Ortego era que Bonavista callaba más de lo que hablaba.

—Me han llegado rumores de que está teniendo problemas con la familia desde la muerte de la señora Domenech. Dicen que no parecen llegar a un acuerdo.

—Desconozco lo que habrá escuchado, pero le puedo confirmar que no son más que bulos. Los buitres de su oficio sólo saben hacer eso.

—Con lo ambicioso que es usted, no le veo quedándose de brazos cruzados.

—No sé por qué dice eso, pero no me gusta cómo suena, ¿me oye?

—Venga, hombre. ¿Acaso cree que no le he calado? —preguntó dando el último sorbo a la taza. Bonavista sentía el fuego a su alrededor. Iba a exprimirlo con su puño como si fuera una naranja. Estaba grabándolo y esa conversación valdría millones—. Un economista del montón se casa con la hija de una buena familia, se convierte en la mano derecha de Fonseca, después en director del grupo...

—Se está equivocando conmigo, Leopoldo. No me conoce de nada. Cuide sus palabras antes de juzgarme.

—¿No le parece extraño? Silvia Domenech me contrató para hacer público un secreto que le pesaba demasiado...

—¿Insinúa que yo la maté? —preguntó. Estaba nervioso y ofendido. Leopoldo buscó una lectura en su rostro, pero Ortego era frío como un témpano—. ¡Jamás haría eso, por Dios! Ha sido ella, ¿verdad? ¡Laura le ha lavado el cerebro!

—Su mujer no tiene nada que ver con esto. No hace falta ser muy atento para entender que Laura y usted sólo mantienen las apariencias, pero eso no es de mi incumbencia... Sé que está teniendo problemas porque la señora le dejó a usted la herencia y no a ellos. Pero, ¿por qué haría algo así, Ortego? Lo tiene todo y, sin embargo, quiere más. Le supera la ambición.

Su rostro, perplejo, le indicó que algo fallaba.

—¿Sabe una cosa? Le diré algo —contestó—. Es usted un soberano idiota.

La cinta se detuvo, el ritmo frenético decayó. Leopoldo Bonavista no esperó una respuesta tan sincera y fuera de lugar.

—¿Có-cómo dice? —balbuceó.

—Le perdonaré porque su lengua va más allá de sus limitados pensamientos, pero, por el amor de Dios, Bonavista, piense con la cabeza antes de hablar. Lo primero de todo, sáquese esa idea absurda del coco. Silvia falleció desgraciadamente por un ataque al corazón... Lo segundo es que yo jamás le habría hecho daño a esa mujer —dijo afligido—. ¿Quién le ha metido tal disparate? Ni a ella, ni a su familia, por muy cretinos que sean. Ellos me lo han dado todo, sí, pero yo también me lo he ganado con mi esfuerzo. ¡Me gané su confianza! ¿Y sabe por qué? Jaume Fonseca nunca confió del todo en Adolfo ni en Penélope, y mucho menos en su esposa. ¡Él me lo confesó! Le hice la promesa de cuidar de las dos, de Laura y de Luz, y nunca falté a mi palabra, una tarea nada fácil de cumplir en una familia que siempre me ha tratado como a un tipo de segundas...

—Enternecedor. ¿Qué hay de las acciones? ¡Hable!

—¡Qué demonios! ¿A mí qué me cuenta? ¡Los únicos traidores aquí son ellos! —bramó—. Mis cuñados están buscando la forma de echarme para siempre ahora que ya no cuento con la protección de sus padres. Primero de los negocios, después de la familia. Han perdido el juicio y viven en un complot. Creen que todos quieren robarles. ¡Pero me niego a bajarme del barco! ¡Yo no soy estúpido y me pienso llevar mi parte del pastel! ¿Sabe qué pasaría con mi mujer y mi hija?

—¿Que serían más felices sin usted?

—¡Ojalá! Las dejarán sin nada. Esa zorra de Penélope le hará pagar por todo cuando se entere... —dijo y recapacitó recuperando el aliento. Se estaba emocionando demasiado—. En fin, se ha equivocado de enemigo, Bonavista. Todavía está a tiempo de rectificar antes de terminar ahogado en una piscina de mierda.

—Suena usted convincente, Samuel. Estoy seguro de que encontraría su lugar en el cine si se quedara sin empleo, pero no le creo. Simplemente, no me trago esta pantomima, no después de que provocara un accidente la noche del pasado domingo, sacándome de la carretera para que todo terminara ahí, en silencio, como pasó con Silvia.

—¿De qué cojones habla ahora?

—Desde que he entrado por la puerta, me ha tratado como a un estúpido con el relato de un mártir que se traía preparado de casa. He estado a punto de creerle, de ponerme de su lado y marcharme convencido de mi error —explicó—, incluso llegué a darle la presunción de inocencia hasta que descubrí que tenía un Mercedes.

—¿Y qué tiene que ver el Mercedes en todo esto? —preguntó desconcertado. En su expresión existía asombro, incluso curiosidad por saber más, lo cual desconcertó al periodista—. Le estoy contando la verdad, le he reconocido mis intenciones, ¿qué más quiere? ¡No tengo nada que ver con su maldito accidente!

—La Guardia Civil lo va a investigar, Ortego. Su coche fue el que provocó que el mío terminara contra un árbol. Se le acusará de conducción temeraria.

—Escuche, Bonavista, deténgase un momento —dijo moviendo las manos y pestañeando con rapidez—. Eso no pudo suceder, es imposible.

—Yo sé lo que sucedió y le digo que fue real.

—No, no discuto que un Mercedes lo hiciera. Sólo le digo que no pude ser yo.

—Y ahora me contará otra historia...

—Por supuesto que le daré una explicación y espero que con esto se zanje el tema... Esa noche dormí en Barcelona, por asuntos de negocios. Adolfo Fonseca y Miguel Castellanos están al tanto. Existen registros y facturas. Lo puede comprobar llamando al hotel o preguntar a las personas con quienes me reuní para cenar. Ni ese coche era el mío, ni esa persona era yo.

Leopoldo sintió una fuerte punzada en el pecho y desvió su mirada al vacío de la estantería.

33

El Mini Cooper descapotable salió disparado del aparcamiento del parque industrial. No podía creer cómo no lo había visto antes. Se sentía como un idiota, un completo y miserable idiota. A Ortego no le faltó razón. Desde el primer momento, lo había tenido delante, frente a sus ojos, incapaz de verlo, cegado por el brillo que desprendían el resto de los miembros de la familia. Pero los cabos se ataban, los círculos se cerraban y nadie cometía el crimen perfecto, al menos, de por vida.

Era consciente a lo que se exponía. Estaba a punto de cruzar las líneas rojas. Ahora que lo observaba desde otra perspectiva, no le importaba jugarse el pescuezo por conocer la verdad.

—Maldito Enzo... —dijo en voz alta cruzando la carretera nacional por la que regresaba a Alicante.

En todo momento, desde su llegada, había estado allí, junto a él, calculando sus pasos. Ese maldito chófer, pared con pared, siempre un paso por delante. Lo que no entendía era qué motivos tenía para esconder algo así. Sólo cabía la posibilidad de que él hubiera matado a la señora Fonseca o que lo hubiese hecho en nombre de otro miembro de la familia. ¿Quién haría algo tan estúpido?, se preguntó, pero la respuesta era obvia: los buitres no entendían de ética cuando las monedas brillaban ante sus ojos.

A lo largo del viaje, conectó los puntos que habían pasado desapercibidos durante su investigación. Los perros le habían advertido todo el tiempo y Leopoldo había sido incapaz de verlo.

«Pero... ¿por qué?», se preguntaba constantemente mientras veía las playas de la Costa Blanca al fondo.

Tarde o temprano, la Guardia Civil archivaría la investigación cuando descubriera que el vehículo estaba a nombre de la familia. Una jugada inteligente por parte del mozo, que tenía la potestad para utilizar la flota de vehículos cuando así lo deseaba. No obstante, aunque todo apuntaba a que el accidente había sido intencionado, existía algo que no terminaba de encajar en la cabeza de Bonavista. ¿Tendría conexión aquel percance con la muerte de Silvia Domenech? ¿Simplemente intentaría evitar que se destapara otro secreto de familia?, se cuestionó. Las incógnitas llenaban su sesera. Sólo había un modo de descubrirlo y, después de los hechos de sus últimos encuentros, Leopoldo intuyó el lugar en el que se escondería.

Cruzó la avenida de la entrada de Alicante que pasaba junto al mar y llegó hasta el desvío que había poco antes de la gasolinera donde había repostado en una ocasión. Con el coche estacionado por las luces rojas, miró al fondo, a la bajada que tenía en frente y a los vehículos que salían de la entrada que llegaba de la autovía. No existía duda de que ese era el lugar, el mismo en el que había tenido el primero de los accidentes con Enzo, una semana antes, nada más llegar a la ciudad.

—Qué poética es la vida, Bonavista —dijo en voz alta.

La luz cambió de color, tomó el desvío que se dirigía hacia la rotonda del barco y subió por la pendiente. Allí, recordándolo como si estuviera todavía en su Alfa Romeo, observó la urbanización de edificios blancos que había al costado. Tomó la primera salida y se adentró en el vecindario.

* * *

Después de pasar varios bloques de viviendas, no tardó en vislumbrar el Audi negro de los Fonseca aparcado junto a uno de los edificios.

El pulso se le aceleró. Su hipótesis comenzaba a tener sentido.

Hasta entonces, las cavilaciones no habían sido más que eso: teorías basadas en sus pensamientos, en las fantasías que rodeaban a un hecho incierto aunque verosímil. No obstante, dar con la matrícula del vehículo en esa calle le hizo un nudo en el estómago.

¿Qué hacía allí?, se preguntó, a esas horas, en ese lugar.

Él no era un agente, ni siquiera tenía madera. Era consciente de que podía meterse en un lío muy gordo. O mucho peor: podía perder toda su credibilidad ante la familia y arruinar el trato que tenía con ella.

Aparcó junto al vehículo alemán y, con las gafas de sol todavía puestas, dio un vistazo a la fachada. Los balcones del edificio estaban tranquilos y no se escuchaba ningún ruido desde allí abajo. La mayoría de los vecinos, probablemente, estaría trabajando a esas horas, llevando a los niños al colegio o, simplemente, fuera de casa.

Se acercó al timbre y comprobó los nombres de los

apartamentos. Para su infortunio, la mayoría sólo tenía el número de la vivienda.

Espero unos minutos en la puerta hasta que un hombre de unos cincuenta años salió del edificio.

—¿Le puedo ayudar? —preguntó al notar la inquietud del columnista.

La buena presencia de Leopoldo siempre era un punto a favor. Lo último que pensaba la otra persona era que se tratara de un ladrón o de alguien dispuesto a ajustarle las cuentas a un vecino.

—Estoy buscando a Enzo, pero no recuerdo el apartamento que me dijo y tampoco coge el teléfono.

—¿Enzo? No me suena...

—Un chico colombiano, moreno, fuerte...

—Ah, sí, ahora que lo dice, claro que me suena. El que sale con la modelo rubia.

Leopoldo se quedó traspuesto por un segundo por la información que el desconocido le había dado, pero no quería llamar su atención.

Con naturalidad, asintió y confirmó que era él.

—Exacto —dijo levantando el pulgar con una sonrisa idiota—. Ese es.

—Vive en el cuarto, si no me equivoco —aclaró—. ¿Va a pasar?

—Pues esa era mi intención —dijo aguantando la puerta—. No sabe cuánto se lo agradezco.

—Por cierto, su cara me suena de algo.

—¿Sí? —preguntó nervioso. No le habían reconocido en ningún momento y deseaba que siguiera así—. Puede ser. Tengo una cara muy común.

—¿Sale en la tele?

Leopoldo guiñó el ojo derecho fingiendo recordar. Después negó con la cabeza.

—No, que yo sepa. Me habrá confundido con alguien.

—Claro... Quizá sea eso y tenga una cara muy común.

Las gotas de sudor frío recorrieron su espalda. El vecino se despidió con educación y caminó hacia su coche, que se encontraba no muy lejos de allí.

—Aquí estás, Vincent Ferrera —murmuró poniendo el dedo sobre el cuarto izquierda—. Y me temo que no estarás solo. Ha llegado la hora de saber la verdad.

Leopoldo entró en el portal y tomó las escaleras.

* * *

A medida que subió los peldaños, los nervios de la incertidumbre, del peligro y de la expectación se apoderaron de sus extremidades. Las piernas y las manos le temblaban. Se repitió varias veces que no le pasaría nada, que en el peor de los casos alguien le ayudaría.

Comprobó de nuevo la señal de su teléfono, el estado de la batería y las últimas llamadas. Respiró hondo, llenó los pulmones y tiró todo el aire que tenía en ellos.

Finalmente, encontró la puerta, junto a dos viviendas más.

Estaba a tiempo de dar media vuelta y regresar al coche, como si no hubiera sucedido nada, como si el accidente que casi termina con su vida lo hubiese provocado otra persona. Pasar por alto el episodio, a pesar de que la intuición le dijera lo contrario. Si Enzo pudo hacer aquello, ¿de qué no sería capaz?, se cuestionó. Pero la fuerza interior que reinaba en su cuerpo fue superior a él. Se acercó a la entrada y puso la oreja sobre la madera.

Lo que oyó lo confundió por completo.

No podía creerlo. O sí, pero ni siquiera se lo había planteado antes de llegar allí.

«Esto sí que es fuerte», pensó cuando escuchó los gemidos placenteros de Martina y el traqueteo de los golpes sobre la cama.

—¡Dale, mami! —gritó Enzo como si se tratara de un rito chamán.

Leopoldo no pudo evitar reírse junto a la puerta, como un niño pequeño cuando sorprende a una pareja de adultos practicando sexo. Lo gracioso, para él, no eran los gemidos sino la reacción que tendría Enzo más tarde cuando el periodista le pusiera las cartas sobre el tapete.

En efecto, como solía ocurrir, el respeto y la lealtad brillaba por su ausencia en la familia. Enzo se había cubierto las espaldas demasiado bien y Martina llenaba el vacío que Adolfo Fonseca era incapaz de cubrir.

Triste, pero cierto. ¿Quién era él, después de todo, para juzgar las acciones de otros?, pensó al acordarse de Rosario y de Amalia.

Pese a todo, no se iba a echar atrás.

Carraspeó, estiró el cuello, echó los hombros hacia atrás y tocó al timbre varias veces hasta que la pasión cesó al otro lado de la puerta.

Agitado, escuchó los pasos del conductor acercándose a la entrada. Rápido, Leopoldo se echó hacia un lado, junto al timbre y una planta que había allí de decoración, para que el mozo no pudiera verle por la mirilla.

Sintió su respiración al otro lado, el malestar por haberle interrumpido el encuentro de pasión. De nuevo, volvió a tocar. Enzo abrió intranquilo y Leopoldo se puso frente a la puerta.

—¿Tú? —preguntó el chófer con los ojos en blanco y la expresión agrietada. Todo lo que llevaba encima eran unos calzoncillos blancos apretados. Su cuerpo, trabajado, pronto sería una imagen escultural, pero eso no asustó al reportero—. ¿Qué coño haces aquí?

De repente, un agujero se abrió en el suelo para Leopoldo. Un chispazo eléctrico provocó un cortocircuito en su cabeza. La imagen del vehículo apartándolo de la carretera volvió a su recuerdo. Los brazos se le hincharon. El estómago rugió con dolor y sintió una profunda rabia que nacía de la boca del esófago. Quería matarlo con sus propios puños, a pesar de que él nunca había tenido talento para boxear.

Como un púgil aficionado, sin mediar palabra, se abalanzó sobre el colombiano empujándolo hacia el interior del apartamento y después le propinó un gancho que lo mandó al suelo. Enzo no pudo resistirse, ni siquiera lo vio venir. Cayó como un árbol de Navidad y se cubrió el rostro con las manos.

—¡Ah! —gritó—. ¡Qué haces!

—¿Qué está pasando? —bramó una voz femenina del interior del dormitorio. Era ella, Martina, tal y como había imaginado. Tenía unas piernas kilométricas, brillantes y tostadas por el sol. Se había puesto las braguitas negras y la camisa del empleado de la familia, por la que se movían sus pechos al agitarse. Despavorida, creyendo estar siendo asaltada por una banda de atracadores, había salido del cuarto sujetando una lámpara para aporrear al agresor cuando vio a Leopoldo Bonavista—. ¿Tú? ¡Tú! ¿Qué coño estás haciendo aquí?

El columnista tenía los nudillos enrojecidos y el puño hinchado. Se sentía orgulloso del gancho. Era lo menos que podía hacer.

Cerró la puerta de un golpe y miró a la pareja.

—Es hora de que hablemos... —dijo con los brazos en jarra—. Tengo algunas preguntas que haceros. Sois los únicos a quienes no he entrevistado todavía.

34

Enzo sujetaba una bolsa de guisantes congelados sobre su pómulo izquierdo. El golpe le había abierto la cara.

Martina fumaba sentada sobre el sofá con las piernas cruzadas.

La claridad del exterior se colaba en el salón del pequeño apartamento que el mozo había comprado años atrás y pagado con el alto salario que los Fonseca le daban. Era el piso franco al que llevaba a sus aventuras amorosas. Leopoldo daba sorbos a un vaso de agua mientras buscaba la forma de abordar todas las cuestiones.

—¿Qué es lo que quieres? ¿Dinero? —preguntó ella. Era incapaz de mirarle a los ojos, por lo que supuso que estaba avergonzada y temía las consecuencias de sacar su romance a la luz—. Te daremos lo que pidas.

—¿Cómo? ¡No pienso darle nada! ¡No estamos haciendo nada malo! —gritó Enzo negándose al trato.

—¡Cállate, cierra la boca! —le manó—. Yo sé cómo gestionar esto.

Leopoldo chasqueó la lengua, todavía de pie, al ver cómo discutían. Era evidente que Martina mandaba en la pareja. Al fin y al cabo, ella todavía podía convencer a Adolfo Fonseca de que había sido una mentira, un error o un simple desliz. No obstante, el más perjudicado en esa relación era él. Había jugado con fuego. Si tan sólo se hubiera encaprichado con la empleada del servicio, el conflicto no hubiese trascendido. Pero su ego, esa estúpida hombría de creerse más listo que los demás, de desafiar a lo más alto de la pirámide, a la mano que lo alimentaba, lo iba a poner en la calle. No le cabía duda de que tan pronto como se enterara el mayor de los hermanos, tendría que buscarse otro empleo.

—Callaos de una maldita vez, ¿entendido? —ordenó—. Será mejor que respondáis a mis preguntas si queréis que guarde silencio.

—No pienso contarte nada. Voy a denunciarte por lo que has hecho —respondió Enzo—. ¡Me has asaltado en mi propia casa!

Leopoldo dio un paso al frente y le señaló con el índice.

—Mejor vamos a contarle a la Policía cómo intentaste matarme, ¿te parece? —preguntó. El chico se calló de golpe. Las palabras de Bonavista generaron la suficiente tensión para que le escuchara—. ¿Crees que no iba a descubrir que eras tú el que conducía el Mercedes de Samuel Ortego? Así que limítate a responder a lo que te pregunte y cierra el pico… Ahora, decidme cuál de vosotros asesinó a Silvia Domenech.

—¿Cómo? —preguntó ella dejando que el cigarrillo se consumiera—. ¿Alguien mató a la vieja?

Enzo tenía los ojos como platos y Martina lo miraba con las facciones tensas.

—Nosotros no tocamos a esa mujer. ¿Estás loco, hermano?

—Hazte un favor y no me llames hermano —replicó Bonavista—. ¿Cómo que no habéis sido vosotros?

—La autopsia demostró que se murió de un infarto. ¿De

dónde te has sacado eso?

—Es obvio que con el dinero que tiene tu futuro esposo, la autopsia puede decir lo que él quiera —explicó el periodista—, y tú eres la primera que está al corriente de esto. Ahora, todo tiene sentido. Os interesaba que fuera así... La única forma de que Ortego no se quedara con su parte era matándola para ganar tiempo. A su vez, ella no podría contarle la verdad a su hijo sobre vuestra aventura, de la que estaba al tanto. Un desliz que había permitido pasar por alto con tal de que, de cara a la galería, Silvia Domenech diera la imagen de familia unida... Pero se había hartado, de ella, de su vida y de todos vosotros, y estaba dispuesta a soltar la bomba antes de morir. Cuando supisteis del reportaje, no tardasteis en hacerla callar para siempre. Los Fonseca se encargarían del resto, vosotros seguiríais con vuestra aventura en secreto y tú terminarías casándote con él aunque no estuvieras enamorada, porque, en realidad, tu carrera como modelo es una farsa.

—No te permito que me hables así. Tú no sabes nada de mí...

—Lo que no esperabais era que el reportaje siguiera adelante y los nervios os delataron —prosiguió poniéndolos contra las cuerdas. Hasta el momento, ninguno parecía sorprenderse por lo que contaba—. Por eso estabas merodeando por mi apartamento, para ver qué había conseguido sacar en claro. Como no pudiste acceder, le dijiste a Enzo que se hiciera cargo de mi coche. ¿Y qué era mejor que provocar un accidente? Tanta amabilidad acabó chirriando. Así que aprovechasteis mi ausencia para cortarme los frenos y provocasteis un accidente con otro vehículo para desviar la atención en caso de testigos. ¿Cuándo? ¡Qué casualidad! El mismo domingo del partido de tenis, el día que don Miguel libraba en su portería y Enzo podía entrar y salir sin llamar la atención, ¿verdad? Pero no contasteis con que Ortego volaría esa misma tarde a Barcelona para reunirse con unos clientes. Un ligero error que me ha traído hasta aquí...

El conductor estaba nervioso. Guardaba silencio bajo la mirada atenta de Martina, que intentaba copar la conversación para que Enzo no se fuera de la lengua.

No obstante, la modelo parecía guardarse una carta. Había algo en su mirada que no le gustó al periodista. Inspiraba demasiada confianza.

—No está mal. Debo reconocer que jamás pensé que nos descubrirían —dijo ella y aplastó la colilla en un cenicero—, pero nosotros no le dimos fin a esa vieja ni por asomo. Ortego es el único que tiene razones para hacerlo. ¿Cómo no te has dado cuenta?

—¿Cómo que no? ¡Intentasteis matarme como a ella! Las pistas que habéis dejado me han llevado hasta vosotros.

—¿Por qué piensas que fui yo quien condujo esa noche? —preguntó el muchacho ofendido—. ¡Es una acusación muy fuerte! ¡Pudo haber sido cualquiera! ¡Esos dos gemelos son un peligro!

—No habría sospechado si no le hubieses dicho nada a Manuela para que guardara silencio.

—Pensaba que habías dejado de verte con ella... —comentó Martina con voz resentida.

—¡Ortego es un manipulador! —gritó Enzo—. Él es el único en este lío que sólo tenía el apoyo de Silvia. ¡Y por eso la mató! ¡Para que callara cuando dejó de tenerlo!

—¿Eres tonto o sordo? ¿Qué hay del coche, Enzo? ¿Qué va a pasar cuando la Guardia Civil encuentre pintura roja en el

Mercedes y las huellas dactilares correspondan con las tuyas? ¿Eh? ¡Dime! —interrogó poniéndolo contra las cuerdas. El muchacho lo miraba con los ojos inyectados en sangre. Visualizaba el resto de su vida entre rejas—. ¡Contesta, joder! ¡Destrozaste mi automóvil y casi me destrozas la vida!

—¡Yo no quería! ¿Vale? ¡No sabía qué hacer! ¡Fue un error, de verdad! Teníamos tanto miedo… —exclamó Enzo derrumbándose delante de la modelo—. ¡Maldita sea! ¡Ella me obligó!

—No esperaba menos de ti como hombre que eres —contestó Martina con desprecio.

—¡Lo siento, de veras! Pero ella dice la verdad, lo juro —añadió Enzo—. Nosotros no teníamos intenciones de hacerle nada. ¡Todo lo contrario! Martina tenía un pacto con la señora Domenech. Ella me ayudó tanto…

—¿Un pacto? —preguntó Leopoldo—. ¿Qué clase de pacto?

—Tan listo que eres, Bonavista. ¿No te has preguntado por qué guardaba silencio? ¿Por qué nunca te lo contó? —preguntó ella—. Te habrías ahorrado el trabajo, ¿no? Siendo la matriarca de la familia, la mujer más poderosa, detestándome con todas sus ganas… ¿Jamás te has cuestionado por qué permitía que una mujer como yo estuviera con su hijo sabiendo que le era infiel? Una madre no permite eso y menos bajo el mismo tejado, a no ser que esconda algo también.

Una sonrisa vil apareció en su rostro.

El gesto transmitió calma al muchacho, que parecía compungido por lo que pudiera desencadenar el encuentro.

—Silvia Domenech tenía una relación complicada con su hijo.

—Como todo el mundo, Leopoldo —dijo creciéndose de nuevo. El miedo y la tensión que habitaba en el salón del apartamento se disipó. Martina, que se había asustado en un principio, volvía a sentirse segura y confiada—. Me temo que Samuel Ortego no te ha contado toda la verdad.

—No intentes confundirme... Conozco a las personas como tú.

—Te contaré la verdad a cambio de tu silencio —dijo ella—. Es lo mínimo que puedes hacer. Y créeme, que te sorprenderá lo que tengo que decirte.

—Ahora que te has quedado sin protectora, buscas a quien te permita seguir con la farsa.

—Cuido de mi futuro, como tú del tuyo —dijo la mujer. Enzo guardaba silencio en un rincón como un animal desvalido—. De lo contrario, pondré a Adolfo y al resto de la familia en tu contra y me encargaré de que tu carrera termine en esta ciudad.

—Vaya, esto sí que es interesante —dijo el columnista y se apoyó en un pilar del salón. La partida giraba de nuevo. Sus intenciones habían sido otras y ahora volvía a ser amenazado con quien más tenía que perder. Las condiciones eran tentadoras, pues lo único que podía lograr era destapar una infidelidad que le importaba más bien poco. En el peor de los casos, siempre tendría tiempo a rectificar—. Está bien, te escucho.

Enzo miró a la mujer, pero ella no sintió complicidad alguna después de haberse rendido ante los pies del columnista.

Con un movimiento sugerente de su cuerpo bajo la camisa del conductor, le pidió un vaso de agua como último favor y se encendió otro cigarrillo.

—Antes de hablar, quiero que quede claro que nunca te he contado esto —le advirtió la mujer llenando los pulmones de oxígeno antes de sumergirse en el testimonio—. Esta conversación, este encuentro... jamás han existido. Lo negaré todo. Así que quiero que me des tu palabra. Lo que hagas o no con esta información no me puede salpicar de ninguna manera.

—Te doy mi palabra.

—Estupendo —dijo y dio una calada al cigarrillo. Después tiró el humo—. Silvia Domenech y yo hicimos un pacto cuando descubrí que tenía una aventura con Samuel Ortego, el marido de su hija.

35

Martes, 12 de julio de 2016
Apartamento de Enzo, San Gabriel
Alicante, España.

Leopoldo se había quedado estupefacto ante el relato de la modelo. No podía entenderlo ni quería aceptar que todo su trabajo había sido una pérdida de tiempo. Las imágenes revolotearon en su cabeza. Tomó asiento, Martina no había hecho más que empezar.

Enzo le sirvió un vaso de agua y abrió la cristalera del salón.

El periodista estaba pálido. La calma se instalaba de nuevo en el interior de la vivienda y la brisa marina entraba por el balcón haciendo que las cortinas se movieran como bailarinas de ballet.

Se sintió como un imbécil por no haber considerado un detalle así. Lo cierto era que jamás se le ocurrió que Silvia Domenech pudiera mantener una relación sentimental con el marido de su hija pequeña y mano derecha del difunto esposo. Entonces le vinieron a la mente las imágenes de aquella mañana madrileña en el hotel, la espalda desnuda de la mujer y una desagradable imagen de Ortego y ella besuqueándose a escondidas.

—Necesito que me lo cuentes todo —dijo el periodista—, cronológicamente hablando. Es importante. ¿Cómo y cuándo lo descubristeis?

La pareja se miró.

Martina llevaba la voz de mando y estaba dispuesta a dar su versión para que después Enzo la corroborara. A su lado, el muchacho perdía toda la gracia que tenía como persona y pasaba a ser un perrito faldero.

—Ocurrió hace unas semanas —explicó la modelo y cruzó las piernas de nuevo. Adoptó una posición relajada en el sofá y entornó los ojos a modo de recordar. Conocía el ritual, le gustaba hacerse escuchar y estaba preparada para soltar la bomba que Domenech se había llevado a la tumba—. Enzo y yo llevábamos viéndonos un tiempo a escondidas en el pasaje antes de venir a este apartamento, pero estaba harta y tenía que poner freno a ciertas cosas. Hacía un par de meses que no conseguía ningún trabajo como modelo, ni siquiera desfilando, y no sabía cómo contárselo a Adolfo. Me sentía fatal. Como cada año, a finales de junio, los Fonseca se mudaban a la finca para pasar el verano juntos hasta que llegara septiembre. Era mi primera vez en la casa, puesto que aún no era oficialmente de la familia. Adolfo me dijo que fuera con él, que sería bueno para la relación y para todos. Yo también lo pensé así y accedí.

—¿Tenías una buena relación con la señora Domenech?

—No tenía relación —contestó—. Ni con ella, ni con el resto. Siempre me han tratado como parte del decorado, ¿entiendes? Los perros reciben más atención que yo. Creo que la vieja nunca aceptó que fuera más guapa que su hija Penélope.

—¿Y tu relación con él?

La mujer miró al chófer.

—No tienes por qué contestar, Martina —añadió Enzo.

Ella le tocó el brazo para tranquilizarlo.

—Era buena, al principio. La muerte de su padre le afectó demasiado. ¿Por qué? No lo sé. Nunca lo sabré. Adolfo es un hombre hermético. Te dice que todo va bien, que no te preocupes, pero nunca llegas a saber con quién duermes. Cree que el dinero lo puede arreglar todo, hasta la falta de cariño. ¿Qué clase de relación es esa?

—No lo sé, tal vez tenga razón. Nunca he tenido tanto dinero —contestó el periodista—. ¿Llegaste a conocer a Jaume Fonseca?

—No, aunque él me habló mucho de su padre.

—Pero tú sí, ¿verdad, Enzo?

—Así es. Un buen hombre.

—Contadme qué pasó cuando os descubrieron...

—Realmente, no nos llegaron a descubrir del todo —prosiguió ella—. Como he dicho antes, necesitaba hablar con Enzo y detener esto. Estaba confundida, no sabía qué hacía con mi vida y Adolfo no me ayudaba. Por su parte, él llevaba días sin dormir en casa. Cuando lo hacía, siempre estaba cansado y sólo hablaba del trabajo. Se había muerto ese empleado amigo de la familia, un tal...

—Baile.

Ella ladeó la cabeza.

—Así es. ¿Lo conocías? ¿Te habló de él?

—Más o menos. Su relación en todo esto es un asunto extraño que espero aclarar pronto...

—Esa mañana —continuó embebida en su propio testimonio—, le dije a Enzo de vernos en el pasadizo. No podía esperar y era el único lugar de la casa donde sabía que no nos encontrarían. En cierto modo, me sentía segura allí.

—Por eso entraste en mi habitación —respondió Leopoldo atando los cabos—. Se supone que ese pasillo no se utilizaba desde hacía más de diez años.

—Sí, desde la muerte de Fonseca, pero ya ves... —dijo con una sonrisa vil y continuó—. Así que entré por la cocina como siempre hacía, aprovechando que el servicio se encontraba en la planta de arriba haciendo las camas. Era consciente de que había alguien más por la casa, pero estaba segura de que nadie nos vería.

—¿Dónde estabas tú?

—En Alicante —dijo avergonzado—. Esto pudo no haber pasado, pero no tuve opción. Abel y Romeo, los gemelos, me pidieron que les llevara a la ciudad porque querían ir de compras. Les dije que no podía ser, que ocuparían el servicio, pero me amenazaron y no me pude resistir.

—¿Amenazar?

El chófer se puso colorado. Las palabras no le salían.

—Sabían lo mío con Manuela, la chica del servicio —explicó. Martina lo miraba con desidia—. Me dijeron que si no les llevaba, se lo contarían a la abuela y nos despedirían a los dos. Yo sabía que eso no era posible, que a ellos les daba igual que tuviéramos una relación, pero terminaría pasándole factura a ella, que además vive en ese pueblo y todo se habla...

—Ahora no te hagas el héroe —respondió la modelo.

—Así que no llegaste a tiempo.

—Sí que lo hizo —intervino la modelo—. Llegó tarde, pero a tiempo.

—Explícate.

—Como Enzo no aparecía, me puse algo nerviosa, así que me encendí un cigarrillo —continuó—. Estaba a oscuras, siempre lo estábamos. En cierta manera, la opacidad formaba parte de la intimidad y del morbo... Entonces, sentí una presencia al otro lado del estudio. La estantería se movió y alguien abrió la puerta. Pensé que era Enzo y me calmé, pero después vi la silueta de Ortego entrando.

—¿Y qué hiciste?

—¡Nada! Apagué el cigarrillo en el suelo. Él no me vio, pero sí que notó que estaba allí. Lo pasé fatal. Sentí cómo se acercaba a mí. Escuché su respiración ansiosa. Me quedé sin palabras, muda... —explicó y su relato se volvió lento y torpe—. Olí su colonia y percibí el calor de su cuerpo. Pensé que intentaba darme miedo, pero me confundí. Se acercó a mí, me agarró de la cintura por un lado y del culo con la otra mano. Después comenzó a besarme por el cuello. Estaba aterrada, sus manos me apretaban con fuerza.

—¿No hiciste nada?

—Estuve a punto pero, entonces, escuchamos algo desde la cocina. La puerta se movió, él se separó de mí desconcertado, la luz se encendió y la vieja entró en el corredor.

—Sigo sin creerme que te confundiera con ella... —dijo el chófer de brazos cruzados.

—Debo reconocer que la señora Domenech se conservaba muy bien para la edad que tenía —agregó el periodista, que estaba disfrutando con el testimonio de la mujer—. ¿Cómo reaccionó?

—Cuando vio lo que estaba ocurriendo, intentó culparnos a nosotros —dijo levantando el índice—, como si Ortego y yo estuviéramos liados. ¡Menuda lista! Pero no estaba dispuesta a caer en su juego. Por un instante, debido a los nervios, hasta llegué a pensar que era una desafortunada coincidencia. Sin embargo, una mirada entre ellos fue suficiente para entender lo que sucedía.

—Y decidiste aprovecharte de la situación.

—¡Por supuesto! ¿Crees que iba a permitir que se saliera con la suya? —preguntó envalentonada—. Por cómo me miraban, hasta pensé que me iban a matar y esconder allí para siempre. ¡Les temblaban las piernas!

—Silvia Domenech era una mujer fuerte. Me sorprende que actuara así.

—Lo era —afirmó ella—, pero estaba teniendo una relación secreta con el marido de su hija en la residencia de verano, a espaldas de todos. Tal vez yo fuera una cualquiera, pero temía que sus hijos la desplumaran antes de marcharse para siempre.

—¿A qué te refieres?

Martina agachó la mirada.

—Adolfo nunca me ha hablado de ello, aunque sé que estaban teniendo problemas con su cuñado desde que la relación con Laura se enfrió —aclaró—. Todos piensan que se casó con ella por interés, para aprovecharse de la fortuna de la familia. Yo le di una oportunidad, todos piensan lo mismo de mí...

—¿Acaso no es cierto? —preguntó Enzo.

Estaba sufriendo un ataque de celos incontrolables. Le costaba aceptar lo que escuchaba. En el fondo, el muchacho no significaba más que un entretenimiento para la modelo. Ella aspiraba a más que un chófer privado. La vida le había dado una cara bonita para utilizarla a su antojo y el joven representaba la diversión con la que completaba la semana.

—No seas impertinente. Ya hemos hablado de esto

—contestó rotunda y él se frotó el rostro dolido.

—¿Qué pasó después? —preguntó Leopoldo intrigado. Moría por contárselo a su jefa.

—Primero me preguntaron qué hacía allí. Supuestamente nadie sabía de ese lugar... —contestó—. Me excusé en el tabaco. Soy modelo, no debería hacerlo y fingí que me estaba escondiendo de Adolfo... Fue la excusa perfecta y coló, ya lo creo que coló. Silvia me ofreció dinero a cambio de silencio, pero no iba a cerrar el trato sin pensarlo antes, así que le dije que no se preocupara, que les guardaría el secreto... Ella quería callarme con un testigo y yo largarme de allí. Me había tocado la lotería y todo por hacer las cosas bien, pero entonces...

—Llegó él —añadió Leopoldo—. ¿Qué dijiste, Enzo?

El muchacho se avergonzó de nuevo tapándose la cara. Aquella historia le producía estupor.

—¿Que qué dijo? —intervino enfadada la mujer—. ¡Mami, ya estoy aquí! ¡Mami, ya estoy aquí! ¡Eso fue lo que dijo!

Un fuerte ataque de risa nació del estómago del periodista al ver a la modelo dramatizar el momento, pero supo contenerlo a tiempo.

—No sabía qué estaba pasando ahí dentro... Había logrado convencer a esos dos diablos para regresar a la finca y cuando entré...

—¡Ni siquiera se molestó en disimular! Lo arruinó todo. ¿Eres consciente de la cantidad de dinero que me hiciste perder?

—Otra vez el maldito dinero, estás obsesionada...

Leopoldo se dio cuenta de que tenían todavía muchas cosas que discutir. Sin embargo, a él no le importaba lo que pudiera suceder entre ellos dos. Más bien, estaba profundamente interesado en el final del romance secreto que Domenech mantenía con Ortego.

—Y ahí se dieron cuenta de lo vuestro —agregó el columnista uniendo los puntos. Ahora sabía de quién era la colilla que había encontrado, pero le faltaba otro elemento.

—Sí. Y el chantaje se convirtió en una fuerte discusión —explicó Enzo—. La señora y Martina llegaron a las manos, así que Ortego y yo decidimos separarlas antes de que alguien nos descubriera. Después salimos de allí.

—Durante esa discusión... ¿Se cayó algo? Un collar, un anillo...

—No, que yo sepa. ¿Por qué?

—Nada. Curiosidad. ¿Volvisteis a hablar del tema? —preguntó. Ellos se miraron, cómplices de su versión.

—Sí —confesó la modelo—. Días antes de su muerte me amenazó diciéndome que no aguantaba más, que no estaba dispuesta a permitir que su hijo viviera con una furcia como yo. Habló la santa vieja... Me exigió que lo dejara, que rompiera con él.

—Y te negaste.

En los ojos claros de la rubia se incendió un fuego.

—Si Troya ardía, quería estar presente —respondió y suspiró. Se formó un ligero silencio en la conversación. Estaban agotados—. El resto de la historia, ya lo conoces. Pensaba que con su pérdida harían de tripas, corazón, pero la situación entre los hermanos sigue igual de mal.

—¿Crees que lo saben? Lo de Ortego.

—No sé qué decirte, no tengo la menor idea, pero estoy segura de que Domenech le dejó parte de su fortuna a ese trepa.

—Fortuna que no le pertenece y que ahora Adolfo y

Penélope le quieren arrebatar.

Ella alzó los hombros como si ese asunto no le incumbiera.

—Quizá no sea tan disparatado pensar que alguien de la familia se deshizo de esa mujer —dijo la modelo sacando otro cigarrillo. Lo encendió y miró al mar infinito que se veía a través del balcón—. Pero yo no pondría la mano en el fuego por ninguno de ellos... Todo esto quedará *off the record*, ¿verdad?

* * *

Necesitaba un trago, tal vez dos, o la botella entera. Una gaviota le había salpicado el cristal de excremento. A veces, las desgracias llegaban sin pensar en ellas. Los testimonios de Martina y Enzo no dejaban de ser versiones personales, no exentas de vacíos, sombras y secuencias modificadas a su antojo y beneficio. Sin embargo, ellos no eran conocedores de las pesquisas que el periodista guardaba de su previa investigación. Por mucho que le costara digerirlo, los hechos narrados en el interior de ese apartamento encajaban cronológicamente con la trama que el propio Bonavista había elaborado. Todo se hilaba con sencillez, como si las piezas del rompecabezas entraran solas en su posición.

Y pese a todo, aún seguía sin darle explicación al enigma del pendiente extraviado.

Demasiada información nueva que debía poner en orden, alejado del entorno y el viscoso ambiente que rodeaba a los Fonseca.

Estaba hundido, totalmente perdido en su propio trabajo y absorto con el relato de esas dos pobres almas perdidas.

Entrada la tarde y con un considerable agujero en el

estómago, condujo de vuelta a la ciudad por la carretera que bordeaba la costa con la esperanza de abrazarse a una barra de bar. La exclusiva era tan fuerte que se sentía incapaz de decidir por su cuenta.

Hasta la fecha, nunca había manejado información tan sensible sobre otras personas. Lo más cercano que había estado de un rumor así, había sido casi un año atrás, momento en el que decidió armarse de valentía, subestimar a los dioses del mundo editorial y publicar un reportaje lleno de fallos y difamaciones que casi le cuestan la carrera profesional. Razón por la que se pasó al mundo de la crítica estética. Excusa por la que cambió, gradualmente, de pareja y se buscó una compañera que no le juzgara por los errores del pasado. Aquel era el conflicto más poderoso que arrastraba a Leopoldo desde la infancia: cuando la presión subía y la responsabilidad determinaba sus actos, en lugar de afrontar el precio de la derrota, huía como una liebre evitando los perdigones. Así fue con su padre, una pérdida que, sin esperarla ni decidirla, su madre solucionó cambiando de hábitat en lugar de quedarse donde las olas del recuerdo morían cada mañana al salir el sol. Un remedio que aplicó como modelo a todo obstáculo de la vida. Consciente de que, por mucho que huyera, tarde o temprano volvería al mismo lugar, bajo el sol vespertino y abrasador de la Costa Blanca, cayó en la cuenta de que se enfrentaba, una vez más, a un capítulo decisivo de su vida. Como tantas veces, no estaba seguro qué paso dar.

Tras varios intentos fallidos de establecer contacto con Beatriz Paredes, probó suerte con Marta, su fiel compañera de fatigas, ese amor idílico que seguía perenne aunque de un modo difuso. La echaba de menos, pese a haber terminado de esa manera. Se preguntó por qué no la habría llamado en su ausencia y por qué no le salía hacerlo todavía. Si algo tenía claro era que, además de compartir lo que sabía con las dos únicas personas en las que podía confiar, necesitaba escuchar el consejo de alguien que no fuese su conciencia.

Probó hasta tres veces, sin éxito, y optó por dejarle un mensaje en el buzón de voz. Leopoldo creía en el oráculo, en el infortunio de algunas ocasiones y en cómo éste abría nuevos paraísos por conocer. Los mejores momentos de su vida siempre habían sido provocados por derrotas, contratiempos y desaires. Era su forma de entender la vida, de vivirla plenamente buscando la luz entre las sombras, sin darle demasiada importancia a lo negativo. Era su manera de mantener a su padre cercano a él.

Pero, por mucho que amara la vida, no significaba que ésta fuera perfecta. Leopoldo, escaso de amistades en aquella tórrida aunque bella ciudad, no tuvo más remedio que gozar de su propia compañía.

Una semana le había bastado para hacerse con las calles del casco antiguo de la capital levantina. Dejó el vehículo en un aparcamiento cercano a la avenida Maisonave y recorrió las aceras en busca de un bar. Finalmente, terminó en la sombra de la terraza de un restaurante del barrio antiguo, frente a la basílica, rodeado de personas, de paellas de marisco sin acabar, de botellas de vino vacías e idiomas desconocidos que no lograba descifrar. Un gitano tocaba en su guitarra piezas de Paco de Lucía a cambio de unas monedas.

Pidió una copa de Albariño y disfrutó de la soledad a la espera de que sucediera un milagro. Tuvo la sensación de que se estaba perdiendo un importante capítulo de su vida, el cual no lograba identificar. A ojos de sus antiguos compañeros de carrera, Leopoldo era lo que muchos aspiraban a ser: un auténtico vividor, un niño terrible de las letras y uno de esos clichés literarios del periodismo a los que siempre invitaban a sus fiestas, los famosos más chic de la ciudad. El misterio de la familia Fonseca había llegado a su fin. Tener una noticia tan crucial en sus manos y no poder contarla a nadie demostraba la pobre situación en la que se encontraba.

Convencido de ser otra cosa, ya fuera por el morbo de la situación al tener a la fallecida por medio, el escapismo de una vida a la espera de soluciones en Madrid o las ganas de recuperar una economía devastada, llegó a la conclusión de que en el seno de la familia no había otra cosa que un gran lío de faldas y disputas personales. De nuevo, pensó en esa autopsia. ¿Cómo había sido tan memo?, se preguntó mientras saboreaba el vino en su paladar. Tal vez ese era el problema, que los memos no eran conscientes de su forma de actuar.

Beatriz Paredes lo entendería y el resto de los tiburones de la sala de juntas también.

Antes de acabar el trago, tomó una severa decisión: escribiría aquel reportaje, sacaría a la luz los trapos sucios de la familia y se blindaría las espaldas para que la revista protegiera sus palabras. Después, se marcharía a la dehesa extremeña o al interior manchego. No quería saber nada del mar, ni del dinero, ni tampoco de la vida social que llevaba y criticaba. La estrella se había apagado y mantener su brillo era una pérdida absoluta de tiempo.

Pero antes de abandonar la costa, el lugar al que pertenecía y que tanto detestaba, le contaría a Laura Fonseca lo que había descubierto. Era lo menos que podía hacer por esa mujer. Ella había sido la única que se había esforzado por tenderle una mano y, en cierto modo, le atraía, aunque supiera que no tenía ninguna oportunidad con ella.

—Amigo, *un eurico pa comé* —dijo el músico callejero. Leopoldo lo miró y buscó una moneda en su bolsillo.

—Ahí tienes.

—Muchas *grasia*, amigo —respondió el hombre con una sonrisa y le señaló a la mesa.

—Ya te he dado una moneda, ¿qué quieres?

—¡Amigo, *er* teléfono, que le suena! —señaló riéndose y se marchó.

El músico callejero tenía razón. Se había quedado tan absorto en sus pensamientos que no sintió la vibración de la llamada.

Al comprobar la pantalla, sintió un nudo en la garganta. ¿Existía la serendipia?, se preguntó.

—¿Sí? —contestó al aparato.

—Hola, Leopoldo. ¿Está ocupado? —preguntó y oyó el bullicio de la calle—. Lo siento, puedo llamarle más tarde...

—Espere, Laura —contestó rápido antes de que terminara la frase usando un tono sensual y relajado—. Estoy solo, puedo hablar.

—¡Ah! Estupendo —dijo ella. Aunque no la vio, pudo percibir esa sonrisa al otro lado del aparato.

—¿Ocurre algo?

—No, realmente. Bueno, sí... —dijo ella—. ¡Ay! Qué estúpida soy. Sólo quería hablar con usted.

—¿Sobre algo en concreto? —preguntó el columnista.

No podía parar de hacer esas cuestiones absurdas para empujar la conversación. Su instinto le estaba advirtiendo de las señales que Laura le enviaba, pero se veía incapaz de cruzar la línea.

—¿Le gustaría tomar una copa?

La respiración se le cortó.

—¿Una copa?

—Sí, aquí en la finca. Me gustaría hablar de todo lo que está sucediendo. Creo haber descubierto algo sobre mi familia y necesito contárselo a alguien... de confianza.

Las alarmas se dispararon. Laura Fonseca le estaba proponiendo un trago en su propia casa.

«No seas mal pensado, Leopoldo. Sólo quiere hablar».

—Sin problema —le contestó. Tenía las manos frías y húmedas de sudor. Las piernas le temblaban. Por algún motivo, esa mujer le imponía más que el resto—. Me encuentro en la ciudad, pero puedo llegar en una hora.

—Una hora está bien. Hasta luego.

—Adiós, Laura —dijo y colgó.

Una extraña presión le inundó el pecho. Sintió que algo estaba a punto de cambiar.

36

Dejó el vino a medias y abandonó la ciudad con la sensación de estar a punto de meterse en un agujero que le quedaba demasiado grande.

Poco a poco, las sombras del misterio que rodeaba a Silvia Domenech, Jaume Fonseca y sus acólitos, comenzaban a salir a la luz.

En un sosegado viaje de vuelta bajo la luz amarillenta del alumbrado público, el resplandor de una brillante luna y el ruido de motores de los coches que cruzaban las avenidas a toda velocidad, Leopoldo tuvo tiempo para elucubrar, una vez más, una hipótesis que diera sentido a lo que estaba viviendo.

Aunque la posibilidad de que Silvia Domenech hubiese sido asesinada empezaba a ser algo improbable en su cabeza, no la llegó a descartar del todo. Era evidente que el seno de la familia no pasaba por su mejor momento. Pensó que quizá estuvieran así desde la muerte de Jaume Fonseca, o incluso antes. Tal vez Laura Fonseca sólo buscara en él ese agente externo que era capaz de dar la vuelta a un conflicto irremediable. Sin embargo, y pese a que no fuera más que una estúpida suposición que iba en contra de los informes médicos, después de sorprender al chófer con la actual pareja de Adolfo Fonseca, y conocer la aventura amorosa que la viuda mantenía con su yerno, la posibilidad de que alguien hubiese provocado su fallecimiento volvía a renacer.

Dejó la autovía y volvió al cruce de caminos por el que tantas veces había pasado en los últimos días. Vislumbró la gasolinera, encendida como cada noche, pero no encontró a Narciso, ese hombre bonachón que le había salvado la vida. Miró hacia el olivo y tampoco estaba su coche, ni los restos de chatarra que habían volado por los aires.

Aunque el chófer le hubiese contado su versión, no terminaba de creer que sólo lo hubiera hecho por mantener a salvo su aventura. Estaba convencido de que Samuel Ortego, don Perfecto, estaría salpicado de alguna manera.

A medida que se acercaba a la entrada principal de la finca, tuvo sentimientos contradictorios en su interior. La invitación de Laura Fonseca no significaba nada a simple vista, aunque le ponía nervioso.

Por una parte, mantenía una batalla interior en la que decidiría si contarle o no lo que había descubierto. Un par de tragos y estaría cantando, pero temía que no sólo causara más revuelo, sino que volviera a peligrar su integridad. Por otro lado, de forma inconsciente, la llamada de la menor de los hermanos Fonseca encendió su radar de alerta.

En una disociación de imágenes mentales, Marta apareció en sus pensamientos al terminar de hablar con esa mujer. El cargo de conciencia comenzaba a ser real, cuando ni siquiera se había acostado con ninguna. Pero Leopoldo sabía que no hacía falta establecer contacto físico con otra persona para traicionar los sentimientos de quien sentía algo por él. Lo había vivido en sus propias carnes y no era nada placentero. Le había costado tanto aceptar que Rosario tuviera una nueva vida, que encontró su parche emocional con la entrada de la joven modelo andaluza a su vida. Pero nada de esto sirvió para que no la echara de menos en sueños. El mundo de las emociones era más complicado que el de las finanzas y, aunque no se jugaba el dinero de otras personas, la Historia había demostrado que se podía perder todo en esta vida por amor.

Hacía días que no sabía de Marta y, tal vez, si no le hubiera dicho aquello sobre Laura Fonseca, seguiría viendo a esa mujer con los ojos de alguien que sólo busca hacer su trabajo y mantenerse en la barrera.

Cruzó la garita y subió el camino de asfalto.

La noche era más fresca allí y el brillo del cielo estrellado arropaba con calidez los campos de viñedos en la oscuridad.

Llegó a la era, apagó el motor y esperó que los cánidos le recibieran como solían hacer, pero nadie salió a por él.

Escuchó el canto de los grillos al abrir la puerta. Sintió frío, una ligera bajada de temperatura y empezó a sentirse algo inquieto. La fachada estaba iluminada por las farolas que alumbraban la era.

Cruzó el arco de madreselva y se dirigió a su estancia para coger la cazadora Harrington crema de entretiempo, una prenda imprescindible en su vida y que nunca pasaba de moda. Había sido un día largo, tenía los pies cansados. Miró a la ventana de Enzo, pero la luz interior estaba apagada.

Cuando entró en la casa, encendió las luces y dejó las llaves sobre la mesa. Entonces, sintió que alguien seguía sus pasos.

—Estaba por irme a dormir —dijo Laura Fonseca, vestida informal con unos vaqueros ajustados, las zapatillas New Balance de color azul marino, un suéter negro de manga larga y una botella de vino tinto en su mano derecha. Por la forma en la que caían sus senos, Leopoldo sospechó que no llevaría nada debajo.

Laura Fonseca, a diferencia de su hermana Penélope, tenía el gusto suficiente para resultar atractiva con cualquier cosa. Era una de esas personas que pasaban desapercibidas hasta que te miraban.

—He encontrado algo de tráfico a la salida —dijo excusándose malamente. Miró al reloj y comprobó que aún quedaba un buen rato para la medianoche—. Ha refrescado, ¿verdad?

Laura sonrió, entró en el estudio y buscó un abridor en los cajones de la cocina. Leopoldo subió en busca de su cazadora.

—¿Le gusta el tinto? —preguntó desde abajo. El periodista visualizó lo que ocurriría después y se inquietó. Se dirigió al baño, se mojó las manos para después humedecerse el cabello.

—¡Sí, claro! —respondió en voz alta.

Tomó varias respiraciones, agarró la prenda y bajó los escalones. Al llegar a la planta baja, vio a Laura Fonseca peleándose con el corcho de la botella. Sonrió por la situación. Parecía que fuese su primera vez y, es que, probablemente lo era. Los Fonseca no estaban muy familiarizados con los trabajos manuales.

—¿Necesita ayuda? —preguntó al ver a la mujer buscando la forma de clavar el abridor.

Ella se sonrojó y le pidió apoyo con la mirada.

Leopoldo se acercó a la encimera, agarró el abrebotellas y colocó la punta en el tapón. Después lo giró. Su intención era la de abrir la dichosa botella, no de dar algún tipo de lección.

—No es la primera vez que lo hace... —le susurró al oído

con calma y sensualidad.

Pronto se dio cuenta de que había sido una treta de la mujer cuando sintió el roce de su pecho en la espalda y su aliento mentolado por encima de su hombro. El columnista se concentró, encomendado en su tarea, y destapó la botella con éxito. Después se apartó unos centímetros. Estaba acorralado contra el granito de la cocina. Sus cuerpos se separaban por unos centímetros.

—Bravo, Leopoldo —dijo ella con efusividad.

El periodista sintió los latidos en su cuello.

La mujer, consciente de cada gesto, dio media vuelta y buscó dos copas de cristal. Cuando no pudo verle, él suspiró. Aquello había sido un entrante, pensó al imaginar el vaivén de emociones que tendría esa noche.

—Este vino es de la bodega de mi padre —dijo ella vertiendo el tinto en las dos copas. Después se acercó a la nevera, echó un vistazo y sacó la cuña de queso curado que Leopoldo había empezado, para disponerse a cortar unos trozos—. Será mejor que lo acompañemos. No me gustaría despertarme con un buen dolor de cabeza... ¿Sabe? Lleva aquí una semana y apenas sé nada de usted. Y, sin embargo, usted lo sabe todo de nuestra familia.

—Eso de que lo sé todo... —dijo él apartándose hacia el otro lado mientras observaba la silueta de Laura cortando el queso sobre una tabla de madera. Le molestaba que, pese al coqueteo, mantuviera la distancia formal al dirigirse a él. No tenía sentido, pero supuso que sería una coraza mental para no intimar demasiado con él. Cada persona debía librar su propia guerra—. ¿Qué quiere saber?

—No lo sé, Leopoldo —dijo ella con una mueca en la cara—. Es usted quien sabe hacer preguntas. Yo estoy acostumbrada a escuchar.   Vive en Madrid, si no me equivoco.

—Así es.

—¿Es su familia allí? Recuerdo que nos contó que...

De pronto, él pensó en su pasado. Podía contarle la verdad o regalarle una pequeña mentira piadosa.

—No. Mis abuelos sí, por eso me crié allí. Yo nací en Santa Pola.

Los ojos de la mujer se iluminaron.

—Vaya. Así que es alicantino...

—Sí. Por mis venas corre sangre valenciana.

—¿Y a qué se debió el traslado?   —preguntó curiosa al mando del cuchillo.

Leopoldo se incomodó.

—Mi padre. Naufragó faenando —dijo sin dar detalles—. Creí haberlo mencionado.

La mujer tragó saliva. Percibió que él no quería continuar.

—Vaya, lo siento. Lo habría olvidado. ¿Así es suficiente? —preguntó enseñándole la tabla de queso.   Él asintió—. Genial. ¿Está casado, Bonavista?

—¿Casado?

—¡Ay! —exclamó y se rio colorada—. ¡Qué inoportuna soy! No sé por qué le pregunto eso, no debería. En el fondo, somos dos extraños...

A medida que Laura hablaba, percibió en ella una ligera embriaguez y sospechó que hubiera bebido antes de su llegada. Pero no podía decirle nada. En cualquiera de los casos, sólo la ofendería.   Después pensó que el queso le ayudaría a recuperarse.

—No, no lo estoy —dijo él y alcanzó una de las copas. Olió el vino y lo probó. Era fuerte, pero tenía un sabor agradable al paladar—. Digamos que no he tenido mucha fortuna en el amor.

Ella lo miró agachando la cabeza.

—¿Pretende que me lo crea? No hay más que poner su nombre en Internet, Leopoldo.

Ambos rieron. Laura puso el plato sobre la mesa del estudio y se mantuvo de pie, apoyada en la bancada, sentando las bases de un encuentro informal. Comieron y bebieron entre miradas de complicidad. El queso era una delicia y el momento agradable. Con cada pestañeo, Laura lo devoraba con esa mirada cristalina. No podía negar que le gustaba. Tenía el cabello lacio y dorado y una piel hidratada y morena que comenzaba a arrugarse. Fantaseó con lo que habría debajo de su ropa, a qué olería su cuello y cómo sería el tacto de su piel al ser acariciada.

—La gente habla demasiado, pero de esto ya sabrá un rato...

—¿Quién era esa chica que trajo el domingo?

—¿Marta?

—¿Es su pareja? ¿Un ligue que ha hecho estos días? Estaban muy... compenetrados.

Leopoldo no pudo contener una risotada nerviosa.

—No, no. En absoluto —aclaró bebiendo más vino—. Fue idea de su hermano Adolfo. Me pidió que trajera a alguien. Marta es una vieja amiga de facultad. No quería ser el único sin pareja...

—Vaya. Parecían tan unidos al jugar que... —dijo la mujer golpeando el cristal de la copa con las uñas—. Se les veía felices.

—Son muchos años de amistad —dijo él—. ¿Y usted, Laura? ¿Es feliz?

Laura Fonseca estaba acostumbrada a liderar la conversación.

Como su madre y el resto de miembros de la familia, solían arrasar con preguntas hasta dejar exhausta a la otra persona. Su posición social se lo permitía. Por lo que, en ningún momento imaginó que el descarado de Bonavista se atreviera a responderle con la misma moneda.

Las palabras dolieron y la fragilidad emocional del momento no ayudó a reprimir una expresión corporal de sufrimiento. Laura Fonseca no atravesaba su mejor etapa.

—Es complicado, ¿sabe? —contestó y caminó hacia él—. La felicidad es momentánea, efímera. A veces es mejor preferir que las cosas vayan bien.

Leopoldo se preguntó si se refería a ella y a su hija o a la relación que su marido había tenido con la difunta madre. La idea en sí era más explosiva que una tonelada de Goma 2.

—¿Qué era eso de lo que quería hablarme, Laura? —cuestionó desviando la conversación para evitar un drama.

Ella sopesó la respuesta. Parecía no estar tan segura de querer contárselo. En silencio, dio un largo trago de vino y volvió a servir en las dos copas. Leopoldo aguardaba expectante.

—Es muy fuerte, Leopoldo —dijo molesta con la mandíbula apretada y el ceño fruncido. Pensar en ello le causaba un dolor tremebundo—. No sabría por dónde empezar.

—¿Sigue pensando que alguien provocó la muerte de su madre?

—¡Por supuesto! Cada día estoy más convencida de ello —dijo impotente y le dio la espalda—, pero me temo que esa persona terminará saliéndose con la suya.

—¿Por qué dice eso?

—Porque estoy sola, Leopoldo. Ni usted me cree ya... No siempre se gana.

Si era una estrategia para hacerle sentir culpable, lo había logrado.

Leopoldo nubló su juicio con el vino y encontró a una mujer desolada. Su espalda delgada dejaba a la vista las vértebras del cuello que salían del suéter. Cuando intentó abrazarla, dio un paso atrás. Necesitaba conocerla un poco más. Esa mujer era tan audaz como su madre.

—Yo no he dicho tal cosa, Laura. De hecho, me gustaría también hablarle de algo...

—Déjeme terminar, por favor. Debo contárselo a alguien y usted es la única persona en quien puedo confiar en estos momentos...

—Claro...

—¿Tiene un cigarrillo? —preguntó.

—No, lo siento —dijo sorprendido—. ¿Por qué en esta familia todos piensan que fumo?

—No lo sé. Vi una cajetilla en el asiento de su coche. Pensé que lo haría.

—Lo dejé. ¿Usted fuma?

Ella miró de reojo.

—A escondidas —confesó—, pero sólo cuando bebo. Nunca me atreví a hacerlo delante de mi madre. Ahora, es un poco tarde para hacerlo público, ¿no cree? Tengo una hija. Debo dar ejemplo.

Leopoldo se rio.

—Pero, si su madre fumaba...

—¿Y qué? Ya sabe cómo era ella con mi hermana y conmigo. ¿Le importa si damos un paseo? Creo que el vino se me está subiendo a la cabeza. Me gustaría tomar un poco de aire fresco.

—Claro, por supuesto —respondió el periodista.

En efecto, el aire fresco de la medianoche ayudaría a rebajar el alcohol y la embriaguez o, al menos, a disimularla.

Abandonaron el estudio bajo la atenta mirada de las lechuzas que se escondían en los árboles y tomaron la vereda de asfalto y curvas que bajaba hasta la entrada de la finca. El vino le había ayudado al periodista a relajarse y ya no se sentía cohibido por la presencia de esa mujer. Laura Fonseca buscaba un apoyo, alguien con quien hablar para poder entablar una conexión humana. Leopoldo pensó en lo complicado que sería formar parte de la familia, siempre fingiendo ser un avatar en el que ni la propia Silvia Domenech había encajado. La razón por la que seguían haciéndolo era puramente económica, motivo de peso que mantenía unida a la familia y a ésta con los negocios.

Descendieron con paso tranquilo guiándose por las farolas que marcaban el camino cada diez metros. De lo contrario, andar en la penumbra no habría sido tan sencillo.

—Ahora me siento mucho mejor —dijo ella complacida por la presencia de Bonavista. Lo miró y se avergonzó. Él no entendió nada—. Le doy lástima, ¿verdad?

—¿Qué? ¡No! —respondió desarmado—. ¿Qué le hace pensar eso?

—Siempre he sido la última en mi familia —contestó—, la última para todo, hasta para enterarme de que mi marido me la está pegando con otra.

Leopoldo estrechó las cejas.

—No me mire así. Me lo he ganado —lamentó, aunque no se mostraba demasiado afectada—. ¿Recuerda que le dije que mi marido, seguramente, tenía algo con alguna empleada o secretaria?

—Más o menos. He oído tantas cosas...

—Pues estaba en lo cierto, Leopoldo —respondió. Él tragó saliva y calló antes de interrumpirla—. Desde que murió mi madre, comenzó a actuar de una forma extraña. Sé que Samuel se llevaba muy bien con mi padre y que mi madre lo tenía en un pedestal, por eso también sé que hay parte de pastel para él en el testamento.

—¿De dónde ha sacado esa información?

—Soy su esposa. Estamos casados, ¿le parece poco? —preguntó ofendida—. Samuel no es perfecto, tiene descuidos. Mis hermanos también. Ser la ingenua tiene sus ventajas y puedes escuchar lo que hablan sin que se preocupen por tu presencia. Adolfo es el mayor de los tres y quien toma las decisiones al contar con el apoyo de Penélope, por lo que a mí sólo me informan cuando van a ejecutarlas.

—Linda hermandad.

—Tras el fallecimiento de mi madre, sucedió algo que no esperaba —prosiguió—. Una mañana, Penélope me llamó para advertirme de que tenía que divorciarme de Samuel o pagaría las consecuencias. Estaba alterada, no entendía nada de lo que decía. ¿Desde cuándo a mi hermana le importaba eso?

—Desde que supo que su marido iba a heredar parte del accionariado. Aunque no entiendo qué tiene que ver el divorcio con todo esto...

—Querían denunciarlo como fuera, pero Samuel nunca ha hecho nada ilegal, ¿entiende? Así que la mejor opción era por matrimonio de conveniencia y que yo declarara un interés de lucro durante estos años —dijo avergonzada—.

Ella me aseguró que encontrarían a una querida para cerrar el asunto y que él no vería ni un céntimo, que el patrimonio de los Fonseca se quedaba entre nosotros. Mi hermano y ella se encargarían de todo.

—En ningún momento mencionaste hacerlo...

—¡Claro que no! ¡Tengo una hija, por Dios! —exclamó, indignada—. Ni siquiera me había planteado que Samuel tuviera a otra... Sabía que nos habíamos distanciado, que se había perdido la química entre los dos, pero todavía éramos una familia. No quería que se transformara en dormir cada noche sola o, lo que es peor, con un completo extraño... Fue mi hermana quien sembró la semilla en mi cabeza. Es una manipuladora como mi madre.

—Por eso está tardando en ver la luz el testamento.

—No soy estúpida ni tampoco estoy acostumbrada a hacer lo que mi hermana me exija. ¿Tanto interés? ¿Desde cuándo? Algo olía mal cuando me llamó ese día, Leopoldo.

—¿Le han denunciado?

—No tengo la menor idea —dijo ella apenada—. Sólo sé que he visto a Samuel llorando a escondidas. Los abogados, a petición de mi madre, han congelado los trámites hasta que se aclare la situación.

—Silvia Domenech sabía lo que pasaría.

—Me temo que sí —explicó—, y que también era consciente de que intentarían silenciarla cuando supieran la verdad.

El corazón del periodista latía con fuerza. Todavía no había reunido las fuerzas suficientes para sacar a esa mujer de su engaño.

—¿Cómo ha descubierto lo de su marido?

Laura Fonseca metió la mano en el bolsillo del pantalón

y sacó una nota de papel escrita a mano. Era un pedazo de página de una agenda del año anterior. Tenía escrito un mensaje.

—Hospes a las 19 —leyó en voz alta—. ¿Qué significa esto?

—La encontré hace unos días, haciendo limpieza en nuestra casa... Mire la fecha y el año. La foto que le entregó mi madre, ¿la recuerda? —preguntó—. Faltaba él ese día, por trabajo, pero no era así. No estaba de viaje, ni trabajando. Estaba en la misma ciudad, en el Hospes Amérigo, con ella.

—¿Qué? —preguntó con un fuerte pálpito. El desastre se avecinaba—. ¿Con quién?

—Los pendientes que le regalamos a mi madre, no eran para ella, sino para su amante —dijo cargando de rabia cada sílaba—, pero le salió mal la jugada... Mi hermana estaba en lo cierto. Tengo la impresión de que hasta mi hija lo sabía...

—Un momento, Laura. No se precipite... ¿De dónde saca estas conclusiones?

—Fui al hotel y les pedí que comprobaran los registros. Samuel Ortego estuvo esa noche con una mujer. ¿Qué más quiere saber?

Leopoldo cerró los ojos.

Era demasiado rocambolesco para ser cierto.

Tomó aire, contó hasta tres y decidió contarle la verdad antes de que siguiera creyendo en una historia que no tenía sentido.

—Laura, lamento ser yo quien tenga que decirle que...

—No, Leopoldo, no digas nada —respondió. Sus ojos estaban más cerca que antes. El cuerpo de Laura parecía corresponderle. La mujer se aproximó hasta rozar su pecho—. Estoy harta, quiero empezar a vivir, a sentir de verdad.

—Pero, Laura... —dijo al sentir el tacto del suéter abrazándole la espalda.

—Leopoldo... —contestó con los ojos cerrados y lo besó. Sus carnosos y delicados labios se fundieron con los del periodista bajo la presencia de la luna y las estrellas. El intenso beso dio lugar a un segundo más apasionado. Atrapado por el sensual perfume de la mujer, se dejó llevar por el deseo y la sujetó por la espalda.

Como dos pequeños luceros, los cuerpos se movían lentamente entre caricias y roces. Lejos de allí, entre los arbustos, la pantalla iluminada de un teléfono móvil brillaba como una luciérnaga. Se escuchó el chasquido de la cámara varias veces y después se apagó perdiéndose en el abismo de la madrugada.

37

Se quedaron pegados durante un eterno minuto. Después, ella abrió los ojos y encontró la expresión confundida del periodista, que no entendía lo que estaba haciendo.

Laura Fonseca, avergonzada, se apartó rápidamente.

—Perdona, no sé qué me he pasado —dijo con torpeza mientras se frotaba la cara—. ¡Oh, Dios! Te he besado.

En ese momento, cualquier tipo de formalidad desapareció.

—Tranquila —respondió él, sujetándola por los hombros. Leopoldo notó el cuerpo de la mujer rígido como una barra de acero—, no tienes por qué disculparte.

Laura Fonseca le dio la espalda avergonzada, con su mirada perdida entre los bancales de almendros y vid.

Después se volvió hacia él.

—Me gustas, Leopoldo. Me gustas mucho —repitió con los ojos iluminados por la luna. Dio un paso y se acercó a su barbilla—. Y no puedo hacer nada por remediarlo.

A pesar de lo romántico que pudiera ser el momento, abrazados en la noche por el brillo del firmamento y la sinfonía de los grillos, su intención no era otra que la de romper con todo y contarle la verdad.

No era justo, pensó, pero la vida nunca lo era cuando más

se necesitaba. Esperó que le perdonara con el tiempo.

—Laura, tengo que contarte algo.

—Es esa chica, ¿verdad? —preguntó a punto de hacer de su corazón un puñado de cenizas—. Dime algo, Leopoldo. Me siento patética. ¡Dios! ¿Qué estoy haciendo?

—Es sobre tu madre, Laura.

—¿Cómo? —preguntó confundida—. ¿Qué estás insinuando?

—No, no me malinterpretes. No es sobre tu madre y yo. Es sobre tu madre y tu esposo, Laura.

—No entiendo nada, Leopoldo —respondió y se cruzó de brazos.

Su lenguaje corporal se transformó distanciándose de él y cambiando de actitud. Esa mujer era pura emoción.

—He descubierto lo que está sucediendo en tu familia. Me temo que es la razón por la que tus hermanos están frenando a Samuel para que reciba su parte del testamento —explicó—. Tu madre tenía un romance con tu marido.

Las palabras alcanzaron su conciencia como la metralla que desprendía una granada al explotar. Había entendido perfectamente lo que ese hombre le estaba contando, pero las imágenes que se sucedían en su mente era napalm para el corazón.

Enmudeció durante segundos en busca de una respuesta que estuviera a la altura, pero no podía darle ninguna al periodista.

Estaba a punto de vomitar. Leopoldo observó cómo su rostro empalidecía por momentos. Le temblaban las manos. Cuando intentó abrazarla para consolarla, ella le empujó para que se apartara.

—Samuel y mi madre —dijo ansiosa—. Samuel Ortego, el

padre de mi hija, y Silvia Domenech.

—Lo siento, de verdad. No sabía cómo contártelo.

La sangre regresó a su cabeza. Ahora su rostro hervía como una olla a presión. Las venas se le marcaban en el cuello.

—¿Me estás diciendo que mi madre tenía una aventura con mi marido? ¿Es eso, Leopoldo?

Él asintió.

—Sé que es duro de digerir.

Se abalanzó sobre él, pero no llegó a tocarlo.

—¿Desde cuándo lo sabías?

—Laura, yo...

—No te creo, ¿en qué te basas? ¿Es otra de tus farsas para destruir a esta familia?

—Puedes comprobarlo —explicó—. El pendiente que encontré, era uno de los que usó cuando me cité con ella por primera vez a solas en Madrid. Primero pensé que sería una casualidad y no le di importancia. Ahora no tengo dudas de que tu madre me dejó una pista.

—Pero...

—Conocí la historia de tus padres y lo infeliz que fue durante muchos años, en el momento en el que él puso la empresa a su nombre —prosiguió el periodista—. Tu madre quedó apartada y lo pagó con sus hijos. No hay más que observar el panorama.

—Vale, tal vez mi madre tuviera una aventura, pero... ¿Cómo sabes que es él? ¡Es asqueroso! Samuel no haría eso.

—Yo no lo planeé, Laura —dijo disculpándose. Se sentía realmente mal por ella—. ¿Recuerdas el partido de tenis? ¿Mi accidente de coche?

—Sí, claro.

—La Guardia Civil todavía no me ha llamado, ni lo hará. Eso iba a quedar así si no hubiese descubierto que Samuel tenía un coche privado.

—¡Por supuesto! ¿Qué tiene que ver eso?

—El coche que me arrolló fue un Mercedes, así que supuse que era él y me acerqué a hablar sobre lo sucedido.

—Él se fue de viaje. Era imposible.

—En efecto. Entonces, ¿quién pudo hacerlo? Era su coche, estoy convencido.

Ella lo miró altiva. Quería desmontar su teoría. No iba a tragarse aquella pantomima.

—Ahora entiendo cómo trabajas. No me extraña que…

—¡Déjame terminar! ¿Quieres? —dijo molesto. Ella calló—. Dado que él no estaba en la ciudad, la única persona que pudo haber conducido era Enzo. Así que fui a hablar con él. Lo seguí y recordé que había cierta incongruencia en el relato.

—¿Qué clase de incongruencia?

Pensó en explicarle su primer encuentro al llegar a la ciudad, pero eso no haría más que desviar la conversación.

—No importa —dijo—. Lo seguí y lo sorprendí… con Martina.

Con cada palabra que decía, el rostro de esa mujer se atrofiaba. Temía que, después de contarle todo aquello, la suerte no estuviera de su lado.

—Estás delirando, Leopoldo. ¿Qué más?

—Te estoy diciendo la verdad. Puedes comprobarlo por ti misma —apuntó—. Prometí guardar silencio sobre… lo suyo. Tu madre lo sabía. Tu marido también estaba al corriente.

—¿Ah, sí? Ahora me dirás que hasta mi hermano es consciente de que su mujer es una buscona. ¿Te dedicas a esto, Bonavista? Eres patético.

—¡Lo sabían porque se veían en el mismo lugar, joder! —exclamó. El corazón le latía con fuerza—. ¿Es que no lo entiendes? ¡Te lo estoy contando porque me importas, Laura!

El silencio volvió a la conversación.

La mujer aguantó la respiración unos segundos. Parecía haber entrado en razón. Leopoldo miró al suelo, arrepentido y desconcertado a la vez. No sabía lo que había hecho, pero era consciente de que le había herido con sus palabras. En ocasiones, no existe forma de decir la verdad sin que duela. Hay quien prefiere no conocerla pero, tarde o temprano, el dolor golpea a la puerta del corazón.

—¿Estás bien?

—¡Déjame! No me toques… —respondió moviendo los pies en círculos.

—No sabía cómo decírtelo.

—¿Buscabas humillarme, verdad? ¡Eso era lo que querías! —bramó en la soledad del campo. Su voz se dispersó en el vacío—. Soy una tonta. ¡Jamás debí confiar en ti! ¡Eres como ellos! ¡Eres como el resto!

—¡Laura!

—¡Déjame en paz! ¡Tú y todos! —gritó llena de impotencia—. Te has burlado de la única persona que te ha tendido la mano porque sabías que tenía sentimientos hacia ti. ¡Te has aprovechado de mí!

—¡Eso no es cierto!

—¡Seguro que sabías lo de mi madre desde el principio! ¡Maldito farsante!

La mujer arrancó a andar cuesta arriba para regresar a la alquería.

—¡Laura! —rogó y la agarró por el brazo. Ella intentó soltarse para seguir caminando—. ¡Tienes que escucharme! ¡No sabía nada!

—Déjame, Leopoldo... —pidió con lágrimas en los ojos. La angustia de la impotencia era superior a ella—. Quiero estar sola...

—Te juro que no sabía nada, de verdad —contestó—. La mujer con la que se vio tu marido en ese hotel era ella. Ese era el secreto que tu madre quería revelar. Llevaba demasiados años cargando con una culpa y ya no podía más... Ella me lo contó, no todo, pero sí cómo se sentía. Ella fue quien me trajo aquí para que descubriera este embrollo...

—No quiero oír más. Márchate, Leopoldo...

—¡Mírame a los ojos, Laura! —ordenó. Ella levantó la vista, con las cuencas enrojecidas y llenas de lágrimas—. Tú no eres la culpable de que eso ocurriera. No te mereces algo así. Yo creo en ti y también en tu teoría. Ahora, más que nunca antes, pienso que alguien quiso que tu madre se llevara el secreto a la tumba.

La fe volvió a sus ojos, pero el dolor era tan agudo que no podía soportar verle la cara a ese hombre ni un minuto más.

Su brazo se desprendió de la mano del hombre.

—Buenas noches, Leopoldo. Que descanse —dijo sin mirar atrás y caminó acompañada por la luz de las farolas que la guiaban hasta lo más alto del camino. Leopoldo vio su figura hacerse diminuta hasta que la perdió. Estaba helado, pero sintió un rubor extraño, producto de la inseguridad y del momento.

Sacó el teléfono y comprobó la hora.

Eran las doce y media de la madrugada. De pronto, recibió un mensaje. Era Marta. La llamó.

—¿Estás despierta? —preguntó sin saludar.

Por el altavoz escuchó una respiración profunda.

—Pensaba que lo leerías mañana —dijo ella—. ¿Estás bien, Leopoldo? ¿Dónde te encuentras?

—Más o menos —contestó sonriendo. La notó distante, algo fría, pero tenía sentido. Habían pasado demasiadas horas desde su último encuentro con desafortunado final—. Siento no haberte llamado antes. He estado algo ocupado con todo este asunto...

—Ya. Te comprendo —dijo con voz aséptica—. ¿Algo relevante?

—Ya lo creo —respondió y miró a su alrededor—. Mejor te lo cuento en persona.

—Como quieras —dijo y el tono recobró la simpatía—. Yo también he descubierto algo, Leo. Creo que deberías escucharlo. Es sobre ese hombre, Baile. ¿Recuerdas?

Le gustó que le llamara así. Desde Rosario, ninguna mujer lo hacía. Recuperó las esperanzas en el amor verdadero.

—Sí, claro. Mejor me lo cuentas mañana. Necesito descansar un poco. Además, sospecho de que nos están escuchando.

—¡Por favor! Ni que te observara el CNI.

—¿Quién sabe? —dijo y ambos rieron—. Te llamaré en cuanto regrese a la ciudad.

—Más te vale. Buenas noches, Leo.

—Adiós, descansa —dijo él y guardó el teléfono con una agradable sensación en su estómago.

Desconocía lo que habría descubierto Marta sobre ese hombre, aunque cuestionó su relevancia. Había soltado la bomba y no había forma de dar marcha atrás. Laura Fonseca conocía la historia que destruía su matrimonio. Lo que ocurriera a partir de entonces, era cosa suya.

Dando un paseo sobre el asfalto, pensó en que lo más apropiado sería largarse de allí en cuanto hubiera terminado su cláusula. Reflexionó sobre la conversación que habían tenido. No le mintió. Estaba convencido de que alguien había callado a esa mujer llevándosela al otro lado. Sus sospechas apuntaban a la familia, sin duda alguna, pero ese era un asunto que resolverían con la ayuda de la Policía.

38

Miércoles, 13 de julio de 2016
Residencia de la familia Fonseca
Alicante, España.

Despertó con una fuerte jaqueca. El vino de la noche anterior le había dejado secas las neuronas.

De nuevo, un día estupendo comenzaba al otro lado de la ventana. No obstante, él no lo sentía así. Si habitar allí nunca había sido de su agrado, ahora comenzaba a sentirse incómodo conociendo algunos de los muchos secretos que guardaba esa familia.

Encendió la radio y sintonizó una emisora de jazz que le cambió el estado de ánimo. Eran las ocho y media de la mañana. Probablemente Manuela le habría dejado el desayuno en una bandeja de metal sobre la mesa del estudio cuando se duchaba. Preparó café con el iPad encendido y desayunó longanizas asadas con un huevo frito y pan, mientras se bebía un tazón de café. Estaba dispuesto a dejarlo todo por escrito antes de que la información se desvaneciera de su memoria. Solía ocurrir, les pasaba a todos. Cuanto más reciente se tenía una historia, antes se perdía en el platónico mundo de las ideas para convertirse en algo irrecuperable.

Un cuaderno Moleskine de tapa negra estaba abierto por la mitad junto a la taza. Garabatos, frases y nombres abundaban entre las páginas. Motivado, centrado y preparado para darle una vuelta de tuerca al dichoso reportaje, Leopoldo se sentó en la silla de madera cuando alguien tocó a la puerta.

—¡Maldita sea! —dijo hastiado de las visitas inesperadas a primera hora del día. Esa familia no respetaba el trabajo porque nunca había sabido lo que significaba. Para más inri, la persona que aguardaba al otro lado del cristal era el pesado de Miguel Castellanos.

Advirtió su presencia al verlo merodear por la ventana para asegurarse de que estaba allí dentro. Después comprendió que no se marcharía hasta que le abriera la puerta.

Se levantó decidido a cortar por lo sano una conversación que sólo le haría perder el tiempo.

—Buenos días, Bonavista. ¿Ya trabajando? —preguntó con esa sonrisa estúpida que le caracterizaba y se autoinvitó a entrar—. Maldita sea, tienen que limpiarle la entrada o los perros se morirán. ¿Queda café?

—Está en su casa… —murmuró el periodista mordiéndose la lengua—. ¿Por qué dice eso? ¿Tan mal huele?

El yerno de Silvia Domenech se rio y buscó una taza. Después se acercó a la cafetera, se sirvió un poco y se apoyó sobre la bancada—. No, hombre, no. Las plantas, se le van a colar por toda la casa. ¿Quiere que le cuente algo interesante sobre ellas? Por cierto, no sabía que le gustaba esa música.

—Afortunadamente, sabemos poco el uno del otro —dijo y observó su rostro decepcionado—. Siga, siga… Deléiteme.

—Esas plantas… —dijo señalando a las hojas que crecían bajo la puerta de la entrada—, ahora no recuerdo el nombre.

No importa. El caso… En la Guerra de la Independencia, una tropa de franceses murió al usarlas como brasas. Tampoco sabían lo que era. ¿Curioso eh? Hay que ser imbécil.

—¿Está seguro de que fueron esas?

El hombre dudó de su palabra. Ni siquiera tenía convicción propia.

—Pues, ahora que lo pienso…

—No se preocupe, no tengo intenciones de cocinar —dijo con sorna—. ¿Qué le trae por aquí, Castellanos? ¿No va a la oficina hoy?

El marido de Penélope ignoró sus preguntas y echó un vistazo a las herramientas de trabajo del periodista.

—Con que así es cómo se inspira un columnista del siglo XXI. Fascinante —dijo señalando a la tableta digital—. Fíjese. Yo tengo uno de esos y pensaba que no servían para nada, como siempre he escrito en el ordenador…

—Pues sí, son muy útiles.

—¿Puedo leer lo que tiene?

La pregunta no fue bien recibida. Leopoldo se sorprendió ante el extraño interés.

—Todavía queda mucho trabajo por hacer. A nadie le gusta mostrar el borrador —explicó—. Verá, Miguel. No quiero parecer maleducado. Simplemente, tengo mucha faena y debo entregar esto hoy. Como comprenderá, por mucho que me pese, no estoy de vacaciones.

—No se preocupe, no he venido a quitarle tiempo, sólo a asegurarme de que estaba bien. ¡Y bien le veo! —exclamó con esa voz forzada y se rio—. ¿Sabe algo de mi novela? ¿Le ha hablado ya de mí a algún agente editorial?

Lo había olvidado por completo.

A esas alturas, lo más seguro era que tuviera el manuscrito

en la bandeja de su correo electrónico. Aunque no tenía la más mínima intención de ayudarle, había ignorado a ese hombre y, por ende, olvidado el cabreo que solían agarrar las personas cuando no se les hacía caso. Ahora estaba pagando el despiste.

—La verdad es que no he tenido tiempo para ello.

Su respuesta incomodó al hombre.

—Pues saque tiempo, Bonavista, que no le cuesta nada. Sólo tiene que hacer una llamada.

—Eso no es así...

El hombre, enfadado, elevó el tono de voz sujetando la taza de café. Leopoldo temió que la derramara por el aparato. Tenía que echarlo de allí.

—Yo le eché una mano y usted me dio su palabra. ¿Qué clase de hombre es, Bonavista?

—Relájese, Castellanos. No es para tanto.

Echó la cabeza hacia atrás.

—¿Que no lo es? ¿Me está diciendo que no es para tanto mi novela?

Se prometió estar callado. No hacía más que empeorar la situación.

—No, no me malinterprete. Yo no he dicho tal cosa.

—Ya veo, ya. Estos famosos de mierda, que te usan cuando les sale de los cojones. ¡Así es usted! —señaló con el dedo acusador—. Pues le voy a decir una cosa, listo de pacotilla. ¡Usted no es hombre ni es nada! ¿Me oye? Ha faltado a su palabra y no hay peor cosa que esa. ¡Se arrepentirá! Ya lo creo.

—¿Me está amenazando? No se lo tome así. Le prometo que...

Castellanos acercó la taza al aparato y la colocó sobre

el tablero. Suspiró furioso. Leopoldo no entendía su reacción. Desafortunadamente, no estaba exento de sufrir la presión de la familia. Su único sueño, la última carta que le quedaba, se perdía en la ilusión. Convertirse en escritor de verdad, a través de los contactos de Bonavista, era la vía para demostrarle a los suyos que no era un perdedor y que podía arreglárselas solo dedicándose a lo que realmente le apasionaba.

Confiaba en su talento, así como en la obra que tenía terminada y lista para su publicación.

La escritura era el billete de ida a una vida que no miraría atrás y Leopoldo, que le había prometido el empujón necesario, le estaba dando la espalda. Volvía a sentirse usado como un calcetín de invierno.

—Tiene razón, Bonavista. No merece la pena enfadarse por una tontería así —dijo apretando el morro y subiéndose los pantalones por la cintura—. No pienso molestarle más. Que tenga un buen día.

Esas fueron sus últimas palabras antes de desaparecer por la puerta.

Leopoldo se quedó estupefacto. Pensó que sería más difícil, pero Castellanos se las había apañado para contestarse a sí mismo.

Con un ligero cargo de conciencia que olvidó tan pronto como se hubo terminado el café, se sentó en la mesa, abrió el documento que había enviado previamente a su directora y golpeó las teclas, inspirado, como un poseso, olvidándose del resto y de lo que ocurría al otro lado de la ventana.

39

Tecleó y tecleó absorto en la marejada de pensamientos que invocaban, desde el primer día, todas las imágenes que residían en su recuerdo.

Era demasiado bueno para ser cierto.

Comenzó a creer en la historia, en su propia historia, a pesar de que estuviera manchándose las zarpas de sangre en un presunto asesinato.

Pero, después de todo, pensó, ¿qué importaba quién estaba detrás del crimen de Silvia Domenech? En caso de existir tal cosa. La información que tenía, valía más que el informe policial de un crimen: si veía la luz lo que había descubierto, podía hundir el imperio de esa familia. Aunque sus intenciones no eran malas, pues los Fonseca no habían hecho nada más que incomodarle, era consciente de que toda información debía ver la luz en algún momento. ¿Cómo?, se preguntó, como fuera.

El instinto periodístico, en ocasiones, debía dejar a un lado la empatía que, el que escribía, sentía por los protagonistas del relato. Elegir sólo hacía más débil a quien narraba los hechos. En su caso, podía visualizar los aplausos y las palmadas de su jefa y los accionistas del grupo editorial. Puede que ya no volviera a conversar con los Fonseca después de publicar ese reportaje, pero tampoco le hacía sentir mal.

La gente olvidaba y esa familia no sería la excepción.

Los lectores, tarde o temprano, caerían rendidos distrayéndose ante otro de los absurdos problemas del mundo moderno.

Cuando quiso darse cuenta, habían pasado dos horas frente a la pantalla del dispositivo. Aún tenía mucho por redactar, pero recordó la promesa de reunirse con Marta durante la mañana.

Guardó el trabajo hecho, ocultó el aparato en su bolsa de equipaje y se dispuso a viajar hasta la ciudad mientras le daba vueltas al texto. Se cuestionó qué sería aquello que su amiga querría contarle. ¿Había algo más interesante que la aventura entre suegra y yerno?, se dijo, mientras sujetaba el volante. Después se rio y subió el volumen de la radio.

Alrededor de las once de la mañana abandonó la finca sin cruzarse con ningún miembro de la familia.

Cruzó la bajada colindante a los bancales y recordó lo sucedido entre las sombras durante la noche anterior.

Aquel beso, se dijo.

Ese maldito beso cargado de lujuria.

Se sintió aliviado, no por el acercamiento de Laura, el cual le había sorprendido, sino por haber resuelto la tensión entre los dos.

Pero también se sintió decepcionado por no haber escuchado a su amiga Marta.

Sin duda, hubiese preferido un beso de ella al de Fonseca.

El problema de Leopoldo era que no sabía decir que no a ciertas ocasiones, a pesar de las advertencias y las señales más que obvias que algunas veces se plantaban ante él. Rezó para que todo quedara en un malentendido amoroso y que Laura no tomara acciones contra su persona. Sentía aprecio por esa mujer. Ella era la única que había depositado su confianza en él, pero también la única que estaba interesada en encontrar un culpable más allá de lo evidente.

Lo más triste de aquello era que Leopoldo no podía verla sin juzgar su posición: Laura Fonseca era el peón perdido que se arriesga en una partida de ajedrez. Todos le daban la espalda, nadie le prestaba atención y eso sólo alimentaba la sospecha de que estuviera utilizando al periodista para entretenerse o salirse con la suya. ¿Se trataba de una farsa?, reflexionó. Su cabeza no daba para tanto, pero la experiencia le había demostrado que los límites siempre estaban marcados por las personas y, en ocasiones, parecían no existir.

Reconoció que el beso, dulce y agradable, como la forma en la que le miraba antes de que le soltara la noticia, le dio fuerzas para seguir adelante, pero pensar que podía haber algo más entre ellos dos, sólo harían más incómodas las horas que le quedaban allí.

Un pensamiento llevó a otro y regresó al asunto que realmente les unía: su madre.

A medida que se adentraba, por enésima vez, en la ciudad, se dio cuenta de que llevaba más de una semana allí haciendo la misma travesía. El efecto novedoso de esa brisa con olor a mar comenzaba a perderse, a ser inapreciable. Ya no se fijaba en las piernas bronceadas de las chicas que caminaban por las avenidas, ni sufría sorprendido el sofoco de la tarde cuando el sol picaba más de lo normal.

Comprendió que los días habían pasado tan rápido, que se había olvidado de que estaba en la costa, habitando frente al mar. Y lo peor de todo, o quizá lo mejor, era que ni se había parado a pensar en la relación que guardaba, en el recuerdo, con su padre. Por tanto, mientras se había dejado llevar por el encanto de una ciudad familiar que ahora le resultaba desconocida, también había agotado lentamente los días programados para que terminara su trabajo.

Tal vez la pérdida de Silvia Domenech alargara sus fechas, pero el momento de regresar había llegado.

—Buenos días, Beatriz —dijo usando el manos libres del teléfono. Leopoldo miró hacia el paseo marítimo donde se encontraba la playa del Postiguet, llena de bañistas y vendedores ambulantes de refrescos, mientras se quedaba atascado en una de las entradas principales de la ciudad—. En ti pensaba en estos momentos...

—Bonavista, es miércoles.

—¡Pardiez! Estás en todo, jefa —respondió con sorna sonriendo a unas jóvenes que pasaban por los aledaños del Ayuntamiento—. ¿De qué se trata hoy?

—¿Estás tonto? Espero que tu buen humor se deba a que tienes algo para mí y la maleta preparada para salir.

—Oh...

Leopoldo comenzó a sudar en el interior del Mini. Había olvidado por completo los billetes de tren.

—¡Lo sabía! —exclamó la mujer al otro lado de la línea—. Eres un cenutrio, Bonavista. ¿Crees que estás escribiendo la novela del siglo? ¡Maldita sea! Les he prometido a todos que tendrías algo para mañana.

—Un momento, un momento... No desesperes, jefa. En ningún momento te he dicho que no fuera así. Tengo algo y bastante bueno. ¿También me necesitas a mí?

—Voy a explicarlo de modo que la mente dispersa que

416

ocupa esa cabeza me entienda —respondió con desprecio—. Quiero el trabajo terminado. Y lo quiero hoy. ¿Tan difícil es de comprender? ¡Por favor, Bonavista! Estamos a mitad de mes y hay que preparar la edición impresa. ¿Acaso te haces una idea del dinero que nos hemos dejado en publicidad? ¡Tendrías que estar ya en Madrid! Contigo no hay manera de hacer las cosas bien, no hay manera...

El sudor se volvió frío.

Las gotas recorrían su espalda, el labio inferior se le humedeció.

Notó a la directora nerviosa y eso sólo podía significar malas noticias. Salió del sueño en el que había estado inmerso durante los últimos siete días. La publicación del reportaje no sólo era el renacer de su carrera, sino también el de la revista Hedonista. No había querido verlo hasta la fecha, pero era una realidad. La muerte del papel, la defunción de los medios de pago. Hedonista había sido el primer lugar en el que la prensa escrita le había acogido y el último donde caía muerto.

Beatriz siempre había apostado por él, a pesar de los vaivenes y de las meteduras de pata a las que Leopoldo los tenía acostumbrados, pero el órdago estaba sobre la mesa y todos esperaban que su mano fuera la ganadora.

Ágil, comprendió la transcendencia del encargo, así como la responsabilidad que cargaba sobre sus hombros. El dinero que Silvia Domenech y la familia Fonseca iban a pagar por aquello, había puesto las expectativas muy altas. Puede que demasiado.

—Te comprendo, de verdad que lo hago, jefa...

—¿Entonces? ¿Por qué no haces ni puñetero caso a lo que digo?

—Te prometo que mañana lo tendrás. Diles que esperen un día más, sólo un día.

—Tu billete es para mañana. Eso no es lo que acordamos —replicó molesta—. ¿Ves cómo todo te importa un carajo?

—He descubierto algo nuevo, la última pista, jefa.

—No, por favor. Otra vez no. No quiero oír nada relacionado con eso. Te dije que te mantuvieras al tanto, que hicieras algo básico. ¡Básico, Leopoldo! ¿Qué demonios te pasa? ¿Te está afectado el calor?

—Sólo un día más, te lo juro.

—¡No me jures nada y trae tu culo mañana a Madrid! —ordenó—. No quiero saber los detalles, de verdad. Tan sólo envía el maldito artículo o más te vale no aparecer por esta ciudad.

—Eres tan dulce cuando te enfadas…

—Leopoldo, te lo digo muy en serio —contestó con un tono de voz más bajo. Jamás la había escuchado así—. Me importa una mierda lo que hagas con tu vida o lo que estés haciendo allí, pero me estoy jugando mi carrera por ti y eso incluye mi hipoteca, mi casa, mi vida. Has tenido tiempo suficiente para escribir lo que se te pedía. Trae el artículo y el dinero.

Después colgó. El enfado era real.

Sonó un claxon.

Leopoldo se había desconcentrado del tráfico. El semáforo estaba en verde y arrancó.

Se había citado con Marta cerca del mercado de abastos, así que dejó el coche aparcado en una de las calles paralelas y caminó hasta el lugar de encuentro.

Sentada en la terraza de una cafetería, la periodista esperaba, ataviada con un vestido veraniego de color negro, leyendo la prensa local. Lo vio en la distancia y miró por encima de sus lentes. Él pensó que tenía buen aspecto. Y lo que era mejor: tenía buen humor ese día.

—Pensaba que me habías dejado plantada de nuevo.

—No me encasilles en ese grupo de personas —respondió bromeando y pidió una clara—. Nunca lo hago dos veces seguidas.

—¿Estás bien? —preguntó ella al verlo inquieto—. Pareces algo cansado.

—Estoy bien, aunque he estado mejor otras veces —contestó con una sonrisa y dio un trago a su copa de cristal—. ¿Y bien? ¿Qué es eso que querías contarme? Me dejaste intrigado anoche.

Ella cerró el periódico y lo dejó sobre la mesa de aluminio. Después se acercó a él inclinando el cuerpo. Leopoldo se despistó con la panorámica del escote de la chica y ella le chasqueó los dedos en la cara para que volviera a sus ojos.

—Es sobre ese hombre, Joaquín Baile —dijo y sacó una fotocopia de su bolso. La abrió y el periodista vio un recorte de una noticia antigua que hablaba sobre la figura de Joaquín Baile y la historia de un obrero que había lanzado su carrera gracias al desarrollo industrial. En la fotografía en blanco y negro aparecía el rostro del individuo. Tenía algo en sus facciones que le resultaba cercano—. Es él. Vivió en Elche hasta el último día, pero no es original de allí. Se casó con una mujer poco antes de que Laura Fonseca naciera, según he comprobado con las fechas que me diste.

—Eso era algo que ya sabíamos…

Ella lo miró con desaprobación.

—No he terminado. Eso no es todo… —dijo y señaló a un breve de la noticia. Leopoldo había pasado por alto la letra pequeña. Se fijó en lo que decía y echó hacia atrás la cabeza al leer los párrafos. Joaquín Baile, mano derecha de Jaume Fonseca, estaba destinado a ser el director del grupo, después de haber ayudado al despegue financiero en los últimos cinco años, gracias a su asesoramiento en inversiones extranjeras—. ¿No es raro? De ser el director, como lo es ahora ese Ortego, a pasar el resto de su vida siendo un simple encargado.

Las dudas asaltaron al periodista.

Por supuesto que era extraño para él, pero... ¿Qué no lo era alrededor de esa sórdida estirpe? ¿Quién era realmente Jaume Fonseca? ¿Dónde comenzaba todo?

—No sé muy bien a dónde quieres llegar con esto... —dijo él revisando de nuevo la hoja. Reconoció que se le escapaba algo que no podía ver—, pero me encantaría ir contigo.

Marta sonrió al escuchar sus palabras. Leopoldo volvía a ser el de siempre.

—Conseguí su dirección. Bueno, la de su viuda. Pensé que contigo tendríamos menos problemas.

—¿Qué te hace pensar eso?

Ella levantó los hombros.

—Venga, ya, Leo. Todos saben quién eres. Puede que ella nos ayude a aclarar esto antes de que te marches. ¿Quién sabe? Tal vez sea el cierre que necesita tu historia.

Admiró el altruismo de la mujer que tenía delante.

A sabiendas de que el misterio de los Fonseca y la muerte de Silvia Domenech era el encargo más importante que tenía delante, Marta era capaz de esforzarse y poner a un lado su persona para que su amigo recuperara el trono del que había sido echado.

La bondad era un don despreciado por muchas personas,

añorado por otras tantas cuando se encontraban en horas bajas y valorado por aquellas que sabían mirar más allá de su propio ombligo.

—¿Dónde has dicho que vive?

40

Miércoles, 13 de julio de 2016
Elche (Alicante), España.

Un cuarto de hora más tarde, Leopoldo y Marta volvían
a estar juntos en el interior del Mini y en una carretera
nacional a las afueras de la ciudad.

Salir de Alicante fue extraño para los dos.

Aunque hubieran dejado que las malas sensaciones se
esfumaran, todavía quedaba el recuelo de ese domingo
trágico de celos, sentimientos contradictorios y desencuen-
tros provocados.

No habían vuelto a hablar de ello.

Ninguno sabía cómo hacerlo sin que sonara tosco, incómodo o artificial.

Tomaron la carretera que llevaba hacia la ciudad vecina.
Dejaron a un lado Torrellano, momento que Leopoldo
aprovechó para contarle lo sucedido en las oficinas del
polígono industrial, y siguieron en línea recta hasta llegar a
la ciudad de Elche, un municipio plagado de palmeras, del
tamaño de una ciudad grande y que respiraba en sus calles
la parsimonia de un pueblo familiar.

Era su primera vez, o eso creía pensar él.

Santa Pola, el pueblo en el que había nacido, estaba a unos quince kilómetros de allí. Entre otras cosas, la ciudad de Elche era conocida por su equipo de fútbol, por la pirotecnia que quemaban durante las fiestas de verano, como cualquier otro municipio valenciano; por los extensos palmerales que rodeaban la ciudad, por su arroz con costra, por la representación del Misteri d'Elx pero, sobre todo, por su famosa Dama de Elche.

Atravesaron las estrechas calles del casco antiguo y, tras comprobar la dificultad que existía a la hora de aparcar en algún rincón de la ciudad, buscaron un aparcamiento en el que dejar el vehículo para moverse a pie.

Una hora más tarde, Leopoldo Bonavista estaba rodeado de palmeras, bancos de azulejos blancos y azules y frente a una imitación de la Dama en el centro de una glorieta peatonal. Los alrededores de la plaza estaban repletos de bares y restaurantes y los callejones del casco antiguo salían cruzándose por todas las direcciones.

—Venías siempre aquí, ¿verdad? —preguntó él caminando en busca de la residencia de la viuda de Baile—. Cuando salías con ese chico.

Ella, abrumada, se acaloró más de la cuenta.

La había sorprendido.

Después le regaló una mueca.

—¿Todavía te acuerdas? Menuda memoria tienes… para lo que quieres.

Él suspiró con nostalgia.

—¿Estás de broma? Te ibas todos los fines de semana en tren. En ocasiones, te acompañaba a Atocha para ayudarte con las maletas. A veces pensaba que no volverías y te perdería para siempre.

Se formó un silencio abrupto e incómodo entre los dos.

—Y al final fui yo la que te perdí —dijo con resquemor y pena. Antes de que él reaccionara con preguntas, ella le tocó el brazo—. Ven, es por esta calle.

El tránsito de los peatones era casi inexistente, a diferencia de Alicante. La mayoría de los ilicitanos solían marcharse a la costa cuando llegaba el verano y por allí sólo se veían turistas perdidos, con gafas de sol, que tenían que aguantar el soporífero verano a la sombra.

Marta se rio y caminaron por la calle Hospital hasta una callejuela que terminaba junto a una iglesia y un viejo pozo.

—Tiene que ser aquí —dijo señalando al portal que había al lado de una farmacia—, si es que no se ha ido de vacaciones…

Marta tocó el timbre y esperó a que alguien respondiera.

—¿Sí? —preguntó una mujer por el interfono.

—Buenos días, ¿Fernanda Gutiérrez?

—Sí… ¿Quién llama?

—Querríamos hacerle unas preguntas sobre su marido, Joaquín Baile.

—¿Preguntas? ¿De qué? —dijo la mujer extrañada. No estaba acostumbrada a las visitas inesperadas—. ¿Quién es usted?

—Soy periodista, mi nombres Marta y estoy haciendo un reportaje sobre su marido.

—¿Un reportaje de qué?

—Sobre personas importantes de Elche.

La conversación se cortó.

—¿Oiga? —preguntó Leopoldo—. Nos ha colgado.

Después se escuchó el ruido eléctrico de la cerradura y la puerta se abrió.

* * *

Era un edificio antiguo, sin ascensor y de escaleras estrechas.

La mujer que les había abierto vivía en la segunda planta.

Sólo existía una puerta y ésta se encontraba cerrada cuando llegaron a ella. Ninguno de los dos sabía a lo que se exponían, pero no estaban haciendo nada malo ni extraño.

Para Marta, preguntar, entrar en lugares desconocidos, era lo más cotidiano. Para él, meterse en líos ajenos, un deporte al que estaba acostumbrado.

La periodista tocó a la puerta y la mujer pasó el cerrojo para liberar la entrada. Después abrió unos centímetros. En el espacio que quedaba entre el apartamento y el rellano, Leopoldo percibió la mirada de una señora adentrada en la vejez. Tenía el pelo canoso pero cuidado y gozaba de vitalidad. Lo notó en sus dedos, que se mantenían fuertes y finos para cargar con la bisutería que pesaba en ellos. También lo notó en su ropa, de marca y nueva.

Fernanda iba demasiado maquillada para ser una tarde cualquiera de verano en el aburrido centro de una ciudad, por lo que dedujo que siempre había sido así de coqueta. Como a él, la idea de salir a la calle de manera indecente le producía, cuanto menos, rechazo.

La anciana miró a las dos personas que había frente a su puerta.

Por su mirada, dedujeron que desconfió de ellos.

—¿Qué es lo que quieren saber de mi marido?

—Sólo serán unas preguntas —dijo Marta con voz de reconciliación. Sabía lo que hacía. Era su pan de cada día—. Fue una persona importante para esta ciudad.

—¿Quién te ha contado esa mentira, nena? —preguntó

425

hostil—. Mi marido nunca fue nadie.

—Pero, señora...

Un repentino cambio de humor hizo que todo se torciera. La amable mujer, una vez les hubo visto las caras, se echó hacia atrás. Leopoldo intuyó que las dos terminarían mal, así que intervino antes de que fuera demasiado tarde.

—Queremos conocer qué pasó con la familia Fonseca —dijo el articulista. La mujer se frenó—. Sabemos que tenía muy buena relación con Jaume Fonseca y que todo se truncó de la noche al día.

—¿Os envían ellos, verdad?

—No nos envía nadie —contestó—. Tenemos la sensación de que existe algo relacionado con su marido y queremos averiguarlo.

—¿Algo? —cuestionó indignada—. Esa familia sólo nos ha hecho daño, no quiero saber nada de ellos.

—¿Qué clase de daño?

La señora los miró pestañeando.

—¿Qué sois? ¿Policías? ¿Os envían ellos?

—Espere, cálmese —dijo Leopoldo con voz apaciguadora. Sintió que la pobre mujer cargaba con mucho odio, pero se sentía acorralada por la presencia de ambos y eso no ayudaba a que se relajara—. No venimos a presionarle con nada, Fernanda... Mi nombre es Leopoldo Bonavista y estoy escribiendo un reportaje sobre Silvia Domenech, la viuda de Jaume Fonseca, que falleció recientemente de forma extraña... como su marido. Tan sólo me gustaría saber qué nos puede decir de él, de la relación que tenía con la familia y por qué todo acabó así, apartándolo de ese modo.

Las palabras del columnista sonaron como una convincente melodía.

De repente, la mujer abrió la puerta para que entraran y dio media vuelta dejando a la vista el resto de la vivienda.

—Pasad, pasad... No os quedéis ahí fuera —ordenó y encendió la luz del pasillo—. ¿Sabéis? Tarde o temprano, sabía que este día llegaría. Habéis tardado menos de lo que imaginé, pero estaba convencida de que alguien vendría a mi casa para preguntarme por lo que ocurrió entre mi marido y esa furcia.

41

Alrededor de una mesa camilla, la pareja se sentó mientras la mujer sirvió el café. En las baldas había fotos enmarcadas del matrimonio, en diferentes épocas. También aparecían los hijos y los nietos.

Entre otros objetos, se veía una televisión de tubo apagada, montones de revistas del corazón desfasadas, una vajilla para las ocasiones especiales y un mueble bar transparente donde la viuda guardaba botellas de brandy y mistela.

Acercó la taza de Leopoldo a la cafetera de aluminio y vertió el café hasta llenársela. Era negro y humeante. Después hizo lo mismo con la taza de Marta. Cuando terminó, dejó la cafetera sobre un plato de aluminio y se sentó. De fondo, desde la cocina, se escuchaba la música procedente del altavoz de una radio.

—Gracias —dijo el columnista. El calor era insoportable en ese apartamento. Podía oír el escaso ruido de la calle, de los coches que pasaban y de quienes se paraban a hablar en la puerta de la iglesia. Era un lienzo sórdido, como el que se reflejaba en las películas antiguas. La mujer parecía estar tranquila en su casa, donde el tiempo sólo era un factor más, como el calor o el color del cielo. Entendió que, tras la pérdida de su marido, su existencia perdiera parte de sentido—. ¿Conoció usted a Silvia Domenech, Fernanda?

La mujer levantó la vista y echó un terrón de azúcar en la taza.

Mientras lo removía con la cucharilla, hurgó en su recuerdo.

—En varias ocasiones coincidimos —dijo con sequedad. No le gustaba hablar de ella, lo cual provocó que el interés del periodista creciera—. En su residencia del campo. Vivían en una alquería, ¿sabe? Una finca muy cuidada.

—Sí, algo tengo entendido —dijo y miró a su amiga. No quería desviarse del tema principal—. Su marido... ¿Le contó alguna vez qué pasó con Fonseca?

—¿Él? No —contestó—. Se lo tuve que sacar tirándole de la lengua. ¿Tú te crees?

—¿Qué ocurrió?

La mujer le clavó las pupilas.

—Mi marido no se murió de un infarto. Eso es lo que quieren decir, pero yo sé que no es cierto.

—¿Quiere decir que lo mataron?

Los párpados se le estiraron.

—Estaba como un roble. Salía a caminar todos los días. No fumaba, se tomaba un vinito para cenar pero, ya ves tú... —explicó mirando al tapete marrón de tela que cubría la mesa—. ¿Se muere alguien de un día para otro? Pues sí, todos nos morimos alguna vez, pero qué casualidad que le tocara a él, ¿no crees, nene?

Marta miró a Bonavista y utilizó el comodín que llevaba encima. Sacó la fotocopia y la puso encima de la mesa.

—Don Joaquín tenía una relación muy cercana con la familia, en especial, con Jaume Fonseca —prosiguió ella—. Después, poco antes de casarse con usted, sucedió algo que los separó para siempre. Cuando se publicó esta noticia en el periódico, iba a ser nombrado director de una de las empresas, por haber aconsejado personalmente a Fonseca con las inversiones. Por lo que entendemos, su esposo era un hombre inteligente y astuto. Sabía que le esperaba un futuro próspero para él y para los suyos, en una época dorada para el crecimiento de la provincia... Sin embargo, hay algo que no cuadra. Con todos los años a merced de la familia... ¿Qué sucedió para que terminara siendo un simple encargado?

La mujer sujetó el recorte de prensa y observó la foto del difunto marido. Estaba más joven y eso le provocó una agradable sonrisa.

Después apartó el folio con desprecio.

—Lo conocí poco antes de que publicaran esto. Tengo el original guardado en algún sitio... —contestó mirando a la estantería que había junto al sofá. Se levantó de la mesa, caminó hasta un álbum de fotos antiguo de gran tamaño y lo puso encima del tapete—. Mi marido era muy apuesto, eso ya lo sabía yo, pero no tonto. ¡Ja! Ni yo tampoco lo era...

La mujer pasó las hojas de cartulina.

En el interior del álbum había fotos de décadas pasadas.

Leopoldo reconoció a Fernanda más joven, con algunos niños que seguramente serían sus hijos. Fue hasta el principio y giró la página hacia la pareja.

—¿Es él? —preguntó Bonavista incrédulo. En la fotografía aparecía Jaume Fonseca, Silvia Domenech y Joaquín Baile, entre otras personas. Parecía un evento formal. Comían en un restaurante, el cual ninguno de los dos supo identificar. En una mesa contigua, más atrás, sí que pudo reconocer los rostros infantiles de Adolfo y Penélope Fonseca—. ¿Dónde está usted?

—Yo no estaba —contestó con amargura la señora—. Lo nuestro todavía no era oficial, joven.

—No estaban casados.

—Ni vivíamos juntos —aclaró—. Joaquín venía de una familia muy humilde de Alcoy y se hizo a sí mismo. Fonseca le ofreció una de las barracas que tenía en su finca, junto a los del servicio y los labradores que cuidaban la finca. Él siempre dijo que era un hombre bueno y que no se lo mereció jamás, pero yo sabía que se aprovechaba de él. Vivió ahí durante años.

—¿Aprovecharse? ¿De qué modo? —preguntó Bonavista dando un sorbo al café.

—Lo tenía controlado. Confiaba en él, ese tirano, pero lo quería enredar con una prima suya que, la pobre, era una desgraciada en el amor. Los Fonseca eran conocidos de sobra en Alicante, antes de que se hicieran ricos...

—Y dejó la finca cuando se casó con usted.

—Sí. Así sucedió —contestó brusca. Parecía no querer hablar más del tema. La presencia de los periodistas le incomodaba. Tal vez, no estuviera preparada. Leopoldo miró a la mujer y vio sus labios apretados, las facciones oprimidas y tensas. Ocultaba algo en su pecho—. Esa es toda la historia, jóvenes. Se casó conmigo, se fue de allí y lo trataron como a un miserable.

Se les escapaba una pista.

—¿Por qué ha llamado furcia a Silvia Domenech? —preguntó Marta.

Los ojos de la señora ardían de odio.

—Porque esa mujer nunca ha traído nada bueno a esta casa.

—¿Cree que ella tuvo alguna relación con la muerte de su

marido? —agregó Leopoldo.

Estaba tensando la cuerda más de lo previsto y pronto se rompería en dos mitades. La señora estaba a punto de romper a llorar por alguna causa que ellos desconocían. Entonces Marta se acercó a Leopoldo y le tocó el brazo, para pedirle que dejara de insistir con las preguntas. Las puntas de su cabello oscuro se posaron sobre la fotografía del álbum. De repente, cuando ella echó la cabeza hacía atrás, la mirada del periodista cayó de nuevo sobre la fotografía. Una chispa se encendió en su mente y entonces lo entendió todo. Esa mirada azul cristalina y los rasgos alargados de esa cara, le hicieron recordar el beso de la noche anterior, bajo el resplandor de la luna. Había dado con la verdad que la viuda de Baile no se atrevía a contar en voz alta.

—¿Leopoldo? —preguntó Marta. Él se apartó con un gesto brusco—. ¿Qué sucede?

—¡Oh, no puede ser! —exclamó echándose hacia atrás. Después agarró el álbum y se dirigió a la mujer—. ¡Su marido es el padre de Laura Fonseca! ¡Ahora encaja todo!

La respuesta dejó boquiabierta a la periodista.

La mujer frunció el ceño y cerró los ojos con fuerza. Escuchar aquello le dolió tanto como cien puñaladas a la vez.

—¿Qué? —preguntó Marta. Tampoco podía dar crédito.

Cuando consiguió dominar su dolor, la mujer levantó la vista.

—Así es —dijo con voz de derrota. Estaba avergonzada, no por ella, sino por su difunto marido, pero, sobre todo, triste y muy afligida—. Jamás me lo contó en vida. Me enteré más tarde cuando la vi en el periódico. Supe que esa era la razón por la que le habían echado de allí. De un modo u otro,

Fonseca se enteró y ellos dos sabrían qué pacto harían para guardar silencio de esta manera. Esa pelandusca se quedó encinta y tuvo a la cría. En fin, ¿qué iba a hacer? Joaquín no volvió a ser el mismo, ni nuestro matrimonio tampoco.

—Lo siento —dijo Marta intentando consolarla—. ¿Nunca notó nada extraño?

—Sí y no. No quería notar nada. ¿Tienes hijos, nena?

—No.

—Algún día sabrás lo que es. Entonces preferirás hacer de tripas, corazón, y tragar —respondió con desidia—. Aunque los tiempos han cambiado y ahora hay más libertad. Espero que no te pase algo así nunca.

—¿Y su marido? ¿Jamás se acercó a ella?

Ella meneó la cabeza.

—No volví a saber de esa familia, más allá del trabajo, en cuanto nació la pequeña... Bueno, miento. Esa fresca vino a verme poco antes de morir.

—¿Laura Fonseca? —preguntó él.

—No. La madre. Su hija ha sacado la compostura del padre —dijo puntualizando y continuó—. Silvia Domenech vino a mi casa, con esos aires de grandeza que le rodeaban como si te perdonara la vida... Me contó lo que ya sabía, y que lo iba a hacer público pronto, que estaba harta de todos y que mi Joaquín había estado siempre enamorado de ella y no de mí...

—¡Menuda víbora! —respondió Marta, indignada por la historia.

—No sé por qué, pero no me sorprende viniendo de esa mujer... —agregó Leopoldo.

—Me amenazó con hundirme y mandarme a sus abogados si intentaba sacar tajada. ¿Yo? ¿De qué? Si la hija no era mía...

Aún así, no entró en razón. Vino a meter el dedo donde más dolía y se fue. Hay que tener maldad para hacer algo como eso.

—¿Qué respondió usted? —preguntó la periodista.

—¿Yo? Nada, guapa —contestó con pesadumbre—. Cerré la puerta, apagué el fuego de la sopa que estaba calentando y encendí la televisión. Yo sé que esa mujer miente. Nada de lo que hiciera me iba a devolver a mi marido... ¿Más café, nenes?

42

Bonavista contemplaba el portón de hierro de la Basílica de Santa María.

La pareja se sentaba en una de las terrazas que había junto a la plaza del Congreso Eucarístico, la más grande del centro de la ciudad. La trágica historia de Fernanda y Joaquín Baile le había dejado sin palabras. La partida, otra vez, daba un revés en el tablero.

Marta dio un trago a la clara que se había pedido y apoyó la barbilla sobre la palma de su mano.

—¿Cómo se te escapó? —preguntó, esperando una explicación—. Ahora sí que tienes una buena historia que contar.

—Ya lo creo —respondió, todavía abrumado—. Se me ocurren tantas cosas que decir... No sabría por dónde empezar. ¿Te haces una idea de lo que supone todo eso para cada uno de los hijos? Es como una maldita bomba de relojería.

—¡Es importante que se sepa, Leo! —replicó enfadada—. ¿Acaso has pensado en el sufrimiento que esa mujer ha tenido que soportar durante toda una vida? ¡Maldita sea! La he visto tan templada y sumisa ante la situación... Yo jamás hubiese podido aguantarlo.

—Pero tú no eras esa mujer, ni te encontrabas en sus

circunstancias… —respondió quitándole hierro al asunto—. ¿Qué es más injusto? ¿Que ella viviera con ese dolor o que un padre no pudiera contarle la verdad a su hija? La vida es como un diamante y cada reflejo representa una realidad.

—¡Déjate de filosofía barata! Tienes que contarlo, esa mujer tiene que saber quién es Laura Fonseca y todos deben conocer el pasado de Silvia Domenech.

Pronto, Leopoldo observó de qué lado estaba su compañera.

La periodista no soportaba las injusticias, menos aún cuando éstas las generaban quienes sustentaban el poder. Él, por su parte, era más distante con lo que sucedía en la calle. A pesar de haber crecido sin privilegios ni comodidades, siempre creyó que cada persona debía librar sus batallas internas y vencer a sus propios demonios. Una mentalidad que tal vez se debiera al conflicto fantasmal del que había huido siempre: la pérdida de su padre.

Se preguntó si era hora de enfrentarse a él.

—Eso lo veremos más tarde —contestó dejando el asunto a un lado—. Sin duda, marcará un antes y un después en la historia, pero no sé si es lo que mi jefa quiere. En el fondo, la revista no está pasando por su mejor momento. Ya sabes… No muerdas la mano que te da de comer.

Decepcionada, Marta guardó silencio y dio otro sorbo a su copa de cristal.

—¿Cuándo te vas?

—En eso precisamente estaba pensando —respondió—. Mañana. Le he prometido a Beatriz que estaría allí con los deberes hechos. Ha pasado más tiempo que el previsto.

La respuesta entristeció el rostro de la chica. En el fondo, no quería que se marchara.

—Vaya… Ni siquiera me he dado cuenta. Y pensar que te encontré de casualidad en un bar… ¿Me habrías llamado?

—Buena pregunta. No sé cómo.

—Eso es cierto… —dijo ella y se mordió el labio—. Quién sabe si era parte del destino que nuestros caminos se cruzaran.

—No lo sé, pero me alegro de que así haya sido —contestó y sonrieron mutuamente. Un halo de nostalgia se apoderó del encuentro. Lo último que él quería era terminar mal—. Escucha, no quiero que esto se convierta en un adiós, de ningún modo. No te imaginas cuánto te he echado en falta en mi vida. ¿Por qué no quedamos mañana en la estación? Y nos despedimos como dos buenos amigos.

La amistad era un término aceptado siempre y cuando no existieran otros sentimientos por medio. De lo contrario, se podía convertir en una franja fronteriza que desechaba cualquier tipo de posibilidad amorosa.

La propuesta fue expuesta de un modo agridulce. Por un lado, le gustaba la posibilidad de volver a verla. Quizá se atreviera a decirle la verdad. Pero, por otro… ¿Qué demonios era aquello de llamarse amigos?, pensó.

Qué estúpido había sido.

—Está bien —dijo sonriente.

En sus ojos, Leopoldo pudo ver que el sentimiento era mutuo.

Se despidieron allí. Marta quería aprovechar el resto del día para documentarse sobre un reportaje local que estaba escribiendo, por lo que Leopoldo no necesitaría llevarla de vuelta a la ciudad.

De camino al aparcamiento, el teléfono vibró en el interior de su bolsillo. Lo sacó y comprobó la pantalla. Era un número desconocido.

—¿Sí?

—Bonavista —dijo una voz masculina. Tenía un tono irritado. No lograba reconocer quién hablaba—. ¿Dónde se encuentra?

—¿Quién lo pregunta?

Se oyó un fuerte soplido al otro lado. Parecía estar fumando.

—Soy Samuel Ortego, el esposo de Laura. ¿Me recuerda? —preguntó. Podía notar el desasosiego a kilómetros—. Quiero hablar con usted, es urgente.

—¿Hablar conmigo? —cuestionó. Después de todo lo que había averiguado, sospechó de la llamada. ¿Le habría descubierto? Un vasto temor creció en la boca de su estómago—. ¿De qué?

—No voy a contárselo por teléfono.

—Escuche, ¿qué quiere de mí?

—Tengo algo para usted —respondió confiado. Leopoldo no creyó sus palabras—. Le ayudará en su reportaje. Estoy seguro de ello. ¿Dónde se encuentra?

—En Elche.

—Venga a verme ahora mismo a mi oficina, le coge de paso.

Leopoldo miró el reloj. Se volvió a preguntar si sería una trampa. Ortego parecía nervioso y no era para menos. Su posición estaba en peligro.

—Si no me dice de qué se trata, no puedo confiar en usted.

—Es sobre mi mujer, Laura. Venga, no sea imbécil. No puedo contárselo por aquí.

—Está bien —dijo y colgó. Después se quedó pensativo. ¿Había algo más que él no supiera?, se cuestionó.

Había mordido el cebo. El tono desesperado de ese hombre había alimentado su curiosidad.

43

Miércoles, 13 de julio de 2016
Oficinas del Grupo Fonseca, Parque Empresarial de Elche
Alicante, España.

Las oficinas se encontraban casi vacías. Cruzó la recepción
saludando de nuevo a las recepcionistas que ya le reconocían
al entrar.

Pasó de la sala de escritorios en los que sólo algunos de
los empleados ocupaban sus puestos. La mayoría estaba de
vacaciones, ya fuera en la playa o en algún lugar remoto.
España se paralizaba durante dos semanas para llenar los
chiringuitos costeros y los hoteles del Levante.

Bajo el eco que producían sus zapatos al caminar, llegó
hasta el despacho de Samuel Ortego. No había estado allí
antes. Tocó a la puerta.

—Adelante —dijo la voz del director.

Al entrar, lo vio en su silla giratoria de piel negra, frente
al ordenador, comprobando la pantalla de su teléfono y con
el pelo alborotado. Parecía estresado por alguna causa.

Cuando cerró la puerta, se levantó y, sin esperarlo, tomó
impulso y le propinó un puñetazo al periodista en toda la
cara.

El golpe fue tan certero, que Bonavista cayó con un golpe seco sobre el suelo de mármol. Por instinto, se llevó las manos a la cara. Cuando abrió los ojos, se alegró de seguir vivo, de tener el rostro todavía entero. Sintió un fuerte escozor en el pómulo derecho y temió que le hubiese roto algún hueso. Por fortuna, los ojos le respondieron con claridad, a pesar de que una fuerte jaqueca se apoderaba de él por momentos.

Samuel Ortego le enseñaba los dientes apretados como si se tratara de un lobo salvaje. Tenía los nudillos enrojecidos y se frotaba el puño. No estaba acostumbrado a pegar.

Bonavista, vengativo, se apoyó en el suelo, gateó unos pasos y aprovechó el descuido. Rápido, se levantó, agarró del cuello a su oponente y le estampó la cabeza contra el escritorio. Inesperadamente, el impacto fue más fuerte de lo pronosticado. Ortego rebotó contra la silla y se revolcó en la superficie.

—¡Qué cojones hace, imbécil! —bramó el director, rabiando de dolor—. ¿Ha perdido el juicio?

—¡Será posible! ¡Me ha golpeado sin avisar!

—¿Qué esperaba? —gritó, indignado—. ¡Era lo menos que podía hacer! ¡Se ha estado besando con mi mujer!

—¿Cómo dice? —preguntó Bonavista.

La tensión se esfumó. La noticia le había descolocado y se cuestionó cómo se habría enterado de ello.

—¡Venga, ya! ¡Por favor! ¡No sea embustero! —exclamó Ortego y buscó su móvil sobre la mesa. Después movió el dedo por la pantalla hasta dar con algo y le enseñó una fotografía a Leopoldo. En efecto, les habían cazado. Laura Fonseca y él aparecían a oscuras besándose a la luz de la madrugada—. ¿Piensa que soy gilipollas o qué?

—Tiene una explicación, Samuel —dijo él en su defensa. El dolor de cabeza empezaba a dispersarse, pero el escozor aumentaba. Se tocó la cara pero no tenía sangre—. No es lo que piensa.

—¡Al cuerno lo que yo piense! —respondió—. ¿Quién le hizo las fotos? ¿Es eso lo que buscaba?

—No tengo nada que ver con estas fotos. Ni siquiera sabía que había alguien más por allí.

—¡Será desgraciada! —dijo y buscó una botella de whisky de un cajón y un vaso de cristal—. ¿Bebe?

—Sí, por favor.

El directivo vertió el licor en los dos recipientes y le entregó uno.

—¿Está seguro de que no tiene nada que ver?

—Y tanto. ¿Para qué querría hacer algo así?

—¿Las fotos o liarse con ella?

—Ya sabe a lo que me refiero.

—Dinero.

—¿Le han extorsionado?

—¿De verdad que no sabe nada, Bonavista? —preguntó buscando una respuesta en su lenguaje corporal. Ortego era audaz y podía oler las mentiras desde lejos, pero Bonavista no salía de su asombro—. Está bien… Me han llegado estas imágenes por correo electrónico esta mañana. Quien sea la persona que las hizo, exige que deje el cargo y le pida el divorcio a mi mujer… o se harán públicas.

—¿Así que no es dinero? Pero eso a usted no le afecta. A fin de cuentas, se quedará con parte del accionariado.

Ortego lo miró extrañado. Leopoldo se había ido de la lengua.

—¿Quién le ha contado eso?

—Es una larga historia. No tiene importancia.

—Sí la tiene. Quiero oírla.

Dada la presión del momento, no tuvo otra opción que confesar. Eso pondría a su favor la conversación.

—Lo sé todo sobre usted, Samuel. Todo es todo... Estoy al tanto de su ascendente carrera, la relación que tiene con sus cuñados, de su aventura con Silvia Domenech y cómo afecta esto al testamento que la mujer dejó antes de morir —explicó. A medida que Leopoldo hablaba, la cara de Ortego se arrugaba como una ciruela seca—. Sé lo que ha estado haciendo todo este tiempo. Silvia Domenech me contó que tenía un secreto que necesitaba airear, por eso me contrató. No supe de lo que se trataba hasta hace bien poco, cuando pillé al chófer liado con su futura cuñada, la pareja de Adolfo Fonseca. Ellos me lo confesaron todo.

—Panda de traidores...

—Cada día que pasa, estoy más convencido de que pudo ser usted quien mató a Silvia Fonseca para que no hablara. Eso sólo iba a arruinar su carrera de por vida y le convertiría en un despojo. La reacción en cadena le habría destruido.

—¿Qué?

—Sí. Después de todo lo que se había esforzado para llegar a la cima, a nadie le gusta que le quiten el caramelo de la boca.

—¡Eso es una infamia! —espetó—. ¿Ve cómo se pasa la vida farfullando? ¡En la vida le haría eso a Silvia! ¡Estábamos enamorados!

Sus palabras sonaron sinceras.

Leopoldo observó a aquel hombre de traje y cabello engominado. Poco a poco, Ortego se tambaleaba. Sus ojos se humedecían.

—¿Enamorados? ¡Pero si era su suegra!

—¿Y qué? —preguntó nervioso—. Nadie mejor que yo sabe lo jodido que es eso. Me enamoré de mi suegra, sí, y ella de mí. Ambos sabíamos que nuestra aventura no podía ir muy lejos si la manejábamos a escondidas...

—Pero, ¿cómo? A ver... ¡Es un disparate! ¿No supo mantener la entrepierna quieta?

—Deja de decir chorradas, tarado. Silvia era más que un polvo. Silvia era una mujer única, brillaba como una estrella...

—No me cabe duda... pero de ahí a ponerlo todo en peligro, es demasiado como para ser honesto.

—¿Ha estado enamorado alguna vez, Bonavista? Por amor somos capaces de hacer cualquier estupidez.

—Un momento —dijo y dio un trago al whisky—. Ya me mintió una vez. ¿Pretende que me crea lo que me está contando ahora? Está contra las cuerdas. Usted la mató. ¿Cómo?, no lo sé, pero la Policía se encargará de solucionar todo este asunto cuando tire del hilo. No es conmigo con quien tiene que solucionar sus diferencias, sino con los Fonseca.

—A ver si te enteras, listillo —dijo señalándolo. Como todos, perdían las formas llegados a cierta situación—. Estoy de acuerdo contigo en una cosa, pero yo no la maté. No tienes la mínima idea de quiénes son los Fonseca. ¿Te crees que en una semana vas a abrir el tiesto de las culebras? Deberías haberte quedado escribiendo pamplinas en la capital antes de venir aquí. Hay mucho dinero en juego, dentro y fuera del testamento, y esos dos quieren apartarme. Lo que me sorprende y decepciona es que la hayan convencido a ella también...

—Con ellos se refiere a Penélope y Adolfo.

—Sí. Cada cual más avaro que el otro —agregó—. Terminarán destripándose entre ellos. Silvia estaba arrepentida al ver que su hija se había convertido en una resentida, pero esa es otra historia. Sobre él, ¿qué decir que no sepa? Un farsante que pone el dinero por encima de la sangre. Igual de cabrón que su padre.

—¿Le habló alguna vez la señora Domenech de Laura?

—¿Tú qué crees? ¡Es mi esposa!

—No me refiero a eso, sino a su relación.

—¡Ah! No demasiado. Al ser la pequeña, no le tenía demasiada estima. Silvia se cansó de ser madre después de criar a la mayor.

—Por supuesto... ¿Qué piensa hacer ahora?

—¿Piensa? ¡Pensamos, anormal! —dijo mostrándole de nuevo la fotografía—. ¡Son tus morros los que están aquí! Así que no me jodas. Esto lo vamos a solucionar los dos juntos. ¿O es que crees que no te afecta?

—¿A mí?

La sonada carcajada provocó un fuerte dolor en el pecho del periodista.

—Sí, a ti —dijo con voz serena—. Si esto sale a la luz, además de perder el contrato y tu puesto de trabajo, los Fonseca te van a meter una demanda de infarto. Todavía no te imaginas la de platos que vas a tener que fregar para pagarla... Haberlo pensado antes, Don Juan.

Leopoldo comprendió que a Ortego le importaba poco que su mujer hubiese compartido fluidos con el hombre que tenía delante. No obstante, le preocupaba que las fotografías salieran a la luz. Tenía razón, era todo un ataque para ambos y podía desestabilizar su credibilidad.

—Maldita sea, ¿qué podemos hacer?

—No lo sé —dijo—. Hasta hace unos minutos, pensaba que eras tú quien las había hecho.

—¡No!

—Ya me he dado cuenta —respondió—. Hay que pararlo como sea, pero lo que pide es inadmisible. Me temo que no nos queda otra que tragar y hacer frente a lo venidero.

—¿Está de broma? ¡Ahora soy yo el que le dice que no! ¡Ni hablar! —gritó Leopoldo Bonavista al ver cómo toda su investigación se iba al traste—. Esas fotos no pueden ver la luz, me arruinarán la vida.

Ortego se encogió de hombros.

—¿Tiene alguna idea de quién puede haber sido?

—No lo sé. Su cuñado ha venido a verme esta mañana y se ha marchado enfadado.

—¿Fonseca?

—No, Miguel.

—Ese pesado... ¡Bah! Qué importa, no es capaz de matar ni a una mosca. Olvídalo, es un parlanchín y vive a merced de su mujer.

—¿Enzo? ¿Martina?

—No, descartados. Si empieza a salir mierda, ellos serán los primeros salpicados. Esa buscona no soltará a Fonseca, aunque desconozca con quién se ha juntado.

—Me quedan los tres hermanos.

—Eso se acerca más, pero Adolfo está de viaje y ha regresado hoy. Las fotos son de anoche, ¿cierto?

—Sí.

—No me mientas. ¿Hay más?

—¡No! Fue ella quien se abalanzó sobre mí. Laura está confundida con todo lo de su madre.

—Ahórrate los detalles. Nos quedan dos. Ella, su hermana, o las dos juntas. No me extrañaría nada. Deberías hablar con ella.

—¿Yo?

—Sí, claro.

—Laura no puede haber sido. Así que sólo queda Penélope.

—Interesante.

—¿El qué?

—Que sin conocerla de nada, pongas la mano en el fuego por ella. A lo mejor te quemas. ¿Te gusta de verdad?

—Esta conversación comienza a ser incómoda. No sé hasta qué punto debo hablar con usted sobre su esposa.

—Corta el rollo, colega. Ya te lo he dicho —contestó con aire de decepción—. Nos han tendido una trampa y hemos caído como dos ratas famélicas. Pensaré en algo rápido.

De pronto, a Bonavista le vino un detalle a la cabeza.

La conversación que Adolfo y Penélope habían tenido al otro lado de la pared del baño. Quizá, si era cierto que la hermana mayor estaba detrás de las fotografías, aún podía hacer algo al respecto para cambiar la situación. Amenazarla con revelar el secreto de su madre, la pondría en un apuro. Puede que así se salvara de ver su rostro en los periódicos.

—No todo está perdido —dijo finalmente—. Dígale que le dé un día más.

—¿Para qué? Eso no cambiará nada.

—O sí. Tal vez lo cambie para siempre.

Dispuesto a marcharse, Leopoldo dio un vistazo al despacho. Estaba hecho un desastre después del enfrentamiento. En un descuido, pisó un portarretratos roto que había en el suelo. Se agachó para recogerlo y vio la fotografía que había en él. Una imagen tierna, familiar y del pasado. Samuel,

Laura y su hija Luz. Reflexionó al contemplar la expresión de la joven y dio media vuelta.

—¿Alguna vez pensó en ella? —preguntó haciendo referencia a su hija y le entregó la fotografía.

Ortego la sujetó y la apoyó en su escritorio.

—Todos los días —dijo arrepentido por lo que había provocado—. En el fondo, es lo único que me importa y la razón por la que jamás me atreví a dar el paso. Laura es adulta. El amor es cosa de dos y tanto ella como yo sabíamos que nunca íbamos a ser la pareja de enamorados que terminan con final feliz. Eso se sabe. Sin embargo, Luz… Con ella es distinto. Luz me trajo ilusión, ganas por seguir a su lado. Por ella, su madre y yo hemos permanecido unidos, y por ella haría cualquier cosa. Sé que si se enterara, jamás me lo perdonaría.

* * *

A la salida de las oficinas, levantó la mirada hacia un avión que cruzaba el cielo a poca altura para aterrizar en El Altet. Se había hecho tarde, estaba consumido por el calor y por haber pasado el día, una vez más, fuera de su habitación. Tenía mucho por escribir, mucho por contar y, sobre todo, muchas ganas por volver a Madrid. Como había dicho Ortego, la publicación de las fotografías les pondría a los dos en un aprieto, pero su suerte era otra y se había acostumbrado a sortear cierto tipo de obstáculos. Al fin y al cabo, Leopoldo Bonavista, en sus últimos años, era más conocido por sus escarceos sentimentales que por su obra.

Antes de sentarse a hablar con los Fonseca para salvarle el cuello a ese hombre, hizo, por primera vez, lo que consideró más correcto.

—¿Ya lo has enviado? —preguntó la directora.

—No, todavía no. Te he llamado por otro asunto, jefa.

—¡Me vas a provocar un infarto, Leopoldo!

Se sintió avergonzado. Le pesaba la responsabilidad.

—Es importante. Acabo de hablar con el yerno de Silvia Domenech —explicó y guardó unos segundos de silencio—. He descubierto que ambos tuvieron una relación a escondidas y que Silvia Domenech también tuvo una relación con uno de sus empleados. De ese romance nació Laura Fonseca, la menor de los tres hermanos y esto pondría en riesgo la estabilidad familiar actual.

Beatriz se quedó sin respiración.

—Espero que todo lo tengas por escrito… ¡Maldita sea, Bonavista! ¡Eso es un bombazo! ¡Bravo por ti!

Él sonrió. Podía sentir la felicidad de esa mujer al otro lado de la línea. Le satisfizo saber que le daba una alegría.

—Pero hay algo más que debes saber…

—Soy todo oídos…

—Anoche nos fotografiaron a Laura Fonseca y a mí besándonos en el interior de la finca privada —respondió. Con cada sílaba, intentaba anticipar la respuesta de su superiora—. De verdad, te juro que no hay nada entre nosotros dos, pero parece ser un montaje para extorsionar al yerno y obligarle a renunciar a su puesto y a su familia.

—¡Lo sabía! ¡Sabía que harías algo así!

—¡No es lo que parece! Tienes que creerme, por favor. Esa mujer estaba pasando por un momento delicado y se dejó llevar… Lamento que haya sucedido de esta manera. Creo que me usaron como cabeza de turco.

—¡Ay! En fin… Si es eso, no te preocupes, Leopoldo —respondió restándole importancia y con un tono sospechoso—. Nos van a demandar igualmente. El borrador que enviaste es demasiado morboso como para que los Fonseca nos den su aprobación, así que les mandaremos una versión ligera que publicaremos y, más tarde, sacaremos el reportaje en profundidad una vez hayamos cobrado. Nuestros abogados ya se han puesto a trabajar para que nadie salga perjudicado. ¡Eso sí! No podemos contar ninguna infamia, así que átalo todo bien...

—No sabes qué peso me quito de encima —dijo él, mirando hacia el cielo anaranjado que cubría la, ahora lejana, ciudad de Elche.

—¿Tienes ganas de volver?

—No lo sabes bien.

—Te he echado de menos por aquí.

—Ha sido una semana, no te pongas sentimental.

—Intentaba empatizar contigo, idiota —respondió bromeando—. Llámame mañana cuando estés en Atocha. Tienes los billetes en tu correo. Descansa y no olvides de enviarme el reportaje, Leopoldo. Esa mujer nos va a devolver la vida.

—Qué poético todo. Adiós, Beatriz.

Al colgar, sintió que una parte de él se moría por dentro. Demasiadas emociones, pensó. En su cabeza, sólo podía imaginar el momento de acostarse por última vez en aquella estancia para despertar al día siguiente y no regresar jamás a esa casa.

44

Jueves, 14 de julio de 2016
  Residencia de la familia Fonseca
  Alicante, España.

Cuando abrió los ojos, deseó que todo hubiera sido un mal sueño, pero no fue así. La noche anterior había regresado en silencio, recibido por la tranquilidad de las farolas que alumbraban el sendero.

En la nevera había una bandeja con dos platos que el servicio se había molestado en dejar. Tras la conversación con Ortego, condujo por la costa mientras el sol se ponía en el horizonte. Recorrió Alicante y parte de San Juan evitando regresar a un hogar que no era el suyo. No se preguntó qué hacía, pues esa era la razón por la que conducía sin sentido alguno. Finalmente, cuando arribó, la calma reinaba en la finca de los Fonseca, un hecho que empezaba a ser habitual y al que ya no prestaba atención. Al llegar, se acercó a la caseta donde el portero vigilaba las entradas y las salidas y se bajó del coche para hablar con él.

—Buenas noches, don Miguel.

El hombre, un señor bajito y con el pelo manchado de canas, levantó la vista de su televisor para atender al periodista.

—¿Va a entrar?

—Sí... —dijo y vaciló antes de soltarle la pregunta. Si lo hacía y más tarde interrogaban al vigilante, éste confesaría. La cámara que había en la entrada no podía mentir—. ¿Vio algo extraño anoche? Entre los arbustos.

Él se quedó clavado en su silla con la mirada gacha y directa.

—No.

—Entiendo... Gracias.

Mentía, conocía esa mirada. Muchos de sus entrevistados la usaban cuando querían parecer honestos y en realidad estaban ocultando la respuesta. No le dio importancia. A ese viejo le pagaban por vigilar y no por cantar. En cualquiera de los casos, debía de haber sido alguien de la familia. De lo contrario, no hubiese tenido reparo en contarle la verdad.

Regresó al vehículo, cruzó el portón de hierro y subió la cuesta de asfalto. Al llegar a la era, esperó a que los cánidos se acercaran a él, pero nadie salió a recibirlo. Después vislumbró el vehículo de Enzo, que posiblemente descansaría en su estancia, y escuchó algunas voces al otro lado de la fachada. Él ya no era bien recibido, así lo consideraba. Tras lo ocurrido en el despacho del director, supuso que lo más oportuno era despedirse a la francesa, como solía hacer cuando no le interesaba, sin decir adiós ni dejar otro rastro que las migas del desayuno y un juego de sábanas sucias.

* * *

En la mañana del jueves, saltó de la cama desairado, cansado por haber pasado parte de la madrugada escribiendo. El exceso de café no le había aliviado la jaqueca. Amaneció con un ardor de estómago que curaría con un buen desayuno. Pero los palos a gusto, nunca dolían.

El documento que guardaba en ese iPad de diez pulgadas tenía su precio en oro. Lo había plasmado todo, hasta el último detalle de la historia que envolvía a Silvia Fonseca, aunque dejara sin resolver el enigma de su muerte.

A veces, se ganaba, y otras veces se aprendía.

En esta ocasión, Leopoldo tuvo que rebajar su ambición y conformarse con lo que había destapado, que no era cualquier cosa.

Pensó en Silvia Domenech, en Fernanda y en su marido, Joaquín Baile, y en los amargos años que habían sufrido. Se alegró de seguir vivo.

Se duchó y se vistió con la poca ropa limpia que no había usado y caminó hacia la puerta. Lamentó que su historia con esa mujer acabara así, de ese modo tan frío después del beso. Él no era Bogart, pero Laura Fonseca tampoco era su asunto. Tarde o temprano, la menor del clan terminaría por odiarle. Siempre sucedía así en su vida. Lo que estaba a punto de contar le llegaría como una flecha directa al corazón y, a partir de entonces, Leopoldo Bonavista encabezaría su lista de enemigos nacionales. Por una vez que buscaba hacer el bien y no enfadar a nadie, las circunstancias se ponían en su contra.

Lección aprendida, se dijo.

Abrió el tarjetero digital del teléfono y comprobó que el AVE con destino a Madrid salía a las once de la mañana desde la estación de Alicante.

Se subió al vehículo y abandonó la finca sin mirar atrás

despidiéndose para siempre de ella.

Eran las nueve y tenía tiempo suficiente para almorzar con Marta antes de su partida.

Cuando abandonó el recinto familiar, miró en varias ocasiones la pantalla para asegurarse de que no tenía ninguna sorpresa.

Samuel Ortego no se había puesto en contacto con él, ni tampoco su mujer. No había mensajes de Beatriz, ni de Adolfo Fonseca.

Le encantó que, por una vez, las cosas salieran bien.

Antes de reunirse con Marta, aprovechó para devolver el vehículo. Sería una mañana calurosa en todo el país, pero echaba de menos el aire seco de Madrid durante el verano, las calles desiertas y las terrazas apocalípticas en las que sólo los atrevidos tomaban combinados bajo la sombra.

Se despedía de Alicante hasta la próxima, que deseó que nunca llegara; de la Costa Blanca, la capital de una provincia cargada de misterio, vagos recuerdos y mucho dolor. Reconoció para sus adentros haberse divertido, aunque casi le costara la vida, pero existir era eso. Aguantar hasta que sólo quedara una pieza en el tablero.

El olor a ferrocarril, carbón y humo entró como una ola calenturienta en el ambiente. Se dirigió al panel de salidas y llegadas y echó un vistazo en busca de su andén. Una vez se hubo cerciorado de que todo estaba en orden, compró la prensa nacional en el kiosco, se acercó a una de las mesas de las cafeterías y dejó la bolsa junto a un taburete.

Leyó la portada que abría la mañana con un fuerte titular sobre los escándalos políticos. Pasó las páginas locales sin demasiado interés y se arrepintió de haberse gastado el euro y medio en aquel ejemplar que no le aportaba nada. De repente, en una de las secciones de sociedad, vio una foto que le produjo un fuerte escalofrío.

—Mierda... No puede ser —murmuró en alto. Él junto a Laura Fonseca. Era la fotografía que Samuel Ortego le había enseñado en su teléfono—. Pero, ¿cómo es posible?

Sospechó que el marido no había cumplido con su palabra, optando por seguir con su suicidio laboral y familiar.

Antes de leer la noticia, una presencia le sorprendió.

—¡Leopoldo! —exclamó Marta a escasos metros de la mesa. El periodista cerró el diario, lo dobló y se sentó encima de él—. ¡Qué pronto has llegado! ¿Qué te ha pasado en la cara?

Se dieron un abrazo como buenos amigos, pidieron dos cafés y Marta se sentó al otro lado de la mesa.

—Un pequeño accidente. No tiene importancia...

Ella acercó su mano y él apartó el rostro.

—¿Has ido al médico?

—Estoy bien. Si fuera guapo, me preocuparía.

—No seas tonto y míratelo cuando llegues —dijo alarmada—. ¿Cómo estás? ¿Pudiste terminar todo el trabajo?

—Sí, me acosté bien tarde... —dijo soplando hacia abajo—. Todavía no puedo creerme que haya participado en este jaleo.

—¿Estás bien? —preguntó ella—. Pareces asfixiado.

—¿Eh? ¡Sí! Claro que estoy bien —contestó. El rostro de Marta era un poema. Pronto, él se marcharía para siempre—. Es decir, estoy bien, pero me da pena dejar todo esto... Lo he pasado muy bien y ha sido gracias a ti.

—Eres un exagerado —contestó sonriente—. Siempre lo has sido, para lo bueno y para lo malo. ¿Recuerdas cuando te decía que eras un pupas?

—No me lo recuerdes. ¿Por qué perdimos el contacto, Marta?

Ella se encogió de hombros, agachó la mirada y removió el café con la cucharilla.

—La vida, supongo. Pero, oye, nos hemos vuelto a encontrar. Nunca hay que darse por vencido.

—Esto no tiene por qué ser un adiós, mujer.

—¡No seas bobo! —dijo riéndose—. Ya lo sé, pero te conozco de siempre, Leo. Bueno, casi… No has cambiado tanto… Volverás a Madrid, a tu vida de gran ciudad, a esas fiestas interminables y a tener relaciones con chicas famosas… Te olvidarás de nosotros antes de que se ponga el sol esta noche. No te lo echo en cara, sólo soy realista.

—Nunca me olvidé de ti, Marta.

Ella levantó la mirada.

—Ni yo de ti.

—Siempre me gustaste, para ser más preciso —dijo. Le temblaba la voz, pero lo estaba haciendo—. Hasta pensé en venir, pero estabas con ese chico… Preferí pasar página, desencantarme, ya me entiendes… No me gusta meterme donde no me llaman.

Ella lo observaba con los ojos abiertos como si hubiera dicho algo revelador. En el fondo, siempre esperó que le dijera esa frase.

—¿Por qué has esperado tanto? —replicó molesta y cerró los ojos moviendo la cabeza—. No es justo, Leopoldo.

—Pensé que eras feliz. ¿Qué importa eso ahora?

—Pues importa, y mucho —reprochó—. Debiste decírmelo en su momento.

—No hubiese cambiado nada.

Los minutos pasaron, los silencios cada vez se hicieron

más largos y la cola de pasajeros que esperaban para entrar en el tren crecía. Por megafonía anunciaron la salida del ferrocarril. Leopoldo comenzó a incomodarse. Ninguno de los dos quería marcharse, pero era inevitable un final así. Deseó que ella fuera la primera en dar el paso, aunque sabía que no lo haría.

—¿Y tú qué sabes? A lo mejor sí. En fin... Tu tren está a punto de salir. Deberías ponerte en la cola.

—Sí, claro —dijo y se levantó del taburete. Vio cómo ella tomaba aire. Le temblaban las piernas. Sería una despedida dolorosa. Marta y él se habían sincerado por primera vez, diez años después—. Escucha, ahora que voy a estar en Madrid... podrías ir a verme... o venir yo a verte, me da igual.

Titubeó nervioso y, sin quererlo, tiró el periódico al suelo. Las páginas se abrieron desordenándose en el suelo.

—¡Mierda! —dijo apresurándose a recogerlo.

Entonces ella vio la noticia, la fotografía que le asociaba con Laura Fonseca. Puede que Marta se hubiese enterado más tarde, después de todo, trabajaba en la prensa. Pero también podía pasar por alto esa posibilidad. Pero tuvo que ocurrir allí, delante de todos, segundos después de que Leopoldo declarara sus sentimientos en voz alta.

Ella se arrodilló, agarró la página y contempló la imagen. Una parte de su corazón se hizo pedazos. Se sentía insultada pero, por encima de todo, decepcionada.

—¿Eres tú? ¿Te liaste con ella, Leopoldo? —preguntó a punto de llorar de rabia—. ¿Y me vienes con esto ahora?

—¡Es una trampa, Marta! ¡Deja que te lo explique!

El drama llamó la atención de los pasajeros que merodeaban en busca de su tren.

La periodista aguantó la situación sin derrumbarse y se llenó de orgullo.

—No tienes por qué explicarme nada. Simplemente, no sé... Soy una estúpida, una tonta, de verdad. No sé por qué me he ilusionado contigo. Los dos hemos cambiado y, en el fondo, ya no significo nada para ti.

Marta echó a andar en dirección a la salida. Quienes esperaban en la cola contemplaban el final como si se tratara del último episodio de una telenovela.

—¡Eso no es cierto! —bramó y salió tras ella—. ¡Espera!

Le tocó el brazo, ella se soltó.

—Buen viaje, Leopoldo —dijo. No se atrevía a mirarlo. Tenía los ojos a punto de estallar—. Escríbeme algún día.

Después se tapó la nariz y abandonó la estación.

—¡Joder! —gritó apretando los dientes.

El teléfono sonó. Miró la pantalla. Era la directora.

—¿Qué quieres ahora? —contestó malhumorado.

—¡Cuida tus modales, Bonavista! ¿Qué forma de hablar a tu jefa es esa?

—Perdona, acabo de cagarla por completo.

—¡Y más que la vas a pifiar si no me envías el documento! ¿Dónde está, Leopoldo? ¡Me prometiste hacerlo a primera hora!

—¡Maldita sea! —respondió. Lo había olvidado. Corrió hacia la bolsa de equipaje, pero sus mayores temores se hicieron realidad. No podía creerlo, no estaba allí—. No, no puede ser, tiene que ser una broma, esto no puede estar pasando, de verdad...

—¿Bonavista?

—Me han robado el equipaje ahora mismo, Beatriz. Y con él se han llevado el documento.

458

45

Beatriz cortó la llamada. La cola de pasajeros que esperaban para subir al tren se hacía más corta. Leopoldo sintió cómo una grieta se abría bajo sus pies, dando lugar a una balsa de lava ardiente. Miró a su alrededor en busca de la bolsa, pero no fue capaz de ver quién se la había llevado.

—Maldita sea, Leopoldo, piensa... —murmuró con la mirada perdida buscando una pista. Sudores fríos empañaron su piel. Un nudo en el estómago le impedía respirar. Los ciclos de ansiedad aumentaban.

Escuchó de nuevo el aviso para subir al tren. Se quedaba o lo perdía, pero regresar sin su trabajo no serviría de nada.

Paralizado, sin saber a dónde ir, optó por correr hasta una de las salidas, como una gallina desatada, en busca de sus pertenencias. Llegó a la parte lateral cercana al aparcamiento de la estación. Vislumbró el panorama, desesperado, en busca de una señal. Ni Marta, ni la bolsa, ni el ladrón. Estaba acabado.

El teléfono volvió a sonar. Era Adolfo Fonseca.

—Genial... —dijo y se acercó el aparato al oído—. Escuche, Fonseca, no es el mejor momento para hablar.

—Está con nosotros.

—¿Qué? —preguntó despistado con la atención puesta en

la calle.

—La bolsa de piel de Ralph Lauren, su equipaje, lo que está buscando —dijo con voz serena y confiada. Sus palabras sentaron como un mazazo. Iba a desmayarse—. No se preocupe, que está en buenas manos.

—¿Está diciendo que me ha robado la bolsa? —preguntó y se giró en busca de Fonseca. Si lo había hecho, no se encontraría muy lejos de allí. Debía entretenerlo, ser y pensar más rápido que él—. Pero… ¿Cómo? ¿Cuándo? ¿Por qué haría algo así? Voy a perder mi tren. ¿No lo entiende?

—Es de muy mala educación despedirse sin decir adiós, ¿no cree? Con todo lo que hemos hecho por usted.

—No tiene gracia, Fonseca. ¿Qué quiere? —dijo y volvió a observar las entradas—. No puedo perder ese tren.

—Sí, sí que puede —contestó el empresario—. Olvídese de eso y reúnase conmigo. Es importante, más de lo que cree.

—¿Es por las fotos?

—Las fotos son lo de menos. Si quiere recuperar sus notas, haga lo que le digo. Si no, súbase a ese tren y pagará las consecuencias.

Hasta el último minuto, Adolfo Fonseca iba a ser él, sin dar un paso atrás, sin ceder en su respuesta.

Leopoldo resopló mirando por última vez cómo la fila de pasajeros desaparecía. Por megafonía dieron el último aviso, un aviso que ya no era para él.

—Está bien. ¿Dónde se encuentra?

—Genial —dijo, y lo escuchó murmurando algo. Adolfo Fonseca aguardó unos segundos antes de responder—. Le espero en el Hospes Amérigo. Identifíquese y le informarán de la habitación. No tarde, no nos queda mucho tiempo.

46

De nuevo, estaba allí, frente a la gran entrada del famoso hotel alicantino, acalorado por el picante sol estival, rodeado por el tráfico de la mañana y los transeúntes que vagaban por las aceras.

Se quitó las Ray-Ban Clubmaster y miró hacia el cielo azul y brillante. Un bonito día para un momento tan sórdido, pensó.

No auguraba nada bueno, pero no tenía otra opción.

Atravesó el vestíbulo principal del hotel hasta llegar a la recepción.

Todavía podía oler las sensaciones de la primera visita, ver el fantasma de Silvia Domenech con sus labios pintados y esa sonrisa de liberación que se llevó con ella. Las paredes de aquel edificio ahora gritaban pena y albergaban el espíritu de una mujer desgraciada desde muy joven.

—Buenos días, mi nombre es Leopoldo Bonavista —dijo expectante a lo que sucediera después.

El recepcionista le miró a los ojos, titubeante y el periodista se quedó perplejo al ver que no sucedía nada. Tras el lapso de tiempo, el empleado descolgó el teléfono y marcó el número de una habitación.

—Ya ha llegado —dijo y colgó—. El señor le espera en la

habitación setenta y cuatro.

—Gracias —contestó y se dirigió hacia el ascensor.

Como su madre, Adolfo Fonseca prefería tratar los asuntos de gravedad en las habitaciones de los hoteles. ¿Por qué?, se cuestionó. Nunca llegaría a saberlo. Pero no tenía demasiado interés en conocer la explicación. Lo único que deseaba era recuperar su equipaje y su trabajo para regresar a la capital y olvidarse de todos ellos.

Salió del elevador y buscó la puerta con el número que le habían dado.

Tomó aire, aclaró la sesera y echó los hombros hacia atrás.

Tocó a la puerta, ésta se abrió y vio el rostro de Adolfo Fonseca.

—Pase —dijo y entró en la habitación.

Era una estancia amplia con vistas a la calle y un cuarto de baño pegado al pasillo. Echó un vistazo y comprobó que ni siquiera se había sentado en la cama. Las puertas estaban cerradas. Todo permanecía intacto excepto una silla y el escritorio que había junto a la pared. Sobre él, un ejemplar de la prensa en el que Bonavista aparecía con su hermana, la bolsa de equipaje del periodista y su herramienta de trabajo. Junto al dispositivo, los restos de un café y un cruasán—. ¿Qué le ha pasado en la cara?

—Me di un golpe en la ducha.

—Ya... ¿Un café? Por supuesto. Nunca dice que no a una taza de café.

—¡Esa es mi bolsa!

—No se alarme, se la devolveré —dijo mostrándole la mano para que se calmara. Encendió una máquina de café de cápsulas y preparó una para el invitado.

—¿Qué está pasando, Fonseca? ¿Por qué me hace esto?

Paciente, le sirvió la taza dejándola a escasos centímetros de él.

—No se ande con tonterías, Bonavista. Eso mismo me pregunto yo. ¿Qué está sucediendo?

—Me ha robado. Le puedo denunciar.

Fonseca rio.

—Es usted muy chistoso —dijo—. ¿Quién le va a creer?

Se acordó de las palabras de Martina al descubrirla husmeando en su estancia. El peso de esa familia era superior al de la Policía.

Leopoldo tomó la taza y dio un sorbo al café.

Necesitaba actuar, recuperarla y largarse, pero el mayor de los hermanos protegía su tesoro.

—¿Cómo lo ha hecho? —preguntó señalando a la bolsa de cuero.

—Mis sobrinos. Saben lo que hacen y son leales a su tío. Han pasado por su lado y ni se ha dado cuenta… —contestó orgulloso de ellos—. Será mejor que se siente, Bonavista. Me temo que no le podré dejar salir hasta que me cuente lo que sabe.

Leopoldo miró al dispositivo digital.

—Lo tiene todo ahí. Ahora me dirá que no lo ha leído…

—Por supuesto que lo he hecho. Precisamente, por eso, he tenido que tomar mis precauciones —argumentó y se sentó en la silla. Bonavista se acercó al borde de la cama—. Como comprenderá, no puedo permitir que lleve a Madrid eso que ha escrito. No le mentiré… llevo observándole desde que llegó, pero en ningún momento pensé que llegaría tan lejos. Soy el mayor de una familia que se ha quedado huérfana antes de hora y debo protegerla a toda costa. A pesar de lo que publique, esa información puede acabar en cualquier lado y eso, además de poner en peligro la salud financiera de nuestros negocios, resquebrajaría la unidad familiar de los Fonseca. ¿Por qué haría eso, Leopoldo? ¿Qué le hemos hecho para que actúe así?

Adolfo era perspicaz.

Intentaba darle una vuelta al asunto para que el periodista se sintiera culpable, aunque no lo iba a conseguir. Leopoldo tenía muchas imperfecciones, pero había aprendido a esquivar los juegos psicológicos de quienes se aprovechaban del temor que provocaba su influencia.

—Su madre quería sacar a la luz la verdad —contestó—, contar su vida para terminar, precisamente, con esa falsa armonía que les rodea. No era una mujer feliz, ni ella, ni ninguno de ustedes. Silvia me lo contó todo, incluso lo que no está escrito en esas páginas… No son mejores que nadie. Ustedes libran la misma guerra que el resto.

—Mi madre falleció y lo que ella deseara, o no, es parte del pasado. Ahora soy yo quien decide lo mejor para ella, por y para su recuerdo.

—Porque a usted solo le interesa el dinero, como a su hermana —respondió tajante—. Su madre llevaba años arrastrando la pesadumbre de ver cómo sus hijos se convertían en eso que ella no quería para los demás. Adolfo, el mayor, el reflejo moderno del padre llevado al extremo, obcecado con las ganancias y apoyado en una relación de cartón con una modelo que se la pega con el chófer de la familia…

—Me está hartando, Bonavista.

—¿Y qué me dice de su hermana Penélope? Una frígida de manual, perniciosa y con mala baba, casada con un perrito faldero que no se opone a nada de lo que ella dice.

—Se lo repito. No me cabree.

—Ahora me dirá que lo de su madre con Ortego le ha cogido por sorpresa...

Sin dejar que terminara, Adolfo Fonseca se acercó y le propinó un sopapo que retumbó en la habitación. No tuvo reparo al ver que no era el primero que recibía.

Leopoldo cayó de la cama y se dio contra la moqueta aturdido. El escozor le cubría toda la cara y aumentó con el hematoma que presentaba. La puerta del cuarto de baño se abrió y Penélope Fonseca apareció en escena.

—¡Basta! —gritó. El periodista miró hacia arriba y vio a la mujer sobrecogida por lo que había escuchado—. ¡Callaos ya!

—Le dije que se contuviera.

Bonavista se levantó, retrocedió y miró a los dos hermanos.

—¿Qué clase de encerrona es esta?

—¡Se lo he dicho, Bonavista! —exclamó alzando el tono de voz—. Me ha obligado a hacerlo.

—¡No quiero oír más mentiras sobre mi familia! —bramó la mujer.

El grito trajo el silencio y un sosiego aterrador entre las cuatro paredes.

—No son mentiras, Penélope. Es la verdad, es lo que ha ocurrido todos estos años y es lo que está sucediendo. La única mentira que existe es la que forman en sus cabezas.

—Eso no es cierto. La verdad sólo lo es cuando se hace pública —señaló acusándole—, y todas esas barbaridades nunca saldrán a la luz.

—¿Qué van a hacer? ¿Matarme como a ella?

Ninguno de los hermanos contestó. Leopoldo tragó con fuerza, pero la saliva no bajaba.

—¿Cuánto quiere?

—¿Me está sobornando, Adolfo?

—Intento dialogar.

De pronto se abrió un paréntesis en su vida.

Leopoldo podía pedir la cantidad que deseara y marcharse de allí con la vida resuelta. Estaba seguro de que aquellos dos le pagarían lo que demandara. Sin embargo, se cuestionó si sería capaz de arrastrar toda esa culpa de por vida, en silencio, llevándosela a la tumba.

—Escuche, no puede publicar eso —dijo Penélope—. Simplemente, no puede.

—¿Acaso le han preguntado a su hermana? —respondió. La mujer enfureció. Antes de contestar, Adolfo la detuvo. Leopoldo sonrió—. Tampoco lo sabe, ¿verdad? Desconoce que su padre era Joaquín Baile.

—No estamos del todo seguros... —dijo el hombre y se frotó la frente con preocupación. Algo extraño sucedió. Bonavista sintió que los hermanos se desplomaban emocionalmente. Ya no les interesaba que la historia quedara oculta, sino que la hermana ausente supiera más de la cuenta—. He intentado explicarle por qué le hemos traído hasta aquí, pero es usted un auténtico bocazas.

—Ahora soy yo quien no entiende nada.

—Teníamos la sospecha de que estaba detrás del asunto de la muerte de nuestra madre —prosiguió y le sirvió un vaso de agua a su hermana—. En efecto, la autopsia decía la verdad a medias. Algo le provocó el paro cardíaco, aunque no podemos saber qué lo hizo con exactitud. Por eso le dejamos que hiciera su trabajo. Es usted un incordio de lo más profesional...

—¿Creen que fue Ortego?

—No, aunque sí en un principio —dijo la hermana recompuesta tras hidratarse—. Estábamos al tanto de lo que sucedía entre él y nuestra madre.

—¿Cómo lo supieron?

—Manuela, la chica del servicio nos lo dijo. Enzo se lo había contado todo.

—Vaya con el chófer —añadió Bonavista.

—Era la excusa perfecta para amenazarle y obligarle a que se divorciara de Laura —continuó—. Así habríamos matado dos pájaros de un tiro.

—Pero se negó.

—No nos dio tiempo a advertirle —comentó Adolfo—. Comencé a sospechar de que nuestra madre tramaba algo, semanas antes de que contactara con ustedes para el reportaje. Los asesores de la familia me advirtieron de que se había estado informando del estado financiero de los negocios que la familia posee y pidió una reunión notarial para hacer cambios en el testamento.

—Los cambios que iban a favorecer a Ortego.

—Hasta la fecha, habíamos pasado por alto una cláusula impuesta por mi padre antes de su muerte —dijo el mayor aclarando el asunto—. No todo era de mi madre. Dado que todo estaba a nombre de él, se aseguró de que parte de su patrimonio terminara en manos de Laura cuando su mujer falleciera después que él.

—Por lo que la herencia iría para Laura y no para ustedes.

—Así es —afirmó Penélope—. Ella era su favorita y todos lo sabíamos.

—Pero no era su hija…

—La crió como si lo fuera —replicó Adolfo defendiendo al progenitor.

—¿Sabía Jaume Fonseca lo que sucedió con Joaquín Baile? Los hermanos se miraron.

—Me temo que sí —dijo el mayor—. Razón por la que firmó aquello. Supongo que se sintió culpable al arrebatarle algo tan preciado como el amor de una hija. Fue su castigo por haberse metido donde no le llamaban, pero el tiempo le pasó factura...

—Sospechamos que Laura fue quien envenenó a nuestra madre —dijo Penélope adelantándose al desenlace—. Se enteró de la historia y por eso lo hizo.

—Pero... Veamos... —balbuceó Bonavista.

—Por eso empezó todo esto —intervino Adolfo Fonseca—. Desde el principio, estaba al corriente. Se apoyó en usted y lo manipuló para que sacara los trapos sucios y nos hundiera uno a uno, cobrándose su venganza particular. Esto demuestra lo que le importa la integridad de la familia.

—Un momento, un momento, por favor... Lo que dicen es muy grave.

—Laura no tiene escrúpulos, Bonavista —recriminó la hermana—. Tal vez yo no esté enamorada de mi marido, pero jamás consentiría que mi esposo tuviera una relación con mi madre. ¡Es asqueroso!

En su interior, Leopoldo no llegaba a convencerse del todo.

Los dos hermanos parecían muy seguros de lo que estaban contando pero, ¿quién no en esa familia?

Reflexionó sobre los hechos y se sentó de nuevo en la cama.

Adolfo Fonseca le ofreció un vaso de agua para que asimilara lo que estaba escuchando. Era difícil de creer que ella lo hubiera hecho, aunque no le faltaban razones.

Toda su vida no había significado nada para ellos.

—Hay algo que no comprendo en este embrollo —dijo aclarándose la garganta—. Están acusando a Laura sin tener evidencias de que ella sea quien lo hizo, lo cual no me sorprende. No es la primera vez que me topo con algo así, sin embargo... ¿Qué gana ella con todo esto?

—¿Dinero? —respondió Adolfo mirándole con desprecio.

—Protagonismo —dijo su hermana.

Leopoldo se apoyó en el argumento de la mujer.

El dinero lo era todo para él, pero no para sus hermanas. Había conocido a muchas personas adineradas que se morían por dentro al mismo ritmo que acumulaban riqueza. La plenitud financiera sólo era un estadio que, una vez superado, se convertía en algo banal. Cuando se alcanzaba la felicidad mediante el derroche, pasado un tiempo, las sensaciones se volvían planas y mundanas. Razón por la que se buscaba el poder, el protagonismo o el afecto de otras personas.

Él conocía bien esto y la imagen del Alfa Romeo se manifestó en su cabeza.

—Retrocedamos un segundo y recordemos que su madre murió por una insuficiencia...

—Eso no es del todo cierto —dijo Adolfo. Su hermana lo miró. Al parecer, Leopoldo no era el único que iba a tener novedades. Tomó asiento, dio un trago al café y se frotó los ojos—. Pedí una segunda autopsia... un encargo personal.

—¿Por qué no me dijiste nada? —cuestionó ella ofendida.

—No quería alarmarte, Penélope. Entiéndelo —explicó—. Sólo quería asegurarme de que había sido una muerte natural, eso es todo.

—Y no lo fue —dijo Leopoldo.

El hombre le clavó la mirada.

—No encontraron nada en su sangre, pero sí en uno de sus labios —dijo tembloroso. Las palabras se atascaban en su voz—. Entiendo que no se apreciara en la primera autopsia, pues no había signos evidentes de ello, pero cuando exigí un segundo análisis, sí que encontraron una mota de adelfa.

—¿Qué es eso? —preguntó la hermana.

—Una planta —dijo el periodista y pensó en los perros que la familia tenía en la casa—. Está por todas partes, incluso en su finca. Ahora que lo dice…

—¿Qué? Termine la frase, inútil.

«Laura me la mostró.»

Otro golpe de calor le sacudió. Estaba decepcionado consigo mismo.

—Así es —prosiguió el hombre disgustado—. Por supuesto, no le habría dado la más mínima importancia si no fuera porque Joaquín Baile falleció por la misma causa.

—¿Envenenado? —preguntó la mujer. Estaba intranquila. Se sentía decepcionada por su hermano. Le había ocultado toda esa información—. ¿Por qué no me dijiste nada?

—¡Ya te lo he dicho, Penélope! —exclamó y dio un golpe en la mesa—. Perdón… Este asunto me da escalofríos.

Por su forma de expresarse, era evidente para el reportero que Adolfo iba por delante de ella. Mientras para la hermana, Laura era la única sospechosa, el mayor no terminaba de cerrar el círculo de posibles.

—Ese hombre murió poco antes que su madre, si no recuerdo mal.

—En efecto —dijo él—. Fue el desencadenante para que mi madre iniciara todo esto. Yo estaba ese día en la oficina. Habíamos tenido una conversación mundana sobre el libro de cuentas en su despacho. Recuerdo que me ofreció un café, pero lo rechacé, así que se lo preparó él y después se desmoronó.

—¿Un café?

—Sí, como el que se ha tomado.

Leopoldo miró la cápsula usada y recordó que en las oficinas de los Fonseca siempre había una de esas máquinas modernas que preparaban café instantáneo.

—¿Recuerda la hora?

—Acabábamos de llegar. Serían las nueve.

—Pero Laura no pudo ser... —dijo Bonavista rascándose el mentón—. Ella no merodea por la oficina.

—No he mencionado a mi hermana... Alguien sabía que Baile era un aficionado del café —dijo y guardó silencio. Los puntos se unieron. Recordaba haber escuchado sobre esa dichosa planta y la historia de los franceses intoxicados en la Guerra de la Independencia—. Y le preparó la cápsula cargada.

—Eso tiene sentido —dijo Adolfo dándole la razón—. Podía haberme matado a mí.

—Así es —respondió Leopoldo—. Tal vez fuera esa la intención, y no la de llevarse por delante a ese hombre.

De pronto, Adolfo miró a su hermana.

—¿Cómo te atreves? —preguntó ella antes de ser acusada—. ¡Miguel no te haría eso!

—¡Pues no lo sé! Tu marido es más listo de lo que parece. Creo que subestimas su inteligencia.

—Él es un fanático de la novela histórica... —murmuró el periodista con la mirada perdida en el techo—. ¡Su marido lo sabía!

La mujer encogió las facciones.

—¿Qué dice ahora? ¡No, me niego a escuchar tales acusaciones! —replicó—. Miguel será lo que tú quieras, Adolfo, pero tiene un buen corazón.

—Di la verdad, es un cobarde —dijo el hermano, que comenzaba a sospechar de todos—. Pero no es imbécil. Sacándome del tiesto, seguro que pensó que tú serías la heredera. Puede que Bonavista tenga razón y hayamos apuntado mal... No contemplaba esta hipótesis.

—¡Relájense! Sólo es una teoría. Ni siquiera podemos comprobar si es cierta o no... A estas alturas, es imposible dar con esa cápsula de café. Si no recuerdo mal, vi a su madre acompañada por ustedes dos y por sus nietos antes de perecer.

Los dos hermanos se miraron con asombro.

—No estará pensando...

—Sólo digo lo que recuerdo. También la encontré con un cóctel en la mano antes de caer en el suelo.

—¿Insinúa que nuestra hermana operó del mismo modo? —insistió ella.

—Ya se lo he dicho. No tengo la facilidad que tiene usted para acusar a Laura.

—En ese caso, quien lo hiciera, estaba entre nosotros y era cercano a la familia.

—Como Miguel —dijo él.

—¡No empieces! ¿Quieres que hablemos de su santa compañera?

La conversación se había convertido en una reyerta dialéctica.

—¿Qué relación tenía ese hombre con ustedes últimamente?

—Baile estaba apartado de la familia desde hacía años

—explicó Adolfo regresando al periodista—, pero seguía preguntando por Laura. Cuando sucedió la desgracia, intenté que no llegara a la prensa pero ya lo sabe usted... Nuestra madre enloqueció y comprendí que entre ellos había existido algo más que una relación afectiva de amistad. Perdió las ganas por sonreír y durante varios días estuvo encerrada en su cuarto.

—Es evidente que fue ella y no mi marido —señaló Penélope.

Bonavista se rascó la barbilla y observó la expresión compungida y agotada de los parientes.

Los tres necesitaban un poco de aire fresco, así que sugirió abrir las ventanas, aunque ella se negó.

—Lo siento, pero sigue sin encajarme que Laura haya sido la autora de tal disparate —dijo insatisfecho por el testimonio que le habían dado. Para él, la teoría cojeaba—. ¿Qué sentido tiene vengarse de tus padres? Lo más normal, para una hija, sería encontrarse con él... Ese hombre ya tuvo suficiente como para merecer un final así.

—Escuche, Bonavista, no tenemos tiempo para contarle la historia de nuestras vidas. Para Laura no existía más padre que Jaume Fonseca, quien dio todo por ella y por su hija —replicó con ímpetu Penélope—. Sospechamos que nuestra hermana se ha burlado de nosotros en nuestra cara, sin que nos diéramos cuenta. Es la única que no trabaja ni aporta nada al apellido Fonseca. Ahora quiere quitarnos lo único que nos queda, eso sí, destruyéndonos antes.

—Si no acaba con alguno más de nosotros...

—Entiende ahora por qué no puede publicar eso que ha escrito —dijo Adolfo poniéndose en pie con los brazos cruzados. El tono de su voz recuperó la compostura.

Leopoldo notó que existía algo turbio en sus intenciones. Puede que le asustara el factor de que alguien intentara derrocarle, pero aparentaba estar más preocupado por la estabilidad financiera de sus empresas. Era un pobre necio obcecado con su fortuna—. Sólo generará problemas, además de que casi todo lo que cuenta ahí son invenciones.

La hermana se puso a su lado.

—¿Van a sobornarme de nuevo? —preguntó sentado en la silla bromeando, pero ellos mantenían el rostro estirado—. Creo que se han equivocado de persona.

—Hable con ella y sáquele la verdad —dijo Adolfo—. Seguro que tiene una opinión al respecto y debemos conocerla. Después, ahondaremos sobre los hechos y le encargaremos a las fuerzas del orden que solucionen esta incógnita. Pero hable con ella. Laura confía en usted y es emocionalmente inestable.

—Eso que me pide es...

—Le pagaremos el triple de lo acordado por el reportaje si lo hace —interrumpió—. Tan sólo tendrá que grabar la conversación para tener una prueba tácita.

—¿Y si no confiesa? ¿Y si ella no lo hizo? No creo que sea tan estúpida.

—No se preocupe, le pagaremos igualmente —aclaró—. ¿Acaso cree que no sé lo que le está costando esto? Bonavista, está en números rojos y su carrera ha tocado fondo. Le ayudaré, pagaremos nuestra parte acordada a la publicación y otra a usted, de forma privada. Nadie sabrá nada, pero deberá mantener silencio.

—¿Qué harán?

—Lo de siempre. Arreglaremos este embrollo, las fotos desaparecerán y haremos lo posible por evitar que los inversores se esfumen. Eso es asunto nuestro.

—Y nos cargaremos a Ortego —dijo Penélope. Los dos hombres la miraron—. Metafóricamente hablando, claro...

—Necesito pensarlo —dijo el periodista buscando una salida.

Adolfo Fonseca sonrió.

—Está bien. Tómese el tiempo que necesite —respondió impasible sin ánimos de abrirle la puerta—. Esperaremos.

El silencio regresó a la sala. No entendía cómo esa mujer se negaba a abrir la ventana.

De nuevo, Leopoldo se vio tentado por la suma que Adolfo Fonseca le había ofrecido. Con esa cantidad de dinero, no tendría que preocuparse en mucho tiempo por su estabilidad. Por no decir en toda una vida.

Era un modo de empezar de nuevo. *Tabula rasa* y olvidar los tropiezos del pasado, como tantas veces había hecho. En su yo más profundo, algo le decía que no era ético, pero ese beso fortuito le empujaba a retroceder.

Cada segundo que pasaba se arrepentía de haber llegado tan lejos, con lo fácil que habría sido hacer su trabajo a tiempo. Se convenció de que no había nada malo en ello si accedía a hablar con esa mujer y se sorprendió al ver cómo esa familia había absorbido su vida, sus pensamientos y sus emociones, hasta el punto de ser utilizado como una marioneta.

Volvió a decirse que, en el peor de los casos, podría advertirle de los planes de sus hermanos. Sólo debía ser precavido con los Fonseca.

—Está bien, lo haré —dijo y provocó una sonrisa cómplice que no le gustó nada—. Hablaré con ella y después me marcharé a Madrid. ¿Entendido?

—Le prometo que no le haremos perder más tiempo —dijo él complacido por salirse con la suya—. Llamaré a su jefa personalmente para explicarle la situación.

Con los ánimos caídos, se levantó de la silla para marcharse cuando el teléfono vibró en su bolsillo.

Imaginó que sería Beatriz tras haberse recuperado del cabreo. Pero estaba equivocado. Era un mensaje de ella.

Laura Fonseca:
    ¿Te has marchado sin avisar?

Leopoldo frunció el ceño.
    —¿Ocurre algo, Bonavista? —preguntó el hermano.

Le extrañó aquel mensaje tan informal. No era propio de ella pero, tras la última noche juntos, podía esperar cualquier cosa.
    —Es Laura.
    —¿Qué dice? —preguntó alarmada la hermana.

Leopoldo Bonavista:
    No. Sigo en la ciudad, pero me voy esta noche. ¿Podemos vernos? Creo que he resuelto lo de tu madre.

Laura Fonseca:
    Claro. Te espero en casa. No tardes. Ellos no están.

Leopoldo guardó el teléfono y miró a los dos miembros de la familia. Le temblaban las manos. Tenía el corazón a cien y mal presentimiento de lo que estaba por suceder.
    —¿Y bien? —preguntó él.
    —Espero no arrepentirme de esto —dijo Bonavista.

—Descuide —dijo dándole una palmada en la espalda y acompañándolo a la puerta de la habitación—. Hable con ella y piense en los números que tendrá en su cuenta corriente.

47

Un taxi lo recogió en la puerta del Hospes Amérigo y lo llevó a la finca de los Fonseca. Para asegurarse de que cumpliría con su palabra, Adolfo se quedó en el hotel custodiando el equipaje y el dispositivo del periodista. Una vez en marcha, entendió que no había vuelta atrás y sintió una fuerte punzada de remordimiento en el pecho.

Todavía estaba a tiempo, se dijo, podía dejarlo todo, coger un billete de tren y regresar a Madrid. Era lo más lógico, lo más cabal. Olvidarse de aquello, aunque le costara su presencia en los medios de comunicación y el mundo farandulero de la crítica. ¿Quién no se había reinventado?, se cuestionó. Las personas de su entorno le olvidarían rápido y sus lectores todavía más. No obstante, una fuerza gravitatoria le obligaba a continuar en el asiento trasero de aquel sedán blanco. Estaba atrapado por la intriga. Reconoció haber caído en una trampa que le habían colocado desde el principio. ¿Quién?, se preguntó mientras miraba por la ventanilla. No tenía la menor idea. Pero el cebo había sido claro y lo había mordido como un novato.

Cerca de saber la verdad o quizá más lejos que nunca, pero estaba convencido de que, de un modo u otro, su visita marcaría un punto final.

—¿Turismo? —preguntó el taxista antes de sumergirse en la autovía—. No está muy moreno para ser un turista.

—Trabajo —respondió sin invertir demasiada atención en la conversación.

—¡Ay! ¡Qué vida! ¿Eh? —preguntó—. Unos tanto y otros tan poco. Ahora, que le digo una cosa, yo el agosto sí que lo hago, con tanto nórdico por aquí...

—Ya imagino —contestó cortésmente y miró a otro lado para denotar desinterés. Leopoldo estaba nervioso, tenía las manos frías y el corazón le latía más rápido de lo normal.

—Esa dirección que me ha dado... —dijo mirando el mapa de su navegador—. ¿Está seguro de que es ahí?

—Sí, claro. He estado antes. ¿Por qué lo dice?

El taxista gruñó con molestia. Algo iba mal.

—No, nada. ¿Va a querer que me quede o irá para largo?

—Llamaré a un taxi más tarde, espero —contestó y se quedó pensativo.

El conductor cambió de emisora. No había dicho ninguna estupidez y pronto le aterró la idea de no poder escapar de allí. ¿Y si Laura Fonseca intentaba envenenarlo como había hecho con su madre?, se planteó.

El pánico se apoderó de su respiración. Bajó la ventanilla y meneó la cabeza para quitarse la idea de encima.

—Eso es absurdo, Leopoldo —murmuró.

El taxista miró por el espejo retrovisor.

—¿Ha dicho algo?

—No, nada.

A esas horas de la mañana, la carretera secundaria que unía la ciudad de Alicante con Jijona parecía una pista de aterrizaje en el desierto.

Pasaron de la gasolinera y tomaron el camino de tierra que

llevaba hasta la finca. El conductor empezó a incomodarse. El navegador no señalaba bien la ruta. No parecía conocer el área y temía que aquello terminara mal. Estaba teniendo un buen día.

—¿Está seguro de que esto lleva a alguna parte? —preguntó inquieto—. El chisme este ya no me marca nada...

—Es la finca de la familia Fonseca, no tiene por qué preocuparse. Estamos muy cerca.

Su explicación no tranquilizó al conductor, que pareció relajarse unos segundos en cuanto vieron la entrada de hierro que daba acceso a la finca.

—Vaya tela... —dijo ansioso por deshacerse del cliente.

Leopoldo pagó con tarjeta esperanzado de que tuviera crédito suficiente para pagar la carrera.

Sin más dilación, se apeó del coche y el taxi desapareció de allí dejando una polvareda que nublaba el camino. No era para menos, pensó el periodista. Para su sorpresa, don Miguel parecía haberse escaqueado esa jornada. Comprobó la hora en el teléfono. Era mediodía, así que probablemente estaría comiendo en el pueblo o en algún lugar cercano.

Menuda casualidad, pensó.

Se acercó a la caseta y buscó la forma de abrirla. Era una garita de madera, sin demasiada seguridad, pero estaba cerrada con llave. Por el cristal reconoció el antiguo monitor por el que veía la televisión y una pantalla partida que conectaba con la cámara interior y exterior.

—Genial —dijo al ver que no existía manera de accionar el interruptor.

Se colocó frente al gran portón de hierro y miró a los alrededores.

Minutos después, Leopoldo alcanzaba lo más alto del

muro tras varios intentos. Siempre se le había dado bien trepar por las paredes, aunque el muro de ladrillo de los Fonseca no fuera el más fácil de subir.

El salto, impreciso, le hizo caer sobre un montón de pinos que amortiguaron la caída, pero no evitaron que perdiera el equilibrio.

—¡Ah! —exclamó al tocar el suelo.

Se había manchado de tierra. Al ponerse en pie, notó una ligera inflamación en las manos. Tenía algunos rasguños, pero ninguno preocupante.

Una vez dentro, se sacudió los pantalones y la camisa y miró a su alrededor. Lo había hecho, aunque sin pensar demasiado en las consecuencias. La cuesta de asfalto, que tantos momentos le había dado se extendía empinada hacia la casa.

Aún le quedaba un largo paseo para pensar.

48

Cuando alcanzó la cima, ninguno de los dos perros que protegían la alquería salió a recibirlo.

Tal vez no le hubiesen oído al caminar.

Respiró calma, una tranquilidad propia del campo en las primeras horas de la tarde. El sol era inaguantable.

El arduo camino, aliviado en ocasiones por la sombra que olmos y pinos le habían proporcionado durante el paseo, lo había dejado agotado. Tenía la garganta seca, la saliva espesa y la frente sudada.

Echó un vistazo a los alrededores y no vio el automóvil de Enzo por ninguna parte.

«Ese muchacho ha mantenido ocupada su agenda desde que le han leído la cartilla».

Dado que nadie le invitaba, cruzó la era de adoquines y cemento y abrió el portón que custodiaba la entrada.

—¿Hola? —preguntó al cruzar el umbral.

Un soplo de aire helado le reconfortó. Lo que más adoraba de las casas de aquel tipo, además de la arquitectura, era que mantenían la frescura en su interior durante todo el verano.

Nadie respondió, lo cual le hizo sospechar.

Desde que había llegado, siempre había alguien deambulando por los rincones de esa mansión. En ocasiones se trataba del servicio, en otras de la familia. Pero Laura le había advertido de que estarían solos, así que no le dio más importancia.

Al recordar sus palabras, sacó el teléfono móvil e inició la aplicación para grabar sonido. Debía estar preparado antes de que ella lo viera. De lo contrario, su misión sería un fracaso.

Cruzó el comedor que guardaba los retratos del matrimonio Domenech colgados de las paredes y llegó al patio en el que se había reunido por primera vez con Silvia.

Lo primero que pensó fue en correr hacia la nevera y refrescarse con un vaso de agua, pero un elemento inesperado desvió su atención.

Con el cabello aún húmedo, Luz Ortego, la pequeña del clan e hija de Laura Fonseca, se relajaba en una tumbona bajo una sombrilla. Tal y como se habían visto por primera vez.

Llevaba un traje de baño negro que dejaba al descubierto parte de su espalda. Con los ojos protegidos por unas gafas de sol Wayfarer marrones, parecía sumida en la lectura de una vieja edición de *El talento de Mr. Ripley* de Patricia Highsmith. Tenía unas piernas brillantes, quizá a causa del cloro de la piscina, y largas como las de su madre, aunque más cuidadas. Su cuerpo era fino, hermoso y todavía no había sufrido los desmanes de la vida y el deterioro de las noches juveniles.

Luz no parecía ejercitarse a menudo, pero tampoco lo necesitaba. Era una de esas personas que había nacido con una genética ejemplar. Una de esas bellezas que, sólo por nacer, ya tenía ganada la mitad de la partida. Leopoldo, absorto en la imagen de la muchacha, dio un paso atrás para evitar llamar su atención, pero tropezó con un mueble de madera.

El golpe la distrajo de las páginas y miró por encima de sus monturas.

—¿Bonavista? ¿Es usted?

—¿Eh? —preguntó nervioso. Activó la grabadora y se guardó el teléfono en el bolsillo—. Sí, perdón, no quería interrumpir.

—¿Qué hace aquí? —cuestionó extrañada—. Pensé que se ya se había ido a Madrid.

Leopoldo cruzó la sombra y salió al exterior para evitar actuar como un cretino.

—He perdido el tren, así que me temo que estaré una noche más.

—¿Aquí? —preguntó como si hubiese tenido suficiente de su presencia.

—No, en un hotel —dijo. Vio una silla vacía a un metro de ella, junto a una mesita bajo la sombra, y se sentó. Haría tiempo y esperaría a Laura—. En el fondo, he venido a buscar a tu madre. ¿Está aquí?

Luz frunció el ceño.

—Estará al caer… —dijo cerrando el libro y dejándolo sobre la mesa—. A don Miguel le ha dado un golpe de calor. Han ido a ver al médico del pueblo, pero me ha dicho que volvería enseguida.

—Vaya… —comentó indeciso. Si era cierto, poco tenía que hacer allí.

—Este calor es un asco —dijo con sequedad—. Voy a prepararme un sándwich. Las sirvientas tienen el día libre. Vaya plan, ¿eh? Y sin poder salir de aquí… ¿Ha comido?

—¿Eh? —preguntó despistado. Entre el calor y la joven, le

costaba pensar con rapidez—. No tengo hambre, gracias.

—Como quiera.

Leopoldo miró el libro.

—¿Es tuyo?

—Se lo he cogido a mi tío Miguel —comentó dirigiéndose a la entrada. Sus pies daban pequeños saltos a causa del ardiente suelo—. No está mal. Esa mujer tenía gracia para escribir.

La chica desapareció y Leopoldo comenzó a sentirse incómodo hablando con ella. No importaba que estuviera a punto de cumplir la mayoría, o si ya los tenía. Se sentía mal porque no estaba allí para fantasear con eso, ni tampoco para desconectar del propósito que le había llevado hasta la casa. Que Laura no se encontrara allí, sólo entorpecía sus planes. Así que optó por esperar. Si no regresaba en una hora, se marcharía de allí y le diría a su hermano que no había tenido ocasión.

Eso sería todo. No podría acusarle de no haberlo intentado.

Minutos después, Luz apareció con un plato y un emparedado de jamón cocido, queso y lechuga. Lo puso sobre la mesa y se quedó de pie.

—¿Está seguro de que no quiere nada? Tiene muy mala cara.

Leopoldo negó. Se le había cerrado el estómago.

Ella volvió a desaparecer. El columnista miró al sándwich, que no tenía muy buena pinta.

Esa casa era un desastre cuando sus empleados desaparecían.

Finalmente, la chica apareció con dos vasos de limonada casera bien fría. El refresco despertó los sentidos del periodista. Estaba sediento. Se había negado a comer, pero necesitaba hidratarse antes de seguir articulando palabra.

Ella, sonriente, le entregó un vaso.

—Ahora que lo dices... —dijo él.

Ella lo miró y vio cómo hacía referencia al zumo de limón. Después se rio.

—¡Hombres! —dijo en voz alta y puso el recipiente sobre la mesa.

Al tocarlo con su mano, sintió la frescura del cristal. Sólo con oler el aroma del cítrico exprimido mezclado con hierbabuena se llenó de placer.

—Hacía años que no bebía esto —dijo sujetando el vaso—, desde que era pequeño.

—Regresando a la niñez, ¿eh? Beba la que quiera —dijo ella y agarró el sándwich—. Hay más. ¿Es usted de Madrid?

Él sonrió.

—No exactamente. Por mis venas hay sangre alicantina. Digamos que me fui pronto de aquí.

—¿Familia?

—Más o menos —dijo apenado—. Perdí a mi padre. Era pescador.

—Me encantaría vivir en Madrid o en Barcelona. Tiene que ser más divertido que esta maldita ciudad.

—Todos los lugares tienen sus cosas buenas y malas. Ninguna ciudad es perfecta. Todas terminan por hacerse monótonas en algún momento de la vida.

—Como las personas —dijo y apretó la mandíbula—. Supongo que se habrá dado cuenta conociendo a mi familia.

—Al contrario. No sé cómo podrías aburrirte de ella...

—¿Ha terminado ya el reportaje?

—No, todavía no. Bueno, sí —explicó. Mientras, la

chica dejaba el emparedado a un lado y sacaba un cigarrillo. Recordó que había faltado a su palabra, pues nunca llegó a entregarle lo prometido. Lo encendió y le dio una calada. Después le ofreció uno. Leopoldo echó un vistazo y vio varios cigarrillos liados a mano—. ¿Y si entra tu madre y te ve fumando?

Desairada, tiró el humo y miró hacia otro lado. Fumaba como una adolescente que había comenzado a hacerlo.

La noche de los setos no pudo fijarse en el detalle. Él reconoció los ademanes que él mismo tenía en el pasado. Era gracioso. Los jóvenes buscaban la manera de parecer adultos, mientras los adultos pagaban por recuperar la juventud.

Luz, como su madre y como su abuela, guardaba ese instinto rebelde que los Fonseca habían intentado ocultar siempre.

—¡Encima que le invito! Y ni siquiera cumplió con la promesa... No sea como ellos, por favor... Todavía le considero un tipo enrollado —dijo excusándose—. Además, ya sabe que aquí todos fuman, aunque sea a escondidas. No estarían descubriendo América... tampoco creo que les importara lo más mínimo.

—¿Te sientes apartada?

Ella lo miró.

—¿Usted qué cree? —preguntó y agachó la mirada. Estaba desolada—. ¿Fuma conmigo?

Leopoldo, abstraído por el momento, quería ganarse la confianza de esa chica.

Exceptuando a sus primos, quienes poco podían aportar a su investigación, Luz era la única persona con la que no había podido dialogar tranquilamente sobre el resto, además de ser la mujer más cercana a su madre.

Dejó el vaso de limonada sobre la mesa y aceptó el pitillo. Se lo encendió y sintió un leve mareo a causa del humo y la nicotina. Llevaba mucho tiempo sin experimentar esa sensación.

—Son fuertes, ¿eh? —preguntó ella—. El tabaco de liar es más puro.

—No lo recordaba así.

—Los no fumadores siempre vuelven. Las personas somos así de... débiles.

—Yo diría que somos difíciles de disciplinar.

—Discrepo —contestó apoyando el codo, con el cigarrillo entre los dedos—. Si no sabes qué se siente al hacer algo, puedes tener miedo a experimentarlo y tal vez no lo hagas nunca. Pero si lo pruebas una vez y te gusta, te sientes poderosa. En tu interior algo te dice que no puedes pararlo.

—Interesante —dijo él y miró a la chica. Ella le correspondió. ¿A qué estaba jugando?, se preguntó.

Parecía cómoda con su presencia, se la había llevado a su terreno. Ahora ya podía proceder a interrogarla.

—Mi familia le tiene que haber pagado mucho por seguir aquí —comentó la joven y levantó la rodilla dejando a la vista parte de su cuerpo—. ¿Ha descubierto todos los trapos sucios ya?

—Tienes una mala opinión de mi trabajo, jovenzuela.

—No me haga reír, Leopoldo. ¿Nos podemos tutear? —preguntó. Él tragó la poca saliva que le quedaba. Había olvidado el refresco. Esa chica sabía cómo jugar sus cartas y él se encontraba en una posición difícil. No se iba a dejar seducir, ni tampoco a entrar en una confusión que le pusiera en su contra. Podía oler sus intenciones y no eran nada buenas. Luz tenía el rostro de una persona que disfrutaba creando problemas desde la barrera—. Escucho todo lo que pasa en esta casa. Es el lado positivo de estar castigada. Sé lo que ha estado haciendo.

—Sorpréndeme —dijo él y dio la última calada al cigarrillo. Lo apagó en el cenicero y buscó el vaso de limonada. Ella siguió sus movimientos con las pupilas. Él se fijó en los dos vasos. Eran idénticos y olvidó cuál era el suyo—. Tal vez te equivoques...

Ella se rio.

—No debería hablarme en ese tono, Leopoldo. Es peligroso —dijo ella coqueteando con la melodía de sus palabras. El periodista tenía los ojos clavados en ella. Algo muy extraño estaba sucediendo en él. Era como un pálpito, pero no estaba seguro—. Es el de la derecha... Y no, no creo que me equivoque.

Leopoldo observó de nuevo los vasos. Por un instante, la posibilidad de que fuera el siguiente pasó por su cabeza. De nuevo, alejó la mano.

La chica volvió a reír.

—No te hagas más de rogar. ¿Qué sabes? —preguntó. Ella miró cómo se echaba hacia atrás.

—¿Va a probarla o qué? Me está poniendo nerviosa.

Sus cejas se arquearon como la cola de una serpiente. El periodista volvió a mirar los recipientes. A simple vista, no vio nada raro en ellos, pero eso mismo habían pensado los otros.

«¿El de la derecha o el de la izquierda? ¿Estoy en lo cierto o es un truco?».

—¿Tú no bebes?

La chica se rio en voz alta. Su risa era despreciable.

—Está bien —dijo con una sonrisa y se acercó al vaso

izquierdo. Leopoldo le apartó la mano y ella se sorprendió. Después le señaló el que estaba al lado. Obligada, la joven lo tomó—. Eres un tipo raro, Leopoldo.

Leopoldo no entendió por qué había dicho eso. Agarró el que quedaba y se lo acercó.

—¿Bebemos o no? —preguntó confiado.

Sintió un arrebato de fragilidad en los movimientos de la chica. Si era una broma, no pasaría nada. Si su pálpito era cierto, la llevaría hasta el límite. Sólo había un modo de solucionar aquello.

—Claro... —dijo ella y lo tragó de una tacada estirando el cuello. Él se limitó a dar un sorbo—. Es estupenda esta limonada.

Contó hasta tres, pero no sucedió nada.

—¿A qué espera? ¡Vamos, hombre!

«Menuda estupidez».

Bonavista inclinó el vaso y se bebió el resto del líquido. Tenía razón, estaba deliciosa.

—Me has dado un susto de muerte.

Ella dio la última calada mientras lo observaba en silencio.

—¿En serio, Bonavista? Pensaba que era más listo —dijo apagando el cigarrillo y acomodándose en la tumbona—, pero ya veo que no. ¿Todavía no se ha dado cuenta?

—¿Darme cuenta? ¿De qué? —preguntó y la miró a los ojos. Además de hermosos y azules como los de su madre, estaban cargados de satisfacción. Un destello alumbró la mente del periodista. Miró a su vaso y sintió un fuerte escalofrío. Las manos le temblaron. Empezó a ponerse nervioso. Le había engañado. En efecto, aunque nunca hubiera sospechado de la joven, Luz Ortego era quien había envenenado a Silvia Domenech y, probablemente, también

48

a Joaquín Baile—. Es impensable, tú no has podido...

—¿Por qué no? ¿Porque soy una chica? ¿O porque soy la más pequeña? —cuestionó desafiante. Respiraba seguridad, lo cual no transmitía ninguna confianza al columnista—. ¿Cree que era tan complicado en una familia en la que cada miembro se está mirando el ombligo las veinticuatro horas? ¡Ja! De verdad, me ha decepcionado. Ahora que nos llevábamos bien...

—Pero, ¿por qué harías algo así? —preguntó sobrecogido. Ella lo observó, esperaba alguna reacción más radical, pero Leopoldo sólo se mostraba inquieto—. Es una broma, ¿cierto? Dime que lo es.

—A estas alturas del juego, no conviene hacerle perder más tiempo. Se habrá enterado de todos los intereses que tienen en que mi padre no vea un céntimo de la fortuna familiar —explicó, recogió las piernas y se apoyó sobre las rodillas—. Yo no iba a ser menos, pero habría sido demasiado evidente y mi padre no es tan fácil de atrapar. Dado que a mi abuela no le quedaba mucho, supe de sus intenciones pronto, antes de que ella las hiciera públicas, así que sólo tuve que asegurarme de que no iba a fallar.

—Espera, un momento —dijo interrumpiendo—. ¿Cómo te enteraste?

—¿De verdad quiere escucharlo?

—¡Por supuesto!

—Como quiera —dijo ella riéndose—, usted mismo, pero su tiempo es oro, Bonavista. No debería desaprovecharlo.

—Déjate de rodeos, chica —contestó. Comprobaba cómo se sentía a la vez que hablaba. De momento, no notaba nada extraño, por lo que todo podía ser una farsa y que ella se estuviera burlando de él.

491

—Está bien... —contestó y prosiguió—. ¿Sabe usted cómo murió mi abuelo?

—¿Fonseca o Baile?

—No sea estúpido —dijo con mirada penetrante—. Sólo he tenido uno y era Jaume Fonseca... Mi abuela lo envenenó, aunque nadie supo de ello. No fue muy complicado. ¿Ve esa planta de ahí?

La chica señaló a unas matas que había en el patio. Adelfa. Estaba por todas partes. Era propia de la zona y él las había visto en los parques, en los jardines e incluso por toda la finca.

—Sí, claro. ¿Qué tiene de especial? —preguntó haciéndose el despistado. Todo quedaría grabado.

—Noto que tampoco sabe mucho de botánica —dijo altiva—. Muy mal, Sherlock. La adelfa es una planta muy venenosa, abundante en el Levante y fácil de conseguir, como ve. Es conocida porque en las guerras napoleónicas, un regimiento de soldados franceses murió tras haber hecho una fogata con ramas de ésta. Al parecer, su veneno no es tan potente como el de otras plantas, pero en su justa medida, puede provocar desde convulsiones a un infarto. Todo depende de cuánto se tome. Lo mejor de todo es que desaparece muy rápido en la sangre, por lo que es bastante complicado de detectar.

Esa misma anécdota era la que su tío le había contado.

Leopoldo miró al vaso de limonada y se le formó un fuerte nudo en la boca del estómago. Debía mantener la compostura. Observó de nuevo la temperatura de su cuerpo. Estaba vivo, se sentía bien. Sabía que esa joven intentaba engañarlo.

—¿Quién te lo contó?

—Nadie —dijo alzando el mentón—. Eso es lo peor de todo, que nadie lo sabe. Mi abuelo los sorprendió y tuvieron una fuerte discusión. Yo lo escuché todo. Mi abuelo lo había adoptado como si fuera un hijo y el cabrón de mi padre se lo pagaba así a la familia... ¿Imagina cómo me sentí?

—Así que lo mató.

—No, él nunca ha tenido las agallas para hacer eso. Mi abuela fue quien lo organizó todo —explicó—. El abuelo estaba mayor y fastidiado del corazón. Demasiados años de estrés a causa del trabajo. Vivía obsesionado con el dinero y pensaba que todos querían robárselo. Todos menos nosotras. No me extraña que sus hijos hayan crecido de esa manera... Cuando discutió con ella, le amenazó con contárselo a la familia para que sus hijos supieran qué clase de furcia había sido.

—¿Y Ortego?

—También se encargaría de él —dijo—, aunque sabía que los cocodrilos financieros se lo comerían. Mi abuelo le había perdonado una vez por lo que ocurrió con mi madre, pero no estaba dispuesto a ser humillado de esa manera.

—¿Tú dónde estabas?

—En la habitación de invitados —aclaró—, donde usted ha dormido estos días. Lo oí todo desde arriba.

El relato le erizaba el vello. Era demasiado fuerte como para digerirlo tan rápido. Ella, siempre presente, había pasado desapercibida para su vista.

—¿Por qué ese hombre? —cuestionó desconcertado. Para él, Baile no pintaba nada en esa venganza personal.

—¿Me pregunta por qué? Los hombres siempre piensan igual... Aquello fue una cosa de dos, ¿comprende? Ese hombre se aprovechó de la lealtad de mi pobre abuelo. Y no sólo eso. ¡Estuvo cobrando hasta el día de su muerte!

—Sin poder ver a su hija... ni a su nieta.

—La familia es la que se elige —contestó, con desprecio en sus palabras—, no la que se hereda. Mi empatía hacia ese señor era nula.

—No me has dicho qué te llevó a hacerlo. ¿Para qué arriesgar tanto?

—¿Es usted tan memo que no puede verlo? Todos los que traicionaron a mi abuelo iban a pagar por ello. Así de simple. Pero debía asegurarme que lo que había leído era cierto —continuó. Leopoldo empezó a sentirse débil. Estar expuesto al sol de la tarde no le hacía ningún bien, pero quería escucharlo y grabarlo todo hasta el final. No podía creer que esa joven se lo confesara sin más. Tal vez fuera una mentira, tal vez necesitaba contarle la verdad—. Pensé que Baile era un buen sujeto para mi primera prueba... Viejo, débil, a punto de retirarse y sin mayor trascendencia en el mundo laboral. Su pérdida no causaría gran revuelo. Todos la esperarían, de un modo u otro... Por lo que empecé a dejarme ver por las oficinas, a controlar sus hábitos, sus horarios... Nadie notó que visitaba las instalaciones, pues mis tíos están demasiado ocupados con sus asuntos y los empleados prefieren callar a ser despedidos. No lo olvide, soy intocable. En cuanto a él... El muy imbécil dejaba que estuviera por allí, como si pensara que era su nieta. Era patético. Me miraba de esa forma que... Me dan arcadas de pensarlo. No existe nada peor que un hombre de rutinas. Se volvió predecible.

—Y le cambiaste la cápsula de café que tomaba cada mañana.

—Por fin dice algo interesante.

—¿Sabías que ese café pudo haber matado a tu tío?

Ella se encogió de hombros.

—Quien no arriesga, no gana. La vida es azar.

—Veo que tampoco te hubiese importado.

—Quiero mucho a mi tío, pero no deja de ser un avaro que sólo piensa en él. Cada cual tiene lo que se merece.

—Cuando viste que funcionó, decidiste ir a por ella.

Luz hizo una pausa y miró al reloj de su teléfono. Se encendió otro cigarrillo. En la cajetilla quedaba uno.

—¿Quiere el último?

No le apetecía, pero era una manera de hacer tiempo mientras llegaba la madre.

—Claro —dijo y se lo encendió. Notó un extraño sabor en el humo, como si tuviera un gusto metálico. No le dio demasiada importancia—. Sigue, por favor.

Ella lo miró de nuevo de esa forma que le causaba escalofríos.

—Lo quiere todo, ¿eh? —respondió—. Cuando Baile murió, mi abuela entró en pánico. Temía ser la siguiente, aunque era por una cuestión de edad. Era la única que guardaba el secreto de la verdad sobre su hija y no podía cargar más con ello.

—Y decidiste callarla.

—¡No podía dejarla que hablara! ¡Nos iba a arruinar!

Estaba enfurecida.

—Dudo que hubiera cambiado nada…

—Cuando me enteré del evento, lo tuve claro. Mi abuela era alcohólica. Llevaba demasiados años ocultándolo, pero bebía como un caballo. Sólo tenía que encontrar el momento adecuado para que se tomara el trago equivocado.

—No lo entiendo… ¿Cómo lo hiciste para que se desmayara antes de hablar?

—Fue un golpe de suerte —dijo alegrándose de ello—. Tenía previsto que fuera por la mañana, durante la hora del almuerzo, cuando se reunió aquí, en este mismo lugar, con usted, pero no iba a arriesgar a que todos se intoxicaran. Hubiese disparado las alarmas.

—Así que esperaste al cóctel.

—Fue complicado, pero finalmente logré que se tomara una ginebra con tónica para relajarse. El resto de la historia ya la conoce.

Leopoldo sintió un leve mareo en la cabeza.

—¿Qué le pasa, Bonavista? ¿Se encuentra bien?

—Sí —dijo. Los músculos se le entumecieron y se preguntó qué diablos ocurría en su interior. La temperatura de su cuerpo aumentó—. Necesito ir al baño…

Ella se rio.

—Me temo que no podrá ir muy lejos —dijo. La sensación era extraña, pero las náuseas empezaban a manifestarse en su garganta. Esa chica le había tendido la trampa más sencilla que existía. Lo había intoxicado y le había contado todo aquello para asegurarse de que el veneno hacía efecto—. ¿Cree que iba a dejar que se fuera?

—Pero… ¿Qué me has dado? —preguntó y ella miró al vaso de limonada—. Serás desgraciada… Tu madre vendrá pronto, ella me salvará.

—Lamento decirle que no será así, don Miguel no volverá hoy a casa… —contestó moviéndose alrededor del periodista. Disfrutaba con el espectáculo—. Y también es una pena que no llegue a ver cómo termina toda esta historia. Mi padre va a pagar por todo el daño que ha causado y ni usted ni nadie podrá librarle de ello. ¿Recuerda cuando le dije que me gustaría vivir en Nueva York? No puedo esperar a hacerlo.

Leopoldo caminó torpemente hacia el interior de la casa. El engaño había sido doble. La adelfa no se encontraba en la limonada, sino mezclada en el cigarrillo. Esa cría le había engatusado psicológicamente hasta llevarlo a la trampa. Todo ese tiempo había sido un juego, una farsa continua. Conservó la calma dentro de sus límites. Había visto caer a Silvia Domenech como un púgil abatido y él todavía podía mantenerse erguido, por lo que pensó que su cuerpo resistiría a la dosis.

—¡No corra! —gritó con burla—. ¡Se va a caer! ¡Necesita más limonada!

Buscó el fregadero de la cocina y puso la cabeza debajo del chorro del grifo. Bebió, se llenó la boca de agua para refrescarse, pero las náuseas y el dolor de estómago se hacían más agudos.

No tenía la más remota idea de cómo combatir el veneno de una planta. Necesitaba ayuda, una ambulancia, así que abandonó la casa, atravesó la era principal y caminó cuesta abajo por el asfalto hacia la entrada. Allí encontraría cobertura para llamar, no todo estaba perdido.

A medida que bajaba por la senda, las piernas le flaqueaban. Intentó vomitar varias veces para arrojar el líquido, pero sólo sufría arcadas.

Tenía la frente empapada, un fuerte dolor de estómago le impedía erguirse y el corazón le latía con más fuerza que otras veces. Las pulsaciones le producían un zumbido insoportable en el oído.

Pensó en Marta, en Beatriz, en Rosario, en su madre y en todas las mujeres de su vida. Pensó en su padre, la mañana en la que lo vio por última vez. Pensó en lo mucho que le quedaba por vivir y lo poco que quería morirse allí.

Los ojos se le cerraban, pero podía ver la puerta de hierro en la distancia.

Tan sólo unos metros más, Leopoldo, se dijo.

Las rodillas no le ayudaban a seguir.

Buscó el teléfono en el bolsillo, lo agarró como pudo. Los dedos no le respondían. La ansiedad lo sobrecogió. Era incapaz de respirar.

Miró a la pantalla. Tenía cobertura.

Intentó marcar el código de desbloqueo sin éxito dos veces hasta que logró acceder al menú. Todo le daba vueltas bajo el sol.

Se acostó bocarriba apoyando la cabeza en el asfalto.

El cielo azul, la luna en lo alto y los aviones que cruzaban como aves gigantes. Se sintió flotando en una nube.

En un último intento, con el rostro empapado y fuertes latigazos en su interior, buscó el número de Laura Fonseca.

Marcó, se lo acercó a la oreja y sus párpados se cerraron lentamente.

Un agujero negro se apoderó de sus fuerzas. Los dedos se desprendieron del aparato y todo se volvió oscuro.

49

Viernes, 15 de julio de 2016
Hospital de Alicante
Alicante, España.

Un mal sueño. Deseó que todo hubiese sido eso, una pesadilla demasiado larga como para olvidar poco después de despertar.

Cuando abrió los ojos, movió las manos y sintió que tenía algo conectado a su cuerpo.

El cielo ahora era de color blanco, al igual que el resto de la habitación. La temperatura era agradable, aunque el aire olía a desinfección y parecía más viciado de lo habitual.

El tubo que salía de su brazo estaba conectado a una bolsa de suero. A su izquierda, sentada en un sillón bajo la ventana, Marta leía un ejemplar de la revista Hedonista. Al otro lado, el paisaje era azul, brillante y nítido. Las cabezas de las palmeras se dejaban ver con timidez por la ventana.

—¿Dónde estoy? —preguntó desorientado en aquella habitación. Una pregunta estúpida, pensó, ya que era consciente del lugar en el que se encontraba—. ¿Es esto el cielo?

Marta, con la melena suelta por encima de los hombros,

lo miró y cerró la revista. Se acercó a él sonriente, aunque sin mostrar demasiada afección y le acarició el rostro.

—Estás en Urgencias, Leopoldo —dijo con calma—. Casi nos das un susto terrible.

—Pero... ¿Y ella? ¿Luz?

La chica apretó los dientes y dibujó una mueca de molestia.

—Ha sido detenida por la Guardia Civil —explicó acariciándole la frente—. Al parecer, fueron a buscar a Ortego al dar con su coche como el causante del accidente. Tuviste mucha suerte, estabas inconsciente. Después apareció Laura Fonseca y su hermano. Encontraron la conversación grabada en tu teléfono y no tuvieron otra alternativa que acusar a la joven de doble asesinato e intento de homicidio. Es un milagro que estés aquí.

—Vaya...

—Sí... ¿Cómo lo supiste?

—No lo supe. Tú me llevaste hasta ella y me tendió una trampa. Fue el cepo más estúpido que...

—Lo que importa es que estás sano y salvo —interrumpió evitando que se debilitara más—. Te han hecho un lavado de estómago, deberías guardar tus fuerzas. Las vas a necesitar.

—¿Cómo es que estás aquí? ¿Quién te ha avisado?

Marta se sonrojó.

—Dicen que, aún inconsciente, pronunciabas mi nombre. Me buscaron en tu agenda.

—Escucha, Marta. Hay algo que quiero decirte sobre esas fotos...

—No te preocupes —contestó ella sonriente.

Un torbellino irrumpió en la sala y congeló el momento de conciliación. Una mujer vestida con americana, pantalones vaqueros y gafas de pasta entró en la habitación seguida de dos enfermeras.

—¡Bonavista! —gritó Beatriz Paredes—. ¡Por Dios! Menos mal que estás vivo...

—¿Jefa?

Marta levantó las cejas.

La directora, sobrecogida al ver el estado del columnista, se acercó a él. Leopoldo quedó embriagado por el familiar perfume de la mujer.

Se alegró de verla y también de que estuviera allí. En el fondo, ella se había convertido en más que una amiga, como si fuera la hermana mayor que nunca había tenido.

—Estoy bien, estoy bien...

—¿Que estás bien? No seas bobo. ¡Me han dicho que casi te mueres!

—Por favor, no montes un drama...

Beatriz le agarró del brazo que tenía libre y se apoyó al otro costado de la cama. Después miró a Marta.

—¿Nos conocemos? —preguntó la mujer. Ella siempre tan directa, pensó Leopoldo.

—Soy Marta, una amiga —dijo ofreciéndole la mano. Se estaba divirtiendo con aquella escena. Él estaba sofocado por la situación.

Las dos mujeres más presentes en su vida, cara a cara, a ambos costados de la cama. ¿Era aquello el cielo?, se cuestionó de nuevo. Después se rio. Por mucho cariño que le tuviera, la directora no entraba en sus planes.

—Yo soy Beatriz Paredes, su jefa —respondió y le estrechó la mano—. ¿Eres tú quién le ha salvado?

—No, yo...

—Ella es quien me ha ayudado a resolver todo esto —dijo él interviniendo—. Marta y yo estudiamos juntos. Ella también es periodista.

—¿Para quién trabajas?

—Soy redactora en un diario... provincial.

Beatriz la miró con recelo.

—Qué lástima —respondió. Marta frunció el ceño con desaprobación. Era el estilo de la directora. Le gustaba marcar la distancia y recordar qué posición ocupaba—. Te agradezco que hayas cuidado de este salvaje.

—Por favor, jefa... —dijo y los tres rieron—. Por cierto, ¿qué ha sucedido con el reportaje?

—No te preocupes por eso ahora, Bonavista. Ya lo aclararemos en Madrid cuando regreses. Ahora, lo importante es tu salud, aunque me cueste la mía. ¿Entendido? Sé que puedo ser muy exigente, pero me importas mucho, zoquete.

—Tus palabras de afecto lo demuestran.

—No te pongas sentimental —dijo. Su teléfono vibró y le soltó el brazo. Miró a la pantalla y se puso en pie—. Lo siento, tengo que contestar. Volveré en un rato.

La directora desapareció de la sala y los dos volvieron a quedarse a solas.

—Esa es mi jefa —dijo él señalándola con la mirada—. Encantadora, ¿verdad?

—Se preocupa por ti. No todos los directivos hacen algo así. Debes ser importante para ella.

—Eso parece... ¿Cuándo voy a poder salir de aquí? Odio los hospitales.

—Supongo que en unas horas.

Marta seguía a escasos centímetros de él. Los ojos de la pareja se fundían.

—¿Dónde nos habíamos quedado? —dijo él con la voz

grave.

—Las fotos...

—Ah, sí. Verás, quería decirte que...

Alguien tocó a la puerta y les interrumpió de nuevo.

Al desviar las miradas, encontraron la figura de Laura Fonseca vestida con una blusa y una falda veraniega.

—¿Se puede? —preguntó la menor de los hermanos Fonseca.

Marta se inquietó. La situación se volvió tensa e incómoda. A Laura no le importaba que Marta estuviera presente. Estaba acostumbrada a ser el centro de atención.

Leopoldo no supo qué decir.

Marta y Laura se miraron con frialdad. La periodista se puso en pie.

—Voy a comer algo —dijo con sequedad—. Si necesitas algo, llámame.

—Seré breve —respondió Fonseca—, no puedo quedarme mucho.

Las dos mujeres se encontraron en la puerta de la habitación. La periodista salió y Laura se acercó a los pies de la cama, miró el sillón vacío y se apoyó en él.

—¿Qué haces aquí, Laura? —preguntó el periodista confundido—. ¿No deberías estar con ella?

—Leopoldo... No sabes cuánto lo siento.

La mujer aguantaba el sollozo. Estaba a punto de romperse delante de él, lo cual no supo interpretar del todo bien. Desconocía las noticias que traía consigo.

—La han detenido, ¿cierto?

Ella asintió. Las lágrimas se escapaban mientras apretaba sus labios.

—Es un desastre. Jamás nos recuperaremos de esto.

—Estabas en lo cierto —dijo él. El rostro apagado de la mujer se iluminó por un instante—. Nadie te creyó, pero alguien estaba detrás de la muerte de tu madre.

Ella agachó la mirada.

—Ahora que sabemos la verdad, me arrepiento de conocerla. Hubiese preferido vivir el resto de mi vida engañada.

—La vida son decisiones —respondió él—. Por ende, debemos aceptar las consecuencias. Tu familia tomó las suyas, cada uno de ellos... Tú elegiste saber lo que estaba pasando y yo acepté ayudarte. Todos tendremos que cargar con ello.

—Jamás imaginé que esto terminara así.

—Ni yo, Laura, ni yo.

—Cuídate, Leopoldo —dijo y se puso en pie—. Nuestros abogados se pondrán en contacto con vuestro departamento para que no se manche el apellido de nuestra familia. Y en nuestra familia se incluye a Adolfo.

—¿Por qué, Laura?

—Lo siento, pero debemos estar unidos. Yo acepto las consecuencias de mis decisiones.

Laura Fonseca se levantó y se marchó para siempre. El periodista no podía creer que esa mujer decidiera tragar su infortunio, pero ya no le incumbía. Tenía razón en lo que había dicho y, aunque no fuera fácil, aceptaría las consecuencias como había hecho su madre.

Lo que sucediera después, sería una historia que otra persona se encargaría de contar. Por su parte, estaba contento por haber salido de aquello y tener el relato reciente en su cabeza. Sería un reportaje explosivo.

Pensó que no estaba preparado para morir y también que era el momento de reconciliarse con algunos aspectos del pasado. Los Fonseca le habían enseñado una gran lección: no existía nada peor que vivir preso del arrepentimiento.

50

Sábado, 16 de julio de 2016
Hotel Lucentum
Alicante, España.

Le habían dado una habitación diferente a la que había tenido anteriormente. Desde allí podía ver la playa.

Despierto a primera hora de la mañana y todavía débil por la pérdida de líquidos, Leopoldo observaba la tranquilidad del despertar del día, el vuelo de las gaviotas y la vitalidad de un sábado más de verano en la Costa Blanca. Por fortuna, su aventura en aquel lugar había terminado.

Tras recibir el alta, Beatriz Paredes, en un acto maternal inaudito, decidió llevárselo al hotel en el que se había alojado por primera vez al llegar a la ciudad. Los médicos le habían pedido que cuidara de él y que reposara, al menos, veinticuatro horas, antes de regresar a la capital. La directora, consciente del estrés que les esperaba en la gran ciudad, optó por hacer una breve pausa en el litoral para asegurarse de que su empleado se recuperaba con normalidad.

Tenía prohibido cualquier tipo de alimento que no fuera agua o zumo de naranja, pero Leopoldo se preparó con café en la habitación. Pensó que eso no lo mataría.

Tardaría tiempo en volver por allí, pensó mientras el aroma de la taza le seducía. Después se acordó de Silvia Domenech y de su trágico final. Había faltado a su palabra y, por primera vez, no se sentía culpable.

Aquel trabajo casi le cuesta la integridad. Auguró un oscuro futuro para la pobre Luz, que tendría que aplazar su escapada a la Costa Este americana para más adelante. Sin duda, nadie sabía si los Fonseca se recuperarían de ello, pero qué le importaba. Su crónica era el resultado de una mentira que había tomado el tamaño de un volcán y la fuerza de un alud. Nada ni nadie podía pararlo. Nadie podía vivir de ese modo, una vida entera, sin perecer antes. En ocasiones las personas no tienen otra opción que resignarse a luchar contra los demonios del ayer, a abandonar las mochilas con demasiado equipaje y a decir basta ante las injusticias del corazón.

Sobrevivir, después de todo, en un mundo hostil.

Alguien tocó al otro lado de la puerta. Dedujo que sería el servicio de habitaciones.

Cuando abrió, vio a Beatriz sujetando su equipaje.

—Vaya, hoy tienes mejor cara —dijo entregándole la bolsa de cuero—. Esto es tuyo.

Sorprendido, agarró sus pertenencias, abrió la cremallera y encontró el iPad.

—¿Ha sido él?

—Sí —dijo la mujer y cerró la puerta. Leopoldo encendió el dispositivo y buscó sus documentos. Abrió los escritos. Todo parecía estar tal y como los había dejado—. ¿Cómo lo has conseguido?

Ella se encogió de hombros.

—Yo no he hecho nada, Leopoldo —respondió tan sorprendida como el periodista—. Estaba en la recepción a tu nombre. Han dejado una nota.

Leopoldo agarró el papel.

—Gracias por abrirnos los ojos. La verdad siempre vale más que el dinero —dijo leyendo en voz alta—. Increíble.

—¿Quién te la envía?

—No lo sé. Supongo que un ángel de la guarda.

Él sonrió a la mujer.

Ella se sentó en el borde de la cama.

—¿Cómo te encuentras hoy? ¿Estás preparado para viajar?

—Más o menos —dijo pensando en la nota.

Abrir los ojos, se dijo.

Tres palabras que significaban para él más que un simple mensaje de despedida. Quizá todo lo que había sucedido estaba justificado de alguna manera. Leopoldo no creía en el destino, ni tampoco en los antojos universales, pero salvarse de una muerte segura le había tocado la parte más sensible de su ser. La nota de Fonseca le hizo pensar en Marta, en su padre, en el mar y en todo lo que ese lugar representaba para él. La gota que desbordaba la copa, las notas musicales que ponían fin a una canción.

Una extraña sensación le impedía marcharse de allí sin cerrar uno de los capítulos más trágicos de su vida. O quizá dos de ellos.

—Tenemos que hablar, Leopoldo.

—Lo sé, lo sé. Lamento todo lo que ha pasado, de veras. Tengo la historia aquí. Puedes leerla. Escribiré el resto en Madrid, pero este reportaje va a ser la bomba.

Ella sonrió complaciente.

—No me refiero a eso, ya te dije que no tenías por qué

preocuparte —contestó con las piernas cruzadas y el cuerpo relajado—. Sé lo que has hecho y admiro tu labor. En Madrid todos esperan para recibirte. Hasta los abogados de los Fonseca nos han llamado... Ambos sabemos que va a ser la historia del verano. ¡Tiembla, New Yorker!

—¿Entonces? ¿De qué estás hablando?

—Pareces bobo, Bonavista —dijo reprochándole con cariño—. Esa chica, Marta. ¿Acaso crees que no me di cuenta ayer de cómo te miraba?

—Ah, Marta. Somos buenos amigos...

—¡Ay! Dios mío, por qué me toca a mí hacer esto... —lamentó mirando al cielo—. ¿Te vas a ir sin despedirte de ella?

—Por supuesto que no. Tenía pensado escribirle...

Beatriz sacó unas llaves de su bolso.

—Te esperaré aquí. Toma el tiempo que necesites —dijo ofreciéndole el coche—, pero no seas un cobarde. Haz lo que tengas que hacer, dile lo que sientes, aunque no te corresponda, pero no os quedéis sin resolver lo que hay entre vosotros.

—Pero, Beatriz, no entiendes que...

—Soy tu jefa y esto es una orden, Bonavista —señaló mirándole fijamente, con el brazo extendido—. Ve y habla con esa mujer o te juro que te puedes ir buscando otra oficina.

Leopoldo agarró el llavero y se puso en pie.

—¿Por qué lo haces? —preguntó antes de abandonar la habitación.

—Porque me importas.

* * *

Nervioso, abandonó el hotel. Buscó el Volkswagen New Beetle crema de su jefa, cruzó la avenida en dirección a la estación de ferrocarril y tomó la subida que llevaba al apartamento de Marta.

Estaba nervioso. No recordaba la última vez que había sentido un arrebato así. De hecho, todo había sido idea de la directora, aunque no le quitó razón. Tal vez no fuera el contexto apropiado ni la secuencia perfecta de una comedia romántica, pero era cierto que entre los dos existía algo que podía significar más. Fuera lo que fuere, no podía largarse de aquel infierno estival sin conocer la respuesta.

Aparcó en doble fila, bajó, caminó hasta el portal de la periodista y buscó su nombre entre los timbres.

Diez minutos más tarde, Marta abandonaba el interior del vestíbulo, con desconcierto.

—¿De dónde has sacado este coche? —preguntó—. Pensaba que ya estarías de regreso a Madrid...

—¿Sin despedirme de ti? —respondió con una sonrisa.

Arrancó y se quedó en silencio. Marta parecía distante. No sabía muy bien qué pasaba—. ¿Recuerdas cuando me dijiste que fuéramos a ver el mar?

—Sí.

—Hoy es un buen día para hacerlo.

510

51

Tomaron la carretera secundaria que cruzaba la playa de Urbanova, rodeados de casas de dos plantas, altos edificios vacacionales, la maleza del terreno salvaje y las palmeras deshidratadas que daban color a un paisaje desértico.

La tensión entre los dos era más que palpable, pero Leopoldo conducía concentrado recordando cada kilómetro que avanzaba.

Percibió una intranquilidad extravagante en el interior de su cuerpo y ésta se convirtió en una fuerte presión estomacal. Primero pensó que eran las consecuencias de todo lo que había experimentado en las últimas horas, pero estaba confundido. Entendió que aquel miedo era fruto del dolor con el que cargaba desde hacía años. El niño interior se apoderó de él, comenzó a reconocer olores, tonalidades y sonidos.

Guiado por las señales de tráfico y la brújula que habitaba en su recuerdo, llegaron al pueblo de Santa Pola y Marta comprendió cuáles eran sus intenciones.

—¿Estás seguro de esto? —preguntó al detenerse en un semáforo a la entrada del casco urbano.

A lo lejos podían ver el puerto, los barcos que salían en dirección a la isla de Tabarca y los restaurantes que ocupaban el paseo marítimo.

No lo recordaba así.

Al igual que él, el resto también había pasado página.

Puede que el turismo y el interés extranjero por repoblar las urbanizaciones hubiera dado un soplo nuevo de alegría al municipio. Tal vez sus habitantes hubiesen aprendido a limpiarse las lágrimas y mirar al horizonte con positivismo.

Dejaron el vehículo en un aparcamiento y se acercaron al espigón donde los barcos de pesca atracaban cuando terminaban de faenar.

A esas horas de la mañana, la mayoría de las embarcaciones se encontraba en altamar. El fuerte olor a pescado, a combustible y putrefacción, le abofeteó la conciencia.

Ansioso, el niño de diez años que había en él lo buscó entre los botes, con la esperanza de verlo de nuevo, pero aceptó que se había marchado para siempre.

—La última vez que lo vi, fue aquí —dijo mordiéndose el labio, con la mirada puesta en un montón de redes viejas de pesca—. Le dije adiós por una semana, como había hecho ya otras veces, y se fue para no volver, convirtiéndose en parte del océano.

—Por eso nunca quisiste volver —comentó ella y le agarró de la mano. Leopoldo sintió un temblor. Por primera vez, Marta se atrevía a tocarle de una manera diferente—. Debiste pasarlo realmente mal… Ahora lo entiendo todo.

Leopoldo se desprendió de su mano y sujetó el ejemplar de bolsillo de *El Viejo y el Mar* de Hemingway. Observó la portada y miró hacia las olas contaminadas por el aceite de los barcos que rompían en el espigón.

Marta contempló el libro.

—Esto es todo lo que guardo de él —dijo observando la

vieja novela—. Me abracé a la literatura para seguir a su lado.

Se acercó a un bote atracado y se detuvo en la cubierta.

—Por eso siempre hablabas del americano. En el fondo te referías a tu padre.

—Eso creo. Era demasiado joven como para entenderlo —contestó y lanzó el libro en el interior de la embarcación. La chica lo siguió con la mirada hasta que el ejemplar cayó en el interior del camarote—. No me juzgues, es lo correcto. Sé que él habría hecho lo mismo, que se alegraría de mí. He aprendido todo lo que necesitaba y ahora debo levantar el ancla. Es la única forma de seguir remando.

Al hacer aquello, liberó una fuerte presión. Se liberó a sí mismo, como si se hubiera quitado un viejo y pesado traje de buzo. No se arrepentía, sino al contrario. Ya no necesitaba aquel libro. Sabía que allá donde hubiese mar, su padre estaría con él.

Para su sorpresa, fue Marta quien se emocionó con aquella escena y no pudo contener las lágrimas. Cuando él dio la vuelta, ésta no tardó en ocultarlas limpiándolas con las yemas de los dedos.

—¿Nos vamos? —preguntó ella con el rostro humedecido.

Abandonaron el puerto y regresaron al paseo marítimo.

Estar allí ya no tenía demasiado sentido para él. Sus fobias habían terminado, así como la pesadumbre con la que había cargado en su coraza tanto tiempo. La brisa soplaba y era agradable. Hacía un día maravilloso, perfecto para una postal. Las personas paseaban en busca de una terraza en la que tomar el aperitivo y Leopoldo sintió que era el momento de resolver la segunda parte de su conflicto.

—Marta... —dijo él. Estaba más nervioso de lo habitual.

Nunca se le había dado bien expresar sus sentimientos en voz alta. Menos todavía por segunda vez—. Supongo que ya lo sabrás, pero tengo que decírtelo antes de marcharme.

Ella, sonriente, puso el índice entre sus labios y silenció sus palabras.

Después se acercó a él y se besaron con ternura. Los cuerpos sintieron un chispazo de pasión. Al separarse, el periodista abrió los ojos, vio la expresión de su amiga y entendió que su final no era como él lo había imaginado.

—Precisamente por eso, Leopoldo, porque te marchas —explicó mirándolo con mimo—, porque Madrid te espera a ti y no a mí. Este es mi lugar, no el tuyo. Precisamente por eso, Leopoldo, será mejor que lo dejemos aquí.

Sus ojos se abrieron. A pesar de sus sentimientos y del arrepentimiento que había en sus palabras, Marta estaba segura de su decisión.

—Está bien, tienes razón —dijo él, asumiendo el golpe—, pero no estoy de acuerdo.

—Es más complejo que todo eso —contestó—. Ambos necesitamos cerrar un capítulo en nuestras vidas… y qué mejor que de esta forma, ¿no crees? Intentemos no estropearlo.

Leopoldo estaba desarmado, pataleando en su interior, enfadado por la decisión que ella había tomado.

—¿Puedo preguntarte algo?

Le temblaba la voz. Se sentía como un adolescente.

—Por supuesto. Aún somos amigos.

—¿Te has enamorado de mí alguna vez?

Ella se sonrojó y agachó la mirada.

—No cambiará nada —contestó pensando en el pasado, aunque su voz sonaba firme y tranquila—, pero sí. Siempre me gustaste. Supongo que no fui tan valiente como creí en su día. Siempre hay un precio para todo.

—Estaba colado por ti, Marta... —dijo desesperado.

Un yunque emocional se posaba en sus tripas. Los nervios y la ansiedad por decirle que se fuera con él se apoderaban de su cuerpo.

—Han pasado más de diez años, Leopoldo. Ya no somos las mismas personas... Por mucho que lo intentásemos, no funcionaría. Estaríamos jugando a ser quienes fuimos y terminaríamos haciéndonos daño. ¿Sabes? No merece la pena.

—¿Estás segura?

Ella asintió mirándole de nuevo. A él no le quedaba nada más por intentar.

—Reencontrarme contigo ha sido lo mejor que me ha pasado en mucho tiempo, y te lo agradezco, pero ahora debes marcharte antes de que esto se alargue más de la cuenta... Vamos, corre. Ve con esa historia y cómete el mundo. Seré la primera en leerte, le contaré a todo el mundo que la vivimos juntos.

Leopoldo bajó las armas y entendió que Marta estaba en lo cierto.

Sonrió y asintió con la cabeza.

Quizá no hubiese pensado en ella tanto como lo hubiera deseado, pero ese episodio había seguido abierto en su corazón durante años.

Por fin, el columnista se sentía lleno y feliz aunque las cosas no salieran como él había previsto.

Se dieron un último abrazo de despedida junto a los veleros, a escasos metros del agua. Respiró profundamente para no olvidar nunca su olor y se marchó de allí dejándola en esa imagen de postal que nunca olvidaría.

En ocasiones, las mejores historias eran las que terminaban sin que ninguna de las dos partes acabara herida. Las historias donde sólo había buenos y todos salían victoriosos.

52

Sábado, 2 de septiembre de 2016
Madrid, España.

Septiembre era su mes preferido, junto a mayo. El fin del verano, el adiós al descanso y el principio de una nueva temporada en la ciudad.

Madrid se llenaba lentamente. Aún eran visibles los rostros bronceados, de mirada triste que caminaban deprimidos por sus calles. Todo lo bueno se acababa, al igual que lo malo. Leopoldo no había averiguado todavía a qué le había sabido su verano. Con el regreso a Madrid, además de recuperar la salud, la rutina y la reputación que había perdido antes de aquel asunto, el destino se puso de su lado.

Tal y como Beatriz había pronosticado, después de conocer el trágico final de la familia Fonseca, los propios hermanos enviaron a su legión de abogados para que rompieran, a toda costa, el contrato que Silvia Domenech había firmado con la revista. Pero era demasiado tarde para evitar el daño cometido.

El caso de Luz Ortego se había vuelto mediático.

Todo el país conocía la horrible historia de la chica. Como regalo por la mayoría de edad, Luz evitó las pruebas de acceso a la universidad a cambio de treinta y cinco años de prisión por doble homicidio y el intento de un tercero. Sus sueños de recorrer el globo tardarían en cumplirse.

Mientras esto sucedía, la prensa nacional se interesó en destapar los tejemanejes de la familia, los trapos sucios de su imperio financiero y los chascarrillos sentimentales entre los miembros que la formaban. Los Fonseca se blindaron haciendo acto del hermetismo que les caracterizaba. Allá donde un reportero se presentara, las malas maneras de los guardaespaldas y el séquito de abogados terminaba con las declaraciones. Pero sus artimañas no impidieron que la historia viera la luz en la revista Hedonista. Leopoldo conocía las entrañas del clan, desde principio a fin. Un especial a cuatro páginas, en el que se explicaban las causas que habían llevado a Luz a cometer los crímenes, ponía en jaque la imagen pública de sus parientes.

Nunca más volvió a saber de ellos sin que fuese a través de sus representantes. No le importó. Como buen cretino con falta de valores, Adolfo Fonseca no cumplió con su acuerdo y Bonavista no vio ni un céntimo de lo prometido, razón de sobra para ensañarse con ganas entre los párrafos del reportaje.

La anunciada exclusiva a bombo y platillo propulsó las suscripciones de nuevos lectores. Beatriz y la junta apostaron con un fuerte órdago sobre la mesa y sacaron mil ejemplares en papel que se vendieron antes de llegar a los puntos de venta. Un fogonazo profesional increíble, tanto para Bonavista como para su jefa, que recuperaba esa sonrisa de victoria y trabajo bien hecho.

Esa mañana del sábado, Leopoldo optó por dar un paseo y abandonar por unas horas el apartamento de Chamberí al que había empezado a tomar cariño. Era el día de la publicación, del lanzamiento oficial del especial de la revista, así que decidió darse un pequeño homenaje aprovechando la aún agradable temperatura de la que gozaban en Madrid. Pronto llegarían las llamadas. Algunas buenas y otras no tanto. Ofertas de trabajo, demandas, comentarios positivos... Podía augurar el resto de la jornada si se quedaba en casa.

Tras un agradable y solitario paseo por El Retiro, caminó hacia la plaza de Santa Ana para alcanzar el Café Central.

Lo echaba de menos. No había visitado su templo desde la llegada de Alicante. Demasiados cables que cortar y otras tantas emociones que digerir.

Poco después de aterrizar, en la segunda semana de agosto, Amalia le escribió un último mensaje de despedida para decirle que lo suyo, si es que todavía albergaba un atisbo de esperanza, había terminado. La modelo de Internet le deseaba lo mejor en su carrera, pues la suya estaba por despegar y no quería ataduras. En su perfil de Instagram, Leopoldo encontró a la joven en el barco de aquel productor que había conocido meses antes en una fiesta junto a Rosario.

—*Ciao, ciao, bella* —dijo mirando al teléfono antes de borrar la aplicación de su vida. Pensó que la chica había tardado demasiado en decidirse mientras él estaba ocupado arreglando los problemas familiares de otros.

Poco a poco, las piezas del rompecabezas volvían a su lugar.

Con cada paso que daba, dejaba atrás un pequeño saco de piedras que le ayudaban a caminar más ligero. A medida que se adentraba por las callejuelas del viejo Barrio de las

Letras, se preguntó si sería el momento de escribir un libro, uno que mereciera la pena de leer, en lugar de continuar con esos absurdos artículos en los que ponía verdes a los demás.

«Todos pensarán que soy un idiota».

Esbozó una silenciosa sonrisa.

De pronto, vio un kiosco abierto con todas las revistas y diarios en el mostrador. Se acercó a él y echó un vistazo por encima entre las portadas. Allí estaba, reluciente, recién impresa y con el olor característico del papel pintado.

En la portada aparecía una fotografía de Silvia Domenech. Era una de las que le habían tomado durante su sesión de fotos, poco antes de fallecer. ¿Era aquello lícito?, se cuestionó al ver a la difunta con esa sonrisa seductora que había aguantado hasta el último aliento. No era asunto suyo. Había actuado con bastante benevolencia en esa historia.

Después de todo, había sido Silvia quien le había guiado por todo ese reportaje.

Al ver la foto, la recordó en el interior del hotel con la ginebra en la mano y se trasladó a ese instante. Le hubiese gustado preguntarle si conocía el final de esa historia. Ahora que había resuelto el misterio de la familia Fonseca, se abría un nuevo enigma que la difunta se llevaría con ella a la tumba.

«Algún día te lo preguntaré».

Tomó un ejemplar, lo pagó y se lo echó bajo el brazo.

Cuando llegó a la plaza volvió a vislumbrar el jolgorio de la mañana, de las terrazas a medio gas y de los desayunos a deshoras.

Tranquilo, se apoyó en uno de los bancos de la plaza y abrió la publicación. Buscó entre sus páginas hasta dar con la que abría el reportaje.

—Una historia de Marta Pastor y Leopoldo Bonavista —murmuró en voz alta y con satisfacción.

Después cerró la revista y sacó el teléfono.

—Gracias —dijo, antes de que Beatriz respondiera—. Al final, lo has hecho.

En un principio, la directora se había negado a que las páginas estuvieran firmadas por la periodista en lugar de Leopoldo. La firma del columnista era parte de la exclusiva y arrastraba a cientos de lectores.

Empero, la condición de él fue clara: el nombre de su compañera debía ir en la autoría. No era un favor personal, ni un acto de condescendencia. Sin ella, no habría descubierto ni la mitad de lo que estaba escrito. Marta había sido parte de esa narración y así debía quedar reflejado.

Volvió a mirar los dos nombres juntos y pensó que habían formado un buen equipo.

—Estamos en paz, Leopoldo —dijo ella con ese tono neutral de horario de oficina—. Le he mandado un ejemplar y un ramo de flores a tu amiga. Tal vez la llame en un futuro… La historia está siendo un éxito y sólo acaba de llegar a la calle. Todo el mundo va a hablar de ello.

—Eso era lo que Silvia quería. Que se supiera la verdad.

—¿Y tú cómo estás? —preguntó con un tono distinto—. ¿Lo vas a celebrar?

—Prefiero guardar la compostura —dijo con sorna—. He salido a que me dé el aire, eso es todo.

—¿Y la modelo?

—Se acabó, jefa.

—Vaya. Estás madurando.

—Siempre hay un punto final que poner.

—Sobre todo tú, Bonavista —comentó—. Si te animas, ven

a la oficina. Estaremos celebrando el éxito con cava. Además, hoy le damos la bienvenida al nuevo jefe de sección.

—¿Y Laurent? Creo que me he perdido algo.

—Para nada —dijo alegre—. Ese bastardo no volverá por aquí.

—Me alegra no ser el único que pone punto final.

—Disfruta de tu día, Leopoldo.

La directora colgó y el columnista regresó mentalmente a la plaza.

En efecto, iba a hacer lo que su jefa le había sugerido. Se alegró de que hubiera dado el paso de despedir, de una vez por todas, a ese tipo.

Caminó hasta el Café Central y dio un vistazo por el interior. De pronto, sintió una amalgama de lúcidos recuerdos pegándose a él como medusas ansiosas. Se deshizo de la nebulosa y buscó un asiento libre en la barra. Dejó la revista sobre el mármol y pidió un vermú.

La mañana era tranquila allí dentro. Las bandas no actuarían hasta la noche. La mayoría de las mesas estaban vacías.

Volvió a mirar la pantalla de su teléfono en un acto reflejo, fruto del aburrimiento y el deseo de hablar con ella, pero prefirió no molestarla.

Marta se lo había pedido así.

Ni siquiera le había sugerido que pusiera sus nombres juntos. Así que guardó el teléfono, dio un sorbo al vermú y miró hacia la puerta. Dos chicas hablaban y se dirigieron hacia la barra. Puso el ojo en una de ellas, en su dentadura perfecta, en esa línea curva que albergaba todas las sonrisas que habían pasado por su vida. La miró a los ojos con la misma dulzura de quien contempla una maravilla por primera vez.

La chica tenía el pelo castaño, los ojos marrones como dos bellotas y un lunar encima del labio superior. Era bonita, como todas, aunque no exuberante como las chicas que solían llamar su atención. Las dos se detuvieron en un extremo y pidieron dos cervezas. Seguían sumidas en la conversación que tenían. Leopoldo no puso mucha atención en lo que decían, sino en cómo lo hacían, y comenzó a fantasear con una idea del amor que no se había planteado antes.

Tal vez, eso fuera todo, fantasear, imaginar lo que nunca sucede, o lo que sí lo hace pero no somos capaces de apreciar mientras ocurre.

De un modo u otro, en ocasiones, la mente era mejor escondite que la realidad. Lo había visto en los Fonseca y lo había vivido en sus propias carnes. Pensó en su padre, en *El Viejo y el Mar* y entendió que las personas brillantes, como los ideales y las buenas historias, sobreviven al paso del tiempo como la estela de un astro en el espacio. Aunque desaparezcan, los seguimos recordando.

Sobre el autor

Pablo Poveda (España, 1989) es escritor, profesor y periodista. Autor de otras obras como la serie Caballero, Rojo o Don. Ha vivido en Polonia durante cuatro años y ahora reside en Madrid, donde escribe todas las mañanas. Cree en la cultura sin ataduras y en la simplicidad de las cosas.

Autor finalista del Premio Literario Amazon 2018 con la novela El Doble. **Si te ha gustado este libro, te agradecería que dejaras un comentario en Amazon. Las reseñas mantienen vivas las novelas.**

Ha escrito otras obras como:

Serie Gabriel Caballero
Caballero
La Isla del Silencio
La Maldición del Cangrejo
La Noche del Fuego
Los Crímenes del Misteri
Medianoche en Lisboa
El Doble
La Idea del Millón
La Dama del Museo
Todos los libros...

Serie Don
Odio
Don
Miedo
Furia
Silencio
Rescate
Invisible
Origen

Serie Dana Laine
Falsa Identidad
Asalto Internacional
Matar o Morir

Serie Rojo
Rojo
Traición
Venganza
Desparecido

Trilogía El Profesor
El Profesor
El Aprendiz
El Maestro

Otros:
Motel Malibu
Sangre de Pepperoni
La Chica de las canciones
El Círculo

Perseguido

Contacto: pablo@elescritorfantasma.com
Elescritorfantasma.com